Né en Égypte, au Caire, en 1948, Tobie Nathan fait ses études en France et obtient un doctorat en psychologie (1976) puis un doctorat d'État ès lettres et sciences humaines (1983). Professeur de psychologie clinique et pathologique à l'université, il s'intéresse à la psychanalyse, puis aux psychothérapies et à l'ethnopsychiatrie. Il a créé la première consultation d'ethnopsychiatrie en France, en 1979. De 2004 à 2009, il a été conseiller de coopération et d'action culturelle près l'ambassade de France en Israël à Tel-Aviv, et, depuis septembre 2009, il occupe la même fonction en Guinée. Il a publié de nombreux essais et six romans.

Tobie Nathan

QUI A TUÉ ARLOZOROFF ?

ROMAN

Grasset

TEXTE INTÉGRAL

ISBN 978-2-7578-2378-1
(ISBN 978-2-246-75131-1, 1re publication)

Il est des humains dont l'accouplement peut bouleverser l'ordre du monde.

Ceci est un roman librement inspiré de la vie de personnages historiques qui ont ébranlé leur temps et qui n'ont pas épargné le nôtre.

1

Dans la moiteur d'une nuit d'été

Jaffa-Tel-Aviv, la nuit du 16 juin 1933

On ne pouvait pas distinguer son ombre en cette nuit de juin. Les deux hommes étaient assis par terre, le dos contre le mur de l'hôpital. Le petit tenait entre ses cuisses une bouteille de *zebib*, de l'alcool fort au goût d'anis.

– Passe-moi la bouteille… Fawzi, allez, passe-moi la bouteille !

– *Ya Ali !* Je te croyais musulman.

– Oui, mais ce que tu m'as appris m'a rendu fou. L'argent qu'ils t'ont promis… C'est vrai ?

– Au nom de Dieu, miséricordieux entre les miséricordieux, tout ce que je te dis, Ali, c'est exactement ce que l'homme et la femme m'ont promis.

– Ce n'est pas possible ! Mille guinées ? Tu imagines ce qu'on pourrait s'acheter avec mille livres ?

– Tu en auras seulement la moitié, ne rêve pas !

– Cinq cents, que Dieu les bénisse ! Et tu me dis que tu as parlé avec la femme…

– Ah ! Je te le jure sur la tête de mon fils, comme une princesse !

– Raconte !

– Que ta mère soit maudite à me poser mille et une questions, fils de pute ! Je te l'ai dit : comme une princesse ! Ça veut dire avec des bijoux, des cheveux jaunes, et un sac…

Fawzi avala une longue rasade à même le goulot. On se moquait d'Ali depuis l'enfance parce qu'il avait l'air idiot. Grand, trop grand, à tel point qu'on lui disait que sa tête était trop loin de ses pieds pour les diriger. C'était pour ça qu'il avait cette drôle d'allure, comme s'il pataugeait en marchant. Mais il était fort, Ali, très fort ! *Debba*, « l'Ours », c'est ainsi qu'on le surnommait. Il pouvait porter à lui seul deux sacs de farine de vingt kilos, un au bout de chaque bras. Et puis il posait toujours des questions, comme s'il ne comprenait rien. Peut-être qu'il comprenait quelque chose, après tout. Lorsqu'ils finirent la bouteille, Fawzi se leva avec difficulté. Ils marchèrent le long de la rue Yerushalaïm jusqu'à l'horloge. Il n'y avait pas âme qui vive en ce vendredi soir dans les rues de Jaffa.

– Fawzi ?… Fawzi ? Pourquoi tu marches si vite ?… Attends ! Dis-moi, avec quoi tu vas le faire ?

– L'homme m'a donné un revolver.

Ali s'arrêta, interloqué.

– Un revolver ? Tu as déjà tiré avec un revolver ?

– Mais oui !

Il retint Fawzi par l'épaule.

– Attends ! Montre-le-moi ! Je veux le voir !

– Avance, espèce d'idiot ! Quel putain d'âne tu fais. Tu crois que je vais sortir un revolver juste devant le commissariat de police ?

Ils marchèrent ainsi jusqu'à Tel-Aviv, en suivant la mer. Lorsqu'ils passèrent devant la maison qui leur avait été indiquée, dans les premiers quartiers de Tel-Aviv, ils aperçurent un homme qui déambulait, seul. La rue était déserte. Ils le suivirent. L'homme était de grande taille, il marchait tête nue, vêtu comme un Occidental. Fawzi chuchota :

– C'est lui, j'en suis certain ! Dieu est avec nous ! La première personne qu'on croise et c'est lui !

– T'es sûr ? Comment tu peux savoir que c'est lui ?

– La ferme ! chuchota Fawzi, ils me l'ont décrit. Ils m'ont même montré sa photo. Je le reconnais, je te dis !

– Comment peux-tu le reconnaître, on ne l'a vu que de dos ?

L'homme entendit derrière lui le pas pesant d'Ali ; il se retourna, inquiet. Fawzi serra la crosse du revolver dans sa poche. Ali et Fawzi se pressèrent. L'homme se retourna une nouvelle fois et les attendit. Lorsqu'ils furent à deux mètres de lui, il les apostropha, en arabe :

– Qu'avez-vous à me suivre comme des chiens ? Savez-vous qui je suis ?

– Non, monsieur, dit Fawzi en tremblant, nous ne le savons pas !

– Muhammad ibn Suleiman el Shiqaqi ! Si vous ne me connaissez pas, vous allez me connaître, espèce de paysans !

Et l'homme agitait sa canne sous le nez de Fawzi.

– Mais… murmura Ali, mais… vous êtes arabe !

– Bien sûr que je suis arabe, et toi aussi, espèce d'imbécile, et Dieu aussi est arabe !

Ils dépassèrent l'homme sans lui répondre, sans même avoir l'idée de s'excuser. Ils empruntèrent la première ruelle sur la droite et se mirent à courir comme des dératés. Ils ont couru longtemps, jusqu'à la hauteur de l'hôtel Kate Dan.

– On n'est jamais sûr de rien, Fawzi, haleta Ali lorsqu'ils parvinrent devant l'entrée de l'hôtel.

– Non, lui répondit l'autre dans un souffle, on n'est jamais sûr de rien… sauf de l'existence de Dieu.

Ils étaient là, dans la pénombre, sur le bord de mer, appuyés contre un mur, fascinés par les lumières de l'hôtel. Ali pensait que Fawzi s'imaginait nabab avec femmes et serviteurs accueillis par le groom. Et c'était ce à quoi pensait Fawzi. Il se voyait roi d'Égypte, une reine à son bras, couverte de fourrures et de bijoux. À cet instant, un couple sortit de l'hôtel. L'homme était grand, un Européen. Il portait d'épaisses lunettes d'écaille. La femme était plus petite ; elle se tenait bien droite, le menton en avant. Ils semblaient se disputer. Fawzi donna un coup de coude dans le ventre d'Ali.

– Chut ! lui dit-il, cette fois c'est notre homme.

– Tu m'as déjà dit ça tout à l'heure…

Ils se rapprochèrent de l'entrée de l'hôtel. Protégés par l'obscurité, ils les entendirent parler et c'était en yiddish. Le couple hésitait. L'homme prit la femme par la main et l'entraîna vers la plage. Ils passèrent à deux mètres de Fawzi qui perçut les effluves d'un parfum de riches. Ils se dirigeaient lentement vers le nord, vers la nouvelle ville de Tel-Aviv.

– Qu'est-ce qu'on fait, Fawzi ? chuchota Ali.

– On va les suivre, mais pas sur la plage. On se ferait repérer.

– Par le chemin des dunes ?

– Oui ! Grouille-toi ! On risque de les perdre…

Les deux hommes remontèrent par Frishman, prirent d'abord la rue Hayarkon, se guidant aux échos lointains de la conversation que le vent ramenait vers eux. Ils marchèrent ainsi longtemps, l'âme étreinte.

– T'as peur ? demanda Ali…

Parvenus au niveau de la rue Keren Kayemet, ils commencèrent à grimper sur les dunes et passèrent devant le vieux cimetière musulman. De là, ils apercevaient un peu mieux les deux silhouettes qui se déplaçaient au bord de l'eau.

– Moi, j'ai peur, reprit Ali. Pas des gens, tu sais ; c'est pas des gens que j'ai peur…

– Tais-toi donc, Ali ! Tu vas nous porter malheur.

– C'est de Dieu que j'ai peur…

Fawzi trébucha alors sur un vieux bidon abandonné sur le chemin. Il balança un grand coup de pied dedans et ne put réprimer un juron :

– Maudit soit le pédé qui a planté là ce foutu bidon d'essence.

Les silhouettes s'étaient immobilisées. Le couple avait sans doute entendu leurs imprécations. Puis l'homme et la femme se remirent en marche jusqu'à l'extrémité de la plage, jusqu'au nouveau quartier Hayarkon. Fawzi connaissait bien l'endroit. Il savait qu'ils ne pourraient aller plus loin. Il leur faudrait nécessairement revenir.

– Je t'avais dit de la fermer, murmura Fawzi.

– Mais c'est toi ! C'est toi qui as crié…

Le couple se hâtait maintenant en sens inverse et les deux comparses le guettaient, accroupis dans l'obscurité, en surplomb, près du cimetière musulman, là où un sentier redescend vers la plage. Entouré de tombes, Ali crevait de trouille. Ils entendirent l'homme et la femme qui s'approchaient. Ils avaient pressé le pas et se serraient l'un contre l'autre. Ali et Fawzi s'élancèrent pour les dépasser et surgirent devant eux, de la nuit. L'homme et la femme sursautèrent.

– C'est toi, docteur Arlozoroff ? demanda Fawzi en hébreu à l'homme aux lunettes.

Ali se tenait en arrière. Il se récitait intérieurement : *bismillah, bismillah*… « au nom de Dieu… au nom de Dieu »…

– *Kama sha'a ?* demanda encore Fawzi dans un hébreu approximatif (« Combien est l'heure ? »).

Ali entendit l'homme répondre et, tout de suite après, les deux coups de feu que tira Fawzi le firent tressaillir. L'homme s'effondra en se tenant le ventre. La femme se mit à hurler. Ali écarquilla les yeux juste à temps pour apercevoir Fawzi détaler par le chemin qui remontait à travers les dunes. Ali pensa en un éclair que s'il ne le suivait pas, il ne verrait jamais l'argent. Alertés par les cris, des gens se précipitaient vers la femme. Il courait à perdre haleine pour rattraper son complice. Il accéléra. Ils s'enfonçaient dans la garrigue, en direction de l'est, des terrains vagues et l'on n'y voyait goutte. Il pensa que certains s'étaient peut-être lancés à leur poursuite. Il accéléra encore. Son sang battait à sa tempe. Et puis, il n'entendit plus les pas de Fawzi. Il hésita, tourna, changea de direction, trébucha sur quelque chose et tomba de tout son long dans des buissons. Il regarda, essayant de percer l'obscurité, palpa la forme étendue sur le sol. C'était sur la jambe du petit Fawzi qu'il venait de buter ; son ami Fawzi, étendu de tout son long. Il se releva, se pencha, le saisissant par sa chemise pour le secouer. Et c'était tout gluant ; chaud et gluant. Il approcha ses mains de son visage ; elles étaient poisseuses du sang de son complice. « Au nom de Dieu, maugréa Ali. Au nom de Dieu… Ils l'ont égorgé… » Avant de fuir, il prit le temps de fouiller les poches du malheureux. Le revolver avait disparu. Il trouva seulement trois billets d'une livre et quelques piastres et puis une montre au bout de sa chaîne en or. Il empocha l'argent et la montre et fila dans la nuit, plus loin, vers les champs.

2

Zizi Weiss

« Après le meurtre de Moïse, un temps assez long s'écoula avant que les passions ne s'apaisassent chez les Juifs… Deux générations, soixante années, ont pu suffire, mais ce laps de temps paraît un peu juste. »

SIGMUND FREUD, *Moïse et le monothéisme* (Paris, Gallimard, 1948, p. 36.)

Tel-Aviv, de nos jours, le 3 octobre…

Chaque fois que je mets les pieds dans cette ville, j'éprouve une sensation de liberté, dans ce pays plus inspiré que ses habitants, à Tel-Aviv, qui est plus un État qu'une ville, dans ces rues où à chaque pas, sous chaque pierre, je sens vibrer l'Histoire. Élucider un meurtre commis ici, sur cette plage, il y a plus de soixante-quinze ans… Je renifle les lieux comme un chien affamé. Je lève les yeux, cette inscription me frappe, qu'on lit partout sur les murs : *'am israël haï*, « le peuple d'Israël est vivant ». Aujourd'hui, je me sens désigné par le destin, à la recherche d'un meurtrier disparu, avec la certitude que je reconstituerai le mythe de fondation. Un petit bistrot dans une rue proche de la mer, une rue qui porte un nom biblique. Je ne sais comment j'y arrive ; en me promenant à travers les ruelles, en les enfilant sans me rendre compte de rien.

– *Mitz gezer*, « un jus de carotte »…

Boire du jus de carotte en lisant son journal, lever les yeux à chaque déhanchement féminin… je goûte à nouveau cette ville qui rape à mon palais.

– Pourquoi tu bois du jus de carotte ? me demande mon voisin en hébreu. Tu crois aux vitamines ? Il n'y a rien là-dedans. C'est neutre ; une boisson neutre, pour des gens neutres, qui ne pensent pas. Tu ne penses donc rien, toi aussi ?

C'est un vieux, petit, comme on l'était par ici avant-guerre ; vraiment petit, avec un chapeau vissé sur la tête, un feutre et une barbe blanche clairsemée. Dans ce pays où il se balade comme chez lui, qui sait si le premier passant qui vous adresse la parole n'est pas Dieu en personne. Bien sûr que le vieux me raconte sa vie ! Ils la racontent volontiers, les gens d'ici. Il a immigré en 1923 ; il était âgé de trois ans. Sa famille venait d'Autriche. « Tu sais, dans les années 20, me dit-il, Tel-Aviv était vide ! Il n'y avait rien ; un seul lampadaire et il se trouvait à l'angle de Hertzl. C'était vide et c'était beau ; beau comme la mort qu'on sentait arriver. » Il y a à peine trois heures que je suis sorti de l'avion. J'ai voulu m'imprégner de l'ambiance, me promener le long d'Allenby, fouiner dans le shouk HaCarmel, le marché de tous les paumés, errer dans ses ruelles. C'est la première personne avec qui je parle et voilà qu'elle me jette l'Histoire au visage. Je veux y voir un signe. Je lui réponds en anglais :

– Tu me demandes si je pense… Je veux seulement laisser venir les idées. Les idées, on ne les pense pas, on les invite ! On les accueille.

Il la trouve bonne, ma remarque.

– *Nahon !* s'exclame-t-il, « c'est vrai » ! Pourquoi dit-on toujours qu'on pense ? C'est sûr qu'on ne pense pas… Ce sont les idées qui viennent, on ne sait pas vraiment d'où, des mots qu'on saisit çà et là, de quelqu'un qui vous les souffle, parfois. Est-ce qu'il existe une seule personne qui a déjà pensé par elle-même ? Ne fait-on pas toujours que répéter ce qu'on a entendu ?

Je lui apparais sympathique. Il se demande d'où je sors. Ils vous posent tous cette question…

– De France ; je viens de France… de Paris !

– D'accord, tu viens de France, me répond-il, ça je l'avais compris, je l'ai entendu tout de suite, à ton accent lorsque tu parlais en hébreu avec la serveuse, mais ce n'est pas ce que je te demandais. « D'où tu viens ? », c'est une question comme celle qu'on pourrait adresser à un ange, ou à un esprit, ou même à un démon. Je voulais dire : « De quel monde viens-tu ? Quelle est ta nature ? La France, c'est ta nature ? C'est ton origine ? »

Et il avale cul sec son verre d'arak. Leur première question porte sur les racines. Il faut dire qu'ici, c'est bien la ville des égarés, ils ont leur mémoire pour pendule. C'est pour ça qu'ils la remontent sans cesse, en se racontant au premier venu. Polaks et Russes, bien sûr, mais aussi Bulgares, Roumains, Allemands, Marocains, Persans, Yéménites, Turcs, Égyptiens, Ouzbeks, Éthiopiens, tous là pour une même raison qu'ils ne connaissent pas et pour toutes sortes d'explications qu'ils racontent. C'est dans une ville qu'il nomme déjà Tel-Aviv, qu'Ézéchiel a eu sa vision. Cette Tel-Aviv, autrefois située aux confins de Babylone, qu'il désignait déjà – il y a près de deux mille six cents ans –, comme « la ville des exilés ». L'actuelle l'est aussi. Une ville improbable, un peu irréelle. La ville des Juifs. Moi qui suis simple et rationnel, je me demande pour quelle raison les Juifs seraient allés se fourvoyer là, en plein centre d'un nœud de vipères, si leur Dieu n'y habitait ? C'est sûr qu'il habite ici ! Et pourtant, cette ville a renoncé à prier ; elle a même développé une sorte de rite phobique de son propre Dieu. Cette fois, je réponds au petit vieux en hébreu :

– Qu'importe d'où je viens, je suis à la recherche de quelqu'un…

– Peut-être que je peux t'aider, me propose-t-il, c'est une femme ? Tu cherches une femme ?

Je souris. Il a beau être vieux – je calcule, il a bientôt quatre-vingt-dix ans – il n'a pas oublié ce qui fait marcher les hommes. Je secoue la tête en souriant.

– La personne que je recherche, c'est un homme, et il est mort. Mais c'était un sacré bonhomme, tu peux me croire – un *mensch* !

– C'est donc que tu es certain d'être vivant ! Sinon, les morts, tu saurais où les trouver !

Il est drôle, le vieux. Je lui demande :

– Comment tu t'appelles ?

– Weiss, me répond-il, Zizi Weiss !

– Zizi, c'est un petit nom ?

– Ben oui, répond-il en haussant les épaules comme si j'étais demeuré, c'est le diminutif pour « Israël ». Je m'appelle Israël Weiss, mais tout le monde m'appelle Zizi… Zizi Weiss.

Tel-Aviv, ville des Juifs ; c'est ici que pour la première fois depuis deux millénaires on n'a plus eu besoin de se poser la question d'être juif ; où c'est devenu une évidence – ni une fierté ni une tare. En 1909, le 11 avril, sur cette plage, là où devait se creuser le boulevard Rothschild, soixante-six familles se sont partagé les lotissements. La photo de Suskin est célèbre, accrochée en bonne place dans le bureau du maire ! Cette photo résume le mythe : des habitants de Jaffa, las de la puanteur et de l'exiguïté des pierres séculaires, constitués en une société nommée *a'huzat baït*, ont décidé d'acheter des terres pour fonder une ville. Moi qui me suis beaucoup promené en Afrique, je sais que ce n'est pas ainsi ; que ce ne peut être ainsi. Ce n'est pas par un contrat, mais sur les traces d'une violence primordiale que s'établit la fondation. Un village africain porte souvent une dalle en son centre, un gros nombril de pierre sous lequel reposent les restes d'une première victime. Aux premiers temps, un chef allié à un magicien se sont retrouvés en ce lieu, en son centre, pour commettre le pire des sacrifices, celui d'un enfant qui passait là cueillant des baies sur les ronces. Tel est souvent le récit fait aux « initiés » de la naissance des villages africains, loin des niaiseries bien-pensantes véhiculées par la photographie mythique de Tel-Aviv. Les humains ne peuvent être liés que par un acte inexpiable. Si les habitants de Tel-Aviv persistent à se percevoir héritiers d'un contrat librement négocié, la mer finira par effacer ce qu'ils s'acharnent inlassablement à reconstruire chaque jour. Moi, je sais que tout a commencé par un meurtre, précisément sur cette plage.

3

Monco

À Tel-Aviv, il n'est pas facile d'attirer l'attention d'une serveuse. Le vieux ne me regarde plus, tout occupé à obtenir un second verre d'arak. Je le tire par la manche.

– Tu n'aurais pas entendu parler de lui, par hasard ?

– Qui ça ?

– Le type sur lequel je cherche à me renseigner, il s'appelait Monco, Mordekhaï Monco.

– Attends, dit le vieux, Monco… Ce n'est pas l'homme qui a été abattu à l'ambassade de France, il y a peut-être deux ou trois mois ?

Il est vif, le Weiss !

– C'est ça, oui, trois mois ! En juillet dernier… Tu le connaissais ?

– Abattu en plein jour d'une rafale de mitraillette dans le ventre… Ici, c'est Chicago ! Un pays de cinglés, *meshougaïm*, « des fous » ! Tous les jours, il y a des gangsters qui se tirent dessus. À Netanya, c'est même au lance-grenades qu'ils règlent leurs comptes. Ton homme, tu me demandes si je le connaissais ? Mais qui ne le connaissait pas ? Il traînait dans tous les cafés de la ville, un vieil ivrogne qui puait la chèvre ! Il se répandait, racontant sa vie à qui voulait l'entendre.

Il me demande à nouveau qui je suis. Je ne lui réponds pas. On ne sait jamais qui écoute les conversations de café. Je m'appelle Ezra Moreno. Je suis né en 1948, l'année de la création de l'État d'Israël, mais je suis né là-bas, de l'autre côté de la frontière, en Égypte, durant la première guerre israélo-arabe. Mon père portait mon grand frère sur les épaules lorsqu'il est parti me déclarer à l'état civil. Il a été pris dans une des émeutes qui embrasaient Le Caire. La foule l'a poursuivi aux cris de *dabba'h el yahoud*, « égorge le Juif ». 1948, ma naissance accompagnait la fin d'un monde. Les Juifs, présents en Égypte depuis l'Antiquité, allaient disparaître de ce pays, jusqu'au dernier. Peut-être pas tout à fait : il reste aujourd'hui deux ou trois vieilles femmes sans famille qui ont oublié jusqu'à leur nom. Je trimballe toujours avec moi cette étrange certitude que c'est de mon vivant que finira le monde. On a beau dire, on est enfant de sa naissance ! Et moi, je suis né durant l'agonie d'un monde, et je suis né la nuit. Il y a trois mois, c'était un lundi, je me rasais en écoutant *France Info*, il était peut-être dix ou onze heures le matin, et voilà qu'ils annoncent la mort de Mordekhaï Monco.

« Meurtre à l'ambassade de France de Tel-Aviv ! Un homme s'est glissé durant une réception dans la résidence de France qui se trouve à Jaffa, dans les faubourgs de Tel-Aviv. Parvenu jusqu'à l'ambassadeur, il s'est écroulé à ses pieds au moment de le saluer, atteint de plusieurs balles dans le ventre et à la poitrine. L'homme est décédé des suites de ses blessures dans l'ambulance qui le conduisait à l'hôpital. Il était âgé de soixante-dix-neuf ans. D'après la police israélienne, sa mort n'aurait aucun lien avec les récents développements de la situation au Proche-Orient. »

Je me souviens de m'être alors demandé pour quelle raison une grande radio avait décidé de diffuser la nouvelle. Je connais le métier ; on ne divulgue pas les informations au hasard. Je me suis rendu au journal. Comme chaque matin, j'étais à la bourre. Un vieux comme moi, qui a couvert les guerres d'Afrique, qui a bourlingué dans les bouges de Lagos, de Kampala, de Moroni ou de Bukavu, qui a publié plusieurs centaines de papiers, ils m'ont fourré dans un petit cagibi près de l'ascenseur, au deuxième, à l'étage des stagiaires et des débutants. « Estime-toi heureux qu'on ne t'ait pas logé au rez-de-chaussée », m'avait dit Raffalli, le rédac-chef, « tu aurais pu te retrouver encore plus près de la sortie… » Ce matin, à peine arrivé, avant même que j'aie pu faire un tour par la machine à café, le voilà qui faisait irruption dans mon bureau :

– Tu n'as pas vécu à Tel-Aviv, toi ? Il m'a demandé en pointant son index.

– Pourquoi ? C'est interdit ?

– D'après ce qu'on vient d'apprendre, Monco, le type qui s'est fait descendre à l'ambassade de France…

J'ai levé la tête, intrigué, l'invitant à poursuivre.

– Oui, eh bien, quoi ? Tu le connaissais, Monco ?

– Non !

– Tu aurais pu ! C'était l'un des espions israéliens les plus actifs durant la guerre froide. Il s'est fait descendre en plein jour…

J'ai détourné les yeux vers ma boîte e-mail en grommelant :

– Et alors ? On n'a pas un correspondant permanent là-bas ?

– D'abord, Fabrice n'est pas à Tel-Aviv mais à Jérusalem – toi, tu ne dois pas voir la différence (qu'est-ce qu'il avait voulu dire ?). Et son boulot, tu vois, c'est de couvrir le conflit, pas de s'occuper des chiens écrasés.

Raffalli, il ne m'aime pas ! La tête droite, les fesses serrées, convaincu d'être un grand homme ; déçu que le monde entier ne soit pas déjà au courant. J'ai voté contre lui. J'aurais pu la fermer ; mais non, je l'ai fait savoir ! J'ai embarqué derrière moi une bonne moitié de la société des rédacteurs. Du coup, voilà trois ans qu'il m'expédie enquêter sur des affaires criminelles dans l'Yonne ; et de préférence au mois d'août. Mais sur ma fiche de paie, il est toujours inscrit « Grand Reporter ». Il aime m'expliquer durant des heures que le journal est au bord de la faillite, qu'il lui est désormais impossible de financer les enquêtes de terrain de prétendus « grands reporters » qui sont surtout des tire-au-flanc. La discussion finit toujours par un couplet sur ma désinvolture. Et si je me prends pour Albert Londres, je n'ai qu'à trouver un sponsor et partir quelques mois – il ne veut surtout pas savoir où, et ça lui fera des vacances ! C'est dire si j'ai été surpris de m'entendre proposer une enquête à Tel-Aviv. Morgane, la stagiaire à tête de chat et au sourire à faire chavirer, m'a passé le dossier : trois feuillets, des photocopies d'anciennes dépêches – inutilisable ! J'ai commencé à chercher sur Internet. Monco… Mordekhaï Monco… Son nom apparaissait dans le procès Eichmann en 61, réapparaissait dans l'enquête sur la tuerie de Munich, tout ça, je m'en doutais un peu. Et puis, je suis tombé sur un rapport datant de l'année 2000, qui parlait des réparations allemandes. Il comportait une énumération de firmes industrielles qui n'avaient jamais été « dénazifiées », passées, à l'insu de tous, de la prospérité de l'époque nazie aux insondables fortunes actuelles. Monco avait alors été un témoin clé. Pourquoi ? Impossible de savoir ! Le papier, rédigé en allemand, était incomplet. Après déjeuner, j'ai passé l'après-midi à chercher de la documentation sur Monco. Le soir, je suis rentré chez moi avec cinq bouquins sur le IIIe Reich. Deux jours plus tard, j'étais accoudé au comptoir, devant croissants et petit noir, me ressassant les informations que j'avais dénichées, lorsque Raffalli débarquait, encadré de ses deux acolytes, Alain Montreuil, un petit chauve rigolard avec le regard de Jean-Paul Sartre, et Philippe Lemeur, un grand tout rouge, tellement imbibé qu'il faut éviter de gratter une allumette quand il expire.

– Je suis désolé pour toi, dit Raffalli, l'enquête sur Monco, on laisse tomber !

Les deux autres ont éclaté de rire. La violence de leur ricanement me révulsait. Ça vibrait dans ma poitrine. Ça me chauffait le sang. Je me suis planté sous l'haleine de Raffalli, et tout contre son nez, je lui ai dit :

– Raffalli, faut que je passe te voir à ton bureau. J'ai une hypothèse concernant l'assassinat de Monco.

Ils ont rigolé.

– On laisse tomber, je t'ai dit ! ricanait Raffalli. Tout le monde arrête. Cette affaire n'a aucun intérêt. *Punto final*… Tu comprends ?

Aucun intérêt ? Un type qui se fait buter en pleine réception du 14 juillet, à Tel-Aviv, et à l'ambassade par-dessus le marché… Évidemment, j'ai continué à chercher. Cette histoire, c'est ce jour-là, le jour des ricanements des trois tordus, qu'elle est entrée en moi ; depuis, elle ne me quitte plus. Je lis tous les livres, tous les articles de presse s'y rapportant de près ou de loin. Lorsque je dîne avec des amis, je ne parle que de ça. J'écris sans cesse, remplissant carnet après carnet. Dans le métro, dans l'autobus, au café, j'écris. Je m'endors avec les questions ; au réveil, je scrute mes rêves. Comme me l'a dit Montreuil, je suis obsédé. Mais le mot n'est pas assez fort. C'est un phénomène plus puissant, une sorte de vague, une déferlante, qui vient du tréfonds. Possédé, plutôt, par une force qui me dépasse.

Un mois plus tard, Raffalli a de nouveau fait irruption dans mon bureau un matin en hurlant :

– Maintenant, tu vas arrêter de faire le con ou je te vire !

Dans la nuit, je lui avais envoyé par e-mail un papier sur Monco, avec un titre scandaleux à souhait : « Un survivant de la Shoah assassiné à l'ambassade de France. Une affaire étouffée sur instruction du Quai d'Orsay ».

Eh bien, j'ai continué ! Je ne suis plus allé au bureau. Je me pointais à la Grande Bibliothèque le matin à neuf heures pour en ressortir à vingt. Cette affaire, c'était comme si un glissement de terrain avait laissé émerger un cadavre enterré là depuis des lustres. J'ai commencé à recevoir des lettres recommandées du journal. Je n'allais même plus les réclamer à la poste. Je me suis fait mettre en arrêt maladie. Je n'ai pas eu beaucoup de peine à convaincre mon toubib, le docteur Zayidi, que je faisais une dépression. Je lui ai raconté mes prises de bec avec mon patron, ma décision de ne plus remettre les pieds au bureau. Il a essayé de me persuader que c'était le départ d'Astrid qui m'avait fait sombrer. N'importe quoi ! On ne fait pas une déprime à cause d'une femme qui se tire ! Il m'a prescrit des comprimés en me recommandant de me reposer et de revenir un mois plus tard. C'est alors que j'ai eu l'idée d'écrire ce livre. J'ai commencé à assiéger les éditeurs. Je leur envoyai le projet, leur demandant de financer une enquête de terrain, une vraie, comme autrefois, comme en ces temps où les journalistes contribuaient à la connaissance de leur époque. J'en ai rencontré au moins quinze avant de tomber sur Jean-Pierre. Un beau mec, bronzé, classe, chaleureux, à la recherche d'un coup littéraire. Il m'a reçu dans son bureau de la rue des Saints-Pères, m'a écouté longuement, sérieux, les mains jointes comme un curé. Puis il m'a demandé :

– Bon ! Disons... Je ne sais pas. Il vous faut combien de temps à Tel-Aviv pour boucler votre enquête ? Un mois ?

– Beaucoup plus qu'un mois ! Retrouver la piste, humer l'ambiance, rencontrer les gens... Trois mois !

Il a immédiatement été d'accord.

– D'accord ! Je vous paie le voyage et le séjour. Mais vous ne me laissez pas tomber, Ezra...

– Comment pouvez-vous penser une chose pareille ? Cette histoire m'est devenue une seconde nature. Elle est moi. Y renoncer serait comme se suicider.

– C'est précisément pour cette raison, Ezra, précisément pour cette raison que j'ai des craintes !

Et c'est comme ça que deux jours après avoir signé le contrat avec Jean-Pierre, je me suis retrouvé à Tel-Aviv. Je la connais, cette ville ; j'y ai habité deux ans durant, il y a une vingtaine d'années.

4

Les Égyptiens

Celle que je préfère entre toutes, c'est la rue Allenby, même si l'on n'y trouve plus ces prostituées, ukrainiennes, géorgiennes, éthiopiennes aussi, autrefois postées à chaque lampadaire, à chaque entrée d'immeuble, à chaque croisement. Aujourd'hui disparues dans des charters, elles ont laissé la rue à de vieilles ashkénazes en maraude à la recherche d'une dispute. En remontant Allenby vers le nord, on tombe sur le marché, le shouk HaCarmel. Au kiosque je me suis acheté des *bagels* à trois sous et me suis enfoncé dans les ruelles, jusqu'à ce café où j'ai commandé le jus de carotte…

Je demande au vieux :

– Comment il était, ce Monco ? Tu te souviens de lui ?

– *Beta'h*, « Certainement » que je m'en souviens ! Nous on l'appelait Moka ! On ne peut pas oublier ses pantalons roses à carreaux, ses foulards élimés qu'il s'attachait autour du cou comme un milord et ses mains noircies à fouiller les poubelles. À vrai dire, ça faisait de la peine, tu vois. On sentait qu'il avait été quelqu'un, jadis.

– Comment vivait-il ?

– Personne ne sait où il dormait. Quelquefois, on restait des mois sans entendre parler de lui et puis, durant une semaine, on le rencontrait tous les jours. Il s'adressait aux touristes, ou aux Russes bien habillés, qui roulent en Mercedes. Il parlait toutes les langues, le vieux filou. Ne va pas croire qu'il cherchait l'argent, non, il voulait raconter sa vie, tu vois ? C'est tout !

C'est ce qui me manque, précisément, la vie de Monco ; trouver ce qui le relie à ce que j'ai découvert. Mais le vieux Weiss se tait. Il me scrute comme s'il cherchait à lire en moi. Il veut savoir qui je suis.

– Tu as de la famille ici ? me demande-t-il suspicieux.

C'est la façon qu'ont les gens de ce pays de vous demander si vous êtes juif. Ils vous demandent ça à l'aéroport, au contrôle des passeports, au café, dans la rue, à l'épicerie, dans le taxi.

– Oui ! Il me reste un peu de famille ici. Mais ça fait une éternité que je ne les ai pas revus, peut-être trente ans.

– Ce n'est pas possible ! Tu ne peux pas dire ça, camarade ! Tu ne peux pas dire que tu ne les as pas vus depuis trente ans. Tu t'es fâché avec eux ?

Ma mère était issue d'une famille très riche, les « de Vita » – attention, nous ne nous appelons pas « Vita », mais « de Vita », avait-elle l'habitude de dire. « Nous avons été anoblis en 1870 par l'empereur François-Joseph... » Elle s'était amourachée d'un lointain cousin sans le sou, mon père, qu'elle avait épousé contre l'avis de ses parents. Mais leur amour n'avait pas survécu à l'exil. L'émigration, le froid, la cité de transit de Gennevilliers, la pauvreté lui étaient tombés dessus, elle qui au Caire commandait à un escadron de bonniches et de serviteurs. « Abdou, tu t'es occupé de la volière ? J'ai remarqué que la perruche bleue roucoulait avec la jaune. Je t'ai déjà dit que je ne voulais pas de mélange de couleurs ! Sais-tu seulement pourquoi

Dieu a décrété le Déluge ? Parce qu'il était dégoûté des mélanges. » En France, mon père qui n'avait jamais vraiment travaillé, s'était retrouvé à faire la dactylo dans un pool de secrétaires. Il dépérissait au bureau alors qu'elle s'étiolait à la maison. Elle avait tout de même tenu deux ans avant de prendre la fuite en Israël avec un ami de la famille, de passage à Paris, un Kimhi, Alphonse Kimhi, il me semble. Elle nous avait plantés là tous les trois, mon père désespéré, mon frère qui avait engagé la force de ses dix-huit ans contre la guerre d'Algérie et moi avec mes préoccupations sexuelles d'adolescent.

– Tu connais de vieux Égyptiens ? je demande au vieux.

– Des Égyptiens ? On dit que c'est la communauté qui a posé le moins de problèmes d'intégration. Ceux-là, en venant en Israël, ils n'ont pas immigré ; on pourrait dire qu'ils ont déménagé. Tu es égyptien ?

– Je suis né là-bas.

– À Alexandrie ?

– Non, pas à Alexandrie, au Caire.

– Alors, tu es un vrai Égyptien ! s'exclame le vieux. Les Égyptiens, m'explique-t-il, lorsqu'ils sont arrivés ici, c'était en 56-57, on aménageait Bat Yam. Ils se sont tous retrouvés dans les cités du bord de la mer. Va donc demander par là-bas s'ils ne connaissent pas ta famille.

– Allez, je lui réponds agacé, tu ne crois pas que je vais me promener dans Bat Yam et demander à chaque personne que je croise si elle ne connaît pas ma famille. Laisse tomber !

C'est vendredi. Il est peut-être quinze heures trente. Il se ravise soudain.

– Non ! Tu as raison ! Mais je connais la synagogue où prient les vieux Égyptiens. Si tu veux, je viens avec toi. Je leur demanderai s'ils connaissent ta famille.

– Je ne sais pas, le vieux, je ne sais pas !

Il s'interrompt, pose son verre, me regarde bien en face et me dit :

– Tu veux les retrouver, oui ou non ?

– C'est que…

– Qu'est-ce que tu n'arrives pas à me dire ?

– C'est que… Une synagogue, tu vois… ça fait si longtemps que je n'ai pas prié.

– Ah, tu es trop bête, toi ! On ne va pas dans une synagogue pour prier ; on y va pour discuter !

À la synagogue Ahava V'Ah'va, une synagogue d'Égyptiens, Eliahou Halevy, un autre vieillard, né au Caire comme moi, connaît ma famille.

– Elle a perdu Alphonse, son mari, l'année dernière, nous raconte-t-il. Ils n'avaient pas d'enfants ensemble, mais elle, elle a des enfants en France, d'un premier mari… La pauvre, son fils, le plus jeune, il ne se soucie pas d'elle. Les enfants, aujourd'hui, c'est un véritable problème. On n'aurait jamais imaginé une chose pareille autrefois. Je crois même qu'elle ne l'a pas revu depuis des dizaines d'années.

Il doit être dix-huit heures. Je rejoins la rue Frishman et remonte doucement vers la ville. Je m'arrête devant le petit immeuble carré, curieusement bâti sur pilotis, semblable à des centaines d'autres. Je me demande comment je vais lui parler. Je me décide à grimper les escaliers de l'immeuble, lentement, pas à pas. Une très vieille femme, habillée de noir, comme venue d'un autre âge, un fichu noué sur la tête, m'invite à entrer sans rien dire.

– Bonsoir ! je lui dis en hébreu.

Elle ne répond pas. J'aperçois encore des vieux, assis par terre. Quelqu'un pleure en silence. Personne ne me regarde. Je m'approche d'un homme, peut-être âgé d'une cinquantaine d'années, le plus jeune de l'assemblée ; lui est debout, affairé, tout vêtu de noir, bedonnant, barbu…

– Je voulais voir madame de Vita.

– Oui, c'est chacun son tour. La chambre du fond est si petite…

– Elle est là ? je demande, inquiet.

– On n'avait pas prévu tout ce monde ; on l'aurait mise dans le bureau…

L'ambiance est étrange.

– Et vous ? Vous êtes ?

– Yaakov Teboul, le rabbin.

J'hésite, vais pour m'éclipser.

– Ne vous inquiétez pas, je parle français, me rassure-t-il, vous êtes de la famille ?

Je les regarde. Ils tiennent la tête baissée. Une femme sort de la cuisine et s'avance vers moi en boitant. Les yeux délavés, leur couleur usée par le temps. Sa peau est un parchemin, piquée de taches de rousseur, ou de vieillesse. Elle m'offre du thé au lait, à l'anglaise.

– Prenez aussi un morceau de gâteau, insiste-t-elle. Ce sont les gâteaux du deuil.

– Je suis Ezra !

– Vous êtes son fils cadet ? Jusqu'au dernier moment, elle vous réclamait. Elle disait : « Il est sorti de moi ; de mes entrailles. Maintenant que je m'en vais, où pourra-t-il reposer son âme ? »

– Elle est… ?

– Elle est là-bas, dans la petite chambre du fond. Vous avez dit le *kaddish* ? Si vous êtes son fils, vous devez le faire !

Je n'éprouve aucune émotion. Et le rabbin qui ajoute :

– Elle est partie pour Shabbat, c'était une vraie *robissa*, « une femme pieuse » (on voit qu'il ne la connaissait pas !).

Il a fallu que je tombe sur ce Weiss, qu'il me conduise jusqu'à cette synagogue. Ma mère avait une théorie sur la vie et sur la mort. Je ne sais où elle l'avait dénichée. Elle disait que la vie était une perpétuelle souffrance parce que les événements fracturaient l'âme. Chaque personne que l'on rencontrait en emportait un fragment. Ce n'était qu'à sa mort que l'on pouvait – si l'on avait su rassembler les êtres aimés autour de sa dépouille – retrouver son âme complète. Je devais certainement détenir l'un de ses fragments. Elle s'était débrouillée pour que je vienne le lui restituer. La voilà devant moi, étendue sur son lit, l'âme sans doute entière ! Elle est étrangement belle, les traits fins, reposés.

– Pour le *kaddish*, propose-t-il, il vous suffira de répéter après moi.

Le *kaddish*, cette prière que l'endeuillé dit le jour des funérailles, qu'il répétera plusieurs fois par jour, une année durant, pour conduire le mort jusqu'au « monde des vivants ». C'est ainsi que l'on désigne le monde des morts chez les Juifs.

– *Kaddish ! Kaddish !* appelle le rabbin.

Ça m'a pris une bonne heure pour m'échapper de là. Dehors, le vent s'engouffre sous ma veste. J'ai la sensation de me traîner, comme un vieillard, comme si mes souliers étaient collés au bitume. Lorsque nous sommes arrivés à Paris, en 1958, il faisait froid et humide. Ma mère avait dit alors : « Je ne veux pas être enterrée dans ce pays. Les os, avec cette humidité… il y a de quoi attraper tous les rhumatismes de la création ! » Elle reposera au cimetière de la rue Trumpeldor, à Tel-Aviv, à même un lit de sable chaud. Les obsèques auront lieu dimanche, car demain, c'est shabbat. Je n'irai pas. Je me promets même d'éviter le quartier. Je suis venu écrire ce livre qui va réhabiliter mon nom. Je ne vais pas me laisser ravager par des affaires de famille oubliées depuis des siècles ! Le gardien de nuit me trouve une mine de déterré. Il ne croit pas si bien dire. Il me demande si j'ai dîné, si je souhaite qu'il me monte un sandwich. Je refuse, la gorge nouée, je ne pourrai rien avaler.

Arrivé dans ma chambre, je me précipite sur mon ordinateur portable, branche Internet, ouvre ma boîte aux lettres. Elle m'a envoyé un message. Je l'ouvre fébrilement :

« Ezra,

Pour quelle raison refusez-vous de m'envoyer une photo ? Nous nous écrivons depuis des semaines et je ne sais rien de vous hormis votre prénom… et peut-être s'agit-il d'un pseudonyme ! Que faites-vous dans la vie ? Je vous ai envoyé plusieurs photos de moi, dont certaines sont assez intimes, alors que je ne sais même pas à quoi vous pouvez ressembler. Vous comprendrez ma méfiance ! Merci pour tous ces mots de tendresse que vous m'écrivez. Je suis surprise par vos élans. Je confesse qu'il m'est agréable de les recevoir, de les lire. Pour quelle raison souhaitez-vous entretenir ainsi le mystère sur votre identité ? J'avoue que vos raisons m'échappent. Je finis par imaginer des scénarios rocambolesques. Il m'arrive même de penser que nous nous connaissons et que vous craignez que je vous identifie. Ezra, s'il vous plaît, répondez-moi. Tania »

Je réponds. Mon message se termine ainsi : « Croyez-vous qu'une attirance comme celle que nous éprouvons l'un pour l'autre, naïve, instinctive, quasi puérile – croyez-vous qu'une telle attirance ait la moindre chance de connaître des lendemains ? »

Il est vingt-deux heures.

5

Arlozoroff

Jérusalem, le 15 juin 1933

1933 ! – Il est des années où le destin vient s'inscrire dans l'histoire du monde, traçant dans la pierre des récits pour les siècles. Ce mois de juin 1933, Staline intensifiait la guerre ouverte qu'il livrait à ses propres paysans ; Trotski insultait Staline et les staliniens, Anaïs Nin embrassait Antonin Artaud à pleines lèvres sur un quai du port de Saint-Raphaël et Arlozoroff rentrait de Berlin. Il était parti y négocier le départ des Juifs allemands que les nouvelles autorités nazies pourraient laisser émigrer avec une part de leur fortune convertie en produits d'équipement. Entente insensée entre la gauche du sionisme installé en Palestine et ce régime éructant, obsédé par la haine des Juifs, diabolique, nazi. Il y avait un motif politique à cette incongruité morale. Les Juifs européens et surtout américains avaient été si choqués des premiers pogromes antisémites orchestrés par les SA dès la prise du pouvoir de Hitler en janvier 1933, qu'ils étaient parvenus à convaincre les industriels et les politiques des grands États démocratiques de sanctions économiques. L'idée d'un boycott des produits allemands devenait de jour en jour plus actuelle. Depuis trois mois, une sorte de blocus économique informel se resserrait lentement autour du nouveau pouvoir. Le mouvement était parti des États-Unis et prenait de l'ampleur, inquiétant le régime nazi en son cœur. Hitler trépignait de rage, voyant dans les réactions à sa politique antisémite la confirmation de ses angoisses : l'existence d'un complot juif international. Les Juifs allemands étaient nombreux, considérant encore l'Allemagne comme leur patrie. Selon le recensement du 16 juin 1933, la population juive de la seule Berlin s'élevait à cent soixante mille personnes. Tel-Aviv émergeait des sables. Les immeubles poussaient comme des champignons, des artères de terre battue se creusaient du jour au lendemain et quelques lampadaires dressaient ici ou là d'improbables points de rendez-vous. En ce milieu de juin, la chaleur commençait de monter, rendue insupportable par l'étrange moiteur qui atteint son acmé à Tel-Aviv, au plus profond de l'été.

Haïm Arlozoroff, membre du Comité exécutif de l'Agence juive, ministre des Affaires étrangères d'un État sans frontière, était parti négocier avec les Allemands les termes de ces accords que l'on désignera sous le nom de *Ha'avara*, « accords de transfert » – accords qui allaient permettre à des dizaines de milliers de Juifs allemands nantis d'échapper à l'enfer – et cela jusqu'en 1938. Il s'était rendu dans la capitale allemande, avait poursuivi son voyage jusqu'en Tchécoslovaquie, était revenu à Berlin. Il avait brutalement interrompu les pourparlers et s'en était retourné en Palestine. Il avait pris le train de Berlin pour Rotterdam ; de là, il était passé par Londres, Paris, Marseille, Naples, zigzaguant à travers l'Europe, cherchant à effacer ses traces. Que s'était-il passé durant le voyage ? Qui était-il parvenu à rencontrer ? À quoi s'était-il engagé, quelles assurances avait-il reçues du pouvoir nazi ? Quelles garanties avait-il données en retour ? Arlozoroff était finalement parvenu en Palestine à l'issue d'un périple de plus de trois semaines. Ce jeudi 15 juin, il se trouvait à Jérusalem. Il était neuf heures et demie. Il buvait un thé chaud et fort, dans un café arabe de la vieille ville. Face à lui, un homme en pantalon de toile et chemise au col largement ouvert, l'écoutait parler à voix basse. À chaque bruit, Arlozoroff se redressait, se retournait, observait chaque visage. Le patron du café qui le connaissait s'approcha :

– *Ya ostaz !* Que t'arrive-t-il ? Tu m'as l'air tourmenté. La politique ?… toujours la politique…

Même en plein cœur de l'été, Arlozoroff ne quittait jamais son costume à la mode européenne et sa cravate. Il transpirait à grosses gouttes – la chaleur, le thé chaud, l'angoisse ? Il passa deux doigts dans le col de sa chemise et avala sa salive.

– Toi, un Monsieur, un *khawaga*, reprenait l'homme, toi que tout le monde admire et respecte, qu'aurais-tu à craindre ? Pourquoi regardes-tu sans cesse par-dessus ton épaule ? Aurais-tu peur de tes propres frères ? Si tes frères sont contre toi, *ya raïs*, « ô, Président », ils finiront par parler dans ton dos un jour ou l'autre. Rappelle-toi l'histoire de *sayedna Youssef*, de « notre prophète Joseph ». N'a-t-il pas été vendu par ses propres frères ?

Il attendit sans mot dire que le tenancier s'éloignât, concentré sur son verre de thé fumant. Puis, il s'adressa à l'homme attablé avec lui :

– Nahum, montre-moi !

Nahum déplia précautionneusement le dernier numéro de *'Hazit Ha'am*, « Le front du peuple », le journal de la section ouvrière de la droite radicale. Voilà deux ans que les Birionim en avaient pris le contrôle. Au temps de la résistance juive contre les Romains, dans les premières années de l'ère chrétienne, un groupe de Juifs extrémistes s'était constitué, qui avait décidé que deux Romains périraient pour chaque Juif emprisonné, torturé, jeté aux arènes ou assassiné dans les oubliettes de la légion. Ces Juifs, pourtant pieux, issus d'une congrégation d'intégristes qu'on appelait « zélotes », portaient dans leur manche une fine dague, effilée comme un rasoir, et chassaient le Romain dans les ruelles de Jérusalem. Malheur au centurion isolé, égaré dans les dédales ; il finissait au bord du chemin, la gorge tranchée ou la poitrine transpercée. On appelait « sicaires », du nom de leur dague, ces terroristes qui avaient armé leur Dieu et s'étaient cuirassé le cœur. Et lorsque en 1928, près de mille neuf cents ans plus tard, le philosophe Aba Ahimeïr, le poète Uri Greenberg et le médecin Yehoshua Yevin avaient fondé leur groupe de résistants armés pour répondre par la violence aux pogromes arabes, ils s'étaient souvenus que les rabbins du premier siècle décrivaient autrefois les sicaires comme une bande de « brigands » – en hébreu, *habirionim* : « les brigands ». C'est de là qu'ils avaient choisi le nom de leur groupe : *brit habirionim*, « l'alliance des brigands ». C'était sans doute Ahimeïr, le poète révolté, celui-là même qui avait trouvé le nom du groupe d'exaltés, qui avait écrit l'éditorial que lisait maintenant Arlozoroff. En grand titre, à la une : « Alliance Staline – Ben Gourion – Hitler ! » Puis on parlait d'Arlozoroff, « Le diplomate rouge » qui était « allé se rouler aux pieds de Hitler ». Le Mapaï, le parti de la gauche sioniste, a vendu l'honneur juif par appât du gain, ajoutait l'éditorialiste avant de menacer : « Le peuple juif a toujours su juger comme il se doit ceux qui vendent son honneur et sa foi. Cette fois encore, il saura trouver la réponse adéquate aux turpitudes qui se trament sous ses yeux »... Arlozoroff ne put réprimer un frisson.

– Ils parlent de moi ?

– De toi, de nous, de notre politique... Mais surtout de toi, Haïm ! C'est toi qu'ils dénoncent à la vindicte populaire... Mais toi, c'est nous, c'est nous tous !

– Une bande d'abrutis ! Ce sont des primitifs, *bahaïme*, ajouta-t-il en yiddish, « des bêtes »... Sont-ils autre chose que des serfs polonais n'ayant même jamais appris à lire ?

– Oui, Haïm, c'est vrai ! Ce ne sont pas les meilleurs d'entre nous. Ils se sont fait une spécialité d'exciter les penchants les plus bas... Mais ils ont une certaine audience, ne l'oublie pas ! On dit que ce sont eux qui décident maintenant de la ligne de leur parti, qu'ils y ont même plus d'influence que Jabotinsky.

– Mais... s'emporta Arlozoroff, n'ont-ils pas compris qu'avec l'accord que j'ai obtenu – et avec quelles difficultés ! – nous ferons d'une pierre deux coups, permettant à des milliers de pauvres gens de sauver leur liberté, leurs biens, peut-être même leur vie, tout en apportant une aide financière décisive au Yishouv ?...

Quoique né en Ukraine, Haïm Arlozoroff avait étudié à Berlin. Il faisait partie de ceux qu'on appelait les *Yékés*, « les gens à costume », c'est-à-dire « les Allemands ». Éduqués, héritiers de la *haskalah*, de l'Allemagne des « Lumières », ceux-là voulaient une Palestine à l'européenne, une Palestine avancée, socialiste. Mais depuis une dizaine d'années arrivait une nouvelle immigration, chassée de Pologne par les mesures antisémites du gouvernement Grabski. À la différence des Yékés, ces nouveaux immigrants ne se sentaient pas attirés par l'idéal socialiste et n'avaient aucun goût pour les installations rustiques des kibboutz. Commerçants, artisans, ils s'installaient en ville, prétendaient faire des affaires – pire encore aux yeux du Mapaï : ils espéraient s'enrichir. De plus, beaucoup parmi eux étaient traditionalistes, religieux parfois, rejetant l'idéologie athée des partis de gauche et des syndicats – de la Histadrout surtout ! Ceux-là se retrouvaient plus facilement dans les propositions du parti de Jabotinsky, le « parti révisionniste ». La crise économique, qui s'amplifiait depuis 1926, avait tendu les positions, chauffé à blanc les antagonismes. La droite traitait la gauche de « traîtres à la solde des occupants anglais et de leurs laquais arabes ». La gauche traitait la droite de fascistes et désignait leur chef, Vladimir Zeev Jabotinsky, comme une « bête assoiffée de sang », un « Hitler juif ». Jabotinsky, ce héros de la résistance, fondateur de la légion juive de l'armée britannique pendant la guerre de 14, ils le tournaient en dérision dans leurs journaux l'appelant « Vladimir Hitler ».

– Tu sais, reprit Nahum, que les révisionnistes considèrent nos pourparlers avec les Allemands comme un acte de haute trahison. L'aile droite, le Betar, va même jusqu'à réclamer ta mort…

Arlozoroff fut traversé d'un nouveau frisson.

– Ma mort ?

– Oui ! On dit qu'ils ont fait circuler l'ordre de t'assassiner.

– Et Jabotinsky a cautionné une telle infamie, lui qui se présente comme un nouveau prophète ?

– Non, Haïm, non ! Jabo n'a pas cautionné ; il a dit très clairement et il n'arrête pas de répéter qu'un Juif ne peut tuer un autre Juif.

– Mais as-tu seulement lu ce torchon ? demanda Arlozoroff en agitant le journal. C'est un véritable appel au meurtre !

– Je sais, je sais ! Calme-toi ! Nous avons décidé de t'accorder une protection durant quelque temps. Deux hommes armés t'accompagneront aux meetings, à chaque fois que tu prendras la parole en public, de vrais colosses, je les connais, des jeunes du club sportif.

– *Shtouyot !* Bêtises que tout ça, voyons ! Je n'ai pas peur pour ma vie, mentit Arlozoroff… C'est que j'éprouve du dégoût à l'idée que parmi les nôtres, il puisse y avoir des fascistes de la pire espèce. Ça me dégoûte ! Viens, on va être en retard. Tu as trouvé une voiture ?

Nahum avait emprunté sa Buick 1928 à Wassermann, le boucher de la rue Hertzl. Il installa Arlozoroff sur les coussins moelleux de la banquette arrière et prit le volant.

– Tu vas voir, lui lança-t-il, tu auras l'air d'un prince conduit par son chauffeur.

Pourquoi fallait-il que sitôt rentré au pays, il reprenne ses démarches dans les villages arabes ? Il avait bien d'autres problèmes en tête. Aujourd'hui, il traitait avec les hommes d'État les plus puissants du monde. La semaine dernière, il était à Berlin ; quinze jours auparavant à Prague, le mois dernier à New York, Washington, Chicago. Durant ces séjours, il s'était senti un homme d'État et voilà qu'il devait faire le voyageur de commerce. Arlozoroff s'installa à l'arrière de la voiture, étendit ses jambes sur le petit strapontin de velours et ferma les yeux. La voiture s'engagea en cahotant sur la route du mont des Oliviers, en direction de Jéricho.

– Allez, va, ne t'inquiète pas, lui lança Nahum dans le rétroviseur, si Jabotinsky se prend pour un prophète, toi, tu seras le roi !

Haïm Arlozoroff avait cette sorte de beauté virile qui plaisait aux femmes. Le menton volontaire, des lèvres charnues et dessinées, un grand front dégagé. Ses éternelles lunettes sur le bout du nez, il s'était doucement laissé glisser dans le sommeil. Nahum, tout en vitupérant contre les charrettes arabes qui le contraignaient à rouler au pas, continuait à parler :

– Nous sommes de plus en plus critiqués – et avec quelle violence ! Les révisionnistes sont forts. Si l'on organisait aujourd'hui des élections, je ne sais si nous sortirions encore majoritaires. Je suis même certain que non !

Arlozoroff poussa un grognement…

– Mais si ! insista Nahum, ils mènent une véritable campagne contre nous. Depuis avril ; depuis que nous avons commencé nos démarches pour ces fameux « accords de transfert », c'est comme s'ils avaient soudain pris conscience de l'antisémitisme forcené des nazis. Et maintenant, voilà qu'ils se présentent au peuple comme les champions de la lutte contre l'antisémitisme en Europe. Tu te rends compte ? Eux qui, il n'y a pas si longtemps, écrivaient que Hitler était le seul homme politique capable d'arrêter la racaille rouge…

Arlozoroff hésitait au seuil du sommeil, dans cet état d'endormissement où des images obsédantes s'imposent, se déforment et quelquefois surprennent et effraient. Il voyait le douanier allemand accompagné des deux gendarmes pénétrer dans le compartiment, au passage de la frontière hollandaise. Ils lui demandaient brutalement de présenter ses papiers. Il fouillait les poches de son imperméable, de sa veste, de son pantalon et ne les retrouvait pas. Il sursautait, ouvrait un œil… un bref instant d'éveil et replongeait. Les deux mêmes gendarmes qui exigeaient ses papiers, qu'il leur tendait, cette fois. Le premier montrait quelque chose au second en ricanant. Arlozoroff savait ce qu'ils regardaient… le lieu de naissance… Ukraine… la nationalité… britannique… et le domicile : Jérusalem… Juif ? Vous êtes juif ? Il sursauta à nouveau, son pied agité d'une brutale décharge. Les mêmes images reprenaient encore : cette fois, les deux gendarmes demandaient les papiers à son compagnon de voyage, Heinrich Blum, un Juif allemand. L'autre était terrifié. Il leur tendait son passeport en tremblant. Ils criaient, lui confisquaient ses documents. Arlozoroff aurait pu intervenir, s'interposer, mais non ! Il restait en retrait, observant les deux brutes qui passaient les menottes au pauvre bougre. Les visages grimaçants des fonctionnaires allemands l'avaient incommodé au point que, souhaitant quitter ce cauchemar, il ouvrit les yeux. Nahum venait de s'arrêter au poste frontière. Il s'était inséré dans la queue pour passer en Transjordanie.

6

Sheikh Mahmoud

14 h 30

Ils étaient arrivés à Wadi Musa. Un comité était là pour les accueillir dès l'entrée du village : des enfants qui sautaient autour de la voiture, des bergers avec quelques chèvres et quelques moutons et une demi-douzaine d'hommes silencieux. On pouvait aussi apercevoir des femmes à la porte de leur maisonnette, attirées par le spectacle. Le Sheikh et ses trois garçons avaient revêtu leur belle djellaba noire et recouvert leur tête d'un keffieh immaculé. Le vieux portait son poignard à la ceinture.

– *Shalom aleikhem*, dit le Sheikh en hébreu.

– *'Aleikom el salam*, répondit Arlozoroff en arabe, avec un fort accent allemand.

Le chef du village grimpa dans la voiture auprès d'Arlozoroff, le reste de la troupe accompagnant le cortège en sautant sur le marchepied.

– Tu as fait bon voyage, l'ami ? Je sais que tu viens de loin !

– Je viens de très loin, *ya sidi*, si tu savais… je viens d'Allemagne ! Je t'amène le salut de nos amis d'Europe. Ils savent que nous sommes en train de construire le monde de demain – un monde de paix et d'amitié !

Deux mois plus tôt, les Britanniques avaient promulgué une loi octroyant à la Transjordanie une véritable Constitution par laquelle l'émir devenait un souverain héréditaire. Ils s'étaient empressés de créer de toutes pièces un État arabe sur une partie de la Palestine que leur avait confiée la Société des nations, amputant le territoire qu'ils avaient mission de gérer pour limiter les ambitions juives par un acte irréversible. Car les Juifs voulaient la Palestine, toute la Palestine, comme autrefois, des deux côtés du Jourdain. Maintenant, les Anglais équipaient et entraînaient l'armée de Transjordanie, la légion arabe. Arlozoroff savait qu'il allait falloir compter avec cette nouvelle force qui deviendrait à terme la plus puissante de la région.

– Maintenant, vous avez votre pays au-delà du Jourdain, commença Arlozoroff.

– Ce n'est pas encore un véritable pays, l'interrompit le Sheikh, qui était un proche de l'Émir Abdallah.

– Oui, certes, vous n'êtes pas totalement autonomes, mais les Anglais se sont habitués à l'idée qu'ils devront vous laisser gouverner votre destinée. Il s'agit maintenant d'obtenir la même chose chez nous.

– Ce ne peut être la même chose chez vous, l'ami ! Tu sais qu'il y a un problème dans ce pays que vous appelez Palestine ! Ce sont deux peuples qui y vivent et non pas un seul comme chez nous…

Ils s'étaient installés dans une maison minuscule, d'une seule pièce, sur des coussins, à même le sol. Le Sheikh était assis auprès d'Arlozoroff, ses trois fils autour de lui. Nahum était resté debout ; il se tenait dans l'encoignure de la porte, la tête à l'intérieur pour ne rien perdre de la conversation. Les échanges se déroulaient en anglais. Les fils du Sheikh, qui ne comprenaient pas cette langue, se tenaient assis, très droits, les bras croisés sur la poitrine, devant des verres de thé.

– Il y a un problème chez nous, admit Arlozoroff, mais il ne provient pas de notre mouvement ! Nous n'avons aucune intention de chasser les Arabes. Nous voulons un même pays pour les deux peuples, les Juifs et les Arabes.

Il trempa ses lèvres dans le verre de thé.

– Je sais que c'est cela que tu veux, mais regarde-toi ; crois-tu que tu nous ressembles ? Vous autres, les Allemands, vous êtes allés à l'université. Toi, tout le monde t'appelle « docteur » et lorsqu'on parle de ton ami, le Président, on dit avec déférence : « le professeur ». Nous, que veux-tu, nous sommes des bergers. Crois-tu que c'est ainsi qu'on vient chez un voisin pour lui demander l'hospitalité ? En exigeant qu'il te ressemble ? Si vous voulez habiter chez nous, commencez donc par être comme nous !

Arlozoroff ne broncha pas sous la critique. Il avait fini par s'habituer à la rhétorique des gens d'ici qui exigeaient d'abord que l'on cédât sur tout, que l'on se soumît à eux sans condition, pour finir par accéder aux demandes qu'on leur adressait. Il suffisait d'être patient.

– Ne dit-on pas dans le Coran que Dieu a créé les hommes différents et que c'est un acte impie que d'exiger l'uniformité ?

– Je l'admets, répondit le Sheikh. Vous avez le droit d'avoir vos propres coutumes, mais votre présence ici oblige les gens à changer. Vos fruits sont meilleurs et plus abondants que les nôtres ; voilà que nos agriculteurs veulent adopter vos méthodes – et nous n'en avons pas les moyens ! Vos vêtements plaisent à nos enfants, mais pas à nos bourses. Bientôt nos filles voudront se rendre seules en ville comme les vôtres… Crois-tu que nous les laisserons partir ainsi ?

Arlozoroff restait silencieux. Il se demandait comment il amènerait la question des machines. Il avala une gorgée de thé et reprit :

– Nous voulons un même pays pour les deux peuples, et ce pays, nous le voulons moderne ! Nous voulons que ce pays soit aussi moderne que les pays d'Europe ou même que l'Amérique. Tu comprends ?

– Moderne ? Pourquoi me dis-tu cela ? Prends-tu les Arabes pour des arriérés ? Crois-tu que nous ne savons pas prendre le train, conduire des automobiles ou tirer au fusil, tout comme toi ?

La conversation se poursuivit longtemps sur le même ton. Arlozoroff voulait seulement que le Sheikh Mahmoud acceptât de signer un protocole d'accord instituant une coopération technique pour l'usage de machines agricoles fournies par le Mapaï – lui savait que ces machines seraient allemandes. Ce jour-là, le Sheikh ne céda pas.

18 heures

Arlozoroff s'était installé sur le siège avant, près de Nahum. Ils étaient silencieux, déçus de leur rencontre avec les Arabes de Transjordanie. Mais Nahum ne pouvait rester longtemps sans parler :

– Ils refusent notre offre ? Est-ce cela que tu as compris ? On leur apporte les machines agricoles les plus modernes, on les livre à domicile pour un prix ridicule et ils refusent…

– Ils ont parfaitement compris notre intention. Ils sont en train d'évaluer le coût politique de l'opération. Quel impact aura sur la population un accord économique d'envergure entre le Yishouv et les agriculteurs arabes ? C'est ce qu'ils essaient de prévoir. Et je crois que Mahmoud attend les ordres de l'Émir, rien de plus !

– C'est toi qui sais, Haïm, bougonna Nahum. La politique, c'est toi !

Arlozoroff restait sombre. Nahum, tout occupé à manœuvrer la limousine dans des chemins caillouteux s'était mis à siffloter la *Hatikva*, la chanson sioniste que le Mapaï proposait d'adopter comme hymne national du mouvement. Arlozoroff se reprochait son renfermement, surtout avec Nahum, un proche de longue date.

– Trouves-tu encore le temps de peindre, demanda Arlozoroff voulant se concilier l'humeur de son ami.

– Peindre ? s'étonna Nahum, parfois je n'arrive même pas à trouver le temps de manger… Et toi ? Trouves-tu le temps d'écrire des poésies, toi qui autrefois en écrivais au moins une par jour ? Non, n'est-ce pas ? Tu vois ? C'est pareil ! Lorsqu'on bâtit un pays, on évite de perdre du temps.

Ces deux-là se connaissaient depuis le premier voyage d'Arlozoroff en Palestine, en 1921. Malgré cette longue amitié, Arlozoroff restait une énigme pour Nahum. Qui était cet homme qui serait certainement devenu un grand professeur d'université à Berlin, Hambourg ou Heidelberg ? Qu'était-il venu faire dans ce pays de misère ? Nahum n'avait jamais compris ! On sentait que l'endroit n'était pas à sa taille. Des visiteurs prestigieux venant de très loin faisaient le voyage pour bénéficier de deux heures de discussion philosophique avec lui. Brillant lorsqu'il parlait en public, original et courageux dans ses idées, généreux de son temps lorsqu'il fallait expliquer tel point de doctrine, Arlozoroff restait silencieux sur lui-même. De fait, peu au sein du mouvement connaissaient sa vie privée – sauf peut-être Haïm Weizmann, le

Président de l'Organisation sioniste internationale. Tellement semblables ces deux-là ! Au point qu'on les appelait Haïm Ier et Haïm IInd. Nahum quant à lui, savait à peine où habitait Arlozoroff et n'y avait jamais été invité durant toutes ces années. Profitant du tour plus personnel que prenait leur conversation, il se hasarda :

– Est-ce vrai, ce qu'on dit, Haïm ?… que tu as une autre femme ?

Arlozoroff sourit, amusé.

– Avant d'épouser Sima, j'ai été marié une première fois. Oui ! J'ai même un premier enfant, une fille.

– Je sais tout cela, Haïm ; je le sais comme tout le monde ! Ce n'est pas de cette femme que je te parle, mais d'une autre que tu aurais en ce moment ; une étrangère, dit-on. On raconte même que Sima en souffre beaucoup.

Arlozoroff éclata de rire.

– Non seulement tu crois aux superstitions, Nahum, mais en plus tu colportes des ragots.

Nahum ricana :

– Tu vois, tu ris ! Tu aurais donc une autre femme ? On dit aussi que c'est une *shikse*, « une goy ».

– Mais qui t'a raconté ces âneries, Nahum ? Tu dois tenir ça de tes fréquentations révisionnistes qui ne pensent qu'à me traîner dans la boue.

– Laissons tomber, Haïm ! Je vois bien que cette conversation te dérange. Mais parfois je ne sais pas où tu es. Lorsqu'on te cherche à Tel-Aviv, tu es à Haïfa et lorsqu'on te cherche à Tzfat, tu es à Jérusalem, lorsque tu ne voyages pas au bout du monde. Les gens me demandent sans cesse où tu te trouves. Où dormiras-tu ce soir ? Ne comptes-tu pas rentrer à Tel-Aviv pour le week-end ?

– Non, pas ce soir ! Je passerai la nuit à Jérusalem. Je me débrouillerai, va ! Ne t'inquiète pas ! J'ai un travail fou avec ce flot d'émigrants qui nous débarquent. Je ne sais quand je pourrai quitter la ville. Je me débrouillerai, je te dis !

– Comme tu voudras, Haïm ; comme tu voudras !

20 heures, Hôtel King David, Jérusalem

Inauguré deux ans plus tôt, l'hôtel était neuf. Sa forme, ses proportions, les créneaux qui bordaient ses terrasses, tout rappelait les murailles de la vieille ville. L'intérieur, tout en marbre, exhibait un luxe ostentatoire. Arlozoroff s'était installé en retrait, sous un ventilateur. La salle du restaurant regorgeait de militaires britanniques, des gradés, que l'on reconnaissait à leur tenue soignée. La pipe vissée au coin des lèvres, Arlozoroff relisait une fois encore l'éditorial de *'Hazit Ha'am*, un crayon à la main, cherchant à pénétrer l'intention des auteurs. Une angoisse le saisissait chaque fois qu'il se disait qu'il existait, ici en Palestine, sans doute dans cette ville de Jérusalem, des hommes qui avaient longuement discuté de son élimination. Avait-elle déjà été planifiée ? Le suivait-on ? Qui sait si, à l'instant, un homme ne se tenait pas tapi derrière les tentures, prêt à lui décharger un revolver dans le dos. Il n'aimait pas cette idée. Lorsqu'il l'aperçut, le propriétaire de l'hôtel se précipita pour le saluer.

– C'est un grand honneur, monsieur Arlozoroff, de vous avoir ce soir à dîner. Cette table vous convient-elle ou préférez-vous une autre, plus près de la lumière ?

Vita Mosseri était l'un des frères d'une richissime famille de banquiers juifs égyptiens. Ils avaient investi dans le coton et contribué à faire entrer l'Égypte dans la modernité. Ils possédaient également quelques affaires en Palestine. Les Mosseri avaient eu l'idée d'offrir l'hospitalité d'un hôtel de haut niveau aux diplomates et aux étrangers qui affluaient de plus en plus nombreux à Jérusalem. Depuis son ouverture, l'hôtel ne désemplissait pas. Vita connaissait la fonction politique d'Arlozoroff, sorte de ministre des Affaires étrangères. Il se disait que si, à trente-trois ans, on lui avait confié d'aussi importantes responsabilités, cet homme serait sans doute appelé à un grand avenir. Les Anglais finiront peut-être par tenir un jour leur promesse, permettant la création d'un foyer national juif, voire d'un véritable État juif. Peut-être Arlozoroff en sera-t-il le premier Président ? Il se pencha vers lui, lui mettant la main sur l'épaule et lui murmura à l'oreille :

– On a laissé un pli pour vous, cet après-midi.

Arlozoroff sursauta.

– Cet après-midi ? Personne ne sait que je suis rentré. Et comment cette personne pouvait-elle savoir que je viendrais dîner ce soir ?

Vita s'éloigna d'un pas et toisant Haïm :

– Une femme, monsieur Arlozoroff, une étrangère, allemande, je crois… Et il ajouta : Une très belle femme !

Ni Vita Mosseri ni Haïm Arlozoroff ne remarquèrent, à la table voisine, deux hommes silencieux, qui tendaient l'oreille. L'un était grand, svelte, le cheveu ras, l'allure sportive malgré son âge. Il était vêtu comme un aristocrate d'un complet à carreaux. Il portait monocle et canne à pommeau d'argent. L'autre, beaucoup plus jeune, semblait plus fruste. La coiffure en bataille, il palpait nerveusement ses poches.

– Ah ? dit simplement Arlozoroff.

Tandis que le propriétaire s'éloignait, Arlozoroff décacheta fiévreusement l'enveloppe. La distance ne permettait pas aux deux hommes d'apercevoir ce qui était écrit, mais ils virent pâlir son visage. Ses doigts s'étaient mis à trembler. Il était encore plongé dans sa lecture lorsque l'envoyé de Weizmann apparut.

– Herr Arlozoroff ?

– Bonsoir, Avroum !

– Bonsoir monsieur ! Le professeur Weizmann n'a pas pu venir vous accueillir, mais il m'a envoyé vers vous.

– Je sais, répondit Arlozoroff en pliant hâtivement son courrier et en l'enfouissant dans la poche de sa veste. Je sais ; il m'a prévenu par téléphone.

– Il souhaite que vous lui présentiez un compte-rendu du congrès. Il sait que vous l'écrirez, mais il tenait à recueillir tout de suite, de votre bouche, les premières informations.

Arlozoroff n'invita pas le jeune homme à s'asseoir. Il lui parla ainsi, en levant la tête, distant :

– Eh bien, les nouvelles ne sont pas bonnes, Avroum ! On m'a déchiqueté, lacéré. J'ai été raillé, critiqué, hué, on m'a lancé des fruits pourris sur l'estrade durant mon exposé. Quelqu'un a même pris la parole pour me dire qu'ils en avaient assez de mes grands airs d'intellectuel, que le socialisme réel n'avait aucun besoin de barons rouges…

– Ah, s'excusa le jeune homme, je suis désolé…

– Vous n'avez pas à être désolé, Avroum, vous n'y êtes pour rien ! Mais que voulez-vous, ils sont comme ça, les Juifs ! Ils se déchirent entre eux ; c'est même une de leurs passions les plus anciennes. Nos maîtres ne disaient-ils pas que le Temple avait été détruit à cause des disputes et des mauvaises paroles ?

– Certainement, Herr Doktor, *lashon 'ara*, « la mauvaise langue » ! Peut-être souhaitez-vous donner des informations supplémentaires au professeur Weizmann ? Des précisions sur votre mission ?

– Eh bien, nous allons être synthétiques, Avroum ! Il vous faut retenir trois points… vous notez ? Premier point : notre projet d'accord avec les Allemands risque de capoter du fait de l'opposition acharnée des révisionnistes qui ne veulent rien entendre et tentent des contacts parasites avec nos partenaires. Mais je vous le dis : je ferai passer notre plan en force ! Quoi qu'il m'en coûte ! Même s'il nous faudra ensuite nous séparer des autres et créer un nouveau mouvement. Deuxième point : je n'ai pas pu conclure l'accord, n'étant parvenu à rencontrer de véritables responsables susceptibles de signer. Aucun d'entre eux ne pouvait ou ne souhaitait me recevoir. Troisième point : j'ai été contraint de quitter Berlin à cause d'un problème que j'expliquerai moi-même au professeur Weizmann. Du reste j'en ai fait état à notre camarade, David ben Gourion.

Arlozoroff se leva alors brutalement, faisant tomber sa chaise en arrière.

– Et maintenant je rentre me coucher, s'écria-t-il, j'en ai assez d'attendre !

Au passage, il heurta l'un des deux hommes de la table voisine.

– *Entschuldigung*, dit spontanément Arlozoroff en allemand.

– *Bitte*, répondit l'homme tout naturellement.

Ce n'est que bien plus tard dans la soirée qu'il réalisa que ces deux hommes étaient allemands… Non pas des Juifs allemands, mais des Allemands.

7

Un Juif a tué un Juif

Le lendemain, vendredi 16 juin,
19 h 30, Tel-Aviv

Le reflet du soleil léchait la mer lorsqu'Arlozoroff quitta le bureau du syndicat. Il avait promis à Sima d'arriver de bonne heure pour jouir d'une véritable soirée de shabbat, mais il n'avait guère pu se libérer avant. La nuit n'allait pas tarder maintenant. Rentré ce matin de Jérusalem, il lui avait fallu rencontrer les camarades de la Histadrout pour mettre la dernière main au statut professionnel des nouveaux immigrants. Ils étaient plongés dans la rédaction de ce texte juridique complexe lorsque Meïr Dizengoff, le maire de Tel-Aviv, était arrivé, avec son air placide et ses yeux ronds, un peu exorbités, qui fouillaient partout. Il avait commencé à poser mille questions. Il avait fallu lui expliquer la procédure par le début. On prévoyait l'arrivée d'au moins vingt mille émigrants allemands dans la ville. Vingt mille nouveaux citoyens pour Tel-Aviv en un an ! Il lui avait fait un point, rappelé la position du parti, de la Sokhnout, l'« Agence juive ». Tout cela lui avait semblé long, ennuyeux et parfaitement inutile. Si les émigrants arrivent, il faudra s'en occuper, c'est tout ! À quoi servait d'envisager toutes les hypothèses possibles ? La lune était dans son dernier quartier depuis l'avant-veille. On l'apercevait déjà dans le ciel, une demi-lune très blanche qu'un léger voile nuageux rendait un peu transparente. Arlozoroff s'arrêta pour la regarder. La ville s'était vidée comme tous les vendredis soir. Les habitants de Tel-Aviv avaient beau être en majorité agnostiques, le soir du shabbat restait consacré au dîner familial. Arlozoroff avançait lentement. Il savait qu'il aurait une explication avec Sima. Elle demanderait des informations sur ce qu'elle n'avait pas à savoir, les projets politiques du Comité ; et puis, sans doute sur sa vie – disons sa vie personnelle –, aussi compliquée que toujours, peut-être plus encore depuis qu'il voyageait sans cesse. Il calcula rapidement : cela faisait bientôt deux mois qu'il avait quitté la Palestine. Elle devrait comprendre qu'un homme en bonne santé, dans la force de l'âge… Non ! Elle ne comprendrait pas ! Sima est une scientifique. Pour elle, les choses sont carrées. Si l'on a fait un choix, on s'y tient. Alors… ne rien lui dire ? Impossible ! Les gens parlent. Ici plus encore que partout ailleurs ! Même le petit Nahum, pourtant un brave garçon, se mettait maintenant à colporter des rumeurs. La Palestine juive est au fond comme un village ; un tout petit village, comme en Pologne, un *shtetl.* Descendant la rue Frishman, il était parvenu au croisement de Ben-Yehuda. De loin, il vit une automobile qui s'avançait en cahotant, une petite auto élégante et moderne. Il en avait vu beaucoup de ce modèle à Berlin, une BMW Dixi. Elle roulait au pas au milieu de la chaussée défoncée. Arlozoroff la regardait approcher, un peu absent, tout en réfléchissant aux problèmes qui le tracassaient. Elle ralentit encore en arrivant à sa hauteur. L'homme qui tenait le volant le dévisagea, un grand, les cheveux ras, avec un monocle. La voiture le dépassa en accélérant doucement. Il se retourna mais elle avait déjà viré dans Ben-Yehuda.

Il était près de vingt-deux heures lorsqu'Arlozoroff et sa femme quittèrent l'hôtel Kate Dan. C'était le seul endroit de la ville où l'on pouvait manger correctement, surtout un vendredi soir. Une même pensée les traversa tous deux : comme le monde avait changé ! Il était impossible d'imaginer durant leur jeunesse un shabbat sans famille, sans bénédiction du vin et du pain, sans chanson. Il est vrai qu'Arlozoroff avait très tôt été privé de son père, reparti en Russie gagner sa vie alors que son fils avait à peine quatorze ans et que l'Allemagne s'enfonçait dans la misère. Le père n'était jamais revenu, mort là-bas de tuberculose. Arlozoroff avait dix-huit ans à la mort de son père et cet événement, avait-il l'habitude de penser, était resté le plus grave de sa vie. Mais dans la famille de Sima, pourtant moderne, évoluée, socialiste, on fêtait le shabbat tous les vendredis soir, autour du patriarche, Yaakov Rubin. Il était rare que l'on soit moins de quinze personnes à table. Le monde avait bien changé, en effet… à ceci près que pour ce shabbat passé en couple, ils s'étaient disputés tout autant que les familles le faisaient jadis autour de la table. On racontait que l'on se disputait à shabbat parce qu'il était interdit de fumer ; que ça rendait les gens nerveux… Il avait fumé toute la soirée et pourtant, l'explication avait été houleuse. Certes, Sima comprenait que le socialisme devait libérer les hommes aussi dans leur vie quotidienne, mais il y avait certains principes sur lesquels on ne pouvait transiger. Ce n'était pas une question religieuse, pas même une question morale, mais le minimum nécessaire à la vie en société : la confiance. Ils restèrent un moment absorbés par leur discussion, à la porte de l'hôtel.

– Nous n'allons pas rentrer tout de suite, proposa Arlozoroff ; viens, allons faire un tour sur la plage…

La journée avait été chaude ; une agréable brise montait de la mer. Elle lui prit la main et s'engagea avec lui le long des dunes.

– Tu vois, lui dit-il, ici, bientôt, nous aurons une promenade, comme à Cannes, Nice ou Monaco. On s'offrira des glaces au chocolat et ici, tout le long, ce sera illuminé comme à Broadway ; toute la nuit !

Sima était très belle ; plus encore que lorsqu'il l'avait rencontrée la première fois, lors d'un congrès socialiste, à Tallinn, dix ans plus tôt. Son visage était sorti de l'enfance, ses traits s'étaient dessinés, ses grands yeux étaient plus perçants, plus vifs et ses formes bien plus sensuelles que naguère. Mais depuis qu'elle était mère, elle était devenue si sérieuse. Ils avançaient sous la lueur blafarde d'une lune hésitante. Ils entendirent glousser sur leur gauche, vers la mer. Sima sursauta. Arlozoroff sourit. Un couple s'offrait un moment d'intimité. Il ne put s'empêcher de lancer une pique à Sima :

– En voilà deux qui savent encore que le shabbat est avant tout une nuit d'amour…

– L'amour, l'amour, répliqua Sima, l'amour n'est qu'un cache-misère. On l'invoque toujours lorsqu'on veut éviter de parler des problèmes réels.

– Tu m'as l'air bien amère…

– Je dois dire que ce que tu m'as appris ne m'a pas réjoui le cœur. Et puis, te savoir aux prises avec ces bandits fascistes… J'ai peur, Haïm !

Sur leur droite, au-dessus des dunes, ils entendirent un homme jurer. On aurait dit qu'il avait trébuché ou qu'il s'était pris le pied dans les ronces. Il faisait sombre. Sima sursauta à nouveau et se rapprocha d'Arlozoroff.

– Et s'ils décidaient vraiment de t'assassiner, Haïm… Y as-tu seulement pensé ?

Arlozoroff resta silencieux un moment avant de répondre :

– Même si je n'y avais pas pensé, les camarades y ont pensé pour moi. Ne t'inquiète donc pas, Nahum m'a appris qu'ils prenaient la chose très au sérieux. Je n'y crois pas. Tout ça, c'est du bluff, comme d'habitude. Un Juif ne peut pas assassiner un Juif. C'est Jabotinsky lui-même qui l'a dit !

Sima ne fut en aucune manière rassurée par la réponse de Haïm. Au contraire, il semblait dire que la menace était réelle ; et ce n'étaient certainement pas les quelques vieux militants du service d'ordre de la Histadrout qui allaient le protéger.

– Tu m'as assez dit que je n'entendais rien à la politique, mais tout de même, est-il vraiment indispensable de prendre autant de risques ? Pourquoi te mets-tu toujours en avant ?

Cette fois, il s'était arrêté, l'avait saisie par les épaules et, la dévisageant, lui avait parlé posément, de sa voix grave :

– Écoute-moi, Sima, nous nous trouvons à un tournant de notre histoire. Je fais partie de la dizaine de personnes (il lui présenta ses deux mains ouvertes) sur les épaules desquelles repose le sort de notre peuple. Ce que je te dis peut te sembler prétentieux, mais c'est pourtant la vérité. Nous n'avons plus à compter sur je ne sais quelle intervention extérieure. Il dépend de nous, de nous seuls, des décisions que nous prendrons, de la politique que nous adopterons, qu'il existe un jour un État juif ; que nous sortions enfin de notre exil millénaire… Et tout cela, Sima… tout cela repose sur moi !

Sima haussa les épaules.

– Je ne peux pas le croire ! C'est contraire à tout ce que l'on m'a enseigné ; en contradiction avec ce que toi-même défends chaque fois que tu parles en public. Ce sont des forces profondes, des forces sociales qui font et défont la vie des peuples, pas la volonté des hommes ! Le socialisme est une manière scientifique d'envisager la société. Voilà que tu viens y introduire ton romantisme petit-bourgeois. Je crois que ce qu'on dit de toi est tout de même un peu vrai…

Arlozoroff éleva la voix :

– Ah ? De quoi parles-tu ? Qu'est-ce qu'on dit de moi ?

– Que tu commences à te prendre pour le roi d'Israël…

– On dit ça, s'écria Arlozoroff ? Qui te l'a dit ? Le roi d'Israël… Pourquoi pas le tsar des Juifs, tant que tu y es ?

– Ne te fâche pas, on parle, c'est tout ! Peut-être tes idées sont-elles trop nouvelles, trop tranchées ? Le fait est que tu n'acceptes de les discuter avec personne, sinon avec le petit groupe du Comité directeur…

– Ce n'est pas vrai, se rebiffa Arlozoroff, ce n'est pas vrai ! Toutes les décisions politiques sont soumises au vote.

Il faut dire que le tournant qu'Arlozoroff avait imposé à la politique du Mapaï était de moins en moins compréhensible à la population. On lui reprochait son alliance avec les Anglais, son rejet des nouveaux immigrants polonais, sa préférence pour une immigration d'élite, d'origine allemande, son mépris pour les Juifs autochtones, les *Mizrahim*, ses prises de position en faveur d'un état binational, mélangeant Juifs et Arabes. Mais, pire que tout, les négociations qu'il avait entamées avec les nazis déclenchaient un véritable scandale.

– Tu es trop seul, Haïmele, trop renfermé pour ce qui concerne les choses importantes, j'ai peur !

C'est à ce moment qu'ils entendirent quelqu'un derrière eux, un pas brutal qui s'enfonçait avec force dans le sable. Sima lui serra le bras.

– Nous sommes suivis, lui dit-elle à mi-voix.

Ils interrompirent leur marche, écoutant, inquiets, les murmures de la nuit. Il perçut les battements du cœur de Sima dans la tiédeur de son bras.

– Suivis ? Tu crois ?

Il frissonna de ce même frisson qui l'assaillait depuis hier, depuis qu'il avait lu cet étrange message. Comme si son corps avait compris avant lui le danger qu'il courait…

– Allez, viens, rentrons ! proposa-t-il à Sima.

À cet endroit, ils étaient trop loin de la mer pour que la réverbération des vagues leur apportât la moindre lueur. Mais l'on pressentait des personnes alentour, blotties dans l'obscurité. La nuit était habitée, on sentait planer des présences. Ils étaient parvenus à hauteur du quartier Hayarkon, un nouveau groupe d'habitations qui venait d'être construit au nord de la ville. Ils pressèrent le pas, prenant le chemin du retour.

– Et, ce qui me chagrine le plus, reprit Sima, c'est que dans ta vie privée, tu te soucies tout aussi peu de tes partenaires… je veux dire : tes partenaires les plus proches – de moi, surtout !

Elle venait de marquer un point. Il ne pouvait contester qu'elle en savait très peu sur ses voyages aux États-Unis, où il se rendait tous les deux mois, et des semaines passées en Hollande, en Angleterre, à Berlin… surtout !

– As-tu revu Gerda ? lui demanda-t-elle soudain.

– Voyons, Sima, nous n'allons pas revenir là-dessus, Gerda est une affaire classée, et de longue date ! C'est elle-même qui s'est éloignée de moi, parce que je n'étais jamais là, justement !

– Tu as entendu ? demanda Sima en s'arrêtant. Des pas… Il y a des hommes derrière nous.

Il prêta l'oreille. Il entendit en effet des pas pesants qui se rapprochaient d'eux.

– Tu crois ? demanda-t-il pourtant, pour la rassurer.

Ils se hâtèrent dans l'obscurité. La brise était tombée ; de la mer, on percevait seulement un lent ressac qui rythmait leurs pas. Deux hommes surgirent devant eux, leur barrant le passage. Deux ombres qui leur semblèrent énormes. Arlozoroff repoussa du bras Sima en arrière. L'un des hommes alluma une torche électrique qu'il braqua sur le visage d'Arlozoroff :

– C'est toi, docteur Arlozoroff ? demanda-t-il dans un hébreu hésitant.

– Pourquoi ?

– « Combien est l'heure ? »

Manifestement, l'homme ne maîtrisait pas l'hébreu. Arlozoroff chercha à tirer sa montre du fond de sa poche lorsque l'autre homme l'insulta :

– Chien ! Tu n'es qu'un fils de chien !

Et l'homme tira deux balles dans le ventre d'Arlozoroff.

Le bruit de ces deux détonations déchira la nuit de Tel-Aviv. Sima se mit à hurler :

– On a tiré sur Arlozoroff ! Au secours ! Au secours ! Un Juif a tué un Juif, répétait-elle en criant en yiddish.

Arlozoroff s'était effondré.

– Non, murmura-t-il dans un souffle, non, Sima…

8

C'est moi qui ai tué Arlozoroff, aussi, tant que tu y es

Tel-Aviv, de nos jours,
le 4 octobre au matin...

Pourquoi a-t-elle dit « un Juif a tué un Juif » ? *A Yid*, en yiddish, ça veut bien sûr dire « un Juif », mais ça signifie aussi tout simplement « un homme ». C'était comme ça, dans les *shtetls*, « un homme », c'était forcément un Juif. La salle à manger, une grande baie vitrée donnant sur la mer. Le patron de mon hôtel est un grand type, aux épaules trop larges, un peu bedonnant, brun comme la suie, qui prétend parler toutes les langues... Nous parlons en français puisqu'il est turc. Il s'appelle Avigdor.

– C'est étrange de s'intéresser à un meurtre commis il y a si longtemps, s'étonne-t-il... Vous menez vraiment une enquête ? On ne vous prendra pas au sérieux. Ici, la mort d'Arlozoroff est devenue comme une légende, vous savez. Elle est l'objet de plaisanteries célèbres. Lorsque vous accusez quelqu'un, il n'est pas impossible qu'il vous réponde : « Mais oui ! C'est ça ! C'est moi qui ai tué Arlozoroff aussi, tant que tu y es... »

– C'est comme le vase de Soissons chez nous...

Il ouvre grand ses deux yeux noirs :

– Vous croyez vraiment que l'assassinat de Mordekhaï Monco pourrait avoir un rapport avec cette vieille, cette très vieille affaire ?

– Vous le connaissiez ?

– Qui ça ? Moka ? Bien sûr que je le connaissais ! Des périodes, comme ça, il venait même tous les jours. On lui donnait les restes des cuisines. En échange, il rendait quelques petits services. Et il parlait…

– Il parlait ?

– Ah oui, *bemet*, « c'est vrai ». Il parlait sans cesse, avec tout le monde, avec les clients, il n'en finissait pas de raconter sa vie. À l'écouter, c'était lui qui avait sauvé le pays… C'est drôle toutes ces questions que vous me posez sur Moka. Pas plus tard qu'hier, il y avait une femme qui posait aussi toutes sortes de questions sur lui…

– Une étrangère ?

– Oui ! Une Allemande, à mon avis… Peut-être une Autrichienne ? Je ne sais pas… Mais elle parlait l'anglais.

– Comment est-elle ? Je veux dire grande, petite, blonde, brune ? Quel âge ?

– Oh ! Elle n'a pas plus de trente-cinq ans, blonde, très blonde, même ! Et jolie, je dois dire !

– Vous ne savez pas où elle est descendue ?

– Dans quel hôtel, vous voulez dire ? Oh, une femme comme ça, elle doit être à l'Intercontinental ou au Hilton.

– Qu'est-ce qu'elle voulait savoir ?

– Je ne sais pas, monsieur ! Sans doute la même chose que vous… Et vous ? Que voulez-vous savoir ?

Est-ce que je pourrais le dire, seulement ? Il me semble que je veux remonter le fil du temps. Je suis arrivé en France en 1958, au mois d'août. Je n'avais pas dix ans. De Gaulle venait de prendre le pouvoir. J'étais un enfant, et je ne comprenais pas l'ambiance qui y régnait. J'ai appris bien plus tard que nous autres Égyptiens, étions les premiers réfugiés de l'après-guerre, le reste d'une division qui ne tombe pas juste, les oubliés d'une opération militaire ratée. Nous étions les premiers de l'après-guerre, certainement pas les derniers ! Nous, c'était celle de Suez. Cela nous a valu un coup de tampon sur un passeport : « Départ sans retour ». En ces temps, la France ne pensait qu'à oublier la guerre. Je sentais bien qu'il y avait là comme une affaire de famille, une vieille dispute qui n'en finissait pas et à laquelle on ne voulait pas mêler les étrangers. Mes parents quant à eux n'avaient été ni déportés ni collabos, ni bofs ni résistants. Ils venaient d'un autre monde, tout aussi complexe, un monde qu'ils devaient désormais enfouir dans un coin de leur mémoire. On devrait inscrire sur le fronton des postes de douane : « Immigrants, passé cette limite, perdez toute mémoire ; le refoulement est obligatoire ! » Mon père est parvenu à refouler le passé ; ma mère s'y est refusée. Quant à moi, j'ai déposé dans un coin de mon être leur univers caché. Je me suis promené, toujours décalé, dans une France que je découvrais, où je me suis découvert. De Gaulle m'a élevé ; j'ai grandi sous son regard. Aux moments les plus importants de ma vie, il apparaissait sur les écrans de télé et prononçait des phrases énigmatiques qui me sont restées comme les grands tournants de ma vie. En 1970, le jour de mon anniversaire, j'ai écrit sur une page de l'un de mes premiers carnets : « J'ai vingt-deux ans, je suis amoureux, de Gaulle est mort. » J'explique à Avigdor :

– Je suis français ! Les Français recherchent toujours des explications. Ils aiment que le monde soit intelligible.

– Ici, en Israël, me répond l'homme, rien n'est explicable ! L'existence même du pays ne l'est pas ! Nul ne sait comment tout cela tient. Ni pour combien de temps…

– Cette femme, cette Allemande, une journaliste peut-être ?

– Journaliste ? Je ne crois pas ! Elle est trop bien habillée pour être journaliste… Non, elle est plutôt du style business-woman, ou quelque chose comme ça. Jeune, élégante, sophistiquée…

– Elle ne vous a pas dit son nom ?

– Ah non !

Il éclate de rire, puis, soudain sérieux, s'approche de moi, se penche pour me parler à voix basse :

– Il paraît que vous avez perdu quelqu'un, monsieur…

Je sursaute.

– Quoi ? Qui vous l'a dit ?

– C'est un tout petit pays, ici, je ne sais pas qui me l'a dit, mais tout le monde le sait. Acceptez mes condoléances, monsieur !

Je le regarde, interdit. S'il ne m'avait pas rappelé la mort de ma mère, j'aurais continué à ne pas y penser.

– Merci !

– Quand aura lieu l'enterrement ? me demande-t-il, toujours à voix basse.

– Demain après-midi, je crois. Aujourd'hui, c'est shabbat ! On n'enterre pas le shabbat, n'est-ce pas ?

C'est alors que je prends conscience du silence. Le brouhaha permanent de la ville a disparu ; restent seulement le ressac lointain des vagues et le souffle du vent qui s'invite par les fenêtres. Même à Tel-Aviv, c'est shabbat.

– À Tel-Aviv ?

– Oui ! Au cimetière de la rue Trumpeldor.

– C'est là que Mordekhaï Monco a été enterré, lui aussi. Le jour de son enterrement, ils avaient fermé tout le quartier. Il y avait des policiers partout…

– Pour quelle raison ? Ils craignaient un attentat ?

– Ah, je ne crois pas, me répond-il, c'est toujours comme ça lorsque le Premier ministre ou le Président se déplacent.

– Parce que…

– Ils étaient là tous les deux, oui ! Sur le coup, j'ai été aussi étonné que vous l'êtes aujourd'hui, monsieur. Mais on m'a expliqué depuis…

Cette façon qu'il a de me délivrer ses informations au compte-gouttes…

– Et vous voudrez bien m'expliquer aussi ?

– On m'a raconté que Moka avait été autrefois… comment dire ? enfin, quelqu'un d'important dans les services secrets israéliens. Ce qu'on était, ce qu'on est devenu, n'est-ce pas ?

J'y reviens encore :

– Il y avait du monde, c'est ce que vous disiez ? À l'enterrement, je veux dire…

– S'il y avait du monde ? C'était la foule ! Les gens venaient pour apercevoir les membres du gouvernement, pas pour le pauvre Moka. Ils sont passés là-bas, sur l'Ayarkon ; on les voyait d'ici.

Avigdor m'explique qu'il est du coin, né à deux kilomètres de son hôtel, à Jaffa, dans le quartier de l'horloge que j'aperçois derrière l'Intercontinental. Il a grandi dans la rue, avec les gamins arabes. Ça crée des liens pour la vie ! On a raconté des tas de choses sur la mort de Moka, mais lui sait que c'est fréquent dans ce milieu, les règlements de comptes… Je m'étonne :

– Ce milieu ? Quel milieu ?

– Moka traînait de plus en plus avec les petits dealers de Jaffa – des petites frappes. Le pauvre, il cherchait la compagnie des hommes… Mais ceux-là, on en retrouve régulièrement au petit matin, sur les quais du port, avec une balle dans la tête. Bienheureux s'il est entier. Je veux dire… s'il ne lui manque pas des doigts ou même une main. Je peux vous demander quelque chose à mon tour ?

– Bien sûr !

– Comment vous êtes-vous fourré dans l'esprit que la mort de Moka avait un lien avec l'assassinat d'Arlozoroff ?

– Ce serait trop long ; disons que j'ai beaucoup lu, je me suis renseigné.

– Je vous demande ça parce que… c'est bizarre quand j'y repense.

– Quoi ?

– Rien ! Un détail idiot. L'enterrement a eu lieu un vendredi. Je m'en souviens parce qu'il y avait un vieux qui logeait à l'hôtel, un homme de Jérusalem qui vient souvent ici passer le week-end à la mer avec sa femme. Il a vu passer l'enterrement et il a dit que la foule lui rappelait l'enterrement d'Arlozoroff.

– Il a dit ça ? Pourquoi ? Il avait assisté à l'enterrement d'Arlozoroff ? Il devait être centenaire, votre bonhomme.

– Non ! répond Avigdor, il n'y avait pas assisté ; il avait seulement vu des photos. Mais c'est son commentaire qui m'a paru étrange. Il a dit : « c'est un *gilgoul* ! Moka, c'est Arlozoroff qui est revenu pour se faire assassiner une seconde fois ».

– Un *gilgoul* ? je demande…

– Oui ! Une réincarnation, comme dans la kabbale… Vous y croyez, vous ?

– À quoi ?

– Aux réincarnations, monsieur…

9

Madame Goebbels

Tel-Aviv, 16 juin 1933

Les secours ont mis un temps infini à arriver. Alertés par les cris, des promeneurs surgissaient de l'obscurité pour aider Sima, chacun avec son idée. En quelques minutes, ils étaient peut-être une vingtaine à s'agiter autour du blessé. Pendant ce temps les deux assassins avaient disparu dans les dunes. Arlozoroff est mort à l'hôpital, dans la nuit du 16 au 17 juin. Le lendemain, le Comité central de la Histadrout envoyait un télégramme à David ben Gourion, son secrétaire général, alors en voyage en Europe : « Arlozoroff assassiné… l'un des tueurs parlait l'hébreu… le Yishouv bouleversé. » En lisant le télégramme, ben Gourion eut un malaise ; il suffoqua, dut s'asseoir, attendre un moment avant de reprendre son souffle. Il relut le télégramme, le relut encore. Il en adressa un en retour : « Arlozoroff a été la victime de Birionim assoiffés de sang. » « Birionim »… Pour lui, ce n'étaient pas de simples « bandits » qui avaient tué l'homme politique en vue, le célèbre « baron rouge », Haïm Arlozoroff. Le mot *birionim* renvoyait clairement à l'association des extrémistes du Betar. L'accusation que lança Ben Gourion sitôt qu'il apprit la nouvelle se répandit comme une traînée de poudre au sein du Yishouv. Le peuple de Palestine fut scandalisé. La population juive ne pouvait accepter que des Juifs s'entretuassent ainsi, usant dans leur combat politique des mêmes méthodes que les nazis en Allemagne. Le 18 juin, eurent lieu à Tel-Aviv des obsèques gigantesques, impressionnantes de dignité. Une foule dense et silencieuse, une foule en colère, accompagna le cercueil jusqu'au cimetière à travers les rues de Tel-Aviv. On ne mit pas longtemps à arrêter des suspects. Ce même jour, la police britannique, informée par les responsables du Mapaï, appréhendait le compagnon de chambre du fameux Aba Ahimeïr, poète, philosophe et sicaire, qui avait fondé l'« alliance des brigands ». Il s'agissait d'un certain Abraham Stavsky, un membre du Betar, un furieux. Stavsky était une force de la nature, une brute qui n'hésitait jamais à faire le coup de poing. Il avait débarqué de Pologne au mois de mars et depuis, n'avait jamais raté une bagarre, toujours volontaire pour « casser du rouge ». Il ne délaissait pas pour autant la lutte contre les Allemands. Ses coups d'éclat lui avaient valu une certaine renommée, notamment lorsqu'il avait arraché le drapeau à croix gammée de la façade du consulat allemand de Jaffa. Récemment débarqué, il parlait mal l'hébreu. On lui attribua l'étrange formule « Combien est l'heure ? ». Lors de l'enquête de police, il fut confronté à l'épouse éplorée. Sima le reconnut formellement – comment pouvait-elle en être certaine, elle l'avait à peine aperçu dans la nuit ? Il avait un alibi : deux heures avant le meurtre, il dînait dans un restaurant de Jérusalem, à soixante-dix kilomètres de là. Le lendemain matin, on l'avait vu sortir d'un hôtel à proximité du restaurant. Pour commettre ce meurtre, il aurait dû emprunter une automobile rapide, filer de Jérusalem à Tel-Aviv à près de cent kilomètres à l'heure. Même ainsi, il aurait à peine eu le temps d'arriver. Et un sosie se serait présenté sous son nom à la réception de l'hôtel. C'était possible, bien sûr, mais rocambolesque. Sa culpabilité s'était imposée néanmoins, l'idée était trop forte, trop évidente. Les Birionim n'avaient-ils pas clairement menacé d'assassiner Arlozoroff le matin même, dans leur Revue *'Hazit Ha'am* ? Le 20 juin 1933, la *Jüdische Rundschau*, la « Revue juive » allemande titrait : « Arlozoroff assassiné ! » On y expliquait déjà, deux jours après le meurtre, qu'il avait été tué à cause de ses idées progressistes, lui qui rêvait d'une Palestine socialiste où les Juifs allaient cohabiter avec les Arabes, les deux communautés résolument engagées dans la voie de la modernité. C'était sans doute aller vite en besogne, mais le peuple avait adhéré à l'hypothèse lancée par les journaux de gauche et vigoureusement soutenue par l'administration britannique. La mise en cause de l'extrême droite arrangeait tout le monde. Si l'on s'était donné la peine de réfléchir, on aurait vite constaté que bien d'autres personnes avaient intérêt à se débarrasser d'Arlozoroff. Les communistes le détestaient, lui qui, de sympathisant à ses débuts, glissait de plus en plus vers un socialisme réformiste. Ses voyages en Union soviétique lui avaient décillé les yeux sur la réalité du régime stalinien, et il ne se privait pas de le clamer ! Et puis, peu le savaient, Arlozoroff était entré dans une période de doute. Ses contacts fréquents avec les chefs arabes lui avaient démontré que la modération n'avait pas d'avenir. Le Mufti de Jérusalem, Hadj Amin el Husseini, excitait les populations à la révolte et aux coups de main contre les colons sionistes. Les pogromes antijuifs s'étaient multipliés depuis 1929. En son for intérieur, Arlozoroff croyait de moins en moins à une cohabitation entre

Juifs et Arabes. Il s'en était ouvert à certains, dans son propre parti. Quelques-uns parmi ses amis les plus proches en étaient arrivés à penser qu'il devenait l'obstacle principal à la pacification des relations. En Allemagne aussi, Arlozoroff avait des ennemis – sans doute les plus puissants et les plus féroces !

20 juin 1933, 11 h 30, Berlin

Dans le petit salon d'été de sa somptueuse villa, le Leopold-Palais, au cœur de l'immense parc de l'Agriculture, Magda Goebbels prenait le thé, seule dans cette pièce aux murs blancs, aux boiseries blanches, aux meubles blancs. Il y avait à peine trois mois qu'elle avait emménagé là, dans cette délicieuse bâtisse qui avait appartenu cent ans plus tôt à un maréchal prussien très introduit à la Cour. Elle avait elle-même veillé à la décoration, partout de bon goût, raffinée jusqu'à l'extrême dans certaines pièces, comme ce salon qu'elle affectionnait. Elle était vêtue d'une longue robe grise de coton tissé, très simple, au large décolleté. Elle portait pour seul bijou un collier de perles aux reflets roses. Les éclairages indirects, bien étudiés, jouaient avec les ombres de son corps sur les murs. Elle se sentait entière en voyant sa silhouette ainsi projetée sur chaque paroi de sa pièce préférée. Les humains jouissent d'une multitude de vies, se réincarnant sous des formes différentes après chaque mort. Elle imaginait ses vies futures en contemplant les fantaisies de ses ombres. Ses cheveux, d'un blond parfait, qui, disait-on partout à Berlin, n'avaient jamais connu de teinture, étaient soigneusement coiffés, comme pour une réception officielle. Qui la connaissait aurait néanmoins pu déceler de l'impatience au mouvement qu'elle imprimait à sa petite cuiller d'argent. On frappa à la porte.

– Oui, dit-elle, sans lever la tête.

La gouvernante se présenta à l'entrée de la pièce, attendant les instructions. Magda la regarda enfin. Ses yeux habituellement bleus avaient viré au gris.

– Vous avez été bien longue, Grete ; l'avez-vous trouvé au moins ?

– Oui, Madame ! Il n'est pas facile de dénicher une librairie juive à Berlin de nos jours.

– Et vous vous en plaignez ? s'étonna Magda. Se plaint-on de la disparition de la poussière après le ménage ? Eh bien, donnez-le-moi !

La gouvernante s'avança et lui tendit la dernière livraison de la *Jüdische Rundschau*. Magda se plongea immédiatement dans la lecture du journal, sans plus prêter attention à la domestique qui restait là, ne sachant quel parti prendre. Plus elle lisait, plus son visage s'assombrissait.

– Madame est contrariée ?

Magda leva la tête. Grete fut stupéfaite en apercevant une larme qui coulait le long de la joue de sa maîtresse. Elle pensait Frau Goebbels dépourvue du moindre sentiment. Elle se souvenait qu'une fois – c'était dans l'appartement qu'elle occupait Reichskanzlerplatz – le Führer parlait d'un homme qui avait trahi sa confiance, se demandant quelle sanction il pourrait prendre contre lui… le faire emprisonner ? Il demanda à Magda ce qu'elle en pensait. Elle répondit sans la moindre émotion :

– Le décapiter…

Et là, à la lecture d'un papier qui relatait le décès d'un Juif assassiné en Palestine, la voilà qui se mettait à pleurer. Oh pas à être secouée de sanglots, non !

Mais tout de même… Grete s'était alors souvenue que des bruits avaient circulé l'été dernier au sujet d'une liaison que Magda aurait eue avec un Juif, un intellectuel. Il y avait même eu un article dans un journal. Ce n'était pas une très bonne idée qu'avait eue le journaliste, de publier ce papier ; Goebbels lui avait envoyé ses hommes. Sans même lui expliquer ce qu'ils lui voulaient, ils l'avaient rossé à coups de bâton et en partant simplement jeté à la figure la carte de visite de leur patron. Le journaliste avait reçu une sacrée leçon et l'histoire était restée dans les mémoires… Grete s'en souvenait.

– Mais non ! répondit Magda, je ne suis pas contrariée ! Et occupez-vous donc de ce qui vous regarde, Grete ! Vous avez vu l'état de l'argenterie ? Depuis combien de temps ne l'avez-vous astiquée ? Allez ! Au travail !

Alors que la gouvernante sortait de la pièce, Goebbels entra. Elle sursauta. Elle ne l'attendait pas ; il n'avait pas l'habitude de revenir ainsi en pleine journée. Il n'accorda pas un regard à la servante. Enserré dans son costume croisé, la glotte érigée, il avança en claudiquant vers sa femme, un sourire aux lèvres. Goebbels était de petite taille ; maigre, les joues creusées, les yeux brillants enfoncés dans les orbites, un nez immense, dissymétrique et des bras décharnés qu'il cachait soigneusement dans des chemises trop amples. Un spécialiste lui avait confectionné de nouvelles chaussures orthopédiques qui permettaient de mieux dissimuler son pied-bot. Mais en cet instant, son visage était radieux. Quelquefois, lorsqu'il parvenait à ses fins, il avait ce visage ouvert qui faisait oublier son apparence chétive, la peau grêlée et les yeux de fouine.

– Chérie, j'ai reçu un cadeau du Duce à ton intention. Je ne pouvais pas résister au plaisir de te l'apporter aussitôt.

Deux semaines auparavant, le couple avait passé quelques jours à Rome où il avait été reçu de manière royale. Mussolini avait consacré de longues heures à discuter avec Goebbels de cette « révolution allemande » qui s'appelait « national-socialisme » – la plus grande révolution de tous les temps d'après le dictateur italien ! Le Duce savait le rôle que jouait Goebbels dans l'éducation des masses, et que c'était en grande partie grâce à lui que Hitler était parvenu au pouvoir Goebbels avait orchestré une campagne électorale faite de violences, de désinformation, de débats truqués, comme on ne l'avait jamais vu jusqu'alors.

– La propagande est un mélange d'intelligence, de surprise et de force, avait-il expliqué à Magda…

– L'intelligence, je comprends, mais pourquoi la surprise et la force ?

– Parce qu'il faut oser ce à quoi tes concurrents n'osent pas penser. La propagande prend toujours les rivaux par surprise.

– Et la force, avait-elle demandé, amusée…

– Le parti communiste tient un meeting. J'y envoie mes hommes, armés de bâtons, de barres de fer, de couteaux… Sitôt que les communistes commencent à parler, ils se jettent sur eux, les frappent. S'il y a des blessés, c'est bien, un mort, c'est mieux, plusieurs morts, c'est déjà presque gagné !

– Mais la police intervient alors ; elle mène des enquêtes, arrête peut-être certains des nôtres…

– Qu'importe ! Au meeting suivant, le sympathisant réfléchit à deux fois. Il a envie d'entendre parler politique, pas d'être mêlé à une bagarre. Tu réussis deux ou trois fois ce genre d'interventions et le sympathisant rouge restera chez lui…

D'ailleurs, Hitler savait ce qu'il devait à Goebbels. Il venait de le nommer « ministre pour l'éclairement du peuple et pour la propagande ». Le voyage en Italie avait été comme l'accomplissement d'un rêve et Magda y avait connu un véritable triomphe. Sa beauté, son maintien de statue grecque, sa distinction et son véritable don pour les langues avaient conquis les Italiens, les diplomates, les industriels, les artistes.

– Un cadeau ? demanda Magda, mais quel cadeau ?

– Tu ne me vois rien dans les mains, plaisanta Goebbels, rien dans les poches non plus… Alors, c'est qu'il est ailleurs…

Et il retournait les poches de sa veste pour lui montrer comme elles étaient vides.

– Dis-moi, mon ange, dis-moi vite ce que c'est…

– Regarde donc par la fenêtre…

Elle avait replié la revue juive qu'elle venait de lire et l'avait discrètement posée sur le siège à côté d'elle. Elle restait assise, n'osant se lever de peur que son mari ne s'en emparât.

– Par la fenêtre ? Qu'est-ce que cela peut bien être, mon ange ? Un chien, peut-être ?

– Un chien ? Pourquoi diable le Duce t'offrirait-il un chien ? Viens donc regarder.

Elle finit par se lever, s'approcha de la fenêtre. Dans la cour, une superbe automobile, aux deux tons d'acier, brillait flambant neuve au soleil, une calandre en volutes à l'extrémité d'un capot gigantesque, une Lancia Astura, huit cylindres, cabriolet décapotable. C'était le même modèle que celui dans lequel les avait promenés le Duce à Rome. Elle ne put retenir son admiration…

– Mon Dieu ! Mais elle est magnifique !

– Presque, rétorqua Goebbels en faisant la moue, presque magnifique… Je demanderai à Mercedes de me refaire la sellerie. Ce cuir couleur crème jure avec le gris de la carrosserie. On a beau dire, ma chérie, les Italiens restent des amateurs – souvent des amateurs de talent, mais des amateurs malgré tout !

Magda raffolait des voitures. Déjà du temps de son premier mari, Günther Quandt, elle n'hésitait pas à prendre le volant des grosses Maybach qui peuplaient ses garages. Elle se moquait souvent de Goebbels et même de Hitler qui ne s'étaient jamais donné la peine d'apprendre à conduire. Tandis que, accoudée à la fenêtre, elle contemplait son nouveau cadeau, derrière son dos, Goebbels avait déplié la *Jüdische Rundschau* et parcourait la notice nécrologique d'Arlozoroff. Lorsqu'elle se retourna, elle comprit qu'il l'avait prise de vitesse. Son visage avait changé. Il se tenait assis, les mains crispés sur les bras du fauteuil, les yeux brillant d'une lueur mauvaise.

– Tu n'ignores pas qu'il s'agit là d'une littérature interdite, grogna-t-il en lui montrant le journal.

– Josef, tu sais bien…

– Je sais bien quoi ? lui demanda-t-il, soudain glacial.

– Tu sais pourquoi je lis ce journal…

– Je croyais cette histoire oubliée. Nous venons de vivre une semaine dorée en Italie et pour toi, c'est comme si rien n'avait changé. En vérité, tu n'as jamais cessé de penser à lui. Tu n'as jamais…

– Josef ! s'exclama-t-elle… mais il est mort !

Lui continuait, comme s'il n'avait rien entendu. Pour une fois il laissait vraiment exploser sa colère. Il lui saisit les poignets en la secouant :

– Je t'avais prévenue ! Je t'avais demandé de ne pas lui parler, de n'avoir aucun contact avec lui. J'ai usé de tout mon pouvoir pour effacer chaque lien qui pouvait exister entre vous deux. Je l'ai fait pour toi, pour ta sécurité, ton intégrité… Un Juif ! Un Juif… Tu sais ce que le Führer exige de nous. Le mois dernier, alors que je faisais brûler place de l'Opéra les livres juifs, ces livres immondes, toi, tu te commettais avec ce Juif ! Je sais qu'il était à Berlin.

– Il était à Berlin ?

– Oui ! Et tu l'as vu !

Elle se mit à crier à son tour :

– Non ! Je ne l'ai pas vu, non !

– Tu mens, hurla-t-il, tu mens ! Je sais que tu l'as vu !

Le 1er avril 1933, Goebbels avait organisé le boycott de tous les commerces juifs pour répondre à l'appel au boycott de l'industrie allemande lancé par les associations juives américaines. Le 12 avril, il décidait de lancer une action culturelle d'envergure pour « aryaniser » la pensée, la littérature et la science. Il exigea des intellectuels allemands, des professeurs, des étudiants, des penseurs, des écrivains, des philosophes, un feu, un immense feu de joie dans lequel disparaîtraient les livres décadents qui cherchaient à corrompre l'âme allemande – et avant tout ceux des auteurs juifs. L'Allemagne entière devait flamber du feu de la purification ! Le 21 avril, Martin Heidegger était nommé recteur de l'université de Fribourg. Il adhérait le 1er mai au parti national-socialiste. Lui aussi était attiré par ce même feu, « cette flamme ardente » qui, disait-il alors, nous « montre le chemin d'où il n'y a plus de retour ». Et le 10 mai 1933, Arlozoroff se trouvait à Berlin, cherchant à rencontrer les responsables nazis pour finaliser les « accords de transfert ».

– Magda, ma beauté, siffla Goebbels, tu n'es pas consciente des risques que tu cours. J'ai déjà eu le plus grand mal à cacher que ta mère avait épousé le Juif Friedländer ; que tu as toi-même porté son nom jusqu'à ton mariage avec Quandt. Tu sais qu'il n'y a pas si longtemps, des articles de presse évoquaient tes liens avec les Juifs. Il suffirait que…

Magda s'était dégagée de l'emprise de son mari et se tenait droite devant lui en se frottant les poignets endoloris.

– Tu me menaces, Josef ? Puisque tu veux que nous parlions, lui dit-elle, je vais parler ! Crois-tu que j'ignore tes relations avec chacune de celles que tu appelles tes secrétaires ? Et toutes ces actrices qui défilent dans ton bureau ? Tu crois que je ne sais pas comment l'on fait désormais carrière dans le cinéma allemand ? Et la responsable de la mode, tu crois que je ne sais pas ce qu'elle fait au ministère jusqu'à onze heures chaque soir ? C'est toi ! Tu es un véritable maniaque ; tu ne peux pas apercevoir un jupon sans y glisser ta main, sans mettre la fille dans ton lit… et tu t'offres le luxe de la jalousie… Et sans aucun motif par-dessus le marché…

Goebbels semblait calmé. Il s'était levé, clopinant dans la pièce. Il lui tournait le dos. Sans se retourner, il lui demanda :

– C'est lui ?

– Lui qui ?

– Lui, ce Juif !

– Quoi ? Mais qu'est-ce que tu me demandes encore ? Qu'est-ce que tu veux savoir ?

– C'est lui qui t'a déflorée, n'est-ce pas ? Je le sais !

En un éclair, elle revit la scène, dans le couloir du petit appartement qu'habitaient les Arlozoroff à Berlin, en 1916, durant la guerre. Elle avait quinze ans, lui dix-sept. Elle filait comme une flèche en riant, poursuivie par Liza, la sœur d'Arlozoroff ; il rentrait de l'université. Elle l'avait percuté en courant. Il l'avait relevée. Il lui sembla immense, fort. Elle s'était accrochée aux pans de son manteau. Il sentait bon le tabac, il sentait l'homme.

– Tu recommences ? hurla-t-elle en direction de son mari, si vraiment tu persistes dans ton idée, je n'aurai plus qu'à quitter la pièce.

Elle se dirigeait vers la porte lorsque Goebbels, ivre de rage se précipita pour la retenir. Ses nouvelles chaussures orthopédiques le gênaient pour courir. Il trébucha, se retrouvant un genou à terre. Elle fit un mouvement pour le relever. C'est alors qu'il devint comme fou, hystérique :

– Ah, tu es contente ? C'est ce que tu voulais, n'est-ce pas ?

– Hein ?

Les yeux de Goebbels exsudaient la haine, sa bouche tremblait, un tic s'était emparé de sa joue, sur le côté gauche, et une légère écume lui perlait à la commissure des lèvres.

– Me voir faible, à terre… c'est ce que tu voulais ? C'est bien ce que tu voulais ?

Il s'était relevé et la giflait à la volée. Elle mit ses mains en avant pour protéger son visage.

– Ton Juif, il est mort, hurlait Goebbels en la frappant, il est bien mort – mort et enterré ! Il est encore plus mort que tu ne le crois ! Et compte sur moi pour que son souvenir disparaisse à jamais… jusqu'à ce que tu ne saches même plus le nom qu'il a porté.

Goebbels se calma aussi soudainement qu'il s'était laissé déborder par sa colère. Il caressait maintenant le visage de sa femme.

– Allons, va te passer un peu d'eau sur les joues et refais ton maquillage. Nous allons essayer ta nouvelle auto…

Mais Magda était fière. Elle ne pouvait accepter une telle humiliation. Elle repartit à la charge.

– Tu n'as pas honte, Josef ? Tu m'as giflée ! Tu es d'une jalousie maladive, sans motif sinon celui de ta propre infidélité. Plus tu couches avec tes traînées, tes prétendues actrices, tes dactylos, tes servantes de cabaret, et plus tu me soupçonnes. Tu vas même jusqu'à m'imaginer entretenir une relation avec mon ancien mari, le pauvre Günther… Je vais demander une audience au Führer ! Je vais exiger le divorce…

– Si tu penses que notre Führer accordera le moindre intérêt à tes plaintes… Le Führer a la charge de l'Allemagne.

C'est alors que Magda s'était redressée. Elle se tenait droite devant lui, la tête haute, les yeux fixes. Elle ne le regardait même pas, semblant fixer un point au lointain…

– Tu ne le sais peut-être pas, Josef, pour notre Führer, *je suis* l'Allemagne !

Goebbels savait ! Il était trop sensitif pour ne pas avoir compris l'allusion. Dès qu'il avait présenté Magda à son guide, son idole, il avait bien vu qu'au premier regard, Hitler l'avait adoptée. Quant à Magda, elle avait été happée, comme aimantée par « le chef », le fixant comme un chien guette le moindre signe de son maître, devançant ses mouvements, précédant ses désirs. Si Hitler l'avait souhaité, elle se serait aussitôt précipitée dans ses bras, à ses pieds, dans son lit. Hitler lui donnait vie rien qu'en lui adressant la parole. Alors qu'il détaillait sa silhouette, examinant chaque détail de sa tenue, elle lui demanda :

– Êtes-vous marié, Herr Hitler ?

– Non, madame ! Je ne suis pas marié et je ne me marierai pas !

– Comment pouvez-vous dire une chose pareille, Herr Hitler ? Peut-être n'avez-vous pas encore rencontré la femme qui…

– Il ne s'agit pas de cela, madame, je ne saurais être bigame. Je suis *déjà* marié ; j'ai épousé l'Allemagne !

Elle avait senti que ce n'était pas simple façon de dire. Elle avait aussitôt imaginé que s'il était une personne susceptible de l'accompagner, de l'écouter dans toutes les nuances de sa pensée, de le suivre au cœur de ses complexités et de ses contradictions, ce ne pouvait être qu'elle. Et le plus étrange était que Hitler avait pensé la même chose, lui qui rêvait d'une femme parfaite, aryenne jusqu'à la racine des cheveux, éduquée, à la fois profonde et soumise. Mais si la pensée de Hitler courait à l'idéal, sa sexualité avait d'autres exigences. Si bien qu'il avait aussitôt amorcé un mouvement de recul. Il pouvait certes les aimer, mais il n'éprouvait aucun désir pour les femmes intelligentes, ces femmes trop cultivées qui, pensait-il, finissaient toujours par exiger leur place. Un véritable chef se devait de rester disponible, ouvert à tous les possibles. Autrefois, on mariait le roi à la princesse de l'État avec lequel on souhaitait s'allier. Les anciens avaient compris que la sexualité du chef, promesse de la nation, ne lui appartenait pas. Alors, la regardant avec insistance, il avait dit à Magda :

– Mais je saurai vous garder auprès de moi !

– Faites en sorte que cela soit au plus près, répliqua Magda en baissant les yeux.

Elle était alors la maîtresse de Goebbels depuis plus de six mois.

Certes, à cette époque, Goebbels était amoureux fou de Magda, mais il se connaissait assez pour savoir qu'une autre, plus jolie peut-être, plus jeune, sans doute, déclencherait son désir à nouveau. Il était ainsi, Goebbels, volage, passionnément infidèle. Il l'était par fantaisie, par haine surtout, car il avait une revanche à prendre sur la nature. Sa nouvelle maîtresse, la riche divorcée Magda Ritschel-Quandt, lui plaisait plus qu'aucune autre auparavant. Elle était sophistiquée ; rien d'une petite secrétaire, d'une apprentie starlette ou d'une femme de chambre. De plus, elle était accoutumée à l'opulence ; elle s'y déployait comme une fleur offrant son calice aux bourdons. Elle était apparue dans sa vie comme un signe que lui adressait le destin, pour lui indiquer son avenir. Hitler avait manigancé pour les marier, exigeant de son disciple une conduite plus conforme aux habitudes sociales. « Les Allemands ont besoin de modèles, lui avait-il déclaré, le national-socialisme est une vertu ! » Le jour du mariage, Hitler fut le témoin de Goebbels. Dans le cortège, il suivait immédiatement le couple, au bras d'Augusta Behrend, la mère de Magda. Il avait aussi fixé leur union dans la mémoire du peuple. Des photos avaient été publiées dans la presse, présentant les Goebbels comme une perfection de couple aryen. Initiateur de leurs noces, il continuait à les surveiller de loin. Hitler savait qu'il ne pourrait garder Magda dans le cercle de ses proches qu'en veillant à ce que les impulsions de son ministre ne vinssent rompre l'ordonnancement qu'il avait souhaité. Mais il y avait plus encore entre Hitler et Magda ! Quelque chose que Goebbels ressentait confusément sans aller jusqu'à le penser. En épousant Goebbels, Magda s'était unie à Hitler ; elle lui était une sorte d'épouse mystique. Éperdue d'admiration, on la sentait fidèle jusqu'à la mort, sa Walkyrie.

Lorsque Goebbels s'accouplait avec elle, il lui arrivait de penser qu'il était seulement l'organe, la force et la volonté se trouvant ailleurs, en l'autre, son chef. C'était peut-être de cette impression d'union factice où lui, le mari, n'était qu'une sorte de prête-nom, c'était peut-être de cela qu'il éprouvait une telle jalousie à le rendre hystérique. Et une nouvelle fois, comme à chaque dispute, elle voulait en référer à Hitler. Il savait ce que cela engendrerait. Il serait convoqué dans le bureau du Führer qui commencerait par le féliciter pour son action, qui lui dirait les phrases aimables qu'il aimait entendre : « Goebbels, vous êtes le ministre le plus important du Reich ! Sans vous, nous ne serions qu'un minuscule parti constitué d'idéalistes vociférants. » Puis, il lui demanderait à brûle-pourpoint : « Que se passe-t-il donc avec Magda ? – Rien, mon Führer ! Des disputes d'amoureux, rien de plus ! Rien qui mérite que vous perdiez votre temps… – C'est bien, Goebbels, c'est bien ! Vous n'ignorez pas que je tiens à sa présence parmi nous. Je la sais heureuse en ménage et cela me réjouit ! » Le Führer ne dirait rien d'autre, se contentant de souligner une fois de plus qu'il n'admettrait pas de la voir partir.

Goebbels changea alors d'attitude. Il passait facilement d'un état à l'autre dans l'instant, parce que tout lui paraissait équivalent, la joie et la tristesse, la colère et la satisfaction. Rien n'avait vraiment de signification. Cette espèce d'indifférence fondamentale de Goebbels était peut-être la source de sa capacité à imaginer les scénarios les plus fous, les mensonges les plus éhontés.

– Nous ne dérangerons pas le Führer pour si peu, mon amour ! Je ne te poserai plus de questions sur ce Juif, je te le promets !

– Jure-le ! Jure-le, Josef !

– Je te le jure, mon amour !

Elle savait son serment sans valeur, mais elle voulait l'entendre se rétracter. Il ajouta néanmoins entre ses dents :

– Crois-tu seulement que je pouvais laisser circuler plus longtemps ces histoires d'amant juif ?

Elle fit mine de ne rien entendre. Il s'approcha d'elle, l'enlaça. Elle se laissa glisser au sol où il la rejoignit. Goebbels qui se répandait avec tant de femmes, restait subjugué par les capacités amoureuses de Magda. Aucune femme ne le connaissait aussi parfaitement. Elle le caressa longuement, comme il aimait.

Le soir, Goebbels écrivit dans son journal : *« Encore une dispute avec Magda aujourd'hui. Les disputes deviennent maintenant presque quotidiennes. Mais le soir, nous nous expliquons et nous nous retrouvons. Le travail accablant et la mauvaise humeur nous avaient éloignés l'un de l'autre. Nous devons redevenir comme avant. Nous nous le promettons. »*

*

La gauche israélienne continue à nier, aujourd'hui encore, cette liaison entre Magda Goebbels et Arlozoroff. J'ai failli me prendre son poing sur la figure lorsque j'ai demandé à Sacha Halpern, l'historien israélien, s'il savait que Haïm Arlozoroff avait élaboré son accord avec l'administration nazie débutante. Et lorsque j'ai mentionné ses éventuels liens avec Magda qui se trouvent rapportés un peu partout dans la littérature, il s'est détourné de moi en haussant les épaules. Je suis persuadé que c'est par là qu'il faut chercher le mobile du meurtre, du côté de l'Allemagne. Les nervis d'extrême droite du jeune Yishouv avaient sans doute des motifs de haïr Arlozoroff, mais d'autres, bien plus puissants qu'eux en avaient aussi ! Si je veux parler de Goebbels ? Sans doute Goebbels, qui voulait cacher les liens de Magda avec des familles juives, la judéité de son père adoptif, celle de son amant. Mais Magda elle-même, omniprésente et obscure Magda, déesse noire, hétaïre à la beauté figée, comme inscrite dans la pierre, reine sans partage d'un peuple sanguinaire.

Les relations entre Arlozoroff et Magda avaient commencé très tôt, alors que l'un et l'autre étaient encore adolescents.

10

Magda

1918. – À peine sortie de la guerre, l'Allemagne était aussitôt entrée en révolution. Après cinq années de massacres comme on n'en avait encore jamais vus, le peuple avait explosé. Dès le 9 novembre, les conseils ouvriers avaient appelé à la grève générale ! Par dizaines de milliers, les ouvriers convergeaient vers le centre de Berlin. L'après-midi du 9 novembre, l'Empire était mort ; deux républiques proclamées simultanément pour lui succéder – l'une, communiste, par Karl Liebknecht, du haut d'un balcon du château impérial, l'autre sociale-démocrate au Reichstag. Des hordes de militaires démobilisés erraient dans la ville, affamés. Ils cherchaient des raisons à la défaite, des motifs à leur colère. Les spartakistes, appuyés par les communistes récemment installés en Russie, tentaient de s'emparer du pouvoir. L'armée tirait sur les manifestants. À tous les coins de rues, on voyait se dresser des tribunes où s'affrontaient les folles tendances de ce chaotique chemin vers les ténèbres. Il régnait une atmosphère de fin du monde. On vit apparaître les réfugiés, les habitants des marges de l'Empire disloqué affluant dans la capitale, attirés par les restes de la splendeur de naguère : Autrichiens, Tchèques, Hongrois, Moldaves. Et l'on vit aussi les ennemis de naguère, des Russes surtout, poursuivis par le nouveau pouvoir. Le 15 janvier

1919, Karl Liebknecht et Rosa Luxemburg qui venait de sortir de prison, furent assassinés par la cavalerie de la Garde, appelée à la rescousse par le Président Ebert, pourtant social-démocrate. Le corps de Rosa fut jeté dans le Landwehrkanal. Elle avait tous les dons ; elle était la femme de toutes les qualités. L'indignation fut immense, bien au-delà des frontières de l'Allemagne. Durant « la semaine sanglante », du 11 au 15 janvier, la grève fut déchiquetée par l'armée.

En mars 1919, Maria Magdalena Friedländer passait son dernier examen secondaire alors que spartakistes et militaires se mitraillaient encore en pleine rue autour du château. Elle était âgée d'un peu plus de dix-sept ans, mais mûrie aux violences du temps, elle percevait le monde sans éprouver de peur. Lauréate, elle aurait pu entrer à l'université, mais ce n'était pas ce qu'elle souhaitait. Elle avait réfléchi ; son but était comme un point d'horizon, à l'opposé de celui de Rosa Luxemburg. Elle voulait être toutes les femmes en une seule. Pas *une* femme, fût-elle exemplaire, non, toutes. Elle avait demandé à sa mère de l'inscrire au pensionnat de jeunes filles Holzhausen, dans les environs de Goslar, en Basse-Saxe. C'était cher, très cher ; une école réservée à l'élite. Son père et son beau-père allaient trouver l'argent. L'un comme l'autre auraient fait n'importe quoi pour la satisfaire. En ce mois de février 1920, elle avait rejoint l'institution depuis quelques mois déjà. On y enseignait à des jeunes filles de l'aristocratie et de la grande bourgeoisie la manière de tenir leur rang en société. L'ambiance était austère, la discipline rigoureuse, à la limite de la cruauté. Magda avait pris les choses à rebours. Alors que ses camarades en souffraient, se plaignaient, cherchaient les moyens de tricher avec le règlement, elle était venue habiter la violence instituée, cette prise de possession des corps nubiles par l'idéologie de classe. Elle avait compris la logique de l'entreprise. Elle prenait plaisir, non aux souffrances absurdes ou aux punitions humiliantes qu'elle considérait comme un mal nécessaire, mais jouissait en silence de la puissance du projet. Elle trouvait grandiose qu'une classe sociale s'empare du corps des jeunes filles pour modeler leur esprit, en fignoler les pensées. Toujours souriante, de bonne humeur, charmante avec le personnel de service comme avec les professeurs, elle irradiait. Ce serait exagéré de dire qu'on l'aimait ; elle attirait le regard et on l'admirait. Chacune pensait en silence que parmi les pensionnaires, elle seule possédait ce que toutes recherchaient : la classe, cette qualité indéfinissable qui signe la facilité. En ce mois de février, elle se sentait lasse. Elle avait saisi un prétexte pour s'échapper un temps : elle avait demandé à partir rejoindre sa famille pour fêter l'anniversaire de « papa Friedländer ». Elle s'était dit qu'elle pourrait respirer un temps, et surtout revoir Victor.

Un après-midi de février 1920, en gare de Berlin

Après ces quelques jours de vacances, elle repartait de Berlin pour rejoindre sa pension. Il était environ trois heures de l'après-midi. Sa mère, qui l'avait accompagnée à la gare, venait de la quitter. Le temps était maussade. Magda était vêtue comme une jeune fille de bonne famille : une jupe de laine grise et un chemisier blanc au col fermé. Le train était bondé. Elle traversait les wagons avec sa petite valise de cuir. Elle ne trouvait pas une seule place assise. Il y avait un moment que l'homme confortablement installé sur le velours de la banquette, observait son manège, la suivant des yeux qui déambulait dans le couloir. Il avait réservé plusieurs places pour lui seul ; pour être à l'aise dans son compartiment. Il voulait consacrer les quelques heures de son voyage à la lecture de ses documents. Elle était maintenant debout, de dos, accoudée à la fenêtre. Sa jupe remontait un peu découvrant ses jambes. Les yeux de l'homme ne parvenaient pas à se détacher de ses galbes. Ses longues jambes délicates, ses petites fesses dont il devinait la joufflure. Il la trouvait parfaite. Il se décida enfin, sortit, s'approcha d'elle, lui tapota l'épaule :

– Mademoiselle !

Elle ne répondit pas à la première invitation.

– Mademoiselle, je me présente : docteur Günther Quandt, industriel.

Elle se retourna et avec une assurance qui frisait l'insolence lui répondit :

– Moi, c'est Magda !

– Mademoiselle, mademoiselle Magda, puis-je me permettre, de vous offrir une place assise dans mon compartiment ?

Le train s'ébranlait dans un vacarme assourdissant. Le mouvement brutal, inattendu, la projeta violemment contre l'homme. Freud a écrit bien des fois que le désir sexuel était comme un train dont on ne maîtrisait pas le voyage. Le train prenait de la vitesse et Günther Quandt, maintenant assis face à Magda, prenait conscience d'une attirance incoercible. Cette jeune fille dont il ne pouvait détourner les yeux était d'une beauté totale. Un érotisme subtil diffusait de son être, le visage à l'harmonie divine, le corps délié, l'allure distinguée et un peu infantile…

– Vous allez loin ? lui demanda-t-il.

Sa parole l'avait emporté au-devant de sa pensée.

– À Goslar ! répondit pudiquement Magda, je rentre dans mon pensionnat de jeunes filles.

– Vous êtes pensionnaire à Goslar ? Une bien jolie ville, il est vrai, avec ses chalets de bois, si calme… Pardonnez-moi cette remarque, vous parliez d'un pensionnat de jeunes filles… je vous croyais plus âgée.

Magda éclata de rire.

– Qu'importe l'âge, docteur Quandt !

Magda s'était installée à l'autre extrémité du compartiment, les cuisses serrées, les mains sur les genoux, tenant un livre qu'elle n'osait ouvrir. La pensée figée par leurs habitudes de prédateurs, les hommes ont du mal à imaginer qu'eux aussi sont observés. Magda le détaillait discrètement. L'homme n'était pas obèse, mais il portait sous son gilet, un petit ventre de nanti. Ses yeux, tirant sur le vert, étaient d'une clarté surprenante, qui lui donnaient un perpétuel regard étonné. Mais cette calvitie… Décidément, elle n'aimait pas ! On voyait bien qu'il essayait de la dissimuler en ramenant une longue mèche sur le devant. Ridicule ! Il devait en plus l'entretenir, cette mèche. Quelle coquetterie idiote ! Quel âge peut-il avoir ?

– Moi, j'ai dix-neuf ans, lui dit-elle, espiègle.

– Eh bien moi Magda, voyez-vous, j'ai exactement le double de votre âge… trente-huit ans !

Après ce premier échange, l'homme voulut ne rien montrer de son trouble. Il sortit de sa serviette des feuilles et commença à les parcourir. Dans le fauteuil, la tête appuyée contre la vitre du couloir, Magda avait fermé les yeux, semblant somnoler, bercée par le rythme puissant… Que dit le train ? Il lui arrivait souvent d'être assaillie par des pensées obsessionnelles. Quelquefois elle les aimait, lorsqu'elles lui tenaient compagnie. Le plus souvent, elles l'agaçaient ; elle ne savait alors comment s'en débarrasser. Que dit le train ? Ar… lo… zoroff… Ar… lo… zoroff… Ar… lo… zoroff…

« Victor m'a abandonnée, pensait-elle, après m'avoir initiée à l'amour, à la politique, à la joie, à la vie. C'est ainsi qu'ils trinquent chez eux… *Le'haïm*… en hébreu ça veut dire “à la vie !”… Il m'a plantée ! » Ce n'est pas seulement qu'elle l'aimait, c'était bien au-delà : il était son créateur. Il lui avait insufflé l'élan… Il lui avait fait toucher du doigt la force, la vraie, celle que l'on possède au fond de soi, l'ivresse, aussi. *Le'haïm* ! Victor est l'homme de toutes les audaces, capable de tout théoriser, de remettre en question les idées reçues. Elle se souvint d'une de leurs interminables discussions philosophiques, il lui avait expliqué que la fidélité était une absurdité, un relent nauséabond de la morale bourgeoise décadente. Tout à l'heure, cette fille de Königsberg qui était là pour son anniversaire – elle s'était bien gardée de dire à la directrice du pensionnat que c'était aussi l'anniversaire de Victor ! –, cette Gerda, elle était maintenant certaine qu'il avait lié une relation avec elle. Sitôt qu'elle avait eu le dos tourné, il s'était jeté sur la première qui passait. La fidélité ne l'étouffait pas ! Pas très jolie, du reste, sa Gerda…

Durant leurs discussions amoureuses, Magda et Victor avaient compris qu'ils étaient semblables, ballottés par les événements politiques, tous deux réfugiés, lui de Russie, elle de Belgique, tous deux d'une famille où les modèles traditionnels n'avaient pas tenu, ayant tous deux dû passer d'une langue à l'autre. Ils s'étaient raconté leur enfance, l'adolescence, cette possibilité de naître une seconde fois. Ils s'étaient racontés et chemin faisant, ils s'étaient inventés. Dans ce train qui répétait son nom, elle ruminait son absence. Elle ne voulait pas se venger, c'était à la fois moins banal et plus puissant que cela. Elle était prise. En cet instant, elle voulait être Victor. Elle ouvrit les yeux, leva la tête. Günther Quandt la fixait. Elle le regarda, étonnée, baissa les yeux, le regarda à nouveau. Il la fixait toujours. Elle referma les yeux. Elle somnolait. Elle revit la scène, celle de cette première fois avec Victor. C'était dans le couloir du petit appartement après qu'ils s'étaient percutés. Il la relevait, doucement, lui demandant si elle s'était fait mal, elle éclatait de rire. Ils restaient un moment accrochés l'un à l'autre. C'est elle qui avait pris l'initiative. Elle s'était rapprochée, serrée contre lui, surprise du plaisir qu'elle ressentait. C'était la première fois qu'elle découvrait cette capacité magique de déclencher le désir des hommes. Il l'avait embrassée sur les lèvres. Elle ne pouvait plus s'en détacher. Elle ouvrit alors les yeux. Face à elle, Günther Quandt ne la quittait pas du regard. Elle rougit. Quandt pensa que c'était de l'insistance de son regard. Il l'imagina timide. Elle était tout le contraire, non pas effrontée, mais totalement femme déjà, sachant jouir de son corps et du pouvoir qu'il lui donnait sur les hommes. Cela, c'était grâce à Victor ! Quandt s'adressa à elle, lui posa des questions, sur sa famille, sur ses études. Elle répondit un peu, mais repartit bientôt dans sa rêverie somnolente. Une scène d'amour comme il y en eut presque chaque jour durant les derniers mois, à Berlin, dans le lit de sa mère. C'était là qu'ils se retrouvaient l'après-midi. Il la caressait longtemps ; il lui parlait aussi. Il lui murmurait à l'oreille combien il aimait la sentir. Il accompagnait chacun de ses gestes de mots de tendresse, parfois de joie. Elle devenait folle entre ses mains. Une fois, ils étaient là, répandus dans les draps et ils entendirent la clé tourner dans la serrure. Ils se blottirent l'un contre l'autre. Augusta, sa mère, revenait chercher un chandail. Ils retinrent leur souffle. La mère n'arriva pas jusqu'à la chambre. Lorsqu'ils entendirent à nouveau la porte se refermer, elle eut un spasme de plaisir, longtemps, en se mordant les lèvres pour ne pas hurler. Juliette avait quatorze ans, Roméo, peut-être dix-sept… « Comme nous, au fond, non ? » Leur amour était d'une intensité telle qu'il fit disparaître tout ce qui aurait pu les séparer. Elle était allemande et lui russe, elle était catholique et lui juif, elle aimait les réflexions solitaires et lui les grandes assemblées où il présidait à l'avenir du monde. Mais dans leurs moments d'étreinte, ils devenaient identiques, jumeaux accouplés dans le ventre initial. En ces moments, ils se ressentaient comme l'incarnation de la théorie des deux moitiés, faites pour s'assembler dès la Création. Dehors, tout n'était que désordre et furie ; les hommes étaient partis à la guerre, on n'entendait parler que de morts et de mutilés ; les femmes tentaient de nourrir leur famille, de préserver l'apparence. L'univers qu'avaient connu les adultes disparaissait sous leurs yeux. Mais pour ces deux adolescents, le chaos était une promesse, la sensation que tout allait être possible. Aussi, se juraient-ils de conquérir le monde, ensemble. Ils parcouraient les pays de leurs récits et de leurs lectures, comptaient les langues qu'ils parlaient… tous deux l'allemand ; lui le russe, le yiddish ; elle le français, l'anglais, un peu d'italien… Voilà qu'ils avaient entrepris d'apprendre l'hébreu.

Au début, Victor était surtout préoccupé de luttes sociales. À la différence de sa mère, il avait épousé les idéaux de la révolution russe. Il fréquentait les émigrés, les militants communistes. À l'université, il s'était engagé dans des études d'économie politique et de droit. Il n'avait qu'un mot à la bouche : la révolution ! Mais depuis quelque temps, il avait rejoint un groupe de socialistes d'un genre nouveau. Ils venaient de tous les pays et c'est ce qui lui plaisait. Il y avait des Russes et des Allemands, mais aussi des Hongrois, des Polonais, des Roumains et même des Turcs. Tous étaient juifs. Magda le soupçonnait d'avoir abandonné l'idéal révolutionnaire, d'avoir basculé depuis qu'il avait constaté qu'il y avait autant d'antisémites dans les groupes communistes russes que dans le reste de la société russe. Victor était très sensible à la violence antisémite ; sa famille en avait souffert durant des générations. Les Arlozoroff avaient fui la Russie parce qu'ils ne supportaient plus les vexations, les numerus clausus, les assignations à résidence, les agressions dans la rue et, régulièrement, les pogromes meurtriers. Le nouveau mouvement tentait un nouvel assemblage alliant socialisme révolutionnaire et sionisme. Victor avait même constitué une cellule, invitant les jeunes Juifs qu'il connaissait à le rejoindre. Son idéal restait l'instauration du socialisme, mais en Palestine. Il avait appelé son groupe *Tikwat Tsion* – en hébreu : l'« Espérance de Sion ». Victor avait une telle force, une telle intelligence, que ses camarades, pourtant tous de tendance communiste, l'avaient suivi sans hésiter. Comment pouvait-il à la fois défendre le socialisme qui entendait unir tous les prolétaires du monde, quelles que soient leurs appartenances, en une même lutte de libération et le sionisme qui avait pour projet de réinstaller le peuple juif sur sa terre ancestrale : la Palestine ? D'une part la disparition des nationalités et la reconnaissance d'un même combat de libération universelle, de l'autre un intérêt passionné pour l'émancipation d'un seul peuple ? Il y parvenait pourtant. Il expliquait que le socialisme se réaliserait, étape par étape, pays par pays, nation par nation, jusqu'à l'instauration d'une humanité enfin rassemblée. Il était de jour en jour plus passionné par sa nouvelle cause. Magda était de toutes les réunions ; elle y participait avec la même fougue que lui. Il avait changé son prénom, se faisait maintenant appeler ‘Haïm. Il lui avait cherché un prénom, lui avait proposé Myriam. Elle avait refusé farouchement ; elle était « Magda ». Il n'avait pas insisté, lui expliquant que « Magdalena » était aussi un nom hébraïque, même si tout le monde l'avait oublié, un nom qui signifiait « celle de *Migdal* », une ville au nord de la Palestine antique. Souvent, après la classe, Magda passait l'après-midi chez les Arlozoroff, avec le groupe rassemblé autour de Victor. Elle l'écoutait développer ses longs exposés politiques, admirait son éloquence, happée par sa ferveur. Bientôt, elle émigrerait avec lui en Palestine ; ils s'installeraient ensemble à Tel-Aviv. Magda était prête à tout, à condition que ce soit avec lui. Faire la révolution, changer de peau, changer de dieu, en avoir ou pas. « Aussi loin qu'il veut », pensait-elle alors. Victor s'était lassé le premier ! Trop jeune pour avoir de la mémoire, trop curieux pour être fidèle. Il lui avait offert une médaille, une étoile de David, en or, qui ne quittait pas son cou. Soudain, elle prit peur. Quandt n'avait-il pas remarqué ce médaillon ? À demi endormie, elle porta la main à son cou. Mais non ! Voilà six mois qu'elle l'avait retiré et rangé dans sa petite boîte à bijoux, au moment de partir pour Goslar, précisément.

Elle ouvrit les yeux. Quandt la dévorait toujours du regard. Elle transpirait un peu. Il lui sourit.

– On dirait que vous vous êtes endormie, mademoiselle…

– Pas du tout ! Je ne voulais pas vous déranger. Je méditais, les yeux fermés.

– Oh, mais vous ne me dérangez en aucune manière, bien au contraire ! Je ne parviens pas à penser à autre chose qu'à vous.

Elle rougit encore.

– Ne deviez-vous pas travailler sur vos documents très sérieux, docteur Quandt ? lui demanda-t-elle, minaudant la sévérité.

Il lui sourit, heureux qu'elle se préoccupât de ses obligations.

– Si ! C'est bien ce que j'avais projeté de faire ! Je devais préparer le conseil d'administration que je dois présider demain… Mais qu'importe !

– Vous m'avez dit que vous étiez industriel. Dans quelle branche travaillez-vous ?

Les yeux de l'homme se mirent à briller.

– Dans toutes les branches ! Je travaille pour l'industrie allemande, mademoiselle ! répondit Quandt d'un air martial. Vous savez, avec la guerre, notre production a été désorganisée. La première urgence était de fabriquer du matériel militaire. Certaines industries se sont adaptées, beaucoup ont sombré. J'ai eu la chance d'être très présent dans le secteur industriel avant-guerre. Je connaissais le milieu et ses contraintes. J'ai pu sauver de très nombreuses entreprises. Je suis aujourd'hui à la tête d'un consortium.

– Dans quelle branche étiez-vous avant-guerre, docteur Quandt ?

– Dans le textile, surtout ! Durant la guerre, ce sont nos usines qui ont fourni les uniformes de l'armée… Aujourd'hui, j'habille les chemins de fer, les postes, la police.

Il avait un sourire satisfait, fier de la performance de ses usines textiles. Quandt était étonné qu'une si jeune fille s'intéressât à des questions économiques. Elle lui posait des questions, lui demandait des précisions sur la rentabilité de ses affaires, s'inquiétant que la production ait été paralysée par les grèves. Il ouvrait de grands yeux, admirant son intelligence, sa compréhension du monde.

– Vous êtes riche ? lui demanda-t-elle brusquement.

Il sourit à nouveau. Cette jeune fille était surprenante. Il aurait été plus naturel que ce fût lui qui l'interrogeât sur ses études, sur ses intérêts, ses lectures. Il avait bien essayé, mais elle avait esquivé ses questions, semblant ne porter aucun intérêt aux banalités qui lui venaient à l'esprit.

– Très ! répondit-il de manière laconique.

Elle éclata de rire.

– Vous voulez dire, docteur Quandt, que vous êtes très riche ? Vraiment riche ?

« Il a trente-huit ans, moi, dix-neuf »… Elle se répétait cette évidence. Elle n'en était pas à bâtir des châteaux en Espagne, elle n'allait rien imaginer. Mais le regard que Quandt avait posé sur elle, cette façon qu'il avait de l'envelopper comme si elle était déjà sienne, l'avait captivée. Au-delà de l'intensité du désir qu'elle percevait chez cet homme, elle était certaine d'une chose : c'était bien dans le monde qu'elle venait d'entrevoir lorsqu'il avait évoqué sa fortune, le monde des riches et des puissants… c'était dans ce monde-là qu'elle voulait vivre, ce monde où l'on a tout ! Quandt se surprenait. Voilà qu'il ne lui posait plus aucune question et qu'il s'était mis à lui parler de sa vie :

– Mes affaires vont bien, mademoiselle, si l'on veut parler de mon travail. Mais ma vie de famille est bien triste.

– Triste, s'étonna Magda, je ne vous imagine pas triste, docteur Quandt. Vous êtes… enfin, plein d'entrain, de dynamisme.

Elle voulait lui signifier qu'elle percevait l'énergie qui émanait de lui. Il se sentit encouragé.

– Je ne sais pas s'il convient de raconter de telles choses à une jeune fille. Voyez-vous, je suis veuf, mademoiselle…

– Mon Dieu, docteur Quandt, qu'est-il donc arrivé à votre épouse ?

– Elle est décédée… il y a un an.

Quandt avait baissé la tête.

– Un accident, docteur Quandt ? l'interrogea Magda en lui frôlant la main. Il sursauta à son contact.

– Non ! Elle a été gravement malade. Comme beaucoup, la grippe espagnole…

– Vous a-t-elle laissé des enfants ?

– Oui ! Deux garçons… treize ans et onze ans… Ils ont bien du mal à se remettre du décès de leur mère.

Ils restèrent tous deux silencieux, un long moment, regardant le sol. Magda fut prise d'une sorte de vertige. Elle se sentit attirée, comme si le vide laissé par l'absente lui offrait l'espace de tous ses rêves.

– Parlez-moi d'elle. Cela ne vous ennuie pas, n'est-ce pas, de me parler d'elle ?

– Elle était… je ne sais comment vous dire ! Elle était « comme il faut »…

– Je comprends, dit Magda en hochant la tête, je comprends ! Elle était l'épouse qu'il vous fallait. Attentionnée, sérieuse, sachant tenir une maison, ordonner aux domestiques, s'occuper des enfants, n'est-ce pas ? C'est bien cela ?

– Oui, répondit Quandt, oui pour ce qui concerne ses qualités ; je vous disais qu'elle était « comme il faut ». Mais je ne suis pas certain qu'elle ait été exactement celle qu'il me fallait…

– Dites, l'invita Magda, dites-moi, dites encore ! Il ne faut pas craindre de critiquer les morts.

Quandt s'interrompit, interloqué. Elle disait cela avec une telle assurance.

– Il est vrai qu'elle était austère, reprit-il. On dit que les protestants sont ainsi. Elle n'aimait pas sortir, elle était toujours vêtue de couleurs sombres, elle n'aimait pas les bijoux. Que vous dire ? Mais elle avait aussi toutes les vertus des protestants. Elle était économe… Je suis moi-même protestant, vous savez…

Et ils poursuivirent ainsi leur discussion. Quandt était passionné par la jeune fille, sa conversation, sa beauté, sa spontanéité.

– Vous êtes protestant, docteur Quandt ? On ne choisit pas sa naissance, n'est-ce pas ? Moi, si j'avais pu choisir, j'aurais aimé naître dans une famille bouddhiste.

Les questions de religion embarrassaient Magda. Sa mère, Augusta Behrend, était une très jolie femme ; on disait qu'elle avait été plus belle encore que Magda ! À l'âge de vingt ans, alors qu'elle était son employée de maison, son patron, l'ingénieur Oskar Ritschel, fou d'amour, lui fit un enfant. C'était Magda ! Cela se passait dans les tout premiers jours du siècle. Magda naquit le 11 novembre 1901. Son père, de peur d'être contraint au mariage, ne voulut pas la reconnaître. Elle s'est donc appelée du nom de sa mère : Behrend, Maria Magdalena Behrend. Bel homme, ce Ritschel, de la distinction, des relations, une fortune, et une carrière en perspective ! Il ne pouvait accepter d'épouser sa bonne et de reconnaître l'enfant du plaisir. Mais il entretint l'une et l'autre et se prit d'une intense affection pour sa fille. Augusta resta encore trois années au service de Ritschel, bonne et maîtresse, jusqu'à sa rencontre avec un commerçant juif, Richard Friedländer, qu'elle épousa. De cela, Magda était perplexe : Augusta Behrend, sa mère, était protestante ; Oskar Ritschel, son père, catholique, Richard

Friedländer, son beau-père, juif. Et elle ? Baptisée à sa naissance – son père avait insisté – elle avait suivi une partie de ses études primaires chez les ursulines de Vilvoorde, en Belgique, dans les environs de Bruxelles. Était-elle catholique ? Elle ne le savait pas vraiment. Alors, bouddhiste, ça l'aurait tirée d'embarras. Lorsqu'il s'agissait de parler de religion, le début du *Faust* de Goethe lui revenait en mémoire : « Philosophie, hélas ! Jurisprudence, médecine, et toi aussi, malheureuse théologie !… je vous ai donc étudiées à fond avec ardeur et patience : et maintenant me voici là, pauvre fou, tout aussi sage que devant. »

– Bouddhiste ? s'étonna Quandt…

– Pourquoi pas bouddhiste ? plaisanta Magda. Mon père, le docteur Ritschel, me parle souvent de cette religion. Elle me paraît plus sereine, plus pacifique que les nôtres.

Le train arrivait en gare de Goslar. Il était bien tard, peut-être une heure du matin. Magda se leva, s'étira, arrangea ses vêtements. Galant, Quandt lui porta sa valise jusqu'au quai. Au moment de se séparer, alors qu'il lui tenait la main, il lui demanda :

– Je vous en supplie, mademoiselle, le nom de votre pension…

– Pourquoi ? lui demanda Magda.

– Si vous m'y autorisez, je viendrai vous rendre visite. Je me rends parfois à Kassel ; ce n'est pas si loin…

– Pourquoi ? insistait Magda, pourquoi viendriez-vous me rendre visite ? Nous ne fûmes au fond que des compagnons de voyage, n'est-ce pas ? Rien de plus, ajouta-t-elle…

– Je me présenterai comme votre oncle ou un ami de votre père ; ainsi votre directrice m'autorisera-t-elle à vous emmener en promenade.

– Mais pourquoi ? s'entêtait Magda, pourquoi irais-je me promener avec vous, docteur Quandt ?

Il finit par lâcher :

– J'ai quelque chose à vous offrir…

– Ah oui ? s'étonna Magda, et quoi donc ?

– Tout, répondit Quandt, je suis le seul homme capable de vous donner tout…

Le train était en train de siffler ; il allait repartir. Quandt grimpa sur le marchepied ; il tenait toujours la main de Magda.

– J'y consens, répondit enfin Magda, j'y consens, mais faites vite !

*

Magda, Maria Magdalena, comment, en suivant quel parcours finit-on par épouser le diable ? Je sais d'expérience qu'une telle alliance se paie du sang de ses proches, du sacrifice de ses amours. Tout me conduit jusqu'à elle, âme sourde d'un désordre planétaire. Plus je cherche, plus je pressens les traces de ses pas. Mais les questions tournent et retournent, je ne comprends pas comment des histoires aussi anciennes peuvent rester là, actives, toxiques, comme si le temps n'avait pu exercer son action sur elles. Ces histoires n'en sont pas ; elles sont mythes, dès l'origine, mythes de fondation…

Je trouve un nouveau message de Tania.

« Vos écrits m'enveloppent. J'en suis d'autant plus surprise que toute cette tendresse vous serait venue à la simple vue de mes photos. La sensation est agréable, j'en conviens, mais insolite. Merci pour cela, Ezra ! Vous ne dites pas grand-chose de vous… J'imagine que même si nous nous étions déjà croisés ici ou là, vous ne m'avoueriez pas votre identité. Pensez-vous que le mystère soit à ce point indispensable à mon émoi ? Le portrait que vous dressez de vous restant si opaque, je ne peux que m'attacher à vos mots. Si le jeu est séduisant, voire excitant, il va bientôt connaître ses limites, ne croyez-vous pas ? Il est temps de m'en dire davantage ! Pour répondre à votre question : oui ! Une "attirance naïve, instinctive, quasi infantile, peut avoir une chance de lendemains". Il y a quelque temps, pour la première fois de ma vie, j'ai eu ce qu'il faut bien nommer "un coup de foudre". Cette liaison, commencée dans le bar d'un hôtel de province, bientôt d'une intensité rare, m'a conduite aux pires extrémités. Je sais donc par expérience que des lendemains peuvent exister aux rencontres fortuites. J'y ai connu plaisir extrême et bouleversement radical de mon existence. Aujourd'hui, je mène contre cet homme rencontré au hasard d'un voyage une lutte sans merci. Sans doute en avez-vous eu quelques échos dans la presse.

Parlez-moi de vous, maintenant, même si vous ne voulez pas me révéler votre nom. Où vivez-vous ? J'espère qu'il y fait meilleur que dans notre vieille Allemagne ! De quoi vos journées sont-elles faites ? Et vos soirées ? Sans doute ne me direz-vous rien de vos nuits… Qu'aimez-vous ? Qui aimez-vous ?

Tania »

Je lui réponds :

« Ma douce Tania,

Ce soir, en rentrant de dîner, ouvrir l'ordinateur m'était une joie et une angoisse. Joie à l'idée d'y découvrir peut-être un mot de vous, angoisse de me retrouver désemparé comme à chacune de vos réponses. Il y a tant de chemin à parcourir pour combler ce fossé entre la familiarité immédiate que nous ressentons et la distance imposée par la raison.

Vous me demandez ce que fais de mes jours, de mes soirées, de mes nuits... J'écris ! Et pour passer le temps entre les longs moments qui séparent deux manifestations d'une idée, je prends des notes pour écrire. J'écris, pour écrire... Le monde n'existe qu'écrit et il est si difficile de le créer. Je me trouve au loin, occupé pour quelques semaines à une mission, mais je suis parisien. Vous me demandiez aussi ce que j'aime. Écrire, mais ça me fait tant souffrir, la politique et les voitures, la musique baroque mais aussi Beethoven, l'Afrique de la brousse et de la résistance, et vous, déjà... Une de vos photos m'attire irrésistiblement ; celle où l'on voit, très nette, une main entre deux cuisses de femme. Est-ce vous ? On peut imaginer que la femme pense à quelqu'un et ose une caresse – peut-être un homme, au loin... Peut-être dormez-vous déjà ? Non ! Vous avez du mal à trouver le sommeil. Je pose un baiser sur vos paupières.

À propos, l'affaire que vous évoquez, celle dont la presse a parlé, est-ce bien ce chantage odieux que ce jeune gigolo israélien a exercé sur vous ? M'en raconterez-vous davantage ? En attendant acceptez ce mot en hébreu que vous comprendrez peut-être : *ani ohev otakh*...

Et un autre baiser pour accompagner votre nuit !

Ezra »

11

Barbara

Jaffa, le 5 octobre et les jours suivants

Il fait encore trente degrés le jour et pas loin de vingt-cinq la nuit. Cette année, l'automne ne se décide pas à arriver au Proche-Orient. J'écrase consciencieusement ma cigarette. Je ne sais trop combien j'en ai fumé aujourd'hui. Il faudra que je me tienne à ma technique des mégots. La nuit tombe de plus en plus tôt depuis le changement d'heure. Collée à Tel-Aviv, Jaffa en est à la fois ses racines et son inverse. Si Tel-Aviv, âgée d'à peine cent ans, est l'une des plus jeunes métropoles, Jaffa est l'une des plus anciennes villes du monde. Mais les racines ne vivent que de rester cachées, déterrées, elles durcissent, bois mort étouffé par la lumière, désormais incapable de ressourcer quiconque. Jaffa est aujourd'hui exhumée, rénovée, transformée en cité archéologique de péplum. La baie, autrefois port de Jérusalem, là où Pierre guérissait des malades pour promouvoir Jésus, qui a vu accoster Maïmonide et Napoléon, grille aujourd'hui des poissons surgelés pour ses cars de touristes ukrainiens. Ses ponts que l'on dirait de carton-pâte sont décors de photographies de mariage. Jaffa l'intense, la pestilentielle, a néanmoins laissé quelques miasmes dans les ruelles qui bordent l'autoroute. Elle m'a donné rendez-vous, dans un bouge où l'on ne mange que des fèves et des pois chiches, en ragoût, en purée, en beignets. Il y a surtout des Arabes, pressés, renfrognés, avec une attitude de défi, jusqu'à la façon d'enfiler leur veste. On m'a parlé d'une jeune chercheure en histoire rattachée à l'Université hébraïque de Jérusalem spécialisée dans l'histoire du Mossad, surtout durant les premières années de l'État. Je l'ai appelée sur son portable et elle a tout de suite accepté de me rencontrer. Barbara, le paradoxe d'Israël.

Barbara est assise là, en face de moi ; elle écrase sa cigarette à son tour, mais vite, abandonnant une cendre turgescente qui contamine le cendrier plein à ras bord. Trois jours qu'elle est à Tel-Aviv, pour participer à un groupe de recherche et trois jours qu'elle ne peut s'arrêter de pleurer. Elle s'était promis de ne jamais revenir dans cette ville saturée de souvenirs. Il est constamment dans ses pensées ; il l'a été depuis le premier instant. Même au loin, il était tout près. Il faut dire qu'il apparaissait et disparaissait sans prévenir. Je m'étonne. Barbara a peut-être vingt-cinq ans, trente tout au plus. Les traits sans harmonie, un peu grassouillette, les jambes épaisses dans son jeans à taille basse qui laisse dépasser, à la mode israélienne, d'impudiques bourrelets, les cheveux frisés, sans couleur, en bataille. Mais tout de même, que fabriquait-elle avec ce vieillard malpropre, sans domicile fixe et probablement homosexuel ? Depuis qu'il lui avait annoncé leur rupture, quelques jours avant sa mort, elle avait commencé à plonger. Elle tremble en éteignant sa cigarette. Lorsqu'elle l'a rencontré, les bunkers qu'elle avait érigés pour se garder du monde avaient été pulvérisés. Le matin, elle se levait triste et le soir, elle se couchait recroquevillée, entrant dans ses draps comme en un linceul. Monco est apparu dans sa vie au mois de mai, lors de ce colloque sur la création de l'État d'Israël, à Jérusalem, dans les salons du King David. Il y avait des historiens, des hommes politiques, israéliens, américains, allemands, quelques Palestiniens et même un Français. Elle s'y était rendue sans grande conviction, presque pour se changer les idées. Elle s'était installée au premier rang, écoutant distraitement les orateurs, son esprit s'enlisant dans son habituel marasme. Et puis, le *chairman* avait appelé Moka. C'était un peu l'événement du colloque, un témoin des hauts faits secrets de la création de l'État. On allait entendre ce qui était habituellement tenu secret.

– Un vieux qui n'était pas vieux, murmure-t-elle d'un ton monocorde, si jeune malgré ses cheveux blancs. Légèrement voûté, très grand, maigre, emmitouflé dans plusieurs couches de vêtements hétéroclites, il semblait tout droit sorti des origines… Peut-être le prophète Élie, celui qui doit arriver à la fin des temps ?

Lorsqu'elle l'a aperçu, c'est comme si un choc électrique lui avait traversé le corps. Il s'était avancé vers le micro, avait branché son *powerpoint*. Il avait d'abord projeté la photo d'Arlozoroff jeune :

– Regardez cette photo, avait-il commencé de sa voix éraillée, il s'agit d'un adolescent, certes doué et créatif, possédant cette faculté d'attirer l'auditoire, de le captiver, une sorte d'aura qui amenait les gens à s'agglutiner autour de lui. Regardez ce jeune homme, son menton qui pointe déjà en avant, son regard flamboyant derrière ses lunettes de myope… Regardez-le, ce n'est pas n'importe qui ! Quiconque l'approche est immédiatement saisi. À l'époque de cette photo, il a dix-sept ans et il est déjà un phare. Sa famille vient de Russie. Ils se sont installés en Allemagne, fuyant les pogromes. Il lit Dostoïevski, bien sûr, mais aussi Kant, Hegel et surtout Karl Marx ! Il lit un livre par jour ; il se l'est promis dès l'âge de quatorze ans, il s'y tient ! Plus que cela : il raconte les livres qu'il lit… à sa famille, sa sœur, à ses amis. Regardez cette photo ; nous sommes en 1916. Vous voyez son air chétif, ses yeux perdus dans le vide, vous ne pouvez vous tromper, c'est un intellectuel. Mais comme beaucoup d'intellectuels, il a soif d'action, d'aventure et de vérité. Il veut s'engager dans l'armée allemande, se battre contre les Russes qui persécutent les siens. Il est juif ; juif avant tout ! Il est trop maigre, sa vue est déficiente ; il tousse aussi, peut-être phtisique ? L'officier recruteur le toise, narquois : « Et pourquoi pas les fusiliers marins tant que vous y êtes ? Allons, vous êtes trop jeune, mon bon ami ! » Le jeune Arlozoroff s'en retourne chez lui déçu. Sa mère pousse un soupir de soulagement. Lui est furieux, mais certainement pas résigné ; il sait déjà que son destin est dans la lutte…

Et puis Moka s'était interrompu, regardant l'assistance. Barbara avait croisé son regard.

– Il avait des yeux, me dit-elle… Oh, je ne sais pas les décrire, monsieur, transparents, je crois ! ça se peut ?

Il l'avait vue ; elle l'avait senti. C'était presque imperceptible, juste un instant, une fraction de seconde, les paupières qui s'ouvrent, la pupille qui se dilate, les yeux qui s'attardent. Depuis, elle s'était repassé la scène des dizaines de fois !

– Et cette seconde photographie, avait-il poursuivi, cette blonde adolescente de quatorze ans, les traits déjà parfaits, malgré sa fraîcheur… Un ange… Elle ressemble – voyons, ce visage rond – elle ressemble sans doute à quelqu'un dans la salle.

Et à ce moment il avait fixé Barbara dans les yeux. Puis, se retournant vers l'écran, il avait poursuivi :

– Elle respire l'innocence, la santé, la joie de vivre. Nous sommes toujours en 1916 ; les deux photos datent de la même année. Elle a quinze ans. À ce moment de sa vie, elle s'appelle Maria Magdalena Friedländer ; mais tout le monde l'appelle Magda !

Il parlait près du micro. Barbara avait eu l'impression qu'il lui chuchotait dans l'oreille.

– Qui aurait pu penser à ce moment, en pleine guerre de 14, que l'amour allait transformer la planète ? Vous avez vu ces deux jeunes gens, des adolescents pleins de vie, le visage rayonnant de promesses. Eh bien l'état du monde aujourd'hui résulte d'un amour qui naquit entre eux, un amour d'adolescents, une attirance irrésistible, une sorte d'évidence naturelle. Il est des humains dont l'accouplement peut bouleverser le monde !

Son regard retombait invariablement sur elle, comme un oiseau qui revient toujours se poser sur la même branche.

– Vous vous demandez peut-être ce que ces deux jeunes gens qu'une destinée a projetés dans un même quartier de Berlin ont à faire avec l'histoire d'Israël, puisque aussi bien, c'est de la création de l'État d'Israël que nous allons parler aujourd'hui…

La conférence de Moka avait été passionnante, mais durant la discussion qui avait suivi, les spécialistes, les historiens, s'étaient vigoureusement opposés aux thèses qu'il avait présentées. « C'est une simple supposition, basée sur un ou deux témoignages mineurs et sujets à caution », lui avaient-ils reproché. Arlozoroff a connu Magda durant les années de guerre, entre 1915 et 1918, tous les chercheurs s'accordent là-dessus. Liza, la sœur d'Arlozoroff, était la condisciple de Magda au lycée. Sans doute se voyaient-elles au dehors. Il est possible que Magda ait fréquenté la maison des Arlozoroff, mais de là à imaginer une relation amoureuse entre Magda et Victor, aucun véritable document n'atteste cette fantasmagorie. Pas une lettre, pas un aveu, pas un témoin. C'est du roman-photo ! Moka n'avait pas argumenté. Il avait seulement baissé la tête devant la violente agression des spécialistes.

– Vous êtes des savants, avait-il répondu, et vous savez ce que j'ai vécu.

Le public avait éclaté de rire et applaudi à tout rompre. Mais Moka avait ajouté :

– Et maintenant, je voudrais vous dire solennellement qu'après ce que je viens de vous révéler, si un jour je suis assassiné, c'est Arlozoroff qu'on tuera une seconde fois…

Il se fit alors un silence pesant. Qui accusait-il ainsi ? Une fois la conférence terminée, elle l'avait cherché au travers de la foule. Elle voulait lui demander ce qu'il avait voulu dire. Dans la cohue, elle était tombée sur le vieux Ginzburg, son professeur de sciences politiques. Il l'avait détaillée, de haut en bas, et s'était écrié :

– Ma petite Barbara, qu'avez-vous fait de vous ? Vous êtes pâle, et toute fagotée de noir ? Qu'y a-t-il ? Vous avez perdu quelqu'un ? Un parent ?

– Mais non, monsieur ! Je suis sans doute un peu fatiguée. Je travaille à mon projet de postdoc. Je ne parviens à écrire que la nuit. Il me faut le silence le plus absolu pour écrire. Je ne dors pas beaucoup, il est vrai…

– Faites attention, Barbara ! À votre âge, malgré l'apparence, on est fragile. Le corps n'est pas encore persuadé de l'intérêt de l'existence.

Qu'avait-il voulu lui dire ? Qu'elle pouvait mourir ? Elle s'était surprise à penser que cette idée lui plaisait, disparaître ainsi, du jour au lendemain, mourir de rien, comme ça arrive aux bébés, à ce qu'on lui a dit, de « mort subite ».

– C'est vrai ? Est-ce bien ce qu'il a dit… ce qu'il a vraiment dit ? Que lorsqu'on le tuera, c'est Arlozoroff qui sera assassiné une seconde fois ?

– Mais oui, je vous assure ! Je l'ai raconté à la police. Personne n'a voulu m'écouter. Ils préfèrent leur version…

– Qui est ?…

– Un règlement de comptes dans la pègre homosexuelle.

– Et pourquoi l'ambassade de France ?

– Ça c'est une autre histoire…

Le public était revenu vers le grand salon où se tenait la conférence. Elle s'apprêtait à s'asseoir au fond de la salle, lorsqu'une main s'était posée sur son épaule :

– Comment vous appelez-vous ?

Elle tremblait de tous ses membres. Elle qui travaillait depuis des années sur cette période de fondation, elle avait la sensation de rencontrer l'État d'Israël en personne. La nuit est noire sur la mer. Barbara se tait, s'enfonce dans sa mélancolie. Son visage en porte la marque, comme si l'on avait soudain creusé des rides dans ses joues.

– Pour quelle raison je vous raconte tout ça ? se demande-t-elle à haute voix. Elle se reprend : ce n'est pas ce que je voulais dire, non ! Excusez-moi ! Je vous suis reconnaissante de m'écouter. Je crois que ça me fait du bien, malgré tout, de parler de lui. Et vous ? Pourquoi vouliez-vous me rencontrer ? Que voulez-vous ? Vous êtes seulement à la recherche d'informations pour écrire un livre ?

– Je ne comprends pas, quelle relation aviez-vous avec Moka ? Une histoire d'amour ?

Tel-Aviv où l'invraisemblable est quotidien ; Tel-Aviv qui expérimente l'envers du monde.

– Oh, je ne sais pas, me répond-elle ; aujourd'hui, je ne sais plus ! J'étais amoureuse de lui, c'est vrai ! Mais je ne pouvais pas l'approcher.

Elle recommence à pleurer :

– Vous comprenez, monsieur, une heure auparavant, mon univers était de vent ; je reconnaissais à peine mon nom.

Il doit être au moins vingt et une heures. Le garçon range les tables. Le temps se rafraîchit. Je n'ai pas le cœur à l'abandonner à sa tristesse. Je propose à Barbara une promenade sur la plage. Nous marchons longtemps le long de la plage, jusqu'à l'hôtel Dan. Elle prend mon bras ; je suis un peu ému en sentant la tension de son corps contre le mien. Elle avance lentement, enfonçant chacun de ses pas dans la fraîcheur nocturne du sable, pour y marquer sa trace. Elle raconte encore, la conclusion de la conférence de Moka. Il avait montré une dernière photographie : la plage devant l'hôtel Dan, précisément.

– C'est ici, avait-il dit, sur cette plage, que le 16 juin 1933, Vitaly (c'était son prénom russe) Arlozoroff fut assassiné par deux inconnus, sans doute arabes. Il rentrait de Berlin où il négociait auprès des autorités nazies le départ des Juifs d'Allemagne. Qui a commandité son meurtre ? Je vous le demande : qui a tué Arlozoroff ?

Je sursaute. Je lui demande :

– Il a dit « arabes » ?

– Quoi ?

– Moka… Il a dit qu'Arlozoroff avait été abattu par deux Arabes ?

– Oui, me répond-elle ; puis elle hésite : je crois… mais, maintenant que vous le dites, je n'en suis pas si sûre…

Les habitants ont tellement peur des excès de cette ville, qu'ils la surveillent, se relayant pour dormir, comme s'ils craignaient de la laisser seule… À n'importe quelle heure, les rues sont pleines de promeneurs, les terrasses de café regorgent de philosophes dissertant sur l'état du monde, sur l'amour, sur la guerre et sur la paix. Je raccompagne Barbara jusqu'à son hôtel, là-bas, près du port de Tel-Aviv. La patronne, d'origine bulgare, insiste pour parler en français. Elle me dit :

– C'est bien que vous soyez venu la rejoindre. Ça fait des jours qu'elle vous attend en pleurant.

– Qu'elle m'attend ? Oh non ! Ce n'est pas moi qu'elle attend !

– Ah pourtant… C'est bien la première fois que je la vois sourire depuis que je la connais. Je suis certaine que c'est vous qu'elle attendait ! conclut-elle avec un coup d'œil complice.

– Comme tout le monde, alors… Je veux dire : « comme tout le monde m'attend »…

En repartant de l'hôtel où loge Barbara, je m'offre à nouveau une longue balade le long de la mer. Je passe devant le Hilton, juste en face de la rue Jabotinsky. Deux grandes artères traversent la ville de Tel-Aviv d'ouest en est, deux avenues parallèles qui vont de la mer à l'Ayalon, le boulevard périphérique qui permet de sortir de la mégapole. Ces deux avenues ne se rejoignent jamais ; elles sont comme deux voies offertes, deux politiques possibles : Arlozoroff ou Jabotinsky. Arrivé dans ma chambre, je me précipite sur mon ordinateur. Tania m'a répondu :

« Mon tendre Ezra,

Merci pour ces mots qui me remplissent de douceur. Mais je dois vous dire que chaque fois, un doute s'empare de moi, tant certaines de vos perceptions sont exactes. Par exemple, à l'heure précise où vous avez imaginé que j'avais du mal à trouver le sommeil, je le cherchais précisément, en me retournant dans mon lit. Vous comprendrez que je me demande si vous n'êtes pas bien plus proche de moi que vous ne semblez le dire.

Pour répondre à quelques-unes des questions dont vous m'assaillez, oui, je travaille ! Ma vie professionnelle est celle d'une directrice de société – une très importante société dont je suis l'actionnaire principale. Ce monde, pas très amusant, est très éloigné de ma véritable personnalité. J'ai la chance de vivre alternativement en deux univers parfaitement étanches : ma vie, celle qui compte pour moi, celle des amours, des échanges secrets, de mes désirs réels, et l'autre monde, celui de la finance et de l'industrie.

Pour répondre à la seconde question, je suis mariée, oui, mais indépendante et heureuse de jouir de ma liberté – *de toute ma liberté !* J'ai fini par répondre à vos messages parce que j'ai aimé l'intelligence sensuelle qui émane de vos écrits. Si vous avez éprouvé cette attirance fulgurante à la contemplation de mon sourire et d'une partie dénudée de mon corps, vous savez aussi que notre échange ne pourra longtemps se contenter des seuls mots. Persisterez-vous à me cacher votre identité ?

Je ne sais pas à qui je parle. Je suis un petit animal, un peu sauvage, qui s'est trouvé trahi malgré son engagement affectif et émotionnel. Figurez-vous qu'après quelques rencontres d'une intensité rare, l'Israélien que vous mentionniez dans votre dernier message a entrepris de me faire chanter. J'ai payé, je dois dire… du moins au début ! Je pensais qu'il avait besoin d'argent, rien de plus ! Mais ses exigences étaient devenues si considérables que j'ai dû faire appel à la police. Lorsque j'y réfléchis aujourd'hui, je me rends compte que j'ai perdu sur tous les tableaux. Non seulement j'ai perdu plusieurs millions, mais les photos de nos ébats ont paru dans la presse. Et certains secrets qu'il me menaçait de révéler font aujourd'hui l'objet d'enquêtes officielles. Voilà, mon cher Ezra, mais vous saviez tout cela, sans doute – certes pas dans les détails, mais tout de même… Ma relation avec cet Israélien n'a pas duré assez longtemps pour que je comprenne le sens de l'expression en hébreu que vous m'avez transcrite dans votre dernier message. Je pourrais certainement l'obtenir en posant la question ici ou là, mais je préférerais que vous me la traduisiez vous-même. Parlez-vous l'hébreu ?

J'aime l'idée de vos mains dans mes cheveux, de vos caresses sur ma peau, de votre regard posé sur ma nudité ; j'aime vous imaginer inscrire sur mon corps les marques de votre désir.

Tania »

Je réponds rapidement :

« Seulement un mot, comme ça, pour vous dire, ma chère Tania, le sens de ces mots en hébreu : *ani ohev otakh*, “je vous aime !”.

Ezra »

Un message me parvient quelques minutes plus tard :

« Ezra,

Si vous ressentez ce que vous avez écrit, ne serait-ce même qu'un tout petit peu, il est incompréhensible que vous restiez masqué ! Pourquoi persistez-vous ? Pour quelle raison m'écrire, alors ? Seulement me faire plaisir ? Mon plaisir, je vous l'ai avoué ! Souhaitez-vous seulement “fantasmer” sur un visage ? Et puis, avez-vous seulement pensé à moi ? Vous êtes-vous demandé comment je pouvais réagir à votre dissimulation ?

Ezra, je vous en conjure, montrez-vous !

Tania »

12

Quandt

Le lendemain, lundi, que les Israéliens appellent *yom sheni*, « le second jour », je suis à huit heures du matin au bar de mon hôtel. Je ne connais pas l'homme qui m'accueille à la réception. Comme toujours dans ce pays, nous cherchons d'abord la langue où nous serons à l'aise pour échanger. Mon hébreu est trop hésitant ; j'essaie le français, mais celui-là n'est pas turc. Nous nous rabattons finalement sur l'anglais.

– La police est venue hier soir, après que vous êtes monté dans votre chambre…

– La police, je demande, la police israélienne, vous voulez dire ?

– Bien sûr, monsieur ! Nous sommes en Israël…

Je m'étonne que les Français soient si absents de cette affaire. Le meurtre de Mordekhaï Monco a tout de même été commis à l'ambassade de France. En toute logique, les Français auraient dû être sur le coup.

– Ah oui, bien sûr, je lui dis…

– Il y avait un petit, tout sec, un nerveux et un grand, un très grand… Le petit, c'était un Yéménite, j'en suis sûr ; et le grand, ce devait être un Russe parce que ses yeux semblaient chercher la lune…

Je me demande ce qu'il veut me dire.

– Et alors ? Qu'est-ce qu'ils sont venus faire ?

– Ils voulaient tout savoir sur la femme qui pose des questions sur la mort de Moka. Vous savez, cette femme allemande… ils m'ont posé des questions. Ils m'ont aussi demandé s'il n'y avait pas d'autres personnes qui s'intéressaient à cette affaire… Je n'ai pas parlé de vous, monsieur !

Je suis certain qu'il a parlé de moi. Je m'approche, lui glisse un billet de 50 shekels dans la main et lui dis :

– Ils vont revenir ?

– Oh, certainement, monsieur ! Dans la police israélienne, s'ils ont un soupçon, ils ne lâchent jamais. On les appelle les sangsues. Allez savoir s'ils ne sont pas là dans l'immeuble en face, en train de vous surveiller à la jumelle…

Et il éclate de rire… Je ris aussi, mais un peu jaune… Je dois dire que je n'aimerais pas avoir la police israélienne aux fesses !

– Eh bien, comme ça, on se sent protégé ! je lui dis ; s'ils reviennent, vous me prévenez, n'est-ce pas ? Tenez, voici ma carte, il y a mon numéro de mobile dessus…

Pourquoi la police israélienne s'est-elle soudain mise en branle ? J'ai dû un peu trop m'agiter en posant des questions à tort et à travers. Mais que veulent-ils ? Et qui est cette femme qui pose des questions, et souvent aux mêmes personnes que moi… Je me promets de revenir vers Barbara.

*

Goslar, les collines du Harz, 1920…

La jeune fille du train ne quittait pas l'esprit de Günther Quandt. Avant de le quitter, elle lui avait laissé le nom et l'adresse de la pension et le nom de la directrice, madame Ritters. Elle l'avait regardé de son air insolent et lui avait lancé :

– À vous de jouer, docteur Quandt !

Il passa la journée à expédier les affaires, l'esprit obnubilé par la petite Magda. Mais le lendemain, à peine levé, il appela son chauffeur et lui demanda de préparer la Maybach, la torpédo.

– La torpédo, s'étonna Hans, avec le temps qu'il fait ?

– Eh bien, nous nous couvrirons, Hans ! J'espère seulement qu'il ne pleuvra pas…

Quandt n'achetait que des automobiles Maybach. Il connaissait personnellement le vieux Wilhelm Maybach pour qui il nourrissait la plus grande admiration. Il disait à qui voulait l'entendre que cet homme était le véritable inventeur du moteur à explosion. À ses yeux, Daimler Benz, qui s'était approprié les inventions, ne fabriquait que des carrioles. Les Maybach étaient des automobiles d'exception, construites à la main par de véritables orfèvres, de vrais bijoux ! Elles coûtaient certes cher, mais on était certain de ne pas passer inaperçu. Tout le long du chemin, qui dura bien trois heures à travers les collines, il ne cessa de parler à Hans. Il lui disait que le célibat avait bien trop duré, surtout pour un homme actif comme lui et qui aimait manger de la viande. Il est vrai qu'il est de coutume d'attendre une année après le décès du conjoint, mais si l'on se remariait une fois l'année écoulée, il fallait bien s'y préparer avant, non ? Quandt avait fait des efforts tout particuliers : il avait sorti son costume noir de laine peignée et avait noué une cravate de soie blanche sur son col dur. Avant de partir, il s'était couvert de son haut-de-forme. Il sifflait en se dirigeant vers le garage, sa canne d'ivoire dansant dans ses mains gantées de gris.

– Monsieur m'a l'air de fort bonne humeur ce matin, lui avait glissé Hans.

– En effet, Hans ! De fort bonne humeur et vous le serez aussi lorsque je vous apprendrai que si l'entreprise que je me suis fixée venait à réussir, je vous offrirai une gratification de 10 marks…

– Alors, elle réussira, monsieur Quandt ! J'en suis certain ! répondit Hans en riant.

Ils arrivèrent à Goslar vers treize heures. Quandt prit deux chambres à l'hôtel Achtermann, l'une pour lui – la suite la plus luxueuse de l'hôtel – et l'autre, bien plus modeste, pour son chauffeur. Aussitôt, il chercha un fleuriste et acheta un bouquet de cinquante roses Maréchal Niel. Il aimait ces roses jaunes aux reflets roses qui dégagent un parfum au mélange subtil, rappelant à la fois la violette et le jasmin. Il refusa de déjeuner et partit immédiatement pour la pension. À l'entrée, il demanda à parler à la directrice. Elle était sortie sur le perron pour voir arriver cette automobile comme nul n'en avait vu par ici. Longue, quatre places, entièrement décapotée, de couleur rouge, elle signait la fortune. Elle avait une sonorité feutrée, une sorte de grondement qui évoquait la puissance contenue. Heureux de l'effet qu'il produisait, Hans donnait de petits coups d'accélérateur, et l'auto se cabrait en cadence comme une panthère sur le point de bondir. L'homme héla son chauffeur, lui demandant de remettre à la directrice le magnifique bouquet de roses. Cela non plus, Frau Ritters ne l'avait jamais vu. Elle ne l'avait pas lu non plus, même dans ses traités de bonnes manières qu'elle apprenait par cœur avant de les asséner, des heures durant, aux jeunes filles de son pensionnat.

– Frau Ritters, permettez-moi d'abord de vous offrir ces quelques roses et de vous présenter mes hommages.

– Je vous remercie, monsieur, vous prendrez bien une tasse de thé pour vous réchauffer.

Il mentit. Il expliqua à madame Ritters qu'il était un ami intime du père de Magda. Ingénieurs tous deux, ils se fréquentaient depuis le gymnase et avaient fait leurs études supérieures ensemble. Il connaissait fort bien Magda qu'il considérait de sa famille. Passant dans la région, il s'était dit qu'il lui ferait volontiers une visite, pour la distraire de son isolement.

Frau Ritters était sous le charme. Elle qui mettait tant d'énergie à enseigner les civilités à ses pensionnaires, voilà qu'il se présentait un homme qui en était la quintessence.

– J'imagine que vous souhaitez embrasser Magda, lui proposa la directrice au bout de quelques minutes.

– Je ne voudrais surtout pas la déranger dans ses études, répliqua Quandt, mais s'il était possible de la saluer, cela me ferait plaisir. Je pourrai ainsi rapporter quelques nouvelles à son père.

Elle fit appeler Magda. Lorsque la demoiselle se présenta dans le bureau de la directrice, vêtue de l'uniforme de l'établissement, le cœur de Quandt le surprit. Elle était non seulement ravissante, mais cette tenue d'écolière le troublait à un point qu'il n'avait pas imaginé. Il se surprit à penser que la beauté consistait en ce mélange d'attributs inattendus qui bouleversent l'esprit. Magda quant à elle fut parfaite. Elle joua la nièce bien élevée, heureuse de recevoir une visite. Elle gardait la tête baissée, les mains sagement posées sur les genoux. Elle demanda des nouvelles de son père et Quandt inventa toutes sortes de choses. Il raconta par exemple que le père de Magda venait de finaliser une invention qui allait révolutionner l'industrie du vêtement et que Magda allait bientôt devenir très riche. Lorsqu'il arrivait à Magda de sourire d'une plaisanterie de Quandt, elle mettait sa main devant la bouche. Finalement, la directrice proposa à Quandt d'emmener Magda pour une promenade en voiture.

– Vraiment, Frau Ritters, je dois vous remercier de votre confiance. Je sais que vous avez l'entière responsabilité des jeunes filles que l'on vous confie.

– Certainement, monsieur Quandt, mais je suis convaincue que vous saurez prendre soin de cette jeune fille comme son propre père.

Quandt et Magda s'installèrent à l'arrière de la voiture. Ils n'avaient pas sitôt franchi la grille de la pension qu'ils éclataient de rire.

– Magda, lui dit Quandt en lui passant un bras autour de l'épaule, Magda, quelle comédienne vous faites, quel talent !

– Mais c'est vous ! répliqua aussitôt Magda, c'est vous seul ! Comment avez-vous osé monter un canular pareil ? De plus à cette femme qui est d'ordinaire si pointilleuse avec la discipline… Et elle a marché. Vous êtes un artiste, docteur Quandt !

– D'une certaine façon, se rengorgea Quandt, oui, je suis une sorte d'artiste, c'est vrai !

Ils se promenèrent en voiture dans les collines alentour, puis visitèrent la ville médiévale. Ils passèrent un moment au Kaiserpfalz, le somptueux palais impérial. Magda s'extasiait :

– Heureusement que vous êtes venu jusqu'ici, docteur Quandt, savez-vous ce que j'ai pu voir du Harz pendant tous ces mois ? Les mollets de la pensionnaire qui me précédait, voilà tout !

Quandt ironisa :

– Parce que vous contemplez les mollets de vos camarades…

– Mais non, docteur Quandt, nous devons simplement tenir notre tête toujours baissée, c'est ainsi, c'est le règlement !

Ils finirent leur brève promenade en buvant un chocolat dans une pâtisserie et tinrent là leur conseil de guerre. L'autorisait-elle à revenir lui rendre visite dimanche prochain ? Il faudra qu'elle maintienne leur version et qu'elle n'aille pas ébruiter le complot. Sans doute, promit-elle, sans doute saura-t-elle tenir sa langue ; mais pour quoi faire ? Souhaitait-il simplement s'amuser comme un étudiant ou bien nourrissait-il quelque projet ? Il revint sur sa promesse ; celle qu'il lui avait faite à l'arrivée en gare de Goslar.

– Magda, ma chère petite Magda, je vous ai promis que je vous offrirai tout… Vous aurez plus encore !

– Comment peut-on avoir plus que tout ? s'amusa Magda.

Il revint le dimanche suivant. Frau Ritters se précipita sur le perron sitôt qu'elle entendit les grondements de la Maybach. Elle était coiffée du jour, élégamment vêtue d'une longue robe de velours vert qui la grossissait un peu, mais ne manquait pas de lui donner une certaine prestance. Elle avait appris que Quandt était veuf ; c'était assurément un beau parti pour elle qui n'avait jusqu'alors pas trouvé de prétendant à sa mesure. Il avait les bras chargés de boîtes de chocolat. Il espérait en avoir apporté suffisamment pour toutes ses pensionnaires. Elle voulut le retenir un moment dans son bureau encore encombré des roses de la semaine précédente qui, tout comme elle, se fanaient d'avoir été trop épanouies. Il s'impatientait. Lorsque Magda arriva, Quandt rougit d'excitation. Un soupçon traversa en un éclair l'esprit de Frau Ritters qui avait remarqué sa gêne. Il resta quelques minutes à faire la conversation aux deux femmes, puis se leva un peu brutalement :

– Cette fois, Magda, je vous emmène dans le massif du Harz. Il fait plein soleil aujourd'hui ; le grand air vous fera du bien !

– Dans le massif du Harz, voyons, docteur Quandt, c'est bien trop loin, gronda gentiment Frau Ritters…

– C'est pourquoi nous devons partir au plus vite.

– Le dîner est servi à dix-neuf heures. Je n'admets aucun retard, vous le savez, Magda ! ajouta la directrice.

Hans les conduisit dans la forêt. C'était une belle journée qui annonçait un printemps précoce. Les oiseaux y croyaient, trompés par l'éclat du soleil, qui s'époumonaient de plaisir. Ils s'arrêtèrent dans une clairière. Le chauffeur resta au volant alors qu'ils partaient tous deux se dégourdir les jambes au cœur des bois. Magda s'accrochait au bras de l'industriel.

– Voyez-vous, Magda, commença Quandt, je suis à la tête d'une petite fortune. Plus personne ne peut me concurrencer pour la fabrication des uniformes. Des uniformes, c'est triste à dire, mais la guerre m'en a fait fabriquer des millions. Je viens maintenant d'acquérir une usine de moteurs en Bavière, à Munich. Pour l'instant ce ne sont que des moteurs d'avion, mais j'ai bien d'autres projets ! Je suis en train de négocier la commercialisation d'un brevet de fabrication de piles électriques révolutionnaires. Je serai encore plus riche. Je possède un appartement à Berlin et une villa à Babelsberg, au bord du lac Griebnitz. De la villa, on peut accéder à un ponton où est amarrée une barque. L'hiver, je m'en vais ramer pour me détendre ; et l'été, je nage dans le lac.

Magda s'appuya contre un arbre, la tête en arrière. Elle fermait les yeux pour se laisser pénétrer par la chaleur du soleil.

– Vous m'écoutez, Magda ?

– Assurément, docteur Quandt ! Vous êtes comme tous les coqs, vous me présentez la beauté de votre plumage. Vous ne tenez pas votre promesse !

Quandt resta interloqué. Il pensait étonner la jeune fille par l'étalage de sa fortune et de ses projets industriels. Mais Magda gardait les yeux fermés. Il revint à la charge :

– Dans ma villa, à Babelsberg, lui expliquait-il, il y a six domestiques : une intendante, une femme de service, une cuisinière, un jardinier, un chauffeur et une gouvernante pour s'occuper des enfants.

– Et alors ? demanda Magda sans ouvrir les yeux.

Quandt balbutia :

– Je… Magda, je sais que nous nous connaissons à peine, mais je voudrais vous signifier le sérieux de mes intentions.

Magda avait fort bien compris. Il voulait tout simplement la demander en mariage. Mais ce n'était pas cela qu'il lui avait promis lors de leur première rencontre. Elle resta silencieuse. Il fit de nouveau assaut d'arguments. Il lui expliqua que cette grande maison avait besoin d'une patronne, d'une femme pour la diriger, l'organiser, l'animer. Le jour commençait à décliner. Il lui proposa de la reconduire à sa pension. Magda n'ouvrit plus la bouche de tout le trajet.

Günther Quandt revint la semaine suivante et celle qui suivait. Il revint toutes les semaines, les bras chargés de cadeaux. À la pension, ce ne fut bientôt plus qu'un secret de Polichinelle que Quandt lui faisait la cour. Ses condisciples lui posèrent des questions ; elles étaient certaines qu'ils partaient tous deux flirter dans les bois. Ce n'était pas un flirt mais une sorte de duel, l'affrontement de deux conceptions du monde. Lui voulait conquérir une femme ; elle, c'était le monde qu'elle voulait – le monde à ses pieds ! Plus Magda faisait la sourde oreille aux propositions de Quandt et plus le désir de l'homme s'exacerbait jusqu'à l'incandescence. Un dimanche, il l'avait conduite dans cette même clairière, dans ce même sous-bois où il lui avait exprimé ses intentions pour la première fois. Elle portait la petite robe de coton rose qu'il lui avait offerte. Elle s'était à nouveau adossée au tronc d'un chêne ; une nouvelle fois, elle avait fermé les yeux. Il n'y tenait plus. Il s'approcha et lui posa un baiser sur les lèvres. Elle se laissa embrasser, lui rendit son baiser. Il était à la fois étonné et heureux. Il lui caressa le visage, le cou. Elle l'embrassait toujours. Sa main glissa sur le dos de Magda, il se saisit de sa taille, la serra contre lui. Elle avait de petits seins fermes, tendus de désir. Sa bouche s'enhardit, il embrassa son cou, son visage, ses yeux. Elle se laissa glisser au sol. Il vint la rejoindre. Elle insinua sa main entre les cuisses de Quandt. Il eut immédiatement du plaisir.

Dans la voiture, sur le chemin du retour, Quandt tournait inlassablement la même question : « Pourquoi avait-elle cédé ? » Magda restait silencieuse, la bouche entrouverte. Il n'avait pas compris qu'il avait enfin tenu sa promesse, ou du moins lui avait-il annoncé la façon dont il la tiendrait. Il lui avait raconté leur vie à venir, lorsqu'ils seraient mariés : lui en chevalier d'industrie, elle en femme du monde, recevant ensemble les hommes politiques les plus influents de Berlin.

– Et nous serons sur le pas de la porte, ensemble, vous Magda en longue robe du soir, moi en habit. Le majordome annoncera : « Le Ministre de l'Industrie et Madame… Le Ministre des Transports et Madame… Le Ministre de l'Aviation… »

– Et je serai avec vous ? insista Magda…

Le lendemain, Magda faisait une fugue et rentrait à Berlin, annonçant à sa mère qu'elle ne retournerait plus dans cette pension.

– Mais enfin, Magda, suppliait la mère, c'est toi qui as tant insisté pour que nous t'y inscrivions. Tu sais combien cela nous a coûté. Termine au moins l'année scolaire…

Sans plus d'explications, Magda disait simplement : « Non ! ».

13

Le grand monde

C'était au cours de l'hiver 1924. Magda était mariée depuis trois ans avec Günther Quandt.

D'abord, il y eut la préparation du mariage. Il avait fallu souffrir les conditions que lui imposait Quandt, six mois de longues fiançailles, se convertir au protestantisme, changer de nom. Officiellement, Magda portait le nom de Friedländer, et Friedländer était le nom d'un Juif. Un Quandt n'allait pas épouser une Juive, d'autant que l'on murmurait à son sujet que lui-même était un demi ou peut-être seulement un quart de Juif. Dieu soit loué, son géniteur, Oskar Ritschel, accepta de reconnaître Magda, certes un peu tard, mais de bon gré. Il faut dire qu'avec le mariage qui se profilait, il y trouvait un véritable intérêt. Quandt, qui s'était présenté à la directrice de Goslar comme l'intime du père de Magda, avait en vérité énoncé une sorte de prédiction. Quandt et Ritschel étaient en effet très semblables. Ils devinrent amis. Magda dut subir également les assauts de sa mère qui venait contrecarrer ses stratégies. Après avoir été invitée un dimanche à la villa de Babelsberg, littéralement hypnotisée par tant d'opulence, Augusta pressait sa fille d'accepter le mariage. Or, Magda, qui devinait la psychologie d'un chevalier d'industrie, voulait maintenir la pression, continuer à laisser planer le doute sur sa décision.

– Magda, cesse de faire l'enfant, lui disait sa mère. Le docteur Quandt est peut-être l'homme le plus riche de toute l'Allemagne ; l'un des plus riches, en tout cas ! Tu ne peux pas refuser un tel parti. C'est comme si quelqu'un avait en main le billet de loterie gagnant et préférait le jeter dans le ruisseau. Comment qualifier cette personne ? Une idiote ou une perverse ?

Il faut dire que la mère avait elle aussi eu autrefois des velléités d'accession à la richesse par l'entremise d'un beau mariage – avec Ritschel. Ses projets avaient connu quelques vicissitudes.

– Maman, tu es obsédée par ta propre histoire ! Je sais ce que je fais !

Magda savait en effet ce qu'elle voulait. Elle n'avait pourtant pas la résistance qu'elle s'imaginait. Elle se soumit aux adultes et ce fut un désastre ! Une fois mariée, le prétendant attentif à son moindre désir du temps des rendez-vous à Goslar se transforma en un véritable inquisiteur. La métamorphose s'opéra lors du voyage de noces, en Italie, dès le premier soir. Quandt s'était préparé, avait commandé une bouteille de champagne, s'était parfumé de frais. Il avait disposé dans la chambre plusieurs cadeaux à l'intention de Magda dans de petits coffrets. Vint le moment où ils se retrouvèrent après dîner. Accoutumé aux amours ancillaires, il ne s'embarrassa pas de préliminaires. Mais lorsqu'il constata que Magda n'était plus vierge, il se dressa, debout sur le lit. Magda essaya de l'apaiser. Elle nia avoir jamais eu la moindre aventure. Quandt n'en crut rien. Il l'interrogea, l'interrogea encore. Elle maintint sa version. Le lendemain, il recommença l'interrogatoire. Quandt était opiniâtre. Magda finit par craquer.

– Écoutez, Günther, oui ! J'ai eu une relation sexuelle, une seule fois... Mais je ne vous dirai jamais avec qui... N'insistez pas, je n'ajouterai plus rien à cela !

Le monde s'effondrait ; son épouse décédait une seconde fois. Il cessa soudain de l'interroger pour lui jeter au visage cette seule phrase :

– Vous êtes bien comme votre mère !

Il décida de rentrer. Ils prétendirent tous deux auprès de la famille qu'une affaire importante avait rappelé Quandt en Allemagne. À Berlin, les disputes se firent quotidiennes. Quandt, pourtant si riche, se révélait avare, comptant chaque groschen à son épouse. Il lui attribuait chaque semaine la somme exacte qu'elle devait dépenser pour l'entretien de la maison et lui demandait d'en tenir un cahier détaillé. Le samedi, il vérifiait les comptes. Il réduisit chaque jour davantage la part de temps qu'il passait à la maison. Il partait le matin avant sept heures et ne rentrait jamais avant vingt-deux heures. Il ne fut plus question de sorties, de rencontres avec des personnalités auxquelles il aurait pu associer Magda, encore moins de réceptions chez les Quandt ! Magda était devenue une sorte d'employée de maison. Sa mère, régulièrement tenue au courant de la dégradation des relations, lui assénait d'amères vérités. « C'était un mariage aberrant, on ne doit pas forcer le destin », lui serinait-elle. Magda ne répondait pas aux vulgarités de sa mère. Dans le secret de ses pensées intimes, elle nourrissait une tout autre interprétation de la dégradation des relations avec son mari. Elle pensait que l'âme de Toni, la première femme de Quandt, errait dans la maison. Si elle continuait, Magda finirait par devenir une duplication de la morte. Elle n'avait qu'à se regarder dans une glace pour se transformer en une protestante étriquée. Elle avait lu dans ses ouvrages bouddhistes que les vivants crient et s'invectivent, lorsqu'un mort rôde autour d'eux. La morte avait retourné le mari. En fin de matinée, lorsque la maison était tranquille, Magda s'en allait fouiller dans les tiroirs, dans les armoires. Elle la cherchait ! Elle trouva quelques photographies, des lettres du passé amoureux de Quandt, témoignant de ses relations avec des courtisanes, mais surtout des comptes. Car Toni comptait tout. Magda se surprenait à penser que ce qui avait commencé par une histoire d'amour, aboutissait maintenant à l'organisation quotidienne d'un caveau. Quandt faisait mine d'ignorer son épouse décédée mais interdisait pourtant de déplacer le moindre objet ; aucun nouveau tableau, pas un guéridon, pas même une tasse nouvelle ne franchissait le pas de la maison. Tout devait rester en l'état, intact. Il ne mentionnait jamais le prénom de la morte, mais les deux enfants la lui rappelaient sans cesse, à leur manière, Helmuth surtout, l'aîné, qui s'était retranché dans un monde secret. Quandt n'était pas le seul prisonnier de son passé. Magda, quant à elle, repensait parfois, en un éclair, à cette Gerda dont s'était amouraché Victor en son absence. Lorsque ces idées lui traversaient l'esprit, elle les chassait aussitôt essayant de se convaincre qu'elle se trouvait désormais aux antipodes des préoccupations de Victor. Lui était obsédé par ses Juifs et ses communistes ; elle avait rejoint la classe favorisée de ceux qui n'ayant jamais été l'un, ne deviendront jamais l'autre. Si Quandt refusait de penser à sa défunte, Magda s'interdisait de rêver à Victor. Ainsi allait la vie aux premiers mois du mariage, dans la villa de Babelsberg où deux êtres absents à eux-mêmes se croisaient parfois, hébétés par la puissance des ombres. Il arrivait que la nuit modifiât l'ordre du jour. Quandt rêvait parfois de l'ombre, quand il dormait sur le dos. Elle arrivait des hauteurs et se posait doucement sur son ventre. Il approchait alors Magda, à moitié éveillé. Dans une demi-inconscience, sans préliminaire, sans parole, Quandt avait immédiatement du plaisir, la révolte inutile de la vie contre la mort. Et il se rendormait aussitôt. Magda pleurait en silence de rage impuissante.

Les choses s'arrangèrent un peu avec la grossesse de Magda. Les dispositions de Quandt n'avaient pas changé, mais la maison s'était entrouverte. Il vint des médecins, des menuisiers, des tailleurs. Il y eut même un moment de joie le jour de la naissance du petit Harald, lorsque Günther se rendit à la clinique avec un gigantesque bouquet d'œillets rouges. Magda crut retrouver son galant de naguère, mais cette naissance eut pour effet de renvoyer le père à plus de travail, plus d'agitation, plus d'absence, plus de perplexité. Quant à la mère, passés les quelques mois où elle s'étonna de la vivacité d'un enfant si jeune, sa propre énergie commença à nouveau à l'envahir jusqu'à la paralyser. Que faisait-elle là, dans cette grande maison où chaque objet avait une place dictée par l'histoire, où les regards des personnes, jusqu'à celui du plus humble domestique, lui rappelaient sans cesse qu'elle était étrangère ? Son mari ne s'adressait plus à elle qu'en présence des rares visiteurs, dans le seul souci de ne pas laisser paraître la véritable nature de leur relation. Elle qui imaginait de somptueuses réceptions, qui se rêvait entrant dans le monde en robes de soie et bijoux de princesse, la voilà reléguée aux fourneaux. Durant les rares moments où ils se retrouvaient seuls, ce n'étaient que critiques et paroles acerbes.

– Tu n'es pas encore habillée ?

– Mais il est à peine sept heures…

– Tu as l'air d'une traînée sortant d'une nuit d'ivresse avec ses amants…

– Günther, vous voyez bien que j'ai dû m'occuper de Harald et des deux grands…

– Je t'ai déjà dit que je n'aimais pas te voir en robe de chambre en plein jour. Nous ne sommes tout de même pas des ouvriers… À moins que si ! Nous le sommes peut-être devenus depuis ton arrivée dans cette maison…

Magda était surprise que l'on puisse lui manifester de la violence. Elle ne savait que répondre. Elle rentrait sa colère, se répétant que cela ne pouvait plus durer. Elle partageait quelques confidences avec sa belle-sœur, Ello, Eléonore Quandt qui, elle aussi, avait épousé un homme plus âgé et infiniment plus riche qu'elle : le frère de Günther. Quandt n'était pas tombé amoureux, il voulait lui aussi sa jeunette, comme son frère, voilà tout !

C'était donc en 1924, un après-midi de janvier, en cette période où Magda était mariée, mais femme de personne. Il faisait froid et l'atmosphère était de pierre. Magda sentait qu'il lui fallait agir de peur de se laisser pénétrer par l'humiliation. Il faut dire qu'elle gardait de l'enfance la certitude qu'elle avait été désignée. Lorsqu'elle avait été courtisée par ce millionnaire qu'était Quandt, elle n'en avait pas été étonnée. Au fond d'elle, quelque chose lui murmurait que ce n'était rien de moins que l'accomplissement de son destin. Mais depuis son mariage, à force de sarcasmes, de vexations, de petites injures cyniques, elle sentait que sa propre opinion d'elle-même se fissurait. Ce jour-là, le temps était sinistre, les enfants étaient absents. Seule dans cette grande maison, elle aurait pu mettre fin à ses jours, tuer son mari ou sombrer dans la mélancolie. Dieu sait combien se suicident de peur de laisser détruire leur estime d'eux-mêmes. Elle décida de retourner dans son ancien quartier, là où elle était arrivée avec sa mère et « papa Friedländer », à peine âgée de treize ans, au tout début de la guerre, en 1914.

À cette époque, elle parlait mieux le français que l'allemand. Il arrivait encore qu'on lui fasse remarquer qu'elle avait gardé un petit accent. C'était là, dans ce quartier, qu'habitaient aussi les Arlozoroff, Eisenacher Strasse. Envahie à son insu de l'espoir de rencontrer Victor, elle voulut aller y rôder. Elle demanda à Hans de préparer la voiture, s'apprêta avec soin, se vêtit de son renard argenté…

– Où allons-nous, madame Quandt ? lui demanda Hans à travers la vitre de séparation qu'il avait laissée entrebâillée.

– Eisenacher Strasse, lui répondit-elle sans ciller.

Hans ne savait pas qui habitait là. Elle était cependant certaine qu'il rapporterait son escapade à son maître et que le vieux en ferait une crise de jalousie. Elle s'en fichait !

– Vraiment, Madame, où voulez-vous donc vous rendre ? Et par un temps pareil…

– Hans, je vous ai dit « Eisenacher Strasse »…

Sa voix avait claqué comme une gifle.

– Bien Madame ! répondit Hans, je voulais simplement vous faire remarquer que le quartier avait bien changé ; qu'il était aujourd'hui plein de mendiants et d'étrangers…

Pour seule réponse, Magda tira la vitre de séparation et s'enfouit le visage dans le col de son renard. Elle se fit déposer au croisement de Suhler Strasse et demanda à Hans de l'attendre là. Elle continua à pied. En apercevant des enfants vêtus de haillons qui fouillaient les poubelles, Magda se sentit un peu plus elle-même. Pourquoi le spectacle de la pauvreté l'affermissait-il ainsi ? Elle avait été pauvre pourtant ; elle était riche aujourd'hui, peut-être serait-elle à nouveau pauvre demain. Son destin ne tenait pas à ces contingences. Les âmes, pensait-elle, ont un trajet ; s'il vient à être entravé, elles empruntent d'autres parcours, elles reviennent pour d'autres vies. En passant devant le parc, elle fut traversée d'un étrange sentiment. Elle reconnaissait certes chaque mètre de la rue qu'elle avait parcourue tant de fois ; chaque maison, chaque fenêtre, chaque pavé... Et pourtant, c'était comme s'il s'agissait d'une fausse reconnaissance, comme ces impressions que l'on a dans une ville étrangère dans laquelle on ne s'est jamais rendu auparavant, dans une rue, où l'on sait n'être jamais passé, et que l'on a pourtant la certitude d'y être déjà venu. À quelques centaines de mètres de la maison qu'elle habita jadis, une femme âgée la tira par la manche...

– Magda ?

Elle sursauta...

– Magda Friedländer ? *Oy va voy !* Magda Friedländer ! Comme tu as changé !

Elle était un peu gênée. Elle ne l'avait pas tout de suite reconnue. Dans son souvenir, elle était plus imposante, plus sûre d'elle-même. Elle avait devant elle une vieille femme, tremblante de froid, les pieds enveloppés dans plusieurs épaisseurs de vieilles chaussettes... Se pouvait-il que ce fût la maîtresse de maison qui expliquait à la fois la révolution socialiste et la recette du *bortsch* ?

– Frau Arlozoroff ! S'écria Magda, est-ce donc vous ?

Elle se jeta dans les bras de la vieille. Elle se mit à pleurer. Elle pleurait tant que l'autre prit peur.

– Es-tu malade, Magda ? Veux-tu que je te conduise à la pharmacie ?

– Mais non, Frau Arlozoroff, hoquetait la belle Magda en essuyant ses larmes. Il y a si longtemps !

La mère de Victor avait été pour elle, plus qu'un modèle, une perfection ! Intelligente, cultivée – c'est elle qui lui donnait ses leçons de piano –, militante, féministe, responsable, elle était cette parfaite femme d'intérieur, sachant faire régner chaleur et paix dans sa maison. C'était cela qui manquait tant à Magda et qui la faisait pleurer aujourd'hui, l'intérieur d'une maison. Elle invita la mère de Victor à boire un chocolat. Attablées l'une face à l'autre, dans un café enfumé où passait l'invraisemblable faune qu'avait engendrée la guerre, travestis défraîchis, chômeurs enveloppés de pelisses militaires pourries, orphelins errants poursuivis par des dames patronnesses en maraude. Et le gros qui se tenait à l'entrée…

– Fermez donc la porte, gronda Frau Arlozoroff ! Ne sentez-vous pas entrer le froid ?

Elle tenait ses deux mains prises dans des mitaines de grosse laine autour de la tasse fumante. Magda entoura ses mains des siennes.

– Racontez-moi…

– Que veux-tu que je te raconte ?

– Liza…

– Liza ? Liza, ça va ! Ça va bien ! Elle termine ses études… Mais tu ne sais pas ?

– Quoi ? demanda Magda inquiète, qu'est-ce que je ne sais pas ?

– Nous partons très bientôt, répondit la vieille, nous partons pour la Palestine… Avec Haïm !

– Haïm ? s'étonna Magda. Ah oui ! Victor… C'est vrai qu'il se fait appeler Haïm, maintenant.

– Je vais t'expliquer, lui dit madame Arlozoroff, en vérité, il s'appelle Haïm.

– Vous l'avez toujours appelé Victor, pourtant.

– Nous l'avons nommé « Vitaly », en russe, mais « Vitaly », c'est *lebendig* en allemand, « vivant », tu vois, donc Haïm. Tu sais qu'en hébreu, *haïm*, c'est *lebendig*... Tu as appris la langue, je m'en souviens...

Magda resta songeuse un moment.

– C'est vrai, j'ai appris ; mais j'ai tout oublié, je crois... Pourquoi l'appeler Victor, alors ?

– C'est comme ça ! C'est une habitude, en Russie, les Vitaly, c'est Victor ! Sans doute parce que ça ressemble... Parce que les deux mots se ressemblent.

– Oui, convint Magda, ils se ressemblent un peu... Vitaly, ça ressemble à Victor.

Elle pensa « vous, les Juifs, on ne sait jamais vraiment comment vous vous appelez !... », mais elle s'abstint de le dire. Magda était gênée ; elle sentait qu'elle arrivait trop tard. Elle fut prise d'un sanglot. À ce moment, elle redevint une petite fille. Elle dit :

– Maman...

Madame Arlozoroff ne se laissa pas surprendre :

– Comment va ta mère, à propos ?

– Elle va comme toujours, répondit Magda, je devrais donc répondre qu'elle va bien... Son divorce va être prononcé...

– Elle a quitté Richard ?

– Oui... Peut-être seulement le nom... Je veux dire que c'est peut-être seulement du nom Friedländer qu'elle divorce.

Madame Arlozoroff fit mine de ne pas comprendre. Elle poursuivit :

– Que fait-elle alors ? Dans mon souvenir, elle aidait son mari dans ses affaires.

– Oui ! Maman est toujours très active. Günther... je veux dire, mon mari, lui a offert une droguerie en ville ; ici, à Berlin. Elle y travaille tous les jours. Ça l'occupe beaucoup ! C'est bien ! Je veux dire : c'est bien pour elle !

Elle se rapprocha de la vieille femme, pressa sa joue contre la sienne.

– Et ton mariage, Magda ? lui demanda madame Arlozoroff, es-tu heureuse ? Je dois dire que tu es resplendissante. Plus belle que jamais !

– Oui ? Merci ! Il faut dire que j'ai tout. J'ai tout… répéta Magda, tout !

– Tout ? Vraiment ?

– Oui. Tout ! Il me manque seulement l'essentiel.

Elles changèrent à nouveau de sujet de conversation, parlèrent des voisins, de la vie du quartier qui s'était beaucoup dégradée, de la pauvreté qui régnait désormais ici comme partout. Elles convinrent néanmoins que Berlin était la plus belle ville du monde et elles dirent en même temps, d'une même voix :

– La ville de la liberté !

C'était une expression qui surgissait de leur passé ; des discussions à la maison avec Victor. Elles éclatèrent de rire.

– De toutes les libertés ! ajouta madame Arlozoroff.

Magda fit la grimace. Dans un monde de liberté, il est des cages où l'on enferme les oiseaux.

C'est à ce moment que vint la question tant retenue :

– Et Victor ?

– C'est un chenapan ! répondit affectueusement madame Arlozoroff. Je ne le vois jamais ! Il est toujours en voyage. Il part faire des conférences… tantôt à Munich, tantôt bien plus loin, à Riga ou à Zurich – et même à New York… Et qu'est-ce que j'y gagne, moi, s'il devient célèbre ? Est-ce que ça me rapporte seulement quelque chose ?

– Il est… marié ? osa timidement Magda.

– Marié ? Si l'on peut dire ! Il ne vit pas avec la femme avec laquelle il est marié et dont il a une fille et il voudrait vivre avec une femme avec laquelle il n'est pas marié et qui est elle-même mariée et a une fille avec son mari…

– La ville de toutes les libertés ! s'amusa Magda.

– Exact ! convint madame Arlozoroff, exact ! La liberté est toujours une folie ; mais c'est ce qui donne le goût à la vie !

Cette phrase lui était venue spontanément. Elle ne saurait sans doute jamais qu'elle venait de faire basculer le destin de son fils.

– Que me disiez-vous tout à l'heure, lui demanda Magda, vous partez pour la Palestine ?

– Mais oui, chère Magda, nous en rêvions depuis longtemps. Tant qu'à être pauvre, ne vaut-il pas mieux l'être au soleil ? En vérité, c'est Haïm ! Il a pris les choses en main. Il fait toutes les démarches. Il connaît tant de monde ici comme là-bas. Il nous raconte le pays de nos ancêtres. Il nous assure que pour la première fois, depuis deux mille ans, nous aurons à nouveau un foyer, un vrai pays !

– Vous partez ?

– Oui !

– Vraiment ?

– Mais oui !

– Quand partez-vous ?

– Je ne sais pas… peut-être demain ou dans un mois. Il n'est pas si facile d'obtenir les visas. Haïm s'en occupe…

– Voulez-vous lui donner mon numéro de téléphone. Qu'il m'appelle ! S'il vous plaît, Frau Arlozoroff, s'il vous plaît !

– Je le ferai, bien sûr ! Je le ferai, mais t'appellera-t-il ? Il est si occupé…

– S'il vous plaît, madame ! Je dois le revoir avant son départ… C'est tellement extraordinaire que je vous aie retrouvée ainsi, dans la rue, par hasard, pour ainsi dire…

Et Magda s'en revint dans sa villa de Babelsberg. Elle pleura tout le long du voyage, doucement, sans aucun sanglot, sans rien laisser paraître. Les larmes s'écoulaient simplement de ses yeux. Il l'appela le lendemain.

*

– Où dois-tu aller ? Qu'est-ce que tu dis ?

La ligne téléphonique grésillait tant que Magda ne comprenait pas la moitié des mots que prononçait Victor. Elle criait. Il était onze heures et un soleil timide éclairait le salon où se trouvait l'appareil téléphonique. Cette pièce avait trois portes et elles étaient toutes ouvertes. Magda ne voulait pas lâcher l'appareil. La prudence aurait pourtant voulu qu'elle s'enfermât. Mais l'idée ne lui traversa pas l'esprit.

– Une conférence ? Mais non ! Enfin, si tu veux… Qui ça ? Albert Einstein ? Oui, bien sûr, je sais qui est Einstein… un savant, n'est-ce pas ? Où, dis-tu ?

Albert Einstein prononçait une conférence en faveur de l'Université hébraïque de Jérusalem. Il s'était beaucoup démené pour convaincre la communauté juive des États-Unis de financer le bâtiment. Le terrain avait été acheté sur la colline du mont Scopus. Les travaux de construction avaient commencé de longue date, mais il manquait encore beaucoup d'argent. Devant la salle de conférences elle le cherchait à travers la foule. Elle reconnaissait bien des jeunes gens qu'elle avait aperçus autrefois chez les Arlozoroff, mais ne le voyait pas. Elle était de plus en plus tendue. Elle leva les yeux. C'était Victor. Il sentait la même odeur de tabac. Instinctivement elle se serra contre lui. Il approcha son visage pour l'embrasser. Elle était cramoisie, d'avoir couru, d'émotion, d'excitation. Mais elle ne lâchait pas le revers de son manteau. Elle lui avait dit : « Je pars demain à Goslar, en pension. » Il avait répondu : « Où que tu sois, tu resteras toujours auprès de moi. » Il lui arrivait déjà de penser que cela n'avait rien à faire avec eux, que cette force venait de loin. Peut-être avaient-ils été amants dans un autre temps, à l'époque des chevaliers ou même avant… En tout cas, ils avaient été séparés, assassinés à cause de leur amour. Morts dans la force de leur passion inassouvie, ils étaient revenus, réincarnés et s'étaient retrouvés… Il avait répondu : « Parce que nous sommes libres ! » La liberté ne s'impose à l'esprit que lorsqu'elle est impossible.

– J'étais en retard. J'ai été retenu un long moment au consulat de Grande-Bretagne.

Ils marchèrent à travers les rues glacées de Berlin. Et ils parlèrent sans s'approcher, sans se toucher, sans même se regarder. Elle lui racontait le froid, le vide, le sentiment du rien. Il lui disait l'agitation, le combat, l'action pour oublier qu'elle lui manquait à chaque nouveau visage qu'il voyait, à chaque nouveau livre qu'il lisait. La nuit tomba brutalement, comme autrefois lorsqu'ils éteignaient la lumière. Ils se rapprochèrent. Cette fois, c'est elle qui l'embrassa. Ils s'étreignirent au coin d'une porte cochère, sans se soucier des passants, nombreux, des locataires de l'immeuble qui restaient un moment interdits devant le spectacle avant de s'engouffrer dans l'escalier. Ils n'auraient pas su dire dans quelle partie de la ville ils avaient fini par se retrouver. Ils s'étreignirent dans la protection de ce non-lieu. Et leurs sensations en furent décuplées. Au moment de se séparer, elle lui demanda :

– Tu pars ?

– Tu sais bien qu'on m'attend chez moi, tout comme toi !

– Bien sûr, bien sûr ! répéta Magda. Je demandais si tu partais réellement en Palestine.

– Oui !

– Ta femme partira-t-elle avec toi ?

– Non !

– Et l'autre ?

– L'autre ? Qui donc ? Sima ? demanda Victor. Sima me rejoindra plus tard. Enfin, c'est ce qu'elle a promis ! Mais je ne sais jamais avec elle…

Après un long moment de silence, Magda finit par poser la question :

– Et si je partais avec vous ?

14

Le jour de toutes les polices…

Tel-Aviv, ce 6 octobre

Je suis passé prendre Barbara à son hôtel. Je l'ai emmenée déjeuner à la marina du Carlton. Voilà près de trois heures que nous parlons. Je lui raconte Magda et Victor Arlozoroff, expliquant que, selon moi, cette affaire est restée secrète parce que sa révélation dérangeait tant les Juifs de Palestine que les Allemands d'alors. Les nazis ne se seraient certes pas vantés que celle qui était en passe de devenir l'égérie du régime, l'Aryenne modèle, la charismatique épouse du docteur Goebbels, avait été la maîtresse de cette quintessence de Juif, Haïm Arlozoroff. Quant à la gauche israélienne, elle n'allait pas reconnaître que l'un de ses chefs les plus admirés, son mythique directeur politique, avait longtemps entretenu une liaison avec l'épouse du pire ennemi des Juifs et de l'idéal socialiste. Le Mapaï, l'ancêtre du parti travailliste, détenait les archives d'Arlozoroff. Après sa disparition, il avait pris sa veuve et ses tout jeunes enfants en charge. Il lui était facile de faire disparaître toute trace de cette relation. De fait, la relation de Magda et d'Arlozoroff n'est réapparue dans certains ouvrages que dans les années 80. Lorsque le Likoud de Menahem Begin est arrivé au pouvoir en 1977, c'est d'abord l'assassinat d'Arlozoroff qui a surgi du passé. Les langues si longtemps retenues se sont alors déliées. Personne ne croyait plus à la thèse de l'assassinat par les nervis d'extrême droite. Et en 1982, à la suite de la publication en hébreu du livre de Shabtaï Tevet, *L'assassinat de Hayim Arlozoroff*, Begin a ordonné une commission d'enquête. Mais les témoins étaient très âgés, leur parole confuse et le débat seulement idéologique, réduit à la seule opposition droite-gauche. Dire qu'Arlozoroff avait été assassiné par l'extrême droite, c'était se déclarer de gauche ; toute autre explication, toute autre hypothèse était considérée de droite. L'organisation politique du pays était condensée dans ce meurtre. Il en est ainsi des mythes de fondation ; ils ne sont pas de l'Histoire, ils sont matrices à recevoir l'Histoire, mécanismes de classification. Ils définissent à la fois les gens et le monde. Tel a été, durant les cinquante premières années de l'État d'Israël, l'assassinat d'Arlozoroff, un mythe qui permettait de distinguer les hommes de gauche de ceux de droite. Si la commission a conclu ses travaux en innocentant tant Stavsky que Rosenblath, les deux suspects arrêtés au lendemain du meurtre, elle n'a pu désigner ni coupable ni commanditaire.

– C'est que ce n'était certes pas la bonne méthode, j'explique. On ne mène pas une enquête policière cinquante ans après les faits…

– Et aujourd'hui ? me demande Barbara, narquoise.

– Eh bien, aujourd'hui, des faits nouveaux sont apparus.

– Lesquels ?

– Le meurtre de Mordekhaï Monco…

– Comment ? me demande-t-elle, étourdie par mon affirmation.

Je lui parle pour qu'elle me dise à son tour ce qu'elle sait. J'ai du mal à supporter le désastre de son chagrin. Je la vois qui s'extraie doucement de la brume dans laquelle elle semblait engluée.

– Je n'arrive pas à y croire… me dit-elle, et pourtant, j'ai déjà entendu parler de cette liaison entre la déesse nazie et le prince du Yishouv.

Un homme entre alors dans le restaurant. Il est courtaud, large d'épaules. Il me fait penser à un chien. Il approche, renifle, s'éloigne, revient, vous regarde, s'éloigne à nouveau. Un cocker ! Il a une bouille sympathique avec sa raie en plein milieu, séparant deux petites mèches de cheveux fous. Il regarde Barbara de manière insistante, se balançant d'une jambe sur l'autre. Il se dirige vers la porte, va pour sortir mais se ravise, revient vers notre table. Il s'adresse d'abord à moi :

– Excusez-moi, commence-t-il en français avec un fort accent du Midi, il me semble connaître mademoiselle.

Barbara lève les yeux, le regarde, étonnée…

– Putain, t'as vu sa paire de nibars ? me lance-t-il à mi-voix, l'air entendu, assuré que Barbara ne comprend pas le français…

– Oui, je lui réponds, je comprends que vous vous arrêtiez ainsi. La beauté est troublante. Elle brouille le jugement, comme si elle nous laissait entrevoir, l'espace d'un moment, que l'apparence des êtres humains suivait un dessein…

– Oh là !… Putain ! Comment il parle, ce con…

Et il éclate de rire. Il me tend la main :

– Je me présente : Sylvain de Luca, je travaille à l'ambassade.

Je lui serre la main.

– À l'ambassade ?

– Ouais ! L'ambassade de France, là, juste derrière, sur la Tayelet, rue Herbert-Samuel.

– Ah oui ?

Il attend que je me présente à mon tour, mais je reste silencieux. Il se tient planté, les jambes écartées. Je le regarde comme ça par en dessous et lui lance :

– Vous êtes armé ?

– Armé ? Pourquoi tu dis ça, con ?

– Je ne sais pas ! Vous restez là sans bouger… j'ai cru un instant, comme ça, que vous étiez armé.

Il s'assoit avec nous. J'ai bien un mouvement de recul, mais je me reprends. Je sais pourtant qu'il faut faire confiance à son instinct. J'aurais dû me lever et partir. Mais j'ai bêtement laissé faire, je l'ai laissé prendre place à notre table. L'homme se met à nous interroger. Quelque chose me gêne dans son attitude, il est insistant. Il demande si Barbara est ma femme, ou bien mon amie, ou simplement une connaissance. Il veut savoir si nous sommes ensemble, en vacances. Si nous connaissons des gens ici, en Israël.

– Putain, con, tu ne t'emmerdes pas, dis donc… Tu dois bien avoir trois fois son âge, non ? Allez, je blague, con ! L'amour, ça n'a pas d'âge, c'est connu !

En entendant l'homme nous imaginer une vie normale, avec de l'amour, des vacances, des désirs, voilà qu'elle s'effondre en larmes.

– Putain ! Mais qu'est-ce qu'elle a ?

– Rien ! Je dis… rien ! Elle a du chagrin. Vous voyez… De parler à tort et à travers, ça ne fait pas nécessairement du bien aux gens.

Avant d'être ici, il était en poste en Angola. Et en France, il dirigeait un service à la brigade criminelle de Paris. Pourquoi est-il parti à l'étranger, alors ? Des histoires de femmes… « C'est comme au poker… des fois, il faut se refaire ! »… « Des coopérations avec Israël ? Nous comparons nos méthodes, nous organisons des formations communes… Bien sûr que nous travaillons ensemble, avec les Israéliens »… Je me dis qu'il doit aussi mener l'enquête sur l'assassinat de Monco. Pourvu que Barbara ne se mette pas à en parler.

– Vous disiez que vous aviez perdu un être cher, lui demande-t-il, d'un air détaché, comme si c'était simple politesse…

Barbara hoche la tête en se pinçant les lèvres pour retenir ses sanglots.

– Je me demande où j'ai bien pu vous rencontrer, mademoiselle.

Il se tourne vers moi, l'air entendu, comme s'il voulait me montrer combien ses techniques d'approche se révélaient efficaces. Barbara y prête une attention légère.

– Au cimetière, s'écrie-t-il soudain, au cimetière de la rue Trumpeldor, en juillet dernier.

Barbara s'effondre à nouveau.

– L'enterrement de Moka, balbutie-t-elle, vous y étiez ?

– Y en a là-dedans… dans le biceps ! dit-il en ce tapant la tempe avec l'index. Tu as vu, con, si j'ai de la mémoire ?

C'est à ce moment que je réagis. Ce type n'est pas passé dans ce restaurant par hasard. Son air goguenard et l'accent de Mont-de-Marsan (il dit : « Mondeu Marsan euh… »), on n'a pas tendance à le prendre au sérieux.

– L'enterrement de Moka ? je demande, l'air détaché.

C'était au mois de juillet dernier, nous raconte alors le policier, une réception à la résidence de France. Ce n'était pas le 14 juillet, comme on l'a raconté dans la presse, mais le 10. Des ministres, des députés, des écrivains, des cinéastes, l'ambassadeur remettait une Légion d'honneur. Ils buvaient un verre avant la cérémonie, attendant l'arrivée des invités.

– Et soudain, il y a eu un mouvement de foule. Tout le monde s'est tourné dans la même direction. Un homme était entré. C'était pourtant Gérard, le gendarme, qui tenait la guérite. C'était une vision d'apocalypse. Un vieux, le visage tordu de douleur, vêtu d'un pantalon de toile rose et d'une chemise à carreaux, sale. Il avait du mal à marcher, se traînait en se tenant le ventre à deux mains. Sa chemise était couverte de sang. De la bave rose lui sortait des lèvres. Il a avancé comme ça jusqu'à l'ambassadeur et s'est effondré à ses pieds en l'appelant par son prénom.

– Vous n'avez rien fait ? je demande…

– Comment ça « rien fait » ? Je me suis précipité, nous l'avons transporté dans le salon, couché sur le canapé, appelé l'ambulance…

L'homme avait reçu une rafale de mitraillette dans le ventre. L'agression avait dû avoir lieu tout près de la résidence. Il avait à peine eu la force de se traîner jusque-là. « Qu'est-ce qui lui avait pris de venir mourir dans une fête, une remise de Légion d'honneur ? » se demande le policier. On n'en avait pas parlé dans les journaux.

– Je n'ai lu nulle part qu'il avait appelé l'ambassadeur par son prénom. Il le connaissait ?

– Pardi ! s'exclame le policier, il connaissait tout le monde, le vieux clodo…

J'insiste :

– Mais… appeler l'ambassadeur par son prénom… C'est fréquent ?

– Oui, tout de même ! ment manifestement le commissaire, nous sommes en Israël… Et vous ? Vous êtes qui ? me demande-t-il alors, comme s'il prenait seulement conscience de ma présence…

Si je lui apprends que je prépare un bouquin sur la mort de Monco, il me reconduit immédiatement à l'aéroport. Les services se sont débrouillés pour qu'aucun journal français n'évoque les détails de cette mort ; ils ont même réussi à interdire à mon journal de mener une véritable investigation sur l'affaire, ils ne vont certainement pas me laisser travailler à ma guise…

– Moi ? je réponds… oh… personne ! J'aide la demoiselle à surmonter un moment difficile… Rien de plus !

– Ben mon salaud, je veux bien l'aider, moi aussi ! Il lorgne les bourrelets de Barbara avec des yeux d'affamé. Je l'interromps dans ses pensées impures…

De Luca s'installe ; il reste avec nous. Il distille les informations au compte-gouttes, histoire de nous tenir en haleine. Dehors, le vent s'est levé. Des papiers volent, les branches des palmiers se tordent, les vieilles se pressent en serrant leurs imperméables. Il va pleuvoir, pour la première fois depuis six mois. Mais Tel-Aviv n'aime pas l'eau. La ville se calfeutre derrière les volets clos des balcons cerclés de verre et d'aluminium. Voilà qu'entre un religieux. Il est vêtu d'un simple jeans et d'une chemise à carreaux. Des *payeths* rouge feu s'échappent du petit calot de coton blanc des breslevs. Son châle de prière lui fait de grandes ailes de sagesse qui dénotent avec sa bouille d'enfant impertinent criblée de taches de rousseur. Il nous présente un livre des Psaumes et des amulettes de cuir à suspendre autour du cou.

– Vous vous protégez et vous faites la *tsedaka*, « l'aumône aux pauvres », tout en un…

Je vais pour lui acheter des amulettes…

– Elles protègent de la mort et de la vie, me dit-il en hébreu, elles contiennent des textes secrets du rabbi Nachman…

À Tel-Aviv, entre les hôtels de luxe et les tours de plus de trente étages, on aperçoit des dizaines de maisons abandonnées, des immeubles entiers parfois, qui se désagrègent au vent de la mer. C'est sur leurs murs que l'on peut lire les inscriptions des breslevs, graffitis tracés à la peinture bleue qui parsèment la ville de messages divins. Tantôt, c'est une profession de foi – *'am Israël Haï*, « Le peuple d'Israël est vivant » –, tantôt une sorte de mantra, fait d'assonances. *Na, Nach, Nachma, Nachman mi Umman* que l'on pourrait traduire par « La douceur de Nachman de Umman ». Umman est la ville d'Ukraine où se trouve la tombe du célèbre rabbi Nachman, petit-fils du grand Baal Shem Tov, le « Maître du Bon Nom ». Umman est le lieu de pèlerinage des breslevs qui s'y rendent tous les ans dans les charters de l'Aeroflot. On voit parfois les breslevs déferler dans la rue en commandos de possédés. Ils débarquent d'un van multicolore bariolé d'images de rabbis. Sur le toit de la camionnette, un énorme haut-parleur joue à fond des musiques klezmer.

– Qu'est-ce qu'il a dit ? m'interroge de Luca.

– Il dit que ses amulettes sont bonnes et qu'elles protègent de la mort, mais aussi de la vie…

Le flic fronce les sourcils :

– Ils sont vraiment cinglés, ces mecs ! Pourquoi faut-il se protéger de la vie ? Demandez-lui ce qu'il veut dire…

– Mais oui, reprend le breslev qui comprend le français, mais oui, revivre une nouvelle fois, c'est parfois une grande souffrance ! Mes amulettes peuvent vous éviter cette épreuve…

– Vous parlez le français ? s'étonne le flic.

– Ben, je suis né à Metz, répond l'autre, comme si ça se voyait sur sa tête…

– Et si c'est déjà arrivé, s'inquiète Barbara, qui s'adresse alors à lui en hébreu, si on est déjà une réincarnation, un *gilgoul*, vos amulettes peuvent-elles aussi protéger de la vie ?

De Luca et moi la regardons tous deux, surpris. De qui donc pense-t-elle être la réincarnation ? Le breslev de Metz ne répond pas à sa question. Il prend un air inspiré pour délivrer une sentence :

– Le rabbi Nachman a dit : « Mon feu jaillira jusqu'à l'arrivée du *Maschiach* »… Il voulait dire… (il insiste sur la dernière syllabe, pour se donner un accent israélien : « Il voulait diii…re ») que tant que le Messie ne sera pas venu nous installer en Eretz Israel (il prononce : « Izzraeeel »), il faudra que le rabbi entretienne le feu de la vie. Car habiter là, en « Eretz Izzraeeel », ne signifie pas y être installé ! Vous comprenez pourquoi ce pays ne peut pas tenir, explique le breslev, ils n'ont rien fait au moment de la fondation. On ne peut construire comme ça, sur du sable… Nous, qui sommes les étincelles du rabbi, nous chantons, nous dansons pour entretenir le feu. Notre travail est infini… Si nous arrêtions de chanter, le pays disparaîtrait en quelques instants. (Et il fait un geste des deux mains, mimant une gigantesque explosion.)

– Ils n'ont rien fait ? je lui demande, mais de qui parlez-vous ? Qui n'a rien fait ?

– Je parle des premiers ! De ceux qui sont arrivés ici au début, après la déclaration Balfour, les Ben Gourion, les Arlozoroff…

– Et alors, demande de Luca, qu'auraient-ils dû faire, les premiers ?

– Des sacrifices ! répond le jeune homme, les yeux exorbités, une vache rousse avant tout ! C'est ce qu'ils auraient dû faire, bien sûr ! Sacrifier la vache rousse ! Mais d'où venaient ces sauvages qui pensaient que l'on pouvait s'installer ainsi sur une terre sans obtenir l'autorisation du propriétaire ?

– Des propriétaires ? Vous voulez sans doute parler des Arabes, souligne de Luca…

– Je parle *du* propriétaire – du vrai propriétaire !

Il s'anime. Il se met à danser d'un pied sur l'autre ; il appelle son saint patron, il chante :

– Rabbi Nachman ! Rabbi Nachman ! Mi Umman…

– Le propriétaire, le propriétaire… de qui il parle, ce con ? demande alors de Luca…

L'autre s'approche du policier, à le toucher et lui souffle au visage :

– Nous autres, Juifs, nous n'avons qu'un seul propriétaire !

Je me dis que la discussion risque de mal tourner.

– Allez ! Je vous en prends trois ! je dis…

– Non, répond l'autre, non ! Vous en avez besoin de quatre. Je vous offre la dernière, c'est un cadeau ! La quatrième, vous verrez ! Vous la déposerez sur un tombeau…

– Putain, le con ! s'exclame de Luca, il me fout les jetons, avec ses conneries. Quel tombeau ?

15

Cynisme

Il était tard en ce soir d'hiver lorsque Magda arriva chez elle, dans la villa de Babelsberg. Elle s'étonna de retrouver un monde en ordre alors qu'un terrible orage venait de la traverser. Victor l'avait à peine effleurée et son corps s'était embrasé. Et lorsqu'il l'avait caressée, glissant une main sous sa jupe, un volcan avait explosé au mitan de son être. Il y avait si longtemps qu'elle n'avait tremblé. Tout lui avait échappé soudain ; l'animal s'était emparé de son corps. Ils avaient fini comme des chiens dans l'abri d'une porte cochère sous le regard des passants. C'était la première fois qu'ils s'aimaient dehors, en pleine rue. Un inhabituel bien-être irradiait maintenant de ses cuisses. Autrefois, lorsqu'ils faisaient l'amour sur le lit de sa mère, elle avait remarqué combien son excitation était amplifiée par l'angoisse d'être surpris. Mais elle n'avait jamais imaginé combien la jouissance pouvait être décuplée lorsqu'elle survenait en secret, sous les yeux d'un monde indifférent. Les gens passaient là-devant et détournaient les yeux. Sa bouche brûlée de baisers, ses muscles ankylosés, ses cuisses comme anesthésiées, elle sentait seulement battre son cœur – elle se sentait vivre ! Lorsqu'il l'aperçut, Helmut, l'aîné de Quandt, se précipita vers elle en criant « Maman ! »... Helmut était bien la seule personne qui la retenait encore dans cette maison. Le garçon était sorti de la tristesse dans laquelle l'avait plongé la mort de sa mère. Il avait converti son désespoir en une passion pour sa belle-mère. Il la suivait partout, la regardait, la contemplait, plutôt. Magda en était bouleversée. Elle n'en disait rien, percevant dans la dévotion de l'enfant une sorte de menace, comme s'il avait misé tout son solde sur une seule personne.

– Helmut ! dit gentiment Magda, tu n'es pas encore couché ?

– Non ! répondit le gamin en riant, je n'ai pas mangé, non plus ! Je vous attendais, mère !

– Viens ! J'espère que tes frères sont déjà au lit...

Elle le prit par la main et le conduisit à travers ces couloirs à l'aménagement séculaire, trop nets, trop propres – ces couloirs glacés qu'elle détestait. Ce soir-là, Quandt rentra fort tard. Il était plus de minuit lorsqu'elle entendit le ronronnement de la Maybach dans la cour. Elle n'avait pas envie que son mari vînt la saluer. Elle éteignit la lumière et resta un long moment dans le noir, imaginant le monde nouveau auquel elle pourrait donner le jour. La Palestine ! L'idée de créer un monde dont Victor et elle seraient le noyau, voilà ce qui l'attirait. À eux deux, ils seraient un couple de pharaons, ces géants de pierre gardant l'entrée des temples dans la vallée des morts. Mais elle n'était pas juive. Dans cette pénombre émue où ses mains se laissaient emporter par les pulsations de son corps, elle retrouvait des idées anciennes. Cinq ans auparavant, en 1919, au moment de la révolution communiste de Berlin, elle s'était déjà surprise à penser qu'elle aurait pu rejoindre Victor dans sa passion politique. Victor savait ce qu'était une femme ! Il lui racontait l'engagement total de certaines bolcheviques, comme cette Fanny Kaplan qui avait tenté d'assassiner Lénine parce qu'il avait renoncé à l'Assemblée constituante. La Kaplan l'avait interpellé en pleine rue, sortant d'une visite d'usine : « Lénine ? Est-ce toi ? Es-tu bien Lénine ? » Et lorsqu'il s'était retourné, elle avait déchargé son revolver, à bout portant. Lénine s'en était tiré de justesse, une balle dans l'épaule, l'autre dans le poumon. Quel cran ! Quelle détermination ! Quel engagement absolu pour la cause ! De cela, Magda se sentait capable : tuer de sang-froid l'homme qui l'avait trahie. Avec Victor, ils auraient pu poursuivre dans cette voie, s'engager plus avant dans la révolution rouge. Malheureusement, Victor s'était ensuite passionné pour le sionisme, dressant ainsi une barrière entre eux deux, mais qui n'avait en rien entamé leur passion amoureuse. Le sifflement silencieux de la nuit insistait à ses oreilles. Elle ne trouvait pas le sommeil. L'image de Victor se représentait sans cesse.

La vie avait repris dans la maison de Babelsberg. Magda s'efforçait de penser aux enfants. Mais son esprit s'échappait. Elle se répétait chaque jour qu'elle ne supporterait pas de le voir partir en Palestine ; qu'elle ne saurait être confrontée à cette séparation radicale. Et ce fut ainsi, tous les jours, tous les soirs, toutes les nuits. Jusqu'au dernier instant, elle pensait encore qu'elle n'irait pas. Mais quand arriva le moment, elle se décida dans l'instant. Elle prit les clés de l'auto et fila. Elle arriva à la gare, rechercha Victor dans la cohue des voyageurs, finit par le reconnaître à sa haute taille et se précipita vers lui. Il la serra longtemps. Leurs souffles se mélangeaient, elle murmura :

– Mais qu'as-tu fait ? Es-tu devenu fou ?

– De quoi parles-tu, Magda ?

– Tu te laisses pousser la barbe ?

Il sourit, se gratta le menton d'un geste négligent.

– J'essaie, dit-il, il n'est pas certain que je la garderai.

– Mais pourquoi ?

Il lui montra tous les hommes qui allaient prendre le même train que lui.

– On dit qu'un Juif est nécessairement barbu. Je m'en vais au pays des Juifs, l'aurais-tu oublié ?

Ils éclatèrent tous deux de rire, ou de tristesse contenue. Magda regarda autour d'elle. Elle aperçut Gerda, l'épouse de Victor, qui tenait sa gamine par la main. Elle fut prise d'une sorte de vertige, se rapprocha. Il la saisit par l'épaule, l'attira contre lui. Elle lui prit la main, la serra. Il sentit un objet au creux de sa paume. Il regarda. C'était une montre, tout en or, avec un remontoir en diamant – un diamant, gros comme une petite perle.

– Tiens ! Garde ça, lui murmura-t-elle, pour penser à nous.

Victor devint cramoisi.

– Je ne peux pas accepter, balbutia-t-il, non !

La voix de Magda se fit aiguë.

– Je veux que tu la gardes… Que tu la portes sur toi chaque jour…

Il ouvrit la montre. Une simple inscription gravée, manuscrite, de la main de Magda, sans doute… Il reconnaissait l'écriture, appliquée, presque calligraphique.

– Va ! Allez, va ! murmura-t-elle les yeux pleins de larmes.

Et elle le repoussa des deux mains. Elle salua longuement Liza, embrassa Frau Arlozoroff avec chaleur, passa quelques instants avec la gamine, la petite Shulamit, évita Gerda et quitta le quai d'un pas décidé, la tête droite, sans se retourner. L'élégante silhouette disparaissait au loin lorsque Victor se décida enfin à grimper sur le marchepied. Il ouvrait sa paume pour admirer le bijou, une véritable pièce d'orfèvrerie. Il pensa au départ des Hébreux lorsqu'ils quittèrent l'Égypte sous la direction de Moïse. Dieu ne leur avait-il pas ordonné de prendre aux Égyptiens des bijoux d'or et d'argent avant de partir ? Lui quittait l'Allemagne avec de l'or et un diamant. Il regarda longtemps la montre. Il l'enfouissait dans sa poche et la ressortait pour la contempler à nouveau. Il la regarda ainsi jusqu'à l'arrivée du train en gare de Trieste. Magda et Victor n'eurent pas l'occasion de se revoir durant deux ans. Elle durcit son cœur et aiguisa sa langue pour affronter sa vie de grande bourgeoise. Chaque jour la trouvait plus belle, plus élégante, plus raffinée ; chaque jour la trouvait plus froide, plus cinglante, plus cynique. Les collègues de Quandt qu'il lui arrivait de croiser disaient d'elle qu'elle n'avait pas de cœur. Nul ne savait qu'elle avait laissé son cœur en dépôt, un après-midi d'hiver, dans la paume d'Arlozoroff. Elle n'eut plus jamais de relation sexuelle avec son mari. Quelquefois, elle croisait un homme. Elle le regardait avec insistance. Il la suivait à travers les rues jusqu'à une porte cochère et elle s'accouplait là, sans un mot, sans même une pensée. Victor lui avait expliqué un jour la signification du mot « cynique », du grec *kunos*, « comme les chiens ». Les philosophes « cyniques » de l'Antiquité démontraient qu'ils étaient insensibles au regard du commun en s'accouplant ou même en se masturbant en pleine rue, « comme les chiens » ! Comme elle ! Quant à Victor, au soleil d'Orient, il consacrait ses jours à son destin politique, parcourant le pays, prononçant des discours, expliquant aux Juifs l'avenir du peuple juif. C'est l'Orient qui donne la direction, qui oriente… et l'Occident qui égorge, qui occit ! Il était beau, éloquent, portant veste et cravate en plein cœur de l'été. Admiré des Juifs, respecté des Arabes, ami des Anglais, conseiller personnel du chef du mouvement, le célèbre chimiste Haïm Weizmann, l'inventeur de la synthèse de l'acétone indispensable à la fabrication des explosifs. On l'appelait « le prince ». Arrivé là, il avait aussitôt divorcé. Peu après, Gerda, sa première épouse, avait rencontré un gentil jeune homme et s'était mise en ménage avec lui. Sima ne se décidait pas à venir le rejoindre et des rumeurs lui parvenaient selon lesquelles elle mettait en œuvre avec entrain leur accord de liberté réciproque. Il n'en éprouvait aucune jalousie. Le cœur de Victor était aride. Ses sentiments s'étaient échappés. Il lui restait sa tête et elle était entièrement consacrée au pays. Mais du sein de ses rêves, certaines nuits, surgissait Magda. Le lendemain, il se réveillait perclus. Toute la journée qui suivait, son esprit restait figé sur une même image, lointaine et floue, qu'il ne parvenait à percevoir – une image qui l'obsédait, pourtant, le travaillant en ses espaces secrets.

Berlin, le 9 novembre 1926

Ils n'habitaient plus la villa du bord du lac. Quandt avait acheté un hôtel particulier dans le quartier de Charlottenburg. Mais à quoi lui servait tout ce luxe, lui qui n'aimait guère sortir en ville, encore moins recevoir ? Cette nouvelle maison qui suintait l'abondance était plus proche du cœur de la ville. Magda venait tout juste d'avoir vingt-cinq ans. En ces temps, c'était l'âge de la perfection. Les femmes s'étaient mariées à vingt, avaient eu un ou deux enfants à vingt-trois ; les raideurs de l'adolescence s'étaient alors arrondies, mais les chairs restaient fermes et pulpeuses jusqu'à vingt-cinq. La beauté de Magda était aujourd'hui parfaite et les petites maladies qui l'affligeaient sans cesse y ajoutaient un brin de romantisme. Psychasthénique, son cœur tressautait intempestivement dans sa poitrine, elle se sentait faible, sans entrain et souffrait de douleurs abdominales. Elle consultait les plus grands spécialistes qui prescrivaient cures de repos et séjours en montagne. Le médecin et philosophe allemand Georg Groddeck écrivait en 1923 : « À quoi servent les maladies ? Particulièrement les douleurs abdominales ? Elles sont agréables à bien des égards. D'abord, elles permettent d'éviter les enfants. Puis, il y a encore la satisfaction de s'entendre dire par le médecin que cette maladie est due au mari, en raison de ses débauches antérieures ; car, dans la vie conjugale, on ne dispose jamais d'assez d'armes. » Magda n'avait pas lu Groddeck, mais son médecin, le docteur Gerald Litch, si ! Il gardait cette phrase de Groddeck à l'esprit lorsqu'il était appelé au chevet de Magda. Pour lui, les douleurs de cette jeune femme étaient l'expression d'une souffrance quotidienne ; sa façon de demander à son mari de lui rendre sa liberté. Le médecin n'avait pourtant pas assisté aux scènes quotidiennes ; il en avait deviné l'existence aux symptômes de Magda.

– Nous ne nous supportons plus, Günther ; vous m'avez détestée dès le premier jour de notre mariage… Séparons-nous ! Quel mal y a-t-il à divorcer ? Nous resterons les meilleurs amis et chacun poursuivra son chemin…

– Non, répondait Quandt, jamais ! Un Quandt ne divorce pas !

Mardi 9 novembre 1926, le ciel était gris et bas, une force occulte s'était abattue sur Berlin, y rassemblant trois personnages qui allaient y inscrire l'histoire du demi-siècle : Magda, Arlozoroff et Goebbels. C'était ce même soir que Josef Goebbels y débarqua, venant de Munich. L'année précédente, Hitler avait été libéré de la prison de Landsberg am Lech où il avait été incarcéré après son coup d'État manqué. Depuis, il œuvrait jour après jour à reconstituer le parti disloqué en son absence. Impressionné par la passion du jeune homme, il avait proposé au famélique Goebbels de prononcer la conférence à la Bürgerbräu, là où, semaine après semaine, il vomissait ses discours. Et ce petit homme qui ne payait pas de mine, vêtu comme un loqueteux, boiteux et malingre, s'était révélé exceptionnel orateur. Il s'était révélé tel, dans un même mouvement à celui qu'il adulait déjà comme un dieu et à ses propres yeux. Il avait découvert en une seule soirée que la foule était sa maîtresse. Et cela, il ne l'oublierait jamais ! Il avait compris qu'on devait la traiter comme une gueuse. Il regardait d'abord la foule de loin, quelquefois tapi derrière le rideau du théâtre. Puis il l'approchait lentement, l'excitait, faisait mine de l'abandonner, revenait, l'assaillait d'un côté, de l'autre, l'injuriait puis la caressait. Il savait qu'il fallait la battre, la fouetter de paroles cinglantes, la terroriser de mots de violence et de mort avant de la soumettre. Entre ses mains, la masse devenait une catin nymphomane. Il lui révélait ses penchants les plus bas, la persuadant qu'ils étaient sa nature. Il lui aboyait des ordres et lui susurrait des folies amoureuses. Son visage se tendait vers elle, les yeux de feu, les mains en supplication. Il était tout entier érection ; et la foule se faisait femelle humide l'absorbant en un baiser de rage. Il parlait, criait, murmurait, crachait, entrait en fureur, s'apaisait, revenait, se faisait presque tendre avant l'assaut suivant. Il revenait encore, sans cesse, amant insatiable. Le soir de la Bürgerbräu, il avait terminé en nage, épuisé, heureux, porté par ce peuple des tavernes qui lui offrait une forêt de bras tendus comme mille tentacules d'une vulve de pieuvre, ce peuple qui lui dévouait d'un seul mouvement ses passions jalouses et son âme… Une gigantesque ovation explosa dans la brasserie. Hitler, qui n'était pourtant pas un débutant, en avait pleuré d'émotion. Il embrassait Goebbels sur l'estrade, devant un public en délire. 150 marks par mois – tel sera son salaire, versé par le parti pour s'emparer de Berlin. Et encore ne lui serait-il versé que dans le cas où les cotisations des membres se révéleraient suffisantes. Il accepta la proposition avec enthousiasme, car prendre Berlin était une tâche impossible. Berlin la rouge comptait plus d'un million d'électeurs de gauche. Le parti communiste rassemblait cent mille militants, organisés, entraînés, financés par le Komintern, qui ne craignaient ni la propagande ni les bagarres de rue. Quant au NSDAP, le Nationalsozialistische Deutsche Arbeiterpartei, le parti nazi, ses militants ne dépassaient pas un millier de braillards à Berlin, mille outres de bière et de rancœurs. En ce morne mardi 9 novembre, Goebbels descendit lentement l'escalier de la gare d'Anhalt. La veille, juste avant de boucler sa valise, il avait écrit dans son journal : *« C'est un jour de novembre bien gris. Il y a trois ans, jour pour jour, Hitler appelait à la dictature à Munich. Où en serons-nous dans trois ans ?… À l'attaque ! Berlin ! La victoire ou la déchéance ? Levons l'ancre ! »*

Goebbels était gagné par la tristesse du ciment froid, les Quandt se préparaient à sortir. Günther avait accepté une invitation à une soirée de bienfaisance. Il s'était dit que l'animation ferait du bien à son épouse convalescente.

Mais l'on y donnerait un bal et il détestait danser. Il fit appel à son jeune cousin, lui demandant d'être le cavalier de Magda. Elle portait sa robe de soie noire, qu'elle appelait « charleston », quelque peu scandaleuse – celle qui lui remontait au dessus des genoux. Elle avait recouvert sa poitrine de plusieurs rangées de perles. Sa nouvelle coiffure lui faisait une auréole d'or.

– Je suis prête, Günther !

– Nous attendons Dieter, répondit Quandt, sans lever le nez de son journal.

– Dieter ? s'exclama Magda, vous devriez exiger que je danse avec des femmes, tant que vous y êtes. Ce serait plus conforme à la morale protestante, n'est-ce pas ?

Il ne répondit pas. L'avait-il seulement entendue ?

Le bal était ennuyeux à mourir. L'orchestre ne proposait que des valses et des couples de vieux bourgeois nantis trébuchaient sur le parquet ciré. Dieter lui demanda une danse. Elle partit se repoudrer le nez, traversa la salle de bal, aspirant en une seule bouffée une provision de liberté. Là-bas, près de l'entrée, un homme de grande taille discutait d'argent avec des banquiers juifs. Elle reconnut l'un d'entre eux qui était venu dîner un soir à Charlottenburg. Elle s'approcha. L'homme était de dos. Elle perçut quelques paroles… « Le Yishouv ne pourra survivre plus longtemps si les Juifs de la diaspora persistent dans leur égoïsme millénaire… » Cette voix… Son cœur fit un bond. Elle se tenait derrière lui, respirant son parfum. Le banquier l'aperçut, s'exclama :

– Frau Magda Quandt, que de beauté !

Victor se retourna d'un seul mouvement. Il la dévisagea ; elle ne pouvait décoller ses yeux des siens. Comme il avait changé ! Sa poitrine s'était élargie, son visage durci, brûlé par le soleil. Mais il avait gardé ses belles lèvres dessinées. Il remonta ses lunettes d'un mouvement mécanique, lui prit la main et se pencha en avant…

– Madame, vous êtes plus belle que votre légende…

– Je vous présente Herr Arlozoroff, dit le banquier, il est ici pour lever des fonds au bénéfice des pionniers de Palestine…

– Nous nous sommes déjà rencontrés, répondit froidement Magda. Je ne comprends pas que des jeunes gens pleins de promesses partent brûler au soleil et se faire dévorer par les moustiques. On dit que là-bas, ils sont gros comme des alouettes…

– Nous sommes en train d'assécher les marais, madame, et si nous obtenons les fonds que je viens solliciter en Europe, Tel-Aviv sera l'une des villes allemandes les plus modernes du monde…

– Une ville allemande ? s'étonna Magda…

– Je la pensais ville juive, reprit Ady Benyamin, le banquier qui suivait passionnément l'échange.

– Oui, certes juive, répondit Arlozoroff, arabe et anglaise, aussi – et surtout allemande. Des Allemands l'ont rêvée, des Allemands l'ont fondée, des Allemands la dessinent aujourd'hui. À Tel-Aviv, vous ne verrez pas un seul Français, pas un seul Américain…

– Et que faites-vous de vos Russes et de vos Polonais ? l'interrompit Friedrich Fajnberg, l'autre banquier.

– Nous les mettons au travail, monsieur !

– Ah oui ? Ne sont-ils pas tous rouges ?

– En Palestine, nous sommes presque tous inscrits au même syndicat. Nous luttons pour sauvegarder le travail juif, pour que les patrons recrutent des ouvriers conscients, syndiqués, et fiers de construire ce pays ensemble, et non pas des travailleurs payés au rabais comme naguère, inconscients de leurs droits et totalement ignorants de la lutte des classes.

– Je vois, balbutia le second banquier, qui ne souhaitait en aucune manière entamer une discussion syndicale avec Arlozoroff, c'est peut-être la solution, en effet !

La discussion rappelait à Magda les réunions d'autrefois chez Victor, lorsqu'il exposait ses théories, une bande de jeunes étudiants ébahis rassemblés autour de lui. Aujourd'hui, c'étaient des banquiers, mais l'effet qu'il produisait sur son public était le même : une sorte de fascination passionnée.

– Le Yishouv, voyez-vous, je veux dire la Palestine juive, c'est l'intelligence et la conscience sociale de l'Europe – ses raideurs et ses inhibitions en moins. L'Europe était un brouillon ; la Palestine sera l'achèvement du projet social de l'Europe !

– Et les Arabes de Palestine, demanda Emmanuel Brod, le troisième banquier, qui n'allait pas s'en laisser conter par les boniments d'un militant communiste, croyez-vous que les Arabes vous laisseront créer ainsi un pays juif à votre guise ? Il existe tout de même quelques difficultés, avec les populations arabes, à ce que je sais. Elles se révoltent, considèrent qu'on leur prend leurs terres. Comment donc construirez-vous un pays juif sur une terre arabe ?

Arlozoroff adorait les discussions impossibles. Il savait que les financiers allemands détestaient les pionniers du Yishouv qu'ils considéraient, à juste raison, nostalgiques d'une révolution allemande ratée. On racontait que les immigrants descendaient du bateau avec pour seul bagage *Le Capital* de Karl Marx. Cela tiendrait du miracle s'il parvenait à leur soutirer de l'argent.

Mais lui, c'était précisément ce qu'il souhaitait : accomplir un miracle.

– Les Arabes, répondit Arlozoroff, c'est leur pays et c'est aussi le nôtre ! Nous construisons un pays pour tous qui prendra en compte l'intérêt de chacun, Arabes ou Juifs, Arméniens, Chrétiens ou Turcs ! Nous leur apportons l'électricité et la solidarité ; ils nous suivront !

– Vous voulez dire que vous avez renoncé à établir un véritable foyer juif ?

– Certainement pas, monsieur Brod ! Nous sommes sionistes ! Nous voulons un pays pour les Juifs, mais pas un pays juif ! Nous voulons un pays où chaque Juif pourra venir vivre ; mais nous ne voulons pas d'un pays seulement peuplé de Juifs !

Magda le regardait. Pas une ride, pas un mouvement ne venait trahir le bouillonnement d'images et de sensations qui la traversaient. Il continuait :

– Le professeur Weizmann est aussi de mon avis, tout comme l'administration britannique, d'ailleurs. Ce pays sera multiconfessionnel, ouvert à tous les peuples et à tous les dieux, du moins pour ceux qui croient encore en un dieu. Mais chaque Juif qui le souhaitera pourra en être citoyen… C'est en cela qu'il sera un pays juif !

– Pourriez-vous m'indiquer l'heure, docteur Arlozoroff, l'interrompit Magda d'une voix calme, j'ai l'impression que je suis ici depuis une éternité…

Il s'interrompit, tira sa montre de la poche de son gilet ; une bien jolie montre en or, remarqua le banquier Fajnberg.

– Il est à peine vingt-deux heures trente, Frau Quandt !

Le cœur de Magda sursauta en apercevant le diamant fixé au remontoir.

– Votre montre est très élégante, docteur Arlozoroff, laissez-moi la regarder…

Elle tint ainsi Victor au bout de sa chaîne de montre, caressant du doigt le diamant serti.

– Je me demande comment vous faites pour ne pas l'abîmer là-bas, reprit-elle, dans le sable et la chaleur.

Et elle appuya sur le bouton pour regarder à l'intérieur du couvercle, à la recherche de l'inscription. Arlozoroff rougit jusqu'aux oreilles…

– Je garde toujours ma main dessus. Elle ne me quitte jamais ! avoua-t-il dans un souffle.

– Savez-vous encore danser, lui demanda-t-elle l'air mutin, ou bien les tracteurs et les engrais sont-ils devenus votre seul centre d'intérêt ?

Il la prit par la taille. Ils glissèrent tous deux sur la piste de danse. Ils étaient beaux. Autour, le brouhaha se fit murmure. Dans la salle de bal, les regards convergeaient vers ces deux âmes qui flottaient, enveloppées de grâce. Les gens les regardaient, sans trop savoir pourquoi, comme s'ils pressentaient dans cette valse la gravité d'un rituel.

– Je te veux ! lui glissa-t-elle à l'oreille.

Il fit mine de ne rien entendre, concentrant son attention sur ses pas.

– Je te veux maintenant, répéta Magda, tout de suite ! Et elle ajouta en le regardant dans les yeux : je veux te sentir…

Arlozoroff fut décontenancé par la brutalité du désir de Magda.

– Tu me sens, je suis tout près…

– Non ! Te sentir dans mon ventre !

Il la regarda. Les lèvres de Magda avaient à peine bougé. Son visage était de marbre ; ses yeux semblaient absents. Il n'osait rien dire, quant à lui, se demandant si Quandt aussi les regardait danser. Comment expliquer que ni l'un ni l'autre n'ait à aucun moment craint de s'exposer ainsi ? La mission d'Arlozoroff pouvait échouer à cause de cet instant d'inconscience. En effet, quel crédit lui accorderaient les banquiers s'ils venaient à imaginer qu'il faisait la cour à l'épouse de Quandt sous les yeux de son mari ? Magda n'en avait cure ! Elle aurait voulu que Günther les surprenne. Et même si elle ne le souhaitait pas vraiment, elle en aurait sans doute été libérée.

– Tu es si belle, lui murmura-t-il à l'oreille, de plus en plus belle.

Ils tournoyèrent ainsi quelques minutes. Ils s'éclipsèrent ensuite, chacun par une porte pour se retrouver dans les jardins.

– Je suis à Berlin pour quelques jours, chuchota Victor. Ici, j'ai l'impression que tout le monde nous regarde. Demain…

– Non, dit fermement Magda, pas demain ; tout de suite ! Comment peux-tu à la fois être aussi loin et toujours auprès de moi ?

– Tu n'es pas heureuse, Magda ! Je le vois bien. Que se passe-t-il ?

– Rien ! lui répondit-elle froidement, rien de nouveau, en tout cas ! J'ai tout et rien ne m'appartient. Je suis seulement locataire de mon existence. Chaque instant m'est décompté, et avec les intérêts, crois-moi ! Et toi ? Dis-moi… Y a-t-il une place pour moi, là-bas ? Tu te souviens ? Tu me voyais élever des poules et monter la garde le soir, un fusil posé sur les genoux…

– Là-bas ?

– En Palestine !

– En Palestine, tout est possible !

Et il baissa la tête…

– Enlève-moi ! murmura Magda.

– Quoi ?

– Prenons la fuite ! Je pars avec toi. Aie confiance ; je suis plus chaude que ton soleil…

Et elle se colla contre lui. Il l'attira sous l'escalier de pierre. De là où ils se tenaient blottis, ils pouvaient apercevoir les bottines des femmes, les guêtres des hommes qui piétinaient. Il l'embrassa.

– La femme que tu as épousée, murmura Magda…

– De qui parles-tu ? De Sima ?

– Oui, ta seconde femme… est-elle venue te rejoindre ?

– Non ! Elle ne se décide pas encore à franchir le pas… La vie est difficile en Palestine… Surtout pour une femme !

Il retroussa sa robe, embrassa ses jambes, ses cuisses. Elle lui saisit la tête de ses deux mains.

– Victor…

Envahi d'une onde, les lèvres de Victor allaient et venaient le long des jambes de Magda.

– Victor… Prends-moi !

Leurs corps se retrouvèrent avec plus d'intensité que jamais. Les corps ont plus de mémoire que l'esprit. La longue séparation qu'ils avaient traversée, peuplée de rêves amoureux, avait exacerbé leur désir jusqu'au brasier. Ils roulèrent sur la pierre, s'abandonnant aux bourrasques de leurs ventres. Quand vint le plaisir, dans la même seconde une lueur argentée éclata devant leurs yeux hagards. Ils restèrent collés l'un à l'autre un long moment, s'embrassant encore une fois leur faim apaisée. Il ne lâchait pas sa bouche de peur qu'elle ne crie ; elle ne lâchait pas la sienne, rivée à son être même. Lorsque, profitant d'un moment de calme, ils finirent par s'extraire de leur tanière, ils virent s'approcher Quandt et son cousin Dieter.

– Magda, je t'ai cherchée partout… s'exclama Quandt. Où donc avais-tu disparu ?

– Ah Günther ! Permettez-moi de vous présenter le docteur Arlozoroff. Il est en train de monter une affaire très prometteuse en Orient… Je ne sais plus bien… en Égypte, en Syrie…

– En Palestine, Frau Quandt, reprit Arlozoroff, en Palestine !

– Une affaire, demanda distraitement Quandt, de quoi vous occupez-vous, docteur Arlozoroff ? Import-Export ?

– Import seulement pour l'instant, docteur Quandt… En Palestine, nous n'exportons pas grand-chose, à part les oranges…

– Oui, je comprends, répondit Quandt, évasif.

Déjà, il tournait les talons, au bras de sa femme. Il leva la main, l'index tendu. Hans avait démarré le moteur de la Maybach.

16

Maybach ou Duesenberg ?

Il s'est passé quelque chose dans la vie de Magda. Helmut, le fils aîné de Quandt, ce jeune homme sensible qui s'était attaché à sa jeune belle-mère, d'abord cramponné comme un noyé à une planche, puis de plus en plus comme un adolescent amoureux en secret, venait d'obtenir son bachot. Dans quelle université allait-il s'inscrire ? Sa personnalité s'était développée à l'opposé de celle de son père. Doué pour les lettres et la musique, il passait ses journées, étendu sur son lit, à lire les poètes romantiques, attendant sans même savoir qu'il y pensait le retour de Magda. Maigre, les traits fins et harmonieux, l'esprit seulement préoccupé d'amour et d'aventure, il évoquait à Magda le Victor Arlozoroff de sa jeunesse. Lorsqu'elle pénétrait dans sa chambre et le trouvait ainsi habité de phrases de Goethe ou de Schiller, un sentiment fait de compassion et de nostalgie s'emparait d'elle. Quandt, au contraire, nourrissait une sorte d'antipathie pour son fils. Le gamin ne lui avait-il pas reproché à plusieurs reprises la mort de sa mère, l'accusant de ne pas s'être correctement occupé d'elle ? Quandt y voyait l'influence de ces auteurs dégradants que lisait Helmut – ces psychiatres modernes, qui ne percevaient de l'âme que ses noirceurs. Un jour, au cours de la seule explication qu'ils eurent ensemble,

Helmut avait révélé à son père une folie qu'il cultivait en secret : il était persuadé que Quandt s'était débarrassé de son épouse en lui appliquant un traitement inapproprié. « Mais enfin Helmut, ce sont les médecins qui ont prescrit les traitements, pas moi ! » s'était-il récrié, hors de lui. Le jeune homme répondit que son père avait « inconsciemment » choisi ce médecin qu'il savait incompétent… « Inconsciemment » ? demanda le père interloqué, que veux-tu dire par « inconsciemment » ? Et Helmut lui avait brandi le livre qu'il était en train de lire : *Onanie und Homosexualität*, « Onanisme et homosexualité », d'un certain Wilhelm Stekel. Quandt prit le livre, en parcourut la table des matières et eut un haut-le-cœur. Décidément, il fallait que son aîné finisse par s'intéresser à des choses sérieuses ! Il n'avait pas renoncé à le voir ingénieur ; il aurait à la rigueur accepté qu'il s'engageât dans des études juridiques, mais il était urgent de l'extirper de cette boue romantique dans laquelle il se vautrait. De plus, il avait besoin de lui pour gérer la fortune colossale qu'il avait réunie. Cet enfant allait-il enfin se rendre compte qu'il était le prince d'un véritable empire industriel dont il lui faudrait tôt ou tard maîtriser les rouages ? Mais Helmut ne voulait rien entendre. Plus son père insistait et plus il se réfugiait dans ses fantasmes. Le père résolut alors de l'expédier quelque temps à l'étranger. Magda, qui n'était pas insensible à l'amour que lui portait le jeune homme, redoutait la séparation qui s'annonçait. Helmut allait lui manquer ; et puis son départ allait le laisser plus seule encore avec son mari. Elle serra les dents et encouragea néanmoins le jeune homme à partir, lui promettant qu'elle viendrait souvent lui rendre visite. La perspective de se retrouver seul de longues journées avec sa belle-mère, éloigné d'un père qui le terrorisait, finit de le convaincre. Il partit donc à Londres, en février, où l'accueillit un associé de Quandt. À l'été, Magda arriva en Angleterre, accompagnée de Quandt. Helmut, qui l'espérait seule, fut déçu ; il n'en montra rien. Chaque fois que son père s'adressait à lui, néanmoins, il faisait une grimace. « Qu'as-tu donc, Helmut ? » lui demandait Magda. Il avait mal, mal au ventre, d'horribles douleurs. « Mal à l'âme », pensa Magda qui souffrait aussi mille maux de la sorte. Le médecin confirma l'intuition de Magda : rien d'inquiétant ; il avait dû prendre froid… Des frictions d'eau de Cologne et une bonne couverture avant de s'endormir. Puis, ils partirent tous trois à Paris. Magda put montrer comment elle évoluait dans un univers familier lorsqu'elle baignait dans la langue française. C'était en effet la langue de son enfance, elle qui avait passé sept années au couvent des Ursulines de Vilvoorde. Ils déambulèrent tous deux, Helmut et elle, bras dessus, bras dessous, sur les quais de la Seine. Bientôt, Magda et Quandt s'en retournèrent à Berlin, laissant Helmut poursuivre sa découverte de l'Europe. Ils étaient rentrés depuis moins d'une semaine lorsqu'ils reçurent un télégramme. Helmut avait été hospitalisé dans une clinique parisienne. Les douleurs abdominales étaient désormais fréquentes, leur intensité décuplée. Le jeune homme se traînait comme une âme en peine. Un médecin appelé d'urgence avait ordonné l'hospitalisation. À la clinique, on avait enfin porté le bon diagnostic : péritonite aiguë. Lorsque ses parents, de retour à Paris, se précipitèrent à la clinique, il venait d'être opéré. Mais il était trop tard. Une septicémie fulgurante s'était installée et il n'y avait plus aucun moyen de la stopper. Helmut, atteint d'horribles douleurs, s'éteignit dans les bras de cette belle-mère qu'il adulait. Magda, en larmes, posa sur la bouche du jeune homme son premier et unique baiser. Ce baiser donné en secret dans l'antichambre de la mort fut l'acte de libération intérieure de Magda ; celui par lequel elle se signifia à elle-même qu'elle ne regarderait plus jamais en arrière ; que désormais elle ne craindrait plus de désirer ce qu'elle désirait. C'était le 14 juillet 1927. Paris était en fête et Magda en ébullition.

De retour en Allemagne, Magda était devenue plus dure encore, plus glaciale avec son mari, plus autoritaire avec les serviteurs, de moins en moins prudente avec ses amants des portes cochères. Maintenant, elle sortait seule le soir sans prêter attention aux appels à la morale que martelait son vieux mari. Il ne l'impressionnait plus guère, lui qui avait laissé mourir son fils aîné, qui avait abandonné cet être sensible et frêle aux dures réalités du monde. Voilà bien ce que valait un Quandt ! Victor avait raison ; le capitalisme sacrifierait jusqu'au dernier humain au culte de la marchandise. Au fond d'elle-même, Magda était animée d'une sourde colère. La chaleur de son amour n'était plus, sa tendresse s'était vidée en une fois au chevet de Helmut ; restait seulement une violence qui provenait du ventre. Quandt la fit suivre par un détective, apprit ses descentes dans les bas-fonds. Il y eut une terrible explication. Ils se dirent leurs quatre vérités, s'abreuvèrent d'insultes. Elle finit par sortir ce qu'elle avait sur le cœur. « On ne peut sans cesse mettre le monde en accusation sans un jour recevoir sa part en retour. Crois-tu seulement, Günther, que j'irais ainsi me commettre s'il m'était possible de trouver le bonheur en ma demeure… en mon lit ? » Elle lui jeta au visage que jamais, pas une seule fois, elle n'avait éprouvé de plaisir avec lui. Il resta interloqué, accusant le coup, assommé par la gifle. « Pas une fois ?... Pas une seule fois ? » Elle n'éprouva aucune pitié. Et puis, l'on transigea. Quandt considérait que son honneur était sauf à condition que l'infidélité de Magda demeurât secrète. N'avait-il pas lui-même l'habitude de fréquenter des prostituées ? Il devait partir en Amériques pour quelques mois, Wall Street s'ouvrant enfin aux investisseurs étrangers. Il avait programmé un long voyage d'étude, la visite des sites industriels les plus modernes à travers le pays, et puis aussi le Mexique, si prometteur, et les îles pour finir, Cuba, pour le plaisir. Il invita sa femme à l'accompagner. Elle y mit une condition. Elle acceptait d'apparaître en public comme une épouse parfaite, mais il lui laisserait toute liberté pour ce qui concernait sa vie intime. Il accepta ce mariage des apparences. Ils se réconcilièrent, sans s'approcher, sans même se regarder.

New York, le 15 novembre 1927

Les Quandt avaient été invités au dîner le plus riche des États-Unis. La fortune de Quandt paraissait presque ridicule au regard de celle des Américains, des Rockefeller, des Rothschild, des Hoover, des Packard. Magda était resplendissante. On lui offrait pour la première fois l'opportunité de donner toute la mesure de ses talents. C'était pour cela qu'elle avait accepté d'épouser Quandt, pour prendre possession du monde. Il le lui offrait enfin. Il y avait quelque chose de fou dans cette certitude qui habitait Magda depuis l'enfance. Elle était certaine qu'il lui suffirait d'apparaître pour s'imposer reine par sa seule présence. Durant ce dîner, elle fut non seulement la plus jeune, la plus jolie et la mieux habillée de toutes les femmes, mais elle scintillait de cette distinction européenne qui fascinait les Américains, rêvant à travers elle leur origine à jamais perdue. Ils furent conquis sur-le-champ et un Américain, tout particulièrement, son voisin de table, Clyde Lowel-Baker, célèbre industriel et milliardaire en dollars, probable futur sénateur de l'État de New York. Ils échangèrent des idées, des pensées sur le mariage, sur la place de la femme. Clyde se plaignait des Américaines qui, sitôt mariées, ne songeaient qu'à prendre l'ascendant sur leur époux. Magda exposait ses idées : « La liberté de la femme consiste à se déclarer propriété d'un homme. C'est la grandeur et aussi le plaisir de la femme », expliquait-elle. Clyde n'en pouvait mais, qui percevait dans cet exposé une sorte d'invite amoureuse. Le vin français était excellent. Ils buvaient verre après verre. Il lui proposa une promenade dans les jardins. Elle était ivre, animée d'une exaltation joueuse ; il se sentait déjà amoureux. Ils s'éclipsèrent discrètement. L'hiver avait pris possession de New York. La nuit était claire et glaciale. Magda grelotta dans son renard. Ils parlèrent d'automobiles. Magda aimait les voitures.

– La Maybach ? Voyons, ce n'est pas une voiture ; c'est une locomotive, plaisanta Lowel-Baker.

– Ah oui ? s'exclamait Magda, que lui opposeriez-vous de mieux ? Je veux dire : quelle auto américaine pourrait lui être comparée ? Comment dites-vous ? Duesenberg ? C'est une automobile américaine ? On dirait un nom allemand… Une marque de lessiveuse…

Il lui présenta son phaéton, sa « Duesie », comme il l'appelait ; lui proposa de l'essayer. La voiture était gigantesque, plus longue encore que la Maybach de Günther. Elle voulut la conduire. Elle se fit expliquer le fonctionnement des manettes. Elle réussit à la faire démarrer, mais quelques virages plus loin, l'auto finit sa course dans un champ. Entre deux éclats de rire, il l'embrassa. Elle se laissa faire, mais se rétracta aussitôt.

– Êtes-vous mariée, madame Quandt ?

– Bien sûr que je suis mariée, s'exclama-t-elle dans un rire, n'avez-vous pas remarqué Günther ? Il était assis en bout de table. C'était celui qui parlait le plus fort et qui mangeait le plus.

– Je veux dire, Magda… Me permettez-vous de vous appeler Magda ? Je veux dire : êtes-vous vraiment mariée ? Vous êtes si différents l'un de l'autre. Comment une déesse a-t-elle pu épouser un tel rustre ?

Elle éclata de rire à nouveau, de son petit rire cristallin :

– C'en est plein les contes de fées, répondit-elle… de princesses mariées à des ogres, n'est-ce pas ?

– Vous méritez autre chose, Magda ! Vous méritez un homme qui vous adule, qui vous adore, qui sache offrir l'écrin qui convient à un joyau tel que vous… Un homme, enfin…

– Vous ?

Il se tut un instant, se demandant si elle était sérieuse ou si ce n'était là que dérision et finit par se jeter à l'eau :

– Oui, Magda ! Oui ! Moi !

Elle éclata de rire une nouvelle fois. Il faisait de plus en plus froid. Ils grelottaient tous deux. Ils résolurent de rentrer. Il s'arrêta à quelques mètres du portail :

– Je consens à retourner à ce dîner, mais à une condition, dit Clyde.

– Laquelle ?

– … de vous revoir demain !

– Demain, c'est encore possible, minauda Magda, mais pas après-demain ! Nous partons dans le Nord : Chicago, les Grands Lacs, les chutes du Niagara…

– Alors demain !

Magda venait de s'administrer une nouvelle preuve de son pouvoir. Après avoir conquis l'homme le plus riche d'Allemagne, voilà qu'elle avait rendu fou d'amour, en une seule soirée, l'une des plus grandes fortunes d'Amérique, ce Lowel-Baker, prêt à tout pour la conquérir. Son père, l'ingénieur Ritschel, féru d'astrologie bouddhiste, lui avait appris que la seule activité qui méritât l'énergie quotidienne était la découverte de son être profond. Elle se voyait descendue de mondes inaccessibles pour installer son culte parmi les humains. Déméter ne s'était-elle promenée parmi les Grecs jusqu'à être reconnue déesse à Éleusis ? Que pouvait ressentir une divinité ? La tension d'une force démesurée et l'attente presque sauvage de son assouvissement… Mais une divinité exige l'adoration des humains. C'était exactement ce que ressentait Magda, seulement apaisée par les regards posés sur sa silhouette. Il lui était impossible de relater de telles pensées à quiconque, pas même à Ello, sa belle-sœur, sa confidente, qui lui aurait ri au nez. Les hommes voulaient seulement la capturer, l'accaparer pour eux seuls, comme pour détourner sa puissance à leur profit – comme Günther, comme ce Lowel-Baker, comme certains parmi ses amants d'un soir… Sauf peut-être Victor… Victor !

*

Arlozoroff et Magda s'étaient connus au matin de leur vie amoureuse et ils étaient restés fixés l'un à l'autre. C'était quasiment éthologique, comme l'oie de

Konrad Lorenz, si l'on peut dire. Voilà comment je vois les choses ! J'en reste persuadé, même si mes hypothèses vont à l'encontre de celles des historiens. À partir de 1926, chaque fois que Victor passait par Berlin, il ne pouvait s'empêcher de la retrouver. Au début, c'étaient les hôtels d'une nuit et les déchirements de l'aube, les cafés ensommeillés dans des bars d'ouvriers et les serments interminables. Ils avaient fini par prendre la mesure de leur attachement, ne cherchant plus à s'y soustraire.

– Qu'est-ce que tu racontes ? me demande le flic, qu'est-ce que ce type, là, ce Lorenz, fichait avec une oie ? Tu veux dire…

– C'est une image, l'interrompt Barbara, n'est-ce pas Ezra ? Une image pour décrire un attachement qui résiste à tout, à l'éloignement, aux interdits sociaux… un peu comme Tristan et Iseult, n'est-ce pas ?

– Plus qu'une image ! je lui réponds. Lorenz était un savant, un biologiste spécialisé dans l'étude du comportement des animaux. Il a montré que certains oiseaux s'attachaient au premier être aperçu en sortant de leur coquille. Habituellement, c'est leur mère. Mais là, dans l'expérience, Lorenz avait assisté à l'éclosion de l'œuf qui s'était développé en couveuse et l'oison s'était attaché à lui, le suivant partout, comme un chien… Je comparais l'éclosion de l'oie et la découverte de la sexualité. Magda n'était pas une oie, c'est sûr ! Mais au moment de l'éclosion de sa sexualité, elle est restée attachée à celui qui y était associé ; et c'était Arlozoroff.

Le breslev est parti après m'avoir taxé de 100 shekels – et en m'assurant que je faisais une affaire ! Je peux me balader partout à Jérusalem, des amulettes comme celles-là, ça vaut au moins le double. Et en plus, les siennes, elles agissent !

– Attends, attends ! dit de Luca en me tirant par la manche, pourquoi parlez-vous sans cesse d'Arlozoroff ? C'est drôle, ce nom… Moi qui croyais que c'était seulement une sortie sur le périph, sur l'Ayalon.

– Quoi Arlozoroff ? je demande en me rasseyant…

– Ce nom, Arlozoroff…

Nous le regardons tous deux, interloqués… ça fait des heures que je leur fais un cours d'histoire, que je leur explique Arlozoroff, le Yishouv, les pionniers bâtissant Israël, les années 20 et voilà qu'il se réveille maintenant comme s'il découvrait Arlozoroff.

– Ben quoi, ce nom ?

– Oui, ce nom, le vieux l'a répété tout le long du chemin. Le vieux qui est venu mourir à la résidence de l'ambassadeur… Lorsque nous l'avons conduit à l'hôpital, dans l'ambulance, il répétait encore : « Arlozoroff »…

– C'est tout ? je demande, intrigué. C'est tout ce qu'il disait ? Rappelez-vous !

– Il avait un peu perdu la tête, le vieux… Il disait « Arlozoroff, c'est moi ! »

Au moment de quitter le policier, à la portière du taxi, il nous propose de déjeuner avec lui demain. Je dépose Barbara à son hôtel et rejoins le mien. Dans ma chambre, je me précipite sur mon ordinateur, ouvre ma boîte aux lettres pour consulter mes courriels. Tania m'a répondu.

« Bonjour du jour !

Je travaille dans un monde très sérieux plein de gens "raisonnables" et je m'y ennuie à mourir ! Mais Ezra, comprenez ma réserve : m'est-il possible de continuer à me livrer comme je le fais à un total inconnu ? Je vous laisse y réfléchir. Je suis certaine que vous saurez répondre à mon attente.

Très tendrement,

Tania »

Je réponds quelques mots à la hâte, me promettant d'y revenir plus tard dans la soirée :

« Ma douce Tania,

Je suis en ce moment en voyage pour une courte période ; je vous relaterai en détail ce soir... – qu'est-ce que je raconte ? Vous me demandez qui je suis... Décidément, ce sont des échappatoires !

Je dois rendre mon manuscrit à la rentrée de septembre. Ce livre est une tentative de résoudre l'énigme d'un meurtre commis voilà soixante-quinze ans, sur une plage au bord de la Méditerranée, une nuit d'été – un meurtre qui a imprimé une pliure définitive aux livres d'histoire. J'aimerais passer ma main dans vos cheveux.

Je vous embrasse,

et vous embrasse encore...

Ezra »

J'enfile mon seul costume et m'en vais dîner.

17

Survivant

Tel-Aviv, le mardi 7 octobre.
Demain, c'est Kippour...

Mordekhaï Monco hantait les soirées de Tel-Aviv. Il n'avait pourtant pas un sou vaillant, mais Dieu sait pourquoi, il était reçu partout. On disait de lui qu'il cherchait seulement à manger. Il racontait l'histoire de sa vie à qui voulait l'entendre, surtout les derniers temps. Quelle foutue putain d'histoire ! Il était né en 1930, à Gdansk – à l'époque : Dantzig. Son père était rabbin, un hassid égaré aux confins de Pologne. Il avait quatre frères et trois sœurs. Lui aussi, tout comme moi, a vu mourir un monde. Lorsque les *Einsatzgruppen* sont arrivés dans son quartier, en 1941, ratissant partout pour ramasser les Juifs, une mission de la Croix-Rouge avait miraculeusement réussi à le faire évader en France, avec l'une de ses sœurs. Les autres avaient été pris, sa famille et la petite communauté juive, envoyés en camp, tous massacrés par les Allemands. Les services de la Croix-Rouge avaient placé le jeune orphelin dans un foyer pour enfants juifs, tout au fond de l'Aveyron. En quelques mois il parlait le français comme un autochtone et avait pris la tête de sa classe. On l'appelait alors Maurice, Maurice Machefer. Mais lorsque les ont occupé le sud de la France, en novembre 42, ils ont fini par arriver jusqu'à lui. Ils avaient débarqué au lever du jour, pistolet au poing, courant à travers les couloirs. Ils chassaient l'enfant, les soldats de la vaillante Wehrmacht. Et ce jour-là, la chasse avait été bonne ; tous les enfants du foyer avaient été conduits au camp de Gurs, et de là à Drancy. Puis, on les avait expédiés en camp de concentration. Moka s'était retrouvé à Bergen-Belsen. Le voyage avait duré des jours ; il était resté au fond du wagon en silence, sans parler à personne. Là-bas, il y avait eu une nouvelle sélection et au moment d'embarquer pour le dernier voyage, un officier allemand l'avait arrêté de sa badine… « Toi, tu ne montes pas, lui avait-il dit, l'air sévère, ce n'est pas ton heure de mourir ! » Et il avait emmené le gamin avec lui, l'avait enfermé dans un hangar, seul toute une journée. Il avait à peine douze ans. Le soir-même, le SS le violait. Moka n'avait pas compris ce qui lui arrivait. En pleine nuit le soudard lui était tombé dessus de ses cent vingt kilos et l'avait forcé. Plus de soixante ans plus tard, il ne comprenait toujours pas. Il se souvenait de sa première impression, néanmoins, une sorte d'apaisement, comme si l'interminable sirène qui sonnait dans sa tête depuis des semaines s'interrompait enfin : soulagement de retrouver quelqu'un après une journée d'angoisse solitaire ; de se dire qu'on voulait quelque chose de lui, que le monde n'était pas seulement fait d'une succession d'événements absurdes. Puis un afflux de sensations incompréhensibles, et une douleur, terrible, quelque chose d'effrayant qu'il ne pouvait comparer à rien d'autre. Cette douleur, il la ressentait encore. Pas la douleur d'un coup qu'il avait connu bien des fois, c'était l'ouverture totale de son être ! Le lendemain, l'Allemand était revenu, et les autres soirs, aussi. Plus tard, le soldat avait amené d'autres Allemands avec lui, des soldats, et Moka devait leur faire ce que le premier lui avait enseigné. Ils buvaient, chantaient, jouaient avec leurs armes et lui faisaient peur. Ils l'habillaient en femme, le faisaient danser, l'assaillaient et usaient de lui comme d'une prostituée, comme d'un animal ou d'un jouet. Un jour, le SS avait été muté. Comment désigner ce que cet homme éprouvait pour le petit ? Ce n'était pas de l'affection, certes, mais une sorte de familiarité, l'habitude du quotidien, comme l'attachement que l'on peut éprouver pour une chose, son gobelet, sa fourchette. Il ne voulait pas le laisser mourir, par fidélité à une fonction. Alors, il avait réussi à le faire transférer au camp de travail de Neuengamme, en Allemagne, près de Hambourg. Ce n'était pas un camp de la mort, on avait quelques chances d'y vivre. Les prisonniers travaillaient, entre quatorze et seize heures par jour, à produire des pièces pour des firmes allemandes. Ils recevaient en échange une soupe claire où flottaient deux ou trois morceaux de pomme de terre. Les uns travaillaient pour Krups ou Thyssen à la fonderie, d'autres montaient des circuits pour les accumulateurs électriques Varta, d'autres encore fabriquaient des pièces de moteur de motocyclette pour BMW. Au camp, la durée de vie d'un adulte en bonne santé dépassait rarement trois mois. S'il avait dû se soumettre au même régime que les autres, il n'aurait pas survécu plus d'une semaine. Il était trop jeune, trop tendre. L'assujettissement sexuel avait duré des mois. Moka s'était accoutumé. Dans ces moments d'angoisse absolue, l'être entier est tendu vers un seul but : survivre. On devine instinctivement ce qui permettra d'échapper à la mort. Il avait intégré que dans cet univers, on obtenait de la nourriture, on évitait les coups, les violences, le froid et les privations en s'offrant à un maître. Sa réputation avait dû le précéder car sitôt arrivé dans son nouveau camp, un autre officier SS l'avait immédiatement pris en main. Il était plus jeune que le premier, mais plus violent que lui, plus impulsif, aussi. Moka devait prendre garde à ses sautes d'humeur. Le jeune nazi passait d'une compassion factice à de terribles colères. Dans ces moments, il ne lésinait pas sur les coups de cravache. L'homme ne se contentait pas de tirer du plaisir du jeune garçon, il en tirait aussi des bénéfices. L'Allemand avait inscrit sa perversité propre dans celle du temps. Il louait l'enfant que l'on disait doué pour le sexe. Il le louait à des notables de passage, à des industriels, des gradés en tournée d'inspection, mais il le louait aussi à des collègues du camp. Lorsqu'il avait bu plus qu'à l'accoutumée, son maître lui donnait quelques pièces de monnaie. C'est ainsi que Mordekhaï Monco, fils d'un grand rabbin de Pologne, descendant d'une lignée de *'hassidim* qui transmettaient de génération en génération la pensée du Baal Shem Tov, soumis à la puissance de forces obscures provenant des profondeurs de la terre, était devenu un prostitué homosexuel. À Tel-Aviv, quelque temps avant de mourir, lorsqu'on lui donnait suffisamment à boire, Moka parlait alors philosophie. Il disait que quiconque n'avait vécu ce type d'épreuve ne savait ce qu'était l'existence car il ne l'avait gagnée contre rien. « Vous tous, hurlait-il, vous vivez à l'œil ! Votre vie, c'est rien et votre mort, ce sera rien aussi ! » À Neuengamme, entièrement pris par sa rage de survivre, pas un jour il n'avait réussi à penser à ce qu'il faisait là et s'il était un moyen d'échapper à la malédiction. Les jours avaient ainsi succédé aux jours, mais il ne les connaissait guère, puisqu'il passait ses journées enfermé dans un container d'acier ; et les nuits avaient succédé aux nuits, souvent folles de cette ivresse en fuite. Plus les mois passaient, plus les Allemands s'activaient, rendus fous par l'imminence de la chute, s'engageant comme des forcenés dans une surenchère de la déréliction. Chaque instant leur était vertige de destruction. En avril 1945, les Russes étaient aux portes de Berlin et des milliers de canons faisaient voler en éclats chaque pierre d'une ville effondrée. L'Allemagne nazie était en train de disparaître comme un mirage se dissipant sous un assaut aveuglant de lumière. Dans les ténèbres de son bunker, Hitler avait abdiqué, transmettant ses pouvoirs à Dönitz, à Goebbels, à Schörner. Chaque chef tourbillonnait, insensé, comme un cafard dans un bocal, y allant de ses ordres absurdes. Himmler avait interdit toute reddition aux commandants des camps de concentration. « Résistez », leur demandait leur chef… mais résister à qui ? Avec quelles troupes ? Il avait exigé l'évacuation afin qu'aucun prisonnier ne tombât vivant entre les mains de ses libérateurs. Ce fut l'époque des convois de la mort. Évacués à marche forcée, ceux de Neuengamme arrivèrent par milliers sur les quais du port de Lübeck. Un peu moins de la moitié avaient survécu au voyage. Moka était parmi eux. Sous les coups de crosse et les coups de pied, les Allemands les embarquèrent sur des bateaux. Ils étaient devenus fous, cherchant désespérément à quel ordre obéir. Pourquoi les avaient-ils embarqués alors qu'ils ne savaient où diriger leurs bateaux ? Ils attendaient un retournement de situation, le rétablissement soudain du Reich millénaire, la fin du monde, plutôt, l'apocalypse, quelque chose qui révélerait enfin le sens de l'Histoire. Les prisonniers sont restés là, entassés sur le pont durant une semaine. Le 3 mai au matin, l'aviation anglaise survolait la baie de Lübeck à plusieurs reprises ; l'après-midi du même jour, elle bombardait les bateaux à quai. Sept mille cinq cents morts ! Ce fut l'un des plus grands massacres maritimes de tous les temps ! Moka a fait partie des trois cent cinquante survivants de l'un des trois bateaux, le *Cap Arcona*.

Le flic dispose de l'information qui me manque : le passé de Mordekhaï Monco. C'est normal, il est sur place, il peut consulter les documents, les archives, interroger des témoins, tous ceux à qui Moka a eu l'occasion de raconter sa vie. Nous sommes installés au bar du Sheraton. Ne sachant comment me débarrasser du poulet, je le fais parler… et il parle ! Voilà deux heures qu'il parle.

– C'est ce type qui s'est fait descendre devant la résidence de l'ambassadeur ? je demande.

– Ouais ! répond de Luca, il avait échappé dix fois à la mort, à Bergen-Belsen, à Neuengamme, à Lübeck, et ensuite, en Israël, après-guerre à nouveau en Allemagne, en Union soviétique, en Amérique du Sud… Que voulez-vous ? Lorsque ce n'est pas l'heure…

J'insiste :

– Mais pourquoi ? Qui donc avait intérêt à abattre un vieillard de près de quatre-vingts ans ?

– Oh, j'en ai vu de toutes sortes, vous savez… pérore le flic.

– Et qu'est-ce qui l'a conduit jusqu'à l'ambassade de France ?

– J'aime autant vous dire que l'ambassadeur n'avait qu'une idée : se débarrasser de cette histoire au plus vite. C'est pour clarifier tout ça que nous avons fouillé la vie de Monco.

18

Chez Rachel

Chez Rachel est un tout petit restaurant populaire. Dans une salle plus petite que ma chambre à coucher sont installées quatre tables. Nous ne sommes pas sitôt assis qu'une vieille Roumaine au ventre rebondi par-dessus son vieux pantalon de toile rouge nous sert des concombres marinés et de la salade de chou. Je commande une bouteille de vin blanc, histoire de se remonter un peu. À côté de nous, il y a toute une famille ; ils sont attablés, du grand-père à l'arrière-petite-fille. Ils font un bruit…

– Qu'est-ce qui vous est arrivé ? demande de Luca à Barbara…

– Je ne sais pas ! J'ai eu l'impression de revoir Moka. Il était assis sur une tombe, comme sorti de sous terre ; il me souriait… et puis, je ne sais plus.

Barbara ferme les yeux. On la sent traversée d'une profonde inquiétude. Je remarque que ses mains recommencent à trembler. On dit qu'il ne faut pas réveiller un somnambule. Mais c'est elle qui revient sur le sujet de Monco. Elle demande à de Luca :

– Vous disiez que vous êtes allés enquêter dans tous les milieux qu'il fréquentait…

– C'étaient surtout les milieux homosexuels, vous savez…

– Parce que… Il est resté homosexuel ? je demande.

Je me rends compte de la naïveté de ma remarque. J'ajoute :

– Je veux dire… Il aurait pu changer en arrivant en Israël, je ne sais pas…

De Luca reprend son récit. Il se fait volubile.

– Les survivants, commence-t-il, qui sortaient à peine du cauchemar, on les fourrait aussitôt dans d'autres camps : des camps de déplacés, de réfugiés. On cherchait à les identifier. À cette époque, il était possible de s'inventer n'importe quelle identité. Alors, on sollicitait tous les témoignages. Monco a été libéré par les Américains. Ils l'ont questionné des heures durant, des jours, des semaines, parce qu'il était susceptible d'identifier les principaux responsables des camps où il avait été interné. Et quand ils ont terminé avec lui, ils ne savaient plus qu'en faire. Comme il avait été déporté à partir de la France, ils l'ont expédié à Marseille. Et là, il y avait les envoyés israéliens, les hommes du Mossad, qui organisaient les réseaux d'émigration clandestine pour la Palestine. Ils se sont occupés du gamin, l'ont confié à une association…

– Ce ne serait pas Alyat Hanoar ? demande Barbara.

– Peut-être, répond le flic, peut-être… Vous connaissez ?

– *Alyat hanoar*, ça veut dire « émigration de la jeunesse ». Cette association s'est occupée des orphelins de la Shoah après-guerre. Elle était pilotée par les services d'action qui deviendront le Mossad après l'indépendance.

– Finalement, reprend de Luca, il s'est retrouvé dans un foyer de religieux à Jérusalem. Eh bien, la nuit de son arrivée, la première nuit chez les religieux, le rabbin l'a rejoint dans son lit pour le violer.

– Mais pourquoi ? demande Barbara épouvantée…

– Je n'en sais rien, répond de Luca, vous croyez que je peux me mettre dans la tête d'un rabbin ? C'est seulement ce que j'ai appris !

– On peut comprendre, je dis…

Devant leur tête ébahie, je corrige :

– Je veux dire… pas excuser, rien que comprendre… comprendre comment les choses se sont passées. J'imagine qu'il a raconté son histoire au rabbin en arrivant…

Les deux réagissent en même temps :

– Et alors ?

– Oui, j'admets ! OK ! Ce n'est pas une explication.

– Finalement, au bout de quelques mois, après avoir repris des forces, il a fugué du foyer. Il est parti errer dans les rues de Jérusalem. Un militaire britannique l'a rencontré dans un bar, l'a recueilli, est tombé amoureux de lui.

– C'était un officier, corrige Barbara, un gradé, assez élevé dans la hiérarchie : colonel ou peut-être même général. Il s'est occupé de lui, lui réapprenant à lire et à écrire. C'est lui-même qui me l'a raconté ! Moka avait tout oublié durant ces années dans les camps. Il a alors été approché par la Haganah, l'armée juive clandestine. C'était le temps de la lutte pour l'indépendance de l'État ; c'était aussi celui de la répression britannique. Un cycle infernal était engagé. Les Anglais capturaient des rebelles, les jugeaient et les pendaient. Les Juifs répondaient par des actes de terrorisme. C'est alors que les services l'ont recruté pour la première fois. Moka pouvait s'introduire chez les Anglais à sa guise ; il était devenu leur mascotte. La Haganah ne lui a pas laissé le choix. Il m'a raconté que si à cette époque, il n'avait pas accepté de travailler pour le réseau, il se serait fait abattre un jour ou l'autre, sans doute en pleine rue, d'un coup de couteau dans le ventre ou d'une rafale de mitraillette. Il a donc commencé en faisant du renseignement pour la Haganah.

– Vous êtes bien au courant, s'exclame de Luca !

Je me dis qu'il est vraiment malin. À tant parler, il a réussi à déclencher Barbara. Il ajoute, l'air un peu fourbe :

– Certains m'ont dit qu'il était un agent double, que durant le même temps, il travaillait aussi pour les Anglais. Ce doit être exact parce que, après leur départ, il a été incarcéré à Tel-Aviv pour intelligence avec l'ennemi.

Voilà que la Roumaine est revenue avec ses *mitité*. De Luca se précipite sur les boulettes fumantes.

– Votre type, il n'était pas très clair, je lui dis.

– Pas très clair, c'est certain ! répond de Luca, et il est resté trouble toute sa vie ! À sa sortie de prison, en 1950, à l'issue de la guerre d'indépendance, c'était un vieillard de dix-neuf ans qu'on livrait à la rue. Physiquement très atteint, amaigri, paumé, il ne savait plus comment vivre. On le rencontrait dans les bars louches de Jaffa, mêlé à de petits trafics de cigarettes et d'alcool. Les fiches datant de cette période que j'ai pu consulter sont pessimistes sur son avenir. La police le considérait comme un délinquant glissant progressivement dans le banditisme. Il est régulièrement incarcéré pour de petits délits. Mais en 1954, on le perd de vue. On sait seulement qu'il est retourné en Allemagne où il est resté cinq ans. Personne n'a été capable de me dire ce qu'il était parti faire là-bas. Et vous, vous savez quelque chose, mademoiselle ?

– C'était le moment le plus important de sa vie, répond Barbara.

Le policier attend qu'elle poursuive, mais elle se tait, se concentrant sur sa purée fumante.

– Lorsqu'il revient en Israël, reprend de Luca, c'est un monsieur ! Il s'achète un appartement en ville, s'habille comme un prince, ne se mélange plus à la pègre…

– Évidemment, l'interrompt Barbara, il avait été embauché par les services secrets israéliens !

– Peut-être, réplique de Luca, dites-moi alors pour quelle raison la brigade financière s'inquiète de l'origine de ses revenus. En 1960, à Tel-Aviv, il est interrogé durant deux jours au sujet de ses comptes en banque.

– On le fait régulièrement pour les agents du Mossad, réplique Barbara sans lever les yeux de son assiette, en haussant les épaules. C'est une façon de vérifier leur fidélité.

– J'ai lu le compte-rendu de l'interrogatoire, reprend le policier, il ne correspond pas à ce que vous avancez. Ce n'était ni de ses émoluments ni de ses primes que Monco tirait sa fortune. Il a expliqué que, en tant que survivant ayant passé trois ans en camp de concentration, il avait reçu des réparations des Allemands. Cependant, étant donné son train de vie, leur montant semblait considérablement plus élevé que celui consenti à l'époque par les autorités allemandes.

Je demande à de Luca :

– Considérablement plus élevé ? Que voulez-vous dire ?

– Des millions de marks ; des dizaines de millions… de l'époque ! C'est beaucoup, croyez-moi !

Barbara abandonne alors son assiette et le regarde, les yeux ronds. Puis elle secoue la tête :

– N'importe quoi ! siffle-t-elle consternée…

– Ce n'est pas moi qui l'affirme, c'est noté dans les rapports de police. Les flics de l'époque, reprend de Luca, se demandaient s'il ne se livrait pas à un trafic international. Je ne sais pourquoi, ils ont fini par lâcher l'affaire…

– Parce qu'il n'y avait pas d'affaire, réplique sévèrement Barbara.

Je demande alors :

– Vous pensez qu'il faisait chanter des notables allemands ? C'est ça ?

– Pas des notables, répond le flic, non !

– Alors qui ?

– De grosses firmes industrielles ! nous coupe alors Barbara, j'ai déjà entendu cette histoire.

À cet instant, je n'ai pas envie de partager ce que je sais. Je me lève de table, reprends ma veste.

– Dites-moi, commissaire, vous raccompagneriez Barbara à son hôtel ?

– Je m'en occupe, réplique de Luca la bouche pleine, t'inquiète pas ! Tu t'en vas ?

– J'ai un rendez-vous.

– Nous, plaisante le flic en me montrant Barbara du doigt, nous avons aussi rendez-vous…

Je marche dans la fraîcheur du soir, me repassant ce que j'ai appris. Après sa sortie des camps, Mordekhaï Monco a entrepris une longue carrière d'espion. Ça, je le savais déjà. Ce que je ne savais pas, en revanche, c'est qu'il était soupçonné d'arrondir ses fins de mois en faisant chanter les Allemands. Il avait plusieurs « clients », de grosses firmes qui avaient fait leur fortune durant la guerre en exploitant sans états d'âme la main-d'œuvre déportée. Il est évident que certaines grosses entreprises auraient perdu d'un seul coup tout le marché américain si de tels agissements avaient été révélés au grand jour. Il me faut retrouver cette Allemande qui circule dans Tel-Aviv en posant des questions sur le vieux Monco. Je remonte Ben-Yehuda vers le nord, quand deux flics en uniforme me barrent le passage. Le plus petit avait presque englouti son sandwich, un hot-dog, bien huileux, avec de la mayonnaise, des cornichons et une bonne cuillerée de piment lorsqu'il m'a aperçu, au coin de la rue Bograshov. Il attendait son équipier, presque un géant, qui était parti se faire tondre chez Lena, la coiffeuse dont la blouse bâille sans soutien-gorge sur une poitrine énorme. Elle devait lui plaquer les nichons contre le nez en lui trifouillant les frisettes, gavant ses poumons de phéromones musquées. Ils m'avaient vu venir de loin ; j'avais repéré leur manège. Ils étaient sortis en hâte sur le trottoir pour me barrer le passage, la main sur la crosse de leur pistolet. Je les reconnais tout de suite comme étant les deux flics dont m'a parlé le patron de l'hôtel. Le petit se présente d'abord, c'est le capitaine Nathan Aboulafia, un Yéménite, et le grand, le lieutenant Yuval Kazanski, un Ukrainien d'Odessa.

– Vous êtes Ezra Moreno ? demande Aboulafia.

– Oui ! Vous connaissez mon nom ?

– C'est nous qui posons les questions, monsieur Moreno !

– D'accord ! C'est vous qui posez les questions…

Ils examinent mon passeport. Le petit l'emporte avec lui dans la Skoda bleu et blanc stationnée en double file, et interroge son terminal d'ordinateur. Je demande au grand en hébreu :

– Il y a un problème ?

– Mon collègue t'a déjà dit que nous posions les questions et que toi, tu avais juste à répondre.

Au bout d'un quart d'heure durant lequel je ne peux pas broncher, le Yéménite revient. Il me tend le passeport, mais lorsque j'avance la main pour le saisir, il le retire prestement et le tient en l'air :

– Qu'est-ce que vous faites en Israël, monsieur Moreno ?

Il me vient alors un coup de génie :

– Je suis venu enterrer ma mère… je lui réponds d'un air de reproche.

– Votre mère, c'est bien madame Fortunée de Vita ?

– Oui ! Vous la connaissez ? je demande l'air compassé.

– Son enterrement a eu lieu hier, au cimetière de la rue Trumpeldor.

– C'est exact…

– On ne vous y a pas vu, monsieur Moreno… Vous mentez à la police israélienne, monsieur Moreno ?

Je ne réponds plus rien. Qu'ont-ils à me reprocher, après tout ?

– Non seulement vous mentez, reprend Kazanski, mais en plus vous vous mêlez de ce qui ne vous regarde pas…

Je le regarde bien dans les yeux sans lui répondre.

– Tenez ! dit alors Aboulafia en me rendant le passeport, vous feriez mieux de rentrer en France ; il y a des tas d'articles à écrire sur la délinquance dans les banlieues de Paris…

– Et n'oubliez pas de faire la *shiva* pour votre mère, me lance Kazanski…

– D'autant que comme dit le Talmud, l'entrée du paradis se trouve sous le talon de la mère, ajoute le petit Yéménite en ricanant.

– Et l'entrée du paradis, vous risquez d'en avoir besoin très bientôt, si vous continuez à vous occuper des affaires des autres… conclut Kazanski d'un air entendu.

Ce n'est peut-être pas le moment de partir à la recherche de l'Allemande. D'autant que demain, c'est Kippour.

*

Pour préparer mes papiers, j'écris des phrases entières, qui me sont ensuite comme des îlots entre lesquels je bâtis de la terre ferme. C'est ainsi que je note dans mon carnet le brouillon de l'article que je me promets d'adresser dans les jours qui viennent à plusieurs grands quotidiens, français et allemands :

« Un survivant des camps de concentration âgé de soixante-dix-huit ans, Mordekhaï Monco, a été abattu dans les jardins de la résidence de France, située à Jaffa, dans les faubourgs de Tel-Aviv, le 10 juillet dernier. Depuis ce jour, aucune information n'a filtré, aucune explication n'a été fournie sur les circonstances et les motifs de ce meurtre. Il semble que cet homme était en passe de révéler l'implication de l'industrie allemande dans l'exploitation des camps de concentration. Il faut savoir que les plus grandes firmes allemandes, celles-là mêmes qui assurent aujourd'hui la prospérité économique du pays, ont connu leur véritable essor grâce à l'exploitation de ces esclaves qu'étaient alors les déportés. Dans certains "camps de travail", comme celui de Neuengamme, près de Hambourg, dans lequel Monco a été interné, la durée de vie d'un ouvrier ne dépassait guère trois mois. Déportés, exilés, torturés, exploités jusqu'à la mort, ces hommes ont été le terreau sur lequel s'est bâtie la "puissance économique allemande". Si, après-guerre, certaines de ces firmes ont été "dénazifiées", d'autres parmi les plus florissantes aujourd'hui, ont poursuivi leur développement, souvent avec la même équipe de direction. La révélation de ces faits à un large public, notamment aux États-Unis où ils seraient sans doute accompagnés d'un appel au boycott, pourrait

déclencher une crise économique sans précédent. A-t-on assassiné Mordekhaï Monco pour l'empêcher de révéler le socle nazi des industries allemandes d'aujourd'hui ? Les industries européennes usent-elles de méthodes mafieuses telles que des "contrats" pour se débarrasser de témoins gênants ? Pour quelle raison le Quai d'Orsay empêche-t-il toute investigation sur cette mort ? J'ai moi-même été victime d'intimidations. Veut-on me contraindre à abandonner l'enquête que je mène depuis des mois ? Va-t-on m'assassiner à mon tour, moi qui commence à élucider cette affaire et ses prolongements actuels ? »

19

Flambées de violence

> « Ébaubir, stupéfier l'adversaire par un flot absurde de paroles. Ce stratagème est fondé sur le fait que : “l'homme croit que s'il entend des mots, il doit s'y joindre aussi une sorte de sens”… Comme on le sait, ces derniers temps, quelques philosophes ont utilisé, en présence même de la totalité du public allemand, ce stratagème avec le plus éclatant succès. »
>
> ARTHUR SCHOPENHAUER, *L'art d'avoir toujours raison* (Berlin, 1830.)

Que peut signifier raconter l'histoire d'un être humain ? Certains naissent, grandissent, vivent et contribuent un temps au décor, puis s'en vont poursuivre leur chemin ailleurs, dans le monde d'après. La Bible dit de ces hommes qu'ils ont quitté la vie « rassasiés de jours ». Ils ne disparaissent jamais du premier monde, pourtant ; magnifiés par le temps, la mort leur est un terreau. Raconter leur vie, c'est éclairer l'avenir car ils n'ont pas de passé ! D'autres au contraire, naissent manquants, vivent frustrés et s'en vont aigris. Quelquefois, c'est de leur propre volonté qu'ils quittent le monde d'ici. Ceux-ci reviennent toujours ! Ils reviennent sous d'autres visages et d'autres noms ; ce n'est pas la mort mais l'Histoire qui enfle leur pouvoir de destruction. Après un certain nombre de retours, ils traversent alors le monde sous forme de diables. Raconter leur histoire est toujours un combat.

On a souvent parlé du docteur Alfred Adler à Paul Josef Goebbels, mais le seul fait d'entendre ce nom lui donnait des nausées. Alfred Adler qui devint un homme célèbre, le fondateur d'une psychologie que l'on étudie encore de nos jours, était malade dès l'enfance. Rachitique, affligé d'un spasme du larynx qui l'étouffait au moindre sanglot, il grandit tant bien que mal et dut à la chance de parvenir à l'âge adulte. Comme il arrive souvent à ceux qui ont été malades enfants, il devint médecin, exerça un temps comme ophtalmologiste, puis se consacra à la médecine générale. Au début du siècle, il ouvrit un cabinet à Vienne, dans un quartier ouvrier. Les médecins riches ou célèbres s'installaient dans des quartiers plus agréables et certainement plus lucratifs. Lui était d'extraction modeste ; il fit de cette nécessité vertu. Il se passionna pour cette clientèle de gens simples. Alfred Adler devint le premier des disciples connus de Freud – peut-être même son premier disciple. Il l'aima comme un grand frère (son grand frère se prénommait Sigmund, tout comme Freud), l'admira comme un maître et le suivit longtemps comme un guide. Mais en opposition à l'enseignement de son maître Freud, il est une dimension qu'Adler ne voulut jamais abandonner car il la connaissait d'expérience : l'humiliation physique et la souffrance sociale. Les êtres humains luttent et se construisent contre deux réalités auxquelles ils ne peuvent se soustraire : celle de leur corps et celle du monde social dans lequel ils évoluent. Jusque-là, ce ne sont que remarques d'évidence ! Mais en 1907, Adler publia une étude sur les déficiences organiques où il avança une hypothèse forte qui s'inscrivit dans l'histoire des idées. D'après lui, les caractères psychologiques découlaient d'une compensation du « complexe d'infériorité » engendré par une défaillance organique – il inventa le « complexe ». Autrement dit : notre caractère serait la mémoire précipitée des échecs de notre corps. L'idée était simple et elle parlait au plus grand nombre ; son succès fut planétaire. Adler alla plus loin ; il fit de cette notion de « surcompensation » la clé de voûte d'une pensée générale qui lui permettait de rendre compte des caractères singuliers de chacun. Il nomma sa doctrine « psychologie individuelle », puisque aussi bien, comprendre la psychologie d'une personne, c'était parcourir avec lui les déficiences de son corps, organe par organe – celles-là mêmes qu'il ne partageait avec personne – ainsi que les échecs de sa vie sociale. Il en fit découler une méthode permettant de corriger les « plis » que prend parfois le caractère en valorisant à l'excès le secteur qui s'est un jour révélé défaillant. De l'expérience de la défaillance physique, cette fêlure historique, certaines personnes tirent ce qu'Adler appelait une « volonté de puissance ». Tout le monde connaissait ces petits paranoïaques qui persécutent leur entourage ; après Adler, ils eurent un nom. C'étaient des « complexés ».

Paul Josef Goebbels était petit de taille, malingre, le torse étroit surmonté d'une grosse tête un peu difforme. À l'âge de sept ans, il fut atteint au bas de la cuisse droite, d'une ostéomyélite, maladie microbienne s'attaquant à la moelle osseuse. Les conséquences de cette infection en sont souvent une sorte de paralysie, en tout cas une réduction fonctionnelle considérable de la jambe. Consultations, traitements, massages, rien n'y fit. Les médecins étaient formels : l'enfant ne pourrait jamais plus marcher normalement. Lorsqu'il eut dix ans, un docteur de la clinique de Mönchengladbach, près de Rheydt où résidait la famille, tenta une opération sur le cartilage de croissance. Mais elle ne donna aucun résultat, sinon clouer Josef au lit durant trois semaines. On expliqua aux parents que cet enfant devrait désormais porter attèles autour de la jambe et appareil orthopédique sa vie durant. Voilà donc un cas qui aurait pu relever de la science du bon docteur Adler ; et c'est bien la raison pour laquelle, dès qu'il fréquenta l'université, on avait si souvent parlé de ce médecin à Josef Goebbels. Le médecin aurait pu lui dire que son caractère renfrogné, cette tristesse qu'il exprimait sur le mode de la violence, son refus d'une socialité naturelle provenaient sans doute de cette brèche ouverte si longtemps auparavant dans son être même. En place de quoi, aux quolibets de ses camarades d'école, à l'indifférence polie des adultes, il répondit par un silence de défi et s'enfonça dans la lecture de livres obscurs. Sa mère aurait pu le tirer d'affaire, elle qui, dès les premiers signes de la maladie, se jeta dans la prière, l'esprit en feu. Katharina Goebbels, née Odenhausen, était une femme simple, qui avait travaillé comme servante dans les fermes alentour. Fervente catholique, animée d'une foi intense et silencieuse, elle fut immédiatement persuadée que la maladie de son fils contenait un message divin. Dans son malheur, Josef ne portait-il pas la trace en creux d'une piété à venir, une manière de stigmate christique ? Si Katharina avait réussi à convaincre son mari, son entourage familial, si elle les avait entraînés dans des prières ou des cultes aux saints, l'attitude de l'enfant aurait pu être tout autre. Elle aurait pu empêcher son enfermement dans ce défi haineux qui le caractérisa toute sa vie. Mais les temps étaient devenus sérieux, ne se prêtant plus aux recours mystiques. L'Allemagne se désintéressait de ses pratiques millénaires. Le père, Fritz Goebbels, aspirant petit-bourgeois, pris entre les attentes inspirées de sa femme et le désespoir de son fils, transigea en rêvant pour son petit Josef un avenir de prêtre. Tout était dit dans ce regard du père sur l'enfant : il l'avait casé pour la vie, dans une profession non-violente, au sein d'une niche sociale réputée peu concurrentielle, ayant définitivement renoncé à séduire les femmes. Goebbels mit toute son énergie à persuader le monde entier du contraire. De la violence il fit sa religion et des femmes sa folie. Plus encore, il entreprit de convaincre qu'il était surpuissant – et à tous points de vue ! Lorsque vint le temps de se réaliser, il inventa la propagande moderne, l'art de démontrer au plus grand nombre l'existence du néant.

Acceptant la mission que lui avait confiée Hitler, Goebbels était donc arrivé à Berlin le 9 novembre 1926. Avant cela, il avait erré quelques années à la poursuite de deux chimères : devenir savant et devenir écrivain – les deux seules possibilités à ses yeux de rejoindre ses semblables sans renoncer à sa « volonté de puissance ». Savant, il le fut un peu, passant une thèse de doctorat de philosophie, sous la direction de Max von Waldberg, un professeur de littérature allemande – le plus étrange est que son professeur fût d'origine juive. Cette thèse, conclue en un an, n'était pas un véritable travail de recherche ; plutôt la manifestation bavarde d'un désir de revanche adressé à la jeune Anka, qui lui avait préféré un rival. Il tira de sa thèse le seul bénéfice qu'il en attendait : se faire appeler « docteur ». Quant à ses prétentions à écrire, des récits naïfs où se lisaient de manière translucide ses fantasmes pubertaires et sa haine désordonnée des humains, elles se heurtaient au refus systématique des éditeurs. Bohème, hirsute, quelque peu désespéré, docteur sans emploi, écrivain sans lecteur, savant dépourvu de science, il arpentait la Bavière comme une ombre. Il fit une dernière tentative d'entrer dans les rangs en acceptant un emploi subalterne dans une banque, mais il ne tint pas plus de trois mois. Il ne pouvait s'accommoder d'une petite vie d'employé aux écritures. Ses dons allaient s'exprimer ailleurs, au bénéfice du plus grand nombre, dans le monde politique. C'est là qu'il parvint à exprimer deux tensions héritées de son affliction : la passion du néant et la frénésie de la provocation. Qui aurait pu dire en 1926, que ce parti rétrograde, appelant à un retour à la morale et à la discipline, faisant de plus appel aux instincts les plus bas, avait la moindre chance de s'établir dans Berlin, ville éprise de liberté et d'intelligence ? Berlin vibrait alors d'énergie. La jeune capitale se développait à un rythme étourdissant. Tout y était vitesse, création, nouveautés. Certes, il y régnait une atmosphère de danger, comme sur un chantier, mais il s'en dégageait une sorte d'espoir insensé adressé au monde, une promesse : « Tout est possible, tout est permis ! » Les Allemands appelaient alors Berlin « la ville la plus vivante du monde ». Et elle était rouge, cette ville qui avait failli, on s'en souvient, devenir le noyau d'une république soviétique. Elle restait contrôlée pour une grande part par les communistes qui y structuraient le débat public. Tous les soirs, des meetings étaient organisés par les cellules de quartier. Les communistes étaient dans les usines, dans la rue, dans les escaliers des immeubles ouvriers, les *Mietskaserne*, les « casernes de location », où les familles s'entassaient à dix dans des appartements minuscules. On appelait « mal des immeubles » cette angoisse éprouvée par le peuple des usines et par les classes moyennes en chute libre devant l'assomption de la ville tentaculaire. Fritz Lang mettait en images la fascination effrayée de Berlin pour la modernité et Goebbels y débarquait. Goebbels comprit aussitôt qu'il lui faudrait disputer la place à ceux qui la détenaient, aux communistes. Il mit au point sa stratégie qui commençait dans la rue. Les nazis allaient attaquer – physiquement, à coups de poing, de barre de fer, de couteau et même de revolver. Il lui fallut d'abord constituer des groupes d'intervention, des bandes de nervis décervelés persuadés que la politique se pratiquait par la violence. L'année 1926 fut consacrée à la première phase de son plan d'action : les provocations. Il s'agissait d'exciter l'adversaire, de l'énerver, de le pousser à éructer, à vomir. Il fallait l'amener sur le lieu choisi pour l'affrontement : la boue du ruisseau – et en premier lieu par les insultes, les accusations, les appels au meurtre. On désigna les cibles. Les Juifs d'abord, si nombreux à Berlin ; les Juifs qu'il entreprit de désigner, chacun par son nom, semant le scandale et la peur. Qui s'attaque aux Juifs s'apprête à commettre un meurtre. Cette formule devrait être considérée comme une vérité des siècles. Il fallait anéantir la race juive, cette infection qui avait envahi le peuple allemand, se glissant jusque dans son sang. Il dénonçait le Juif international, dont les deux dernières incarnations étaient les ennemis mortels de la doctrine nazie : le capitalisme libéral américain et le communisme russe. Il y avait aussi, bien sûr, le Juif allemand, embusqué au cœur de la race aryenne, qui la minait de l'intérieur. La seconde cible que Goebbels assignait était le communiste allemand, lâche déserteur à l'origine de la défaite, qui trahissait une nouvelle fois en s'alliant aujourd'hui à l'étranger, prenant ses ordres à Moscou. Et c'est au centre même du dispositif communiste que défilèrent les SA en uniforme, brandissant leurs drapeaux – rouges, certes, mais à croix gammée, hurlant leurs injures à travers les rues des quartiers ouvriers. L'injure est l'âme de la provocation, son noyau. Par l'injure, on renvoie à l'ennemi sa propre image rabaissée, lui signifiant que l'on dispose d'une avance sur lui. S'il est possible de le penser chien, porc, excrément ou maladie malfaisante, c'est que l'on a déjà procédé au travail mental permettant de le tuer. C'est pourquoi les armées de l'Antiquité précédaient leur assaut par un rituel d'injures hurlées en direction de l'ennemi. L'injure provoque la rage impuissante de la victime. Il est vain de la consoler en lui expliquant que son contenu est sans fondement. La force de l'injure ne réside en aucune manière dans son contenu, mais dans le processus qu'elle suppose déjà réalisé dans l'esprit de l'énonciateur. Qui t'injurie est capable de te tuer. Tel est le message que les nazis vinrent aboyer sous les fenêtres des communistes. « Nous allons vous tuer ! Nous nous y sommes préparés ! » Fureur, violences, bagarres, dénonciations ; lorsque Goebbels entra en scène, en quelques mois, la politique allemande prit à Berlin des allures de champs de bataille. Deuxième phase du plan de Goebbels : l'attaque. Mise en œuvre : le 11 février 1927. Elle débuta sur le terrain de l'adversaire, dans Wedding, au sein des nouveaux quartiers populaires, là même où tous les soirs les cellules délivraient leur message politique, qui plus est au Pharus, dans la salle habituelle du parti communiste, sa citadelle. Lors d'un grand meeting nazi, il y eut un communiste pour apostropher le conférencier. C'est ce qu'attendaient les SA. Ils se ruèrent sur le contestataire, le frappèrent, le traînèrent par le col de son manteau sous les coups de pieds, le jetèrent hors de la salle. Ce fut alors une bagarre générale. On se lança toutes sortes de projectiles, des bouteilles, des pierres, on assomma, cassa, hurla. La police finit par arriver, rétablissant un semblant d'ordre. Les nazis récupérèrent leurs blessés, les hissèrent sur l'estrade. Goebbels y grimpa à son tour. Il était vêtu comme un loqueteux, d'une vieille veste défraîchie et d'un pantalon élimé. En ces temps, convoitant le vote des classes laborieuses, il se présentait ainsi, démuni, signifiant sa proximité avec le peuple. Son visage écarlate et inondé de sueur, ses yeux de braise, il tendait en avant des mains crispées, tremblant de tension. Il criait plus fort que les haut-parleurs qui relayaient sa voix.

– Nous sommes venus ici pour débattre. Nous sommes venus présenter nos arguments. Et que fait alors la canaille communiste ? Elle nous agresse avec la violence barbare qui caractérise cette meute de porcs. Non contents d'avoir semé leur venin dans l'esprit de la population, les communistes occupent tout l'espace, empêchant quiconque de parler. Vous les avez vus comme moi ! Ici, il y avait des gens simples, des ouvriers consciencieux, des patriotes, tous recueillis, attentifs. Et cette racaille s'est jetée sur nous pour nous imposer le silence…

Les communistes levèrent les yeux, interdits devant l'audace.

– J'avais envisagé de m'adresser à vous. J'avais préparé un discours expliquant par le détail la doctrine national-socialiste, le programme de notre parti. Mais devant le drame auquel je viens d'assister, mon émotion est trop forte. Je vous demande de vous recueillir. Je demande aux camarades de porter les blessés ici même, sur l'estrade.

On hissa les brancards, on transporta les éclopés, alignant sur l'estrade une armée de branlants… Et Goebbels poursuivit :

– Honneur aux blessés, tombés au champ de bataille de la liberté, honneur aux héros du peuple allemand !

Il s'approcha de l'un des blessés, un homme qui saignait du visage.

– Honneur aux sans-grades, aux soldats de la libération du peuple allemand ! Toi qui du fond de ta naïveté as souffert dans ta chair, je t'admire, ouvrier de la liberté !

Le montrant du doigt à la foule, il s'écria :

– Je le proclame, je le crie, je vous demande de le crier avec moi : Vive le soldat inconnu des Sections d'Assaut.

Les nazis hurlaient avec lui ; ils scandaient les mots d'ordre, frappant le plancher de leurs bottes, cognant le bois des dossiers du bois de leur gourdin. Il fut applaudi ; il recommença. C'étaient pourtant les nazis qui avaient provoqué les communistes sur leur propre terrain. C'étaient encore eux qui s'étaient préparés au combat, guettant le prétexte pour déclencher la rixe. C'étaient eux qui, experts du combat de rue, en sortaient physiquement victorieux. C'étaient eux qui se présentaient maintenant comme victimes. Le retournement était le principe de l'événement ; il se transmit jusqu'aux protagonistes. L'inconnu étendu sur l'estrade, celui que Goebbels avait présenté comme un sans-grade des Sections d'Assaut, était en vérité un communiste. Dans la mêlée, il s'était retrouvé au sol, blessé. Il écoutait, perplexe, les développements de Goebbels à son sujet. Il en fut si impressionné qu'il prit sa carte du parti national-socialiste à l'issue du meeting. Embarqué dans le décor, lui qui quelques heures auparavant était l'ennemi, devint en l'espace d'un instant ce héros nazi que présentait Goebbels. L'homme s'appelait Albert Tonak. Jeune chômeur, première victime de la propagande, il devint le premier transfuge, illustration vivante de la stratégie de Goebbels qui avait décidé de s'emparer de l'électorat communiste. Pour le coup, Goebbels l'engagea comme chauffeur. Au bilan de la soirée, on comptait quatre-vingt-dix blessés. Le parti national-socialiste était à la une de tous les journaux, la photo de Goebbels aussi ! Dès le lendemain, trois mille nouveaux membres prenaient leur carte.

Plusieurs années plus tard, Goebbels expliqua à Magda que rien n'avait été spontané dans cette scène inaugurale. Il l'avait minutieusement préparée, il avait répété chaque séquence, appris le discours jusqu'au moindre mot, jusqu'à la dernière interjection. Avec le temps, Goebbels organisait ses assauts de manière professionnelle. Il avait constitué une fanfare d'une cinquantaine de musiciens, des cuivres et des percussions, qui paradaient aux cérémonies, ouvrant les conférences et les meetings. Et quand par chance, il y avait un mort, l'enterrement était l'occasion de processions inouïes de dizaines de milliers de partisans. La politique devenait divertissement sanguinaire. Toute parole publique tournait spectacle, tout événement, démonstration. Goebbels avait compris dès ses premiers pas à Berlin que la parole politique était une matière et non un véhicule pour des idées. Il fignola son scénario. Il arrivait systématiquement une demi-heure en retard. Pendant l'attente, les SA défilaient avec leurs étendards, faisant donner la fanfare. L'excitation montait ; des individus l'appelaient, réclamaient sa présence. Allait-il venir ? Lui serait-il arrivé quelque chose ? La foule s'imaginait un instant abandonnée. Lui se trouvait non loin de là, près d'un téléphone, attendant l'acmé de l'excitation. Il entrait alors en scène, tendu, rouge, frémissant. En moins de deux ans, Goebbels s'était emparé de la rue.

Comment obtenait-il l'adhésion du peuple aux nouveaux mensonges qu'il inventait chaque jour ? Précisément parce que c'étaient des mensonges et précisément parce qu'ils étaient une insulte à la perception. Le peuple était hypnotisé par l'aplomb, ce droit qu'il s'octroyait de contredire l'évidence. Les gens portaient un regard médusé sur un Goebbels déchaîné. Ils voyaient en transparence son souhait énorme de nier le nain boiteux. Les nazis prenaient d'assaut tous les meetings des partis adverses, surtout ceux des communistes et des socialistes, de manière à ce qu'il y ait des blessés et même des morts. Le parti national-socialiste occupait la première page des journaux. Plus il y avait de dégâts, plus la presse, scandalisée, s'en faisait l'écho. Il devint de notoriété publique qu'il était dangereux d'assister à une réunion politique – à l'exception des réunions du parti nazi, gardées par un service d'ordre armé. Les citoyens curieux de politique évitèrent les réunions. Ils désertèrent les partis modérés par prudence ; parce qu'au sein des partis modérés, ils risquaient des agressions physiques. Ils rejoignirent le parti nazi par la suite, quelques années plus tard, pour préserver l'illusion que ce n'était pas par peur qu'ils avaient quitté leurs convictions initiales, mais bien par choix.

La violence dont il avait eu l'intuition dès les premiers meetings à Berlin devint le noyau de sa stratégie. Elle lui permettait avant tout de se passer de convaincre ; il obtenait l'adhésion bien plus rapidement par la peur. Il ne mit pas longtemps à comprendre que cette violence était aussi un instrument de propagande très efficace. Les journaux lui offraient une publicité quasi quotidienne : « La prison pour le Dr Goebbels ? » ; « Six semaines de prison pour Goebbels » ; « Le chef du parti national-socialiste, Josef Goebbels, à nouveau traîné devant les tribunaux » ; « Douze procès en diffamation contre Goebbels » ; « Goebbels une fois de plus en détention préventive ». Injures racistes, incitations au meurtre, à l'insurrection, participation à des rixes, refus de se présenter devant les tribunaux, injures à magistrats : la liste était longue ! À Berlin, tout le monde connaissait ses tapageuses prises de position. Sidéré par leur audace, le peuple les guettait, les commentait chaque jour. Il était considéré comme un voyou par la classe politique traditionnelle. Il s'en moquait. Ce n'était certes pas aux barons d'industrie, aux nantis qu'il s'adressait. Pour l'heure, il avait décidé de conquérir le petit peuple de Berlin, la clientèle du parti communiste, dont la situation économique empirait chaque jour. Il leur offrait des saturnales au quotidien, il mettait en scène l'insolence du pauvre, orchestrait les éructations du laissé-pour-compte. Débordée, la république de Weimar avait tout de même réagi. Le 5 mai 1927, le parti nazi fut interdit pour onze mois. Goebbels répondit par plus encore de provocations, plus encore de violences. Il fonda un nouveau journal, un hebdomadaire, *Der Angriff*, « L'Attaque », où il se répandait chaque semaine en calomnies, en injures, en accusations, en appels au meurtre.

Goebbels ne crut jamais tout à fait aux mensonges qu'il fabriquait. Sa jambe, toujours douloureuse, sa claudication incurable, venaient lui rappeler la réalité de son corps, le rendant de jour en jour plus hostile à l'harmonie. Plus ce monde lui renvoyait l'image du colosse fictif qu'il avait fabriqué, et plus sa faiblesse lui paraissait intolérable. Aux élections générales de 1928, le

NSDAP, le parti nazi, obtint cinquante mille suffrages à Berlin. Goebbels avait réussi à s'implanter dans la capitale. Le score n'était pas spectaculaire, mais il lui avait tout de même permis d'être élu député, à l'âge de trente et un ans. Il exultait. Il pourrait désormais jouir de l'immunité parlementaire. Finies les poursuites en justice, les condamnations pour comportements délictueux, les interdictions de parole qui avaient entravé son action tous ces derniers mois. Il pourrait impunément injurier, accuser, appeler à la lapidation, aux chantages et aux pogromes. La démocratie parlementaire qu'il détestait allait maintenant lui permettre de décupler l'effet de ses actions. Il recevrait une indemnité s'élevant à 750 marks mensuels ; il pourrait déménager, s'installer dans un appartement bourgeois, commencer à fréquenter le monde. En 1928, Goebbels entrait en cynisme. Il devenait un bandit protégé. Les communistes ne mesuraient pas le danger. Le 1er août 1928, on jouait pour la première fois *L'opéra de quat'sous*, au Theater am Schiffbauerdamm.

*

Lorsqu'ils furent de retour de leur périple américain, au printemps 1928, les relations de Magda et de son mari étaient au plus mal. Elle avait le sentiment de s'être fait flouer. Il l'avait présentée à quelques personnalités américaines, mais seulement à New York. Ensuite, ce ne furent que visites d'usines, de grands sites industriels ou commerciaux, de banques. Quandt s'était mis en tête d'investir le marché américain. Il avait accepté pour compagnons de voyage deux hommes d'affaires et leurs épouses, sérieux comme des protestants allemands qu'ils étaient et joyeux comme des pots de chambre.

Toutes les soirées, à Chicago, à Detroit, à Dearborn, se passaient à parler du cours comparé du mark et du dollar ou des méfaits du taylorisme. Ils ne restaient jamais plus de deux ou trois jours dans chaque ville, poursuivant leur chemin, en voiture de location, sur ces interminables routes rectilignes où l'on s'ennuyait à mourir. Ils passaient des fabriques de piles électriques ou d'automobiles aux usines textiles spécialisées dans la toile pour vêtements de travail. En public, Quandt se montrait enjoué, sensible, délicat – on l'aurait dit amoureux de sa femme, si ce n'étaient les perpétuelles remarques sur sa tenue vestimentaire ! Magda était continuellement agacée, se plaignait sans cesse de fatigue. C'est qu'elle se sentait prise au piège – il lui était impossible de faire demi-tour, de revenir en Europe, de retrouver ses amis. Ses petites maladies se multipliaient. Et lorsqu'ils se retrouvaient en fin de soirée, elle ne manquait pas de lui lancer des remarques acerbes. « Günther, vous croyez que vous avez eu raison de moi ? Vous ne me connaissez pas ! » Il gloussait en silence et s'en allait dormir dans sa chambre. Pourquoi avoir accepté l'invitation de son mari ? Elle le connaissait pourtant, rancunier, opiniâtre. Comment avait-elle pu penser un seul instant qu'il tiendrait son engagement, de la laisser libre ? S'ils étaient restés à New York, elle aurait pu s'échapper, vivre sa vie, rencontrer le monde ! Dans ce pays de paysans incultes, c'était la seule ville fréquentable. Elle n'osait pas se l'avouer, mais il y avait dans son envie de New York une idée supplémentaire, posée là, un peu en deçà de la conscience : Victor. Victor se rendait très régulièrement à New York, elle le savait. Il fréquentait les cercles politiques et financiers. Cela aurait été extraordinaire de le rencontrer. Pourtant, elle se refusait à rêver à des événements hypothétiques, elle qui avait l'habitude de réaliser l'impensable. Victor lui manquait. Elle y pensait tous les soirs, en fermant les yeux, en laissant jouer ses mains. Il y avait si longtemps qu'elle ne l'avait revu. Ils avaient décidé d'un commun accord de ne se donner aucune nouvelle et ils s'y tenaient l'un et l'autre. La nostalgie devenait alors intolérable. Lorsqu'il lui arrivait de passer par Berlin, il appelait au téléphone et si ce n'était pas elle qui répondait, il disait simplement que madame Eisenach était de passage à Berlin. « Eisenach », en référence à la rue Eisenacher de leur adolescence. Sur la fin du voyage, les Quandt se dirigèrent vers le Sud : la Floride, le Mexique. À Mexico, en plein milieu d'une corrida, Magda se trouva mal et perdit connaissance. Elle avait déjà assisté à une corrida quelques jours auparavant, et s'était extasiée devant la pureté de ce rituel qui lui semblait tout droit sorti de l'Antiquité. À ses yeux, le taureau était bien le même que celui de Minos, en Crète, le même que celui que les Grecs sacrifiaient tous les ans, en holocauste, à Athènes. Les dieux de l'Antiquité n'étaient pas nommés durant une corrida, mais l'on éprouvait leur présence à l'exaltation du public. Magda s'était enthousiasmée au moment de la mise à mort. Elle avait trouvé le déroulement plus puissant encore que celui du sacrifice antique puisque ici l'on mettait en scène le danger que courait le sacrificateur. Mais cette fois, à la première pique du matador, elle s'était évanouie. On la transporta à l'hôpital, sans connaissance. Lorsqu'elle revint à elle, le médecin, un Allemand de Cologne émigré au Mexique, l'examina longuement, ne comprenant pas ce qui avait pu motiver un tel malaise. Il l'interrogea, palpa son ventre.

– Vous ne devriez pas voyager autant dans votre état, la sermonna-t-il.

– Dans mon état, s'étonna Magda, que voulez-vous dire, docteur Knorr ?

– Voyons, madame Quandt, vous savez que vous êtes enceinte, n'est-ce pas ? À la palpation, j'évalue la grossesse à trois mois, trois mois et demi, peut-être.

Magda s'effondra en larmes. Elle demanda au docteur Knorr s'il pouvait y remédier.

– Y remédier ? Vous voulez dire… Vous n'y pensez pas, madame Quandt.

Magda ne savait pas encore que les scrupules des hommes de pouvoir coûtaient bien plus cher que ceux des simples corrompus.

– Le voyage n'est pas encore terminé, docteur Knorr, nous devons encore passer quinze jours à Cuba, ensuite seulement prendre le bateau pour l'Europe. Je ne pourrai me rendre chez mon médecin avant un mois. Si j'attends si longtemps, l'opération que j'envisage sera beaucoup plus dangereuse pour ma santé.

Il refusa à nouveau. Elle lui annonça qu'il serait dédommagé, tant pour son travail que pour le caractère exceptionnel de sa demande, 2 000 marks.

– Jamais ! protesta le médecin, ce type d'intervention est strictement interdit dans mon pays.

– 3 000 ! surenchérit Magda.

– Je ne peux pas, madame Quandt, croyez bien que je me serais fait un devoir de vous rendre ce service qui vous soulagerait, c'est certain, et vous permettrait aussi de ne pas remettre en cause les relations avec votre époux.

Les yeux de Magda s'étaient soudain éclaircis, prenant une teinte translucide.

– 5 000 ! proposa-t-elle sèchement.

– Quand ? demanda le médecin.

– À ce prix, siffla Magda, c'est tout de suite !

Pendant que le docteur Knorr se hâtait aux préparatifs de l'intervention, Magda ferma les yeux, réfléchissant aux circonstances de cette grossesse. Ce ne pouvait être que ce jour-là ; le seul rapport sexuel qu'elle avait eu depuis des mois. Elle avait accepté le rendez-vous avec Clyde Lowel-Baker, le 16 novembre 1927, à New York. Il faisait encore plus froid que la veille ; un vent glacial soufflait à travers les arbres de Central Park. Ils se promenaient en devisant. Pour se réchauffer, elle s'était rapprochée de lui, glissant son bras sous le sien. Elle comprenait mal l'anglais parlé par cet Américain et, ne voulant pas le laisser paraître, répondait en acquiesçant :

– Vous viendrez à New York, lui annonçait-il, vous vous installerez dans la maison attenante jusqu'à notre mariage. Ne vous inquiétez pas, ajouta Clyde, cela ne saurait durer longtemps, y compris votre divorce… Vous comprenez, ici, c'est l'Amérique…

– Hum, hum, grommelait Magda, qui devinait malgré tout le contenu de la proposition.

À la sortie de Central Park, ils tournèrent vers le Plaza. L'air innocent, Clyde lui proposa de prendre un thé dans les salons du somptueux hôtel. Elle accepta. Les grooms, reconnaissant le milliardaire, le conduisirent jusqu'à la suite qu'il avait réservée, celle dont le balcon découvrait une vue panoramique sur le parc. En place de thé, la table était servie du même vin français qu'ils avaient bu la veille et de quelques friandises soigneusement choisies. Elle comprit tout de suite le sens de l'invitation ; le lit devait se trouver dans la chambre voisine. Ils sortirent sur la terrasse ; le vent était glacial au quinzième étage.

– Vous ne connaissez pas New York, n'est-ce pas, lui demanda Clyde, c'est la première fois ?

– Oui ! C'était l'un de mes rêves, mais aussi l'une de mes plus grandes peurs.

– Peur ? s'étonna Clyde…

– Oui ! Ici, tout est immense ! On ressent une sorte de vertige comme au bord d'un précipice.

– Jetez-vous dans le précipice, Magda, vous verrez, c'est comme dans un rêve. Vous atterrirez dans un cocon doré…

Il se serra contre elle. Certes, il ne lui plaisait pas, mais il insistait tant, avec cette foi qu'ont les Américains dans leur chance…

– Mais nous nous connaissons d'hier, Clyde !

Ils burent du vin. Au second verre, Magda lui parlait de son mari.

– Ça ne m'a pas l'air de marcher très fort entre vous… essaya Clyde.

– Détrompez-vous, ce n'est rien qu'un jeu ! Nous sommes de vieux complices, le corrigea Magda.

– Je n'en crois pas un mot. Je l'ai longuement observé. Cet homme ne vous regarde jamais. Il vous traite comme une fillette qu'il confierait à la garde d'une gouvernante.

Magda fut touchée par la précision de la remarque. Elle sentit les larmes qui lui montaient aux yeux.

– Servez-moi un verre de vin, s'il vous plaît !

– Moi, reprit Lowel-Baker, vous serez ma reine. Tous les jours, je m'y engage, vous recevrez un cadeau. Tiens, nous pourrons inscrire cet engagement dans notre contrat de mariage. S'il se passait un seul jour que je n'accomplisse ma promesse, un seul jour sans cadeau et vous seriez en droit de divorcer sur-le-champ.

Elle éclata de rire. Il ajouta :

– Et des cadeaux de prix ! Si vous le souhaitez, nous pouvons aussi en inscrire le montant. Je veux dire : le montant minimum !

– Vous êtes fou, Clyde !

Il comprit que c'était gagné. Il se jeta sur elle comme un affamé. L'affaire fut conclue en moins de trois minutes. Magda n'avait pas de chance avec les riches ! Et c'était de cela qu'elle était grosse. Ce que racontait sa mère ne tenait pas debout, elle qui prétendait que l'on ne tombait enceinte que lorsqu'on éprouvait du plaisir. Elle lui avait même raconté que la matrice s'ouvrait sous les contractions de l'orgasme pour accueillir les spermatozoïdes frileux. Eh bien c'était faux, elle en avait la preuve.

Après cette intervention, une fois rentrée à Berlin, l'état physique de Magda se dégrada encore. Dieu sait de quelle manière le docteur Knorr avait pratiqué cet avortement. Ello, sa belle-sœur, à qui elle s'était empressée de raconter l'histoire, la mettait en garde. « Il peut y avoir des complications graves – surtout si l'opération n'a pas été pratiquée avec toutes les précautions. Et puis, tu ne t'es pas reposée depuis… Magda, je suis inquiète ! » Quandt finit par s'apercevoir que son épouse était vraiment souffrante ; cette fois, c'était plus sérieux que les petits malaises habituels. Il s'alarma. Non qu'il éprouvât la moindre compassion, mais il avait déjà enterré une première épouse ; cela ferait très mauvais effet d'en perdre une seconde de maladie. Elle partit en séjour de convalescence à la montagne. Elle revint plus fatiguée encore. Quandt lui proposa alors de l'accompagner pour un nouveau voyage d'affaires qu'il devait entreprendre au Proche-Orient : l'Égypte, la Palestine… cette fois, Magda poussa un hurlement :

– Je ne suis pas votre chien, Günther ! Vous ne me traînerez pas à nouveau derrière vous attachée à une laisse – ah ça, non ! La Palestine, jamais !

Le caractère outré de son refus de Palestine semblait avoir échappé à Günther.

– Vous voulez ma peau, Günther ! Vous voulez que je tombe malade et que je crève. C'est bien votre façon de vous débarrasser de ceux qui vous résistent. Je n'ai pas oublié : Toni, votre première femme, Helmut, votre fils, moi maintenant…

Son teint avait pâli, ses yeux s'étaient éclaircis, virant au gris, couleur de sa colère. Elle cria pour finir :

– Vous êtes un monstre, Günther ! Votre opulence se nourrit de la chair de vos proches !

Ces dernières paroles claquèrent comme une gifle. Quandt partit mener ses affaires au Proche-Orient. Magda resta à Berlin.

« Pour moi, la meilleure des médecines, confia-t-elle à Ello, c'est l'absence de Günther ! »

*

J'ouvre mon e-mail. Je n'ai pas reçu de message de Tania. Je suis déçu, bien sûr ! Je me dis qu'elle s'est peut-être lassée. Je lui écris :

« Ma douce, ma délicate Tania,

Héritière ? Femme d'affaires ? Qu'est-ce que je sais de vous ? Rien de plus que ce que l'on peut trouver dans les gazettes ! Comment j'envisage une éventuelle rencontre ? Depuis ce matin, je la rêve absolue… Ne redoutez pas le côté excessif de l'expression ! Une rencontre absolue, je veux dire, à partir de rien, sans préambule, sur le quai d'une gare ou dans un aéroport. Je viens vous attendre ou peut-être est-ce l'inverse. Peut-être est-ce vous qui m'attendez. Nous ne nous sommes jamais vus, seulement beaucoup écrit, un peu parlé au téléphone. Tout commence par un baiser. Un très long baiser.

Qu'a-t-on à se dire ? Tout, assoiffés que nous sommes de la moindre parcelle d'intimité. Cette rencontre est absolue, bâtie sur la seule intuition, une perception au-delà de toute apparence ; celle-là même que vous nommez "virtuelle"…

Quant à mon identité… Que dire ? Je ne parviens pas encore à me présenter à vous. Il va de soi que vous avez raison : nous ne pouvons continuer ainsi ! Mais je redoute ce monde où tout peut arriver.

Ce soir, je le sais, vous dormez ! Seule ? Pas sûr ! Je me glisse dans votre rêve. Je suis derrière vous, tout près. J'enserre votre chaleur, pour la nuit.

votre Ezra »

20

Rencontres

Tel-Aviv, le 8 octobre au matin

Il règne une drôle d'ambiance dans l'hôtel. Les gens sont sérieux, très sérieux, presque tristes. Au petit déjeuner, alors que je lis mon journal, Avigdor se tient debout devant moi, en silence. Il m'a servi mon café et quelques croissants sucrés, et il attend là, sans bouger. Je me demande ce qu'il veut.

– Ça va ? finit-il par dire.

– Pourquoi me demandez-vous si ça va ? Oui, ça va !

– Et votre enquête ?

– Quoi, mon enquête ?

– Votre enquête ? Elle avance ?

Je lève les yeux, le regarde. Il a l'air inquiet.

– Je ne sais pas si elle avance. Par certains côtés, oui ! J'ai l'impression qu'elle avance. Et puis, lorsque je me retrouve seul à me demander si j'ai vraiment progressé, alors tout disparaît. C'est bizarre !

Il reste là.

– C'est que… hésite-t-il.

– Que se passe-t-il, Avigdor ? Qu'est-ce que vous voulez me dire ?

– C'est que les deux policiers sont repassés ce matin. Ils ont demandé si vous étiez toujours à l'hôtel.

Je prends un air détaché pour répondre :

– Et vous leur avez répondu, je suppose…

– Je ne pouvais pas faire autrement, monsieur ! C'est obligatoire ; nous remplissons des fiches de police.

– Je sais, je sais ! Ce n'est pas bien grave, allez !

Il ne décolle toujours pas de ma table.

– Vous savez que c'est Kippour, aujourd'hui, n'est-ce pas ? Ce soir, c'est Kippour… À partir de midi, rien ne sera plus ouvert.

– Mais oui, je le sais !

– Il n'y aura plus rien d'ouvert nulle part ! Je pense que vous ne jeûnerez pas… Je me trompe ?

– Eh bien, figurez-vous que j'y ai pensé ! Oui, j'ai envisagé de jeûner – oh, je n'y ai pas pensé longtemps, juste l'espace d'un instant. Je veux dire que, durant quelques minutes, je me suis vu en train de jeûner et même de me rendre à la synagogue.

Je me retourne pour voir sa réaction, mais il reste impassible.

– C'est l'âge, monsieur ! À un moment ou un autre, ça nous prend tous. C'est comme ça… On finit tous par être attirés par Dieu ; on dirait qu'il vient nous chercher. Ici, nous respectons les fêtes. Ce n'est pas que nous soyons croyants, non… C'est que nous ne voulons pas que des clients qui le seraient… enfin, vous comprenez, ils pourraient être choqués si nous ne respections pas Kippour.

– Je comprends ! je dis d'un air détaché. Et alors ?

– Alors ici, ce soir, et jusqu'à demain soir, voyez-vous, vous ne trouverez ni nourriture, ni eau minérale, ni café…

J'avale mon café bien noir et m'en vais fumer une cigarette au bord de la mer. Et juste au feu rouge, alors que j'attendais pour traverser, c'est Barbara qui me tire par la manche :

– Il fait beau ! dit-elle.

– Vous n'êtes pas avec votre flic ?

– Il est marié ! répond-elle en baissant la tête.

Décidément, elle n'a pas de chance en amour.

– Ah bon ? Il est marié ?

– Nous avons passé un moment ensemble à mon hôtel et puis il est parti rejoindre sa femme.

Je grogne :

– Vous avez passé un moment ensemble…

Je ne sais pas pourquoi, mais elle m'agace. Je m'engage sur le passage pour piétons, me dirigeant vers la plage. Elle me suit.

– J'ai quelque chose à vous montrer, Ezra.

Nous nous retrouvons sur la plage, au café Tsfoni. Il est à peine dix heures et le soleil est de plomb.

– Monco, il savait que je l'aimais… commence-t-elle.

Je ne me sens vraiment pas d'humeur ce matin.

– L'amour, l'amour… mais de quoi parlez-vous, Barbara ? Croyez-vous que ça ait la moindre importance, l'amour ? Vous n'avez pas autre chose à penser ? Et ce n'est même pas à un amour réel, un amour au présent, non ! Vous pensez à un amour perdu ; peut-être même à un amour qui n'a jamais existé. Barbara, je vais vous dire : je suis las de toutes ces choses. Est-ce que vous savez seulement que ce soir c'est Kippour ? Savez-vous ce qu'on commémore durant Kippour, le savez-vous ?

Elle me regarde avec de grands yeux. Elle ne comprend pas mon mouvement d'humeur.

– Je sais que c'est Kippour, oui ! hésite-t-elle, ce serait difficile de ne pas le savoir en Israël. Ce qu'on commémore ? Ce ne doit pas être très joyeux à voir la tête que font les gens…

– Eh bien, je vais vous le dire ! Les Juifs se souviennent du moment de leur histoire où ils ont renié leur Dieu. Et s'ils jeûnent, c'est pour se repentir de l'avoir fait !

Elle éclate de rire.

– Et ça s'est passé quand ? me demande-t-elle en riant.

– J'en sais rien ! Il y a peut-être trois mille ans ou peut-être jamais…

– Ça s'est passé il y a trois mille ans et ils jeûnent encore tous les ans ? Faut être idiot de jeûner pour quelque chose qui n'a peut-être même pas eu lieu, il y a trois mille ans…

Et elle rit encore.

– Et de chialer sur un mec qui est mort et qui n'a sans doute jamais été votre mec, c'est pas idiot, ça ? je lui hurle au visage.

Elle rit de plus belle.

– Si, admet-elle en riant, c'est idiot ! Mais je n'arrive pas à faire autrement.

Je me mets à rire à mon tour.

– Bon, puisque vous l'admettez que c'est idiot, laissons tomber ! Vous me disiez que Monco savait que vous l'aimiez…

– Oui, répond-elle en riant encore, oui, il le savait que je l'aimais. Il pensait bien sûr que c'était une sorte de tocade, mais il craignait que j'en souffre. Et il avait raison ! La dernière fois que je l'ai vu…

Elle se tait. Elle est soudain sérieuse.

– La dernière fois que vous l'avez vu… je répète.

– Oui, la dernière fois que je l'ai vu, il m'a dit, comme ça, qu'il voulait m'offrir quelque chose. Lorsqu'un homme aime une femme, il lui offre des cadeaux. Je crois que c'est normal, non ?

Les Israéliens passent leur temps à considérer « normales » les choses les plus invraisemblables. Je lui dis :

– J'en sais rien ! Oui ! Ça doit même être biologique. Les oiseaux font ça, les insectes, aussi... Les mâles offrent des cadeaux aux femelles !

Une certitude : elle m'agace. Elle a quelque chose de faux... Pourquoi Monco entretenait-il cette relation avec elle ? Pas pour le sexe. Il semble clair que le vieux n'avait pas le goût des filles. Ce n'était pas non plus pour se confier ; il parlait à tout le monde de ses exploits. Toute la ville devait être au courant de ses moindres faits et gestes. Il n'avait pas besoin d'une confidente à demeure. Il me semble qu'il devait être conscient qu'on voulait l'éliminer pour ce qu'il savait ; c'est pour cette raison qu'il distribuait ses informations à qui voulait entendre. Il devait y avoir une autre raison qui était dans la psychologie de Barbara. Il avait dû saisir chez elle quelque chose qui le rassurait, qui lui permettait de penser qu'elle allait transmettre ce qu'il lui confiait à la personne qui convenait. Je suis perplexe. Je l'invite à poursuivre :

– Donc, vous disiez qu'il voulait vous offrir un cadeau...

– Oui ! La dernière fois que je l'ai vu, il a sorti de sa poche une boîte en métal peint. Une vieille boîte, toute rouillée. On distinguait une femme pas très habillée sur la boîte, comme une publicité pour un cabaret parisien. Il l'a ouverte, comme ça, et il y avait du coton qui enveloppait un objet.

– Qu'est-ce que c'était ?

– Il a déroulé le coton qui recouvrait l'objet, lentement, avec précaution.

– Qu'y avait-il dans cette boîte, bon Dieu ?

– Il parlait en même temps. Il disait qu'il avait réussi à sauvegarder cet objet depuis le moment où un nazi le lui avait offert en quittant le camp de Neuengamme. Il disait que pour lui, c'était comme m'offrir un château ou un yacht parce que c'était tout ce qu'il possédait, cet objet… Vous vous rendez compte ? Cette chose est allée en Allemagne, dans plusieurs camps de concentration, puis l'a suivi dans ses périples à travers le monde. Et Moka, vous savez, il a voyagé ! Et ensuite, lorsqu'il a commencé à descendre, il a tout perdu, vendu… Il s'est fait voler, aussi. Mais cette chose, il l'a gardée. C'était comme – je ne sais pas ! – comme si c'était son cœur, vous comprenez ?

Pourquoi diable ne veut-elle pas me dire ce qu'était cet objet ?

– Ne soyez pas impatient, Ezra ! Il m'a dit aussi que je ne devrai jamais parler de cet objet…

– Ben alors… Si vous ne pouvez pas en parler !

– Oui, il m'a dit que je ne devrai jamais même mentionner l'existence de cet objet. Qu'il y allait de ma propre sécurité ; de ma vie, sans doute ! Moi, je pensais qu'il fabulait. Avec Moka, on ne pouvait pas savoir ! Il racontait des choses invraisemblables… Mais lorsque j'ai repensé à tout ça, après sa mort, j'ai réagi. J'ai réagi après coup !

Si elle ne veut pas me parler de ce truc, qu'elle se taise. Si elle veut me raconter, qu'elle me le dise !

– Il m'a dit qu'il ne fallait pas que j'en parle de cette chose jusqu'à sa mort. Après sa mort, non plus, avait-il ajouté, sauf s'il était assassiné.

– Je sais que Monco se sentait poursuivi ; qu'il craignait de se faire assassiner, je lui dis, cherchant à dissiper ses réserves.

– Et puis, si un jour, je pensais que le moment était arrivé, il fallait que je raconte ça à quelqu'un…

– À quelqu'un ?…

– À quelqu'un, il a dit… à quelqu'un qui pourrait comprendre ce qu'avait été la fondation de ce pays. Et vous, Ezra, depuis que je vous connais, vous n'arrêtez pas d'affirmer que l'assassinat de Moka avait quelque chose à voir avec celui d'Arlozoroff.

– Oui ! Maintenant, j'en suis persuadé ! Je commence même à rassembler les fils. Je commence à comprendre comment sont liés ces deux meurtres commis à soixante-quinze ans d'intervalle. Mais il me manque encore des maillons.

– Tout le monde cherche, vous savez… Les policiers m'ont interrogée, Sylvain, le commissaire de l'ambassade, a passé la soirée et une partie de la nuit avec moi pour savoir.

– Oui, Barbara ! C'est urgent ! Le risque est qu'ils enterrent l'affaire ; que les efforts de Monco pour transmettre la vérité soient vains désormais.

– Voilà ! dit-elle…

Et elle sort de son sac une montre de gousset qui a en effet l'air très vieille. Ce devait être un bel objet autrefois, mais il est très abîmé. Le remontoir a disparu, ainsi que le couvercle. La lunette est si rayée qu'elle en est opaque. On ne peut pas distinguer les aiguilles, à peine si on aperçoit les chiffres. Le métal, tout ciselé d'arabesques subtiles, est d'une couleur brune, mate, mais ce n'est pas de la rouille. Je le prends dans les mains, l'examine. Je gratte le métal. La pellicule brune s'effrite sous mon ongle. Au bout d'un moment, j'aperçois des fragments brillants.

– C'est de l'or, on dirait…

– De l'or ? Peut-être… Moka prétendait que c'était un objet de grande valeur.

Je me dis qu'il est impossible qu'une simple montre soit l'objet d'une telle attention. Elle doit contenir quelque chose. J'essaie de l'ouvrir, mais toutes les pièces ont été scellées par le temps. Je prends le couteau qui est sur la table et sépare avec force le dos du corps. Le dos tombe sur la table. C'est bien de l'or. L'intérieur est moins atteint et sa couleur rougeâtre ne laisse pas de doute sur la matière. Je gratte la fine pellicule. C'est alors qu'apparaît une inscription calligraphiée où l'on peut lire : « *Von Magda Friedländer nach Victor Arlozoroff, der Rhythmus ihres einzigen Herzens* »…

– « De Magda Friedländer à Victor Arlozoroff, le rythme de leur seul cœur », c'est ce que ça veut dire.

– Oui, j'avais compris ! Magda a dû offrir cette montre à Arlozoroff, pour lui signifier que leurs cœurs battaient à l'unisson.

– Non, précise Barbara, qu'ils n'avaient qu'un seul cœur pour deux.

– Oui, Barbara, vous avez raison ! C'est ce qui est écrit. Mais j'essayais de le formuler de manière compréhensible. Un seul cœur, ça ne veut rien dire… On ne dit pas qu'on a un cœur pour deux…

– Non, réplique Barbara, on ne dit pas ça, mais on peut dire dans un couple, qu'il y a un pénis pour deux, non ?

– Oui, si vous voulez !

Elle a tout de même l'esprit tordu ! Je tiens la preuve qu'il existait bien une relation amoureuse entre Magda Goebbels et Arlozoroff. Reste à dater la montre pour savoir à quelle époque cette relation est avérée. Mais cette montre constitue aussi le lien incontestable entre Arlozoroff et Monco. Il a bien fallu, en effet, qu'elle passe de la poche de l'un aux mains de l'autre. Mais par quel chemin ? Je demande à Barbara :

– Vous habitez Jérusalem, n'est-ce pas ?

– Oui ! Gilo, c'est un quartier périphérique de Jérusalem…

– Rentrez chez vous et n'en bougez plus jusqu'à l'ouverture de votre banque. À la première heure, vous irez louer un coffre et vous mettrez cet objet à l'abri.

Elle me regarde, effrayée.

– Ezra ?

– Oui !

– Vous en ferez bon usage ?

– De quoi ?… De ce que je viens d'apprendre ?

– Oui !

– J'en ferai bon usage, soyez-en sûre !

Mais quel est le bon usage ?

*

Une montre ? Une montre de gousset. Je raccroche les événements. Je comprends pourquoi l'assassin a demandé l'heure à Arlozoroff. Il voulait s'assurer qu'il portait bien sa montre sur lui ; qu'il pourrait la récupérer après l'avoir tué. Il a attendu que le malheureux la sorte de sa poche avant de l'abattre. Pour qui l'a-t-il récupérée ? Et pour quelle raison Sima, la femme de Victor, n'a-t-elle jamais mentionné l'existence de cette montre ? Comment cette montre s'est-elle finalement retrouvée entre les mains de Monco ? Il est onze heures et demie. De retour dans ma chambre d'hôtel, je branche ma connexion Internet. J'ouvre ma boîte e-mail. Tania m'a répondu :

« Mon cher Ezra,

Finalement, vous ne me dites pas la seule chose que j'aimerais savoir ; vous ne me dites pas qui vous êtes.

Votre réserve m'interdit d'aller plus avant. Les craintes que je perçois chez vous sont aussi les miennes, sachez-le bien ! Vous êtes écrivain – peut-être un écrivain connu ? Est-ce pour cette raison que vous craignez de vous révéler ? Sachez que j'ai aussi une vie sociale ! Je suis surtout la fille et la petite-fille de quelqu'un ! Je suis née fille d'un homme très riche. J'ai grandi avec ce poids sur mes épaules. Si ma fortune m'a été donnée, ma liberté, je l'ai conquise en tentant de donner réalité à mes rêves. Vous comprendrez que je supporte si mal votre goût pour la dissimulation. Notre histoire s'interrompra donc ici, inachevée. Je le regrette très sincèrement ; plus encore que vous ne pouvez le penser.

Bien à vous,

les doux baisers de

Tania »

Il me faut revenir à la charge, mais comment ? J'ignore qui se trouve à l'autre bout de la ligne. J'ignore s'il s'agit véritablement d'une femme, d'ailleurs. Je décide de répondre immédiatement :

« Ma si douce, ma délicate Tania,

Une seule question ! Accepteriez-vous seulement de répondre à une question : Où êtes-vous ? Où vous trouvez-vous en ce moment même ?

Votre Ezra »

J'hésite quelques instants et clique sur le bouton : « envoyer ». J'ouvre le réfrigérateur. Il me reste par bonheur une bouteille de bière. La réponse me parvient presque aussitôt :

« Non ! Dites-moi d'abord où vous vous trouvez, vous, Ezra.

Tania »

Je bois ma bière au goulot. Je réfléchis encore. Je me dis : « Oh, après tout, cette ville est grande ! » Je réponds ces seuls mots :

« à Tel-Aviv ! Et vous ? »

Cette fois, la réponse met au moins dix minutes avant d'arriver :

« Moi aussi ! »

21

Ruptures

Berlin, mai 1929

Depuis le départ de son mari au Moyen-Orient, Magda se sentait de jour en jour plus heureuse. La journée, elle s'occupait des enfants, gérait sa maison avec charme et autorité. Le soir, elle sortait – théâtre, concerts, et beaucoup de cinéma ! Elle sortait souvent avec Ello, de plus en plus avec des amis de rencontre. Elle éprouvait l'efficacité de son charme, fréquentait les acteurs, les artistes, les journalistes, les personnalités en vue. Berlin où craquaient les limites, fourmillait de créateurs. On expérimentait les nouvelles formes, on mélangeait les genres, la peinture se faisait théâtre, le roman cinéma et la vie privée scène quotidienne d'une sexualité de tous les instants. La beauté de Magda, mise en valeur par des parures de plus en plus luxueuses, se présentait en un écrin extrême. La toute nouvelle Maybach DS7 Zeppelin, rutilant carrosse bleu-nuit, fendait l'obscurité au sifflement de son douze cylindres, pour la déposer aux portes des plus grands restaurants. Elle prenait plaisir à découvrir ce monde qu'elle convoitait depuis l'enfance. C'était un bonheur de la croiser là, au restaurant de l'hôtel Adlon, irradiant l'élégance, assise à la meilleure table, le nez au vent à guetter les personnalités de passage.

– Bonsoir, madame Quandt ! Il y a là un jeune homme qui prétend vous connaître. Il souhaiterait vous offrir une bouteille de champagne.

– Un jeune homme ? sursauta Magda, quel jeune homme ?

Le maître d'hôtel, un Roumain aux yeux pétillants, s'approcha au plus près pour lui glisser à l'oreille :

– Là, au bar, devant un verre de vin, le jeune homme blond en costume de tweed…

Juché sur un tabouret, accoudé au comptoir, un fume-cigarette au coin des lèvres, il ne la quittait pas des yeux. Elle ne distinguait pas bien ses traits ; mais de là où elle se trouvait, il lui sembla un enfant – un tout jeune homme, en tout cas !

– Bon ! Dites-lui donc de venir partager un verre avec moi, Serban !

– Oui, madame !

– Oh, Serban…

– Oui, madame ?

– … du veuve-clicquot, bien sûr !

– Cela va de soi, madame Quandt !

L'élégant jeune homme, dans son costume couleur d'automne, une nonchalante écharpe de soie blanche autour du cou, s'avança vers la table de Magda d'un pas hésitant.

– M'autorisez-vous à vous saluer, madame ?

Il se tenait bien droit.

– Mais oui ! Bonsoir ! Qui êtes-vous donc, jeune homme ?

Il se saisit de la main de Magda qu'il porta à ses lèvres :

– Je m'appelle Friedrich von Gellner, madame. Je terminerai mes études de médecine en juin de l'an prochain.

Elle le regarda longuement. Grand, mince, le visage glabre, les cheveux d'or aux reflets cuivrés, les yeux fauves et brillants, il respirait la passion.

– Quelle idée de vous adresser à moi sans que l'on ait jamais été présentés ? Il n'est pas vrai que nous nous connaissons, n'est-ce pas ? Je n'en ai pas le souvenir…

– Je vous ai reconnue, madame !

– Vous m'avez reconnue ? s'étonna Magda ; quelle idée saugrenue ! Mais tout le monde me connaît ici. Je m'appelle Magda Quandt.

– Ce n'est pas à votre identité que je faisais allusion, mais à votre nature. Je vous ai reconnue comme on dit que les apôtres ont reconnu le Christ.

C'était probablement la seule phrase qui pouvait ouvrir d'emblée le cœur de Magda.

– Asseyez-vous donc, monsieur von Gellner ; asseyez-vous et expliquez-moi. Mais je dois vous prévenir : je ne dînerai pas avec vous ce soir ; j'attends quelqu'un.

Le jeune homme restait debout, les yeux égarés. Il avait saisi que la réponse de Magda contenait la promesse d'un soir à venir.

– Je vous en prie, insista Magda en lui désignant la chaise.

Bien sûr qu'elle pensait à Helmut, l'aîné de Quandt, trop tôt disparu : la même finesse de traits, la même ferveur dans les yeux qu'il posait sur elle.

– Racontez-moi, répéta Magda, racontez-moi donc en quoi vous m'auriez « reconnue », comme vous dites.

Le jeune homme prit place à la table, s'employa adroitement à remplir à ras bord les deux coupes de champagne et en tendit une à Magda.

– Buvons au destin auquel même les dieux ne sauraient se soustraire, proposa-t-il.

– Au destin, dites-vous ? Pourquoi pas ! s'amusa Magda… au destin qui préside aux rencontres et aux ruptures !

– Au destin des rencontres, répéta le jeune homme avant d'avaler d'un trait sa coupe de champagne.

Il but encore deux coupes avant de parler. Sa langue devint fluide, sa voix assurée. Il expliqua que l'évocation des apôtres n'était pas seulement une métaphore. Il saurait lui dire ce dont elle avait besoin pour réaliser sa nature. Il lui arrivait souvent de dîner ici et plus d'une fois il s'était élancé pour lui parler, mais le courage lui avait manqué jusqu'alors. Il savait ce qu'elle était ; c'était pour cette raison qu'une force incoercible l'attirait vers elle.

– Allez, révélez-moi ma véritable nature ! lui lança-t-elle, espiègle ; et elle ajouta : dites-moi enfin qui je suis… ou peut-être *ce* que je suis !

– Ne vous moquez pas de moi, je vous en prie ! Je suis sincère. Je suis persuadé… enfin, cela doit vous paraître bien prétentieux, mais je dirai que je sais… voilà : je sais ! Enfin, je veux dire que c'est bien plus fort qu'une simple pensée ; c'est une certitude… Oui, je sais que des êtres d'une autre nature sont parmi nous, visitent notre monde, nous accompagnent, nous autres humains…

– Des êtres d'une autre nature, dites-vous… J'avoue que je ne comprends pas !

– Madame, je vous en supplie, soyez indulgente ! Je veux dire des envoyés, des messagers…

– … des anges ? s'écria Magda, des anges, c'est bien ce que vous voulez dire ?

– Oui, enfin des anges ou des dieux…

– Des dieux ! Comme vous y allez, jeune homme… allons ! Des dieux !

– Oui, des dieux, mais des dieux en attente, en suspens… Des dieux en demande. Ce sont ceux-là qui viennent nous visiter.

Les paroles de von Gellner résonnaient dans l'âme de Magda. Elles entraient en phase avec les strates profondes de ses logiques intérieures – celles-là même qui organisaient son existence de manière souterraine. Elle le regarda, penché en avant, les mains jointes, dans une attitude de supplique.

– Retrouvons-nous après mon dîner, voulez-vous ?

– Je resterai au bar, à vous attendre…

– Mais enfin ! Soyez raisonnable ! Partez dîner en ville… Vous n'allez pas rester deux heures sur votre tabouret comme un perroquet dans sa cage ?

– Je ne vous quitterai pas un instant du regard. Restez à cette place, s'il vous plaît. Ne changez pas de table. Demandez à vos convives de prendre les autres sièges. De là-bas, je pourrai vous voir. J'accompagnerai chacun de vos gestes. Je vous serai miroir. Il vous suffira de jeter un coup d'œil pour vous voir en moi. Si vous m'accordez cette faveur, madame, je vous restituerai chacune de vos attitudes, je vous conterai la grâce de vos mains, la pureté de vos sourires, l'éclat de vos yeux lorsque vous riez…

– Bon ! Friedrich, arrêtez ! Filez ! Je vois mon amie qui vient… Allez donc rejoindre votre tabouret !

La femme qui s'approcha était tout aussi élégante que Magda, mais son charme était plus ambigu. Svelte, le pas athlétique, une stature presque virile, jamais ses deux pieds ne reposaient sur le sol au même moment. Elle portait un long manteau de fourrure blanche ; dessous un pantalon noir laissait deviner le galbe de ses jambes et son corsage moulait des formes indécises, à peine évocatrices. Une cascade ondulante de cheveux bruns encadrait son visage. Le piano qui avait entamé un air de ragtime rythmait harmonieusement sa démarche. La regardant avancer vers la table de Magda, von Gellner pensa aux Amazones, ces femmes de la mythologie, puissantes, guerrières, invincibles de beauté.

– Leni, il faut que vous sachiez que nous sommes observées, lui dit immédiatement Magda. Un jeune homme qui m'a élue son objet d'adoration refuse de me quitter du regard…

Leni Riefenstahl, qui avait rencontré Magda à une soirée chez les Solomon la semaine précédente, avait sollicité ce dîner. Elle comptait l'entreprendre sur un projet de film ; elle voulait la convaincre d'inciter son mari à participer au financement. Elle jeta un coup d'œil en direction du bar…

– Magda, vous avez un goût irréprochable ! Charmant jeune homme et d'une excellente famille !

– Vous le connaissez ? s'étonna Magda.

– Naturellement ! Fritz von Gellner ! Mais c'est surtout son père qui est intéressant, ma chère. Un banquier fort bien installé. Vous ne saviez pas ?

– Je dois dire, répondit Magda en baissant les yeux, que c'est la première fois que je le rencontre.

Le dîner fut bref. Une fois déclinées les connaissances communes, évoqués les derniers remous politiques, déniés les charmes des deux actrices qui faisaient parler d'elles en ce moment, Marlène Dietrich et Anna May Wong, les deux femmes discutèrent de l'affaire. Leni Riefenstahl décrivit longuement son mentor, celui qui l'avait formée, lancée dans le monde du cinéma, son amant aussi, un temps… « Arnold Franck, vous connaissez ? » Non, Magda ne connaissait pas ! « Un génie du cinéma, qui a inventé le film de montagne », lui précisa-t-elle. « Oui, je vous ai souvent vu dans ces rôles. Je n'avais pas retenu le nom du metteur en scène. Vous êtes divine, je dois dire ! A la fois athlétique et sensuelle… Mais vous savez, Günther… » Magda se plaignit du peu d'influence qu'elle avait sur son mari. Leni raconta tout de même le film, en résuma le scénario : une femme entre deux hommes, tous trois coincés lors d'une escalade en montagne, suite à une avalanche… « Au fond, si l'on retire le décor, c'est une mise en scène du huis clos que connaissent tant de femmes, prises entre un mari ennuyeux et un amant absent, une histoire actuelle, n'est-ce pas ? » Magda se sentit concernée, se demandant si Leni ne parlait pas d'elle. « Et c'est ce trio que j'ai propulsé dans un paysage grandiose : la montagne et les glaciers. » Cette fois Leni ne ferait pas que jouer le rôle ; elle allait aussi participer à la réalisation. Plus qu'un nouveau film sur la montagne, elle désirait inscrire la beauté sur la pellicule, comme un peintre au sommet de son art, transcendant la technique, fabriquant un hymne aux couleurs. Magda fut impressionnée par la volonté de cette femme qui concentrait toutes les qualités : la beauté, l'énergie, l'intelligence, la volonté… Le tableau était presque parfait. Il y manquait quelque chose, cependant. Leni est puissante, pensa Magda, elle recherche le pouvoir, mais sans le courage de s'y perdre. Elle a fait le pari de l'éphémère. Elle risque fort de s'abîmer dans la banalité. C'était précisément ce que Magda ne s'autoriserait jamais : le bonheur tranquille. Elle promit de parler à Günther du projet de film. Les deux femmes se séparèrent en s'embrassant. Magda regardait Leni de dos, marchant vers la porte tournante d'un pas vif. Elle pensa que la vie était ainsi faite, comme le hall de cet hôtel. Une porte tournante avec des gens, inconnus qui entraient et sortaient sans cesse ; des gens qui pénétraient dans une salle pleine, passaient un moment, une minute ou une heure et ressortaient. La vie était une succession ininterrompue de fragments insignifiants. Un pôle, une attraction magnétique et ces fragments pourraient s'agglutiner au même endroit pour prendre sens. L'hôtel Adlon, avec cette circulation incessante, c'est le monde tel qu'il n'est pas monde ; le monde dont Magda ne voulait pas. Elle se retourna vers le bar. Le jeune homme avait disparu. Elle le chercha des yeux, scruta la salle de restaurant… Elle ne le vit nulle part. « C'est ainsi », pensa-t-elle encore, « ils entrent et ils sortent aussitôt ». Elle décida de quitter l'hôtel. Le concierge s'avançait déjà pour héler un taxi. C'est alors que Friedrich von Gellner, qui se tenait dans un recoin des portes d'entrée, le devança.

– Puis-je me permettre de vous raccompagner, madame ?

Elle s'arrêta un instant pour le toiser, un sourire aux lèvres. Elle lui offrit alors son bras. Ils traversèrent ensemble la porte tournante du grand hôtel.

– Vous êtes un peu fou, Friedrich, vous le savez ?

– Oui, madame, je le sais ! Je suis habité par vous. C'est ma folie !

Magda égrena un petit rire.

– Alors, le fou de Magda ? Que va faire le fou de Magda pour la reconduire chez elle maintenant qu'il l'a enlevée ?

Friedrich ne répondit pas, se précipita vers un taxi en stationnement qui était en train d'embarquer un client. Il parlementa quelques instants et revint chercher Magda. C'était une confortable limousine Adler. Ils grimpèrent tous deux dans le compartiment arrière tendu de velours bleu. Il fit glisser la vitre du chauffeur :

– Charlottenburg, s'il vous plaît !

Il referma la vitre, tira le rideau. Magda le regardait avec un sourire en coin :

– Comment connaissez-vous mon adresse, Friedrich ?

– Voilà des mois que je vous épie, que je vous suis partout où vous allez…

Et il s'agenouilla à ses pieds, lui prenant les genoux de ses deux mains. Magda se laissait faire, amusée. Friedrich semblait ivre du parfum de son idole.

– Je sais où vous vous promenez ; je connais vos restaurants, vos cafés, l'adresse des amis chez qui vous aimez vous rendre. Je connais le banc sur lequel vous stationnez durant vos promenades dans le parc, l'adresse de votre chocolatier… Je pourrais me rendre à chacun de vos endroits les yeux fermés. Votre absence peuple mes jours, votre silhouette habite mes rêves. Vous êtes de tous mes instants.

– Mais enfin, Friedrich, pourquoi ?

Magda posait des questions car les questions s'imposaient, mais au fond d'elle-même, elle se laissait glisser dans une douce béatitude. Friedrich, agenouillé, enserrait ses jambes, le front posé sur les genoux de Magda. Il dit dans un souffle :

– Je sais…

– Que savez-vous ? lui demanda-t-elle, dites-le-moi plutôt…

Il leva la tête, fixa les yeux de Magda :

– Je sais que vous êtes d'une autre nature, pétrie d'une autre pâte. Je sais que vous restez statue de marbre si vous ne ressentez l'adoration des humains. Les dieux s'animent de la force des prières, leur sang est notre dévotion, je le sais ! Entourée, portée par les regards des croyants, vous êtes traversée d'une force plus puissante que la foudre. Les volcans ne cachent-ils pas le feu dans les pierres ?

Et il enfouit son visage entre ses cuisses.

– Mais enfin, que dites-vous, Friedrich ?

– Je dis ce que je vois ; je dis ce que je sais ! murmura le jeune homme sans lever la tête.

– Vous prétendez que je serais… enfin, d'après vous…

– Oui, madame ! Pardonnez-moi, mais je le sais !

Elle comprit enfin ce que Friedrich von Gellner voulait dire : qu'elle était une déesse, descendue de son Olympe pour recevoir l'adoration des humains. Il lui signifiait aussi, dans le même élan, qu'il était le premier à l'avoir compris et de ce fait s'estimait quelque droit sur elle. Elle trouva cette idée étrange, mais en fut troublée. Elle posa ses mains sur la chevelure du jeune homme. Friedrich frémit d'excitation.

– Je me suis trompée, murmura Magda, vous êtes totalement fou, je crois !

Il ne répondit pas, mais fourra son visage plus profond dans sa jupe. Le taxi s'arrêtait devant la maison de Charlottenburg. Magda sortit de sa torpeur d'un seul mouvement.

– Je suis arrivée !

Il la raccompagna jusqu'aux grilles du parc.

– Je reviendrai demain, affirma-t-il calmement.

– Ah oui ? Et qui vous l'a demandé ?

– Je reviendrai aussi après-demain ; je reviendrai tous les jours…

– Venez demain soir à sept heures ; attendez-moi là. Exactement là ! Et n'en bougez pas !

Elle entra chez elle sans se retourner.

*

Cette nuit, Magda s'endormit immédiatement ; sans penser, sans ruminer ses habituelles récriminations contre son mari. Friedrich vint le lendemain. Il l'attendait devant la grille au volant de sa décapotable. Elle prit le temps de le regarder avant de le rejoindre dans l'auto. Il avait le teint vif, les yeux brillants. Des mèches de cheveux dorés s'échappaient de sa casquette. Son costume anglais à carreaux lui donnait plus encore l'air d'un étudiant. Lorsqu'ils traversèrent le hall de l'hôtel, les regards se retournaient sur leur passage. « N'est-ce pas là madame Quandt ? »… « Beau couple, en vérité ! Que peut-on faire ? Aucune morale ne résiste à la beauté ! » « Il paraît que son mari est en voyage au loin, aux Amériques… » « Mais non ! Pas aux Amériques, en Orient ! » « Son mari, n'est-ce pas cet industriel très connu ? » « Mais oui, un homme d'affaires, le docteur Quandt… » Ils dînèrent au Bristol et Friedrich lui raconta la mythologie grecque. Il connaissait l'histoire des déesses grecques comme si elles étaient de ses intimes. À la table voisine, Olga Freund, la célèbre journaliste qui tenait la rubrique mondaine du *Vossische Zeitung*, exprimait bruyamment son opinion sur les bandits du parti national-socialiste. « Je ne vous parle pas seulement de Hitler ; les autres sont pire encore. Avez-vous déjà écouté cet espèce de roquet diabolique que l'on appelle Goebbels ? » Elle connaissait Magda pour l'avoir croisée bien des fois durant des réceptions. Elle lui avait même consacrée une chronique le mois précédent. Elle y relatait l'exceptionnel destin d'une fillette des faubourgs qui avait épousé l'un des hommes les plus riches d'Allemagne, subjugué par son intelligence et sa beauté. Un conte de fées ! Mais Magda ne prêtait aucune attention à la table voisine. Hypnotisée par l'image d'elle-même que Friedrich lui présentait, elle n'avait pas remarqué la présence de la journaliste.

– Magda ! s'écria Olga…

Magda sursauta.

– Magda, quelle joie de vous retrouver ici. Günther n'est pas avec vous ? Venez donc nous rejoindre à table !

– Non… balbutia Magda, nous avons fini de dîner…

– Quelle importance ! Rejoignez-nous ! insistait Olga. Venez donc avec votre ami, voyons !

Friedrich ne se retourna pas, ne leva pas la tête. Il contemplait Magda comme un moujik une icône.

– Partons d'ici, lui murmura Magda…

Mais lui continuait à dérouler ses histoires de déesses.

– Friedrich, je connais les personnes installées à la table voisine… Il nous faut…

– Je les connais aussi, s'amusa le jeune homme, des bavardes qui cancanent. Laissez-les donc…

– Mais je suis mariée, Friedrich, le savez-vous ? Venez !

Ils quittèrent leur table sans même saluer la vieille Olga Freund. En passant devant la réception, Friedrich se retourna soudain et demanda une chambre. Magda se laissa guider sans protester. On leur présenta la chambre.

– Il y a deux lits séparés ? s'étonna Friedrich.

– On y dort mieux, sans doute ! commenta le major-dome.

– Comment le pourrait-on, répliqua Friedrich, elle est mon corps, je suis son âme…

Ils restèrent longtemps assis sur le lit. Friedrich parlait toujours ; emporté d'amour, se laissant pénétrer de son image, vibrant au moindre battement de ses cils. Il l'approcha doucement, lui caressant d'abord la main. Elle ne le brusqua pas, le laissa apprivoiser son propre désir. Il éteignit l'électricité, parcourut son corps de caresses. Elle ferma les yeux. Il la caressa longuement par-dessus ses vêtements. Il parcourait son corps, se pénétrant inlassablement de ses contours. Il n'avait pas la fébrilité de l'adolescent, mais elle ressentait une intensité contenue dans ses mouvements à peine ébauchés. Elle se laissait faire, immobile. Il l'avait érigée déesse. La durée de vie des dieux n'est évidemment pas comparable à celle des humains. Ils vivent des siècles, parfois des millénaires. Leur temps n'est pas celui des générations, mais des civilisations. Un jour, ils disparaissent, pourtant, désertant leurs sanctuaires, abandonnant leurs statues aux pillards et aux archéologues. Les dieux monothéistes ont interdit leur représentation pour lutter contre leur propre mort. Oui, les dieux sont mortels et Friedrich von Gellner le savait. Il savait que certains dieux traversaient un parcours humain avant leur assomption. Tel avait été Jésus, tel aussi Dionysos, tel Déméter en un moment de sa légende ; et c'est en cette catégorie qu'il édifiait Magda : celle des dieux qui partageaient un temps le monde des humains. Les événements semblaient lui donner raison. Magda se comportait en divinité. Tout autre qu'elle se serait extraite de cette image dans laquelle il l'enfermait ; tout autre aurait débordé l'idole. Elle restait placide – non pas impassible, mais sereine ; on l'aurait même dite heureuse. Il parlait, aussi, en la caressant ; il accompagnait ses gestes d'une sorte de prière. « Je chante Magda à la chevelure d'or, muse de mes jours, idole de mes nuits. Je chante Magda aux fines chevilles, dont chaque pas est un vol d'oiseau. Je chante Magda aux longues mains, dont chaque geste est une couleur pour la terre… » Et Magda n'ouvrait les yeux qu'à l'appel de son nom. « Je chante Magda aux beaux yeux clairs dont chaque regard est un jour qui se lève… » Et ce ne fut qu'au lever du jour qu'elle se donna à lui, simplement, sans fantaisie. Après l'amour, alors que les premières lueurs éclairaient les lourds rideaux, elle restait perplexe. Depuis ses rares rencontres avec Victor, c'était la première fois qu'elle éprouvait du plaisir en un véritable acte d'amour et non pas en de furtifs accouplements. L'intensité n'était certes pas comparable aux déchaînements de son corps entre les mains de son premier amant. Quelque chose s'était animé en ses tréfonds, qui l'avait mise en éveil. Soudain, comme si elle prenait conscience de sa nudité, elle s'enveloppa du drap, du cou aux chevilles et se leva regarder par la fenêtre. Friedrich la supplia :

– Ne vous levez pas ! Restez près de moi…

– Je dois être rentrée avant le réveil des enfants, Friedrich !

– Magda, je vous en supplie ! Je veux vous voir à la lumière du jour. Je refuse que vous ne soyez qu'un fantôme de ma nuit…

– Je ne suis pas un fantôme, voyons, mais une mère de famille !

Lorsqu'ils sortirent de l'hôtel, il devait être sept heures en ce matin blême. La voiture de Friedrich était garée juste en face de l'hôtel. En traversant la rue, une limousine s'arrêta à leur hauteur. Le passager arrière descendit sa vitre. C'était Eschenbach, un industriel, un ami de Günther.

– Magda ! Magda Quandt… Mais comment faites-vous pour être aussi radieuse à cette heure matinale ? lui lança l'homme.

Elle leva seulement la main, en un geste amical, et courut jusqu'à la décapotable de Friedrich. Il n'avait pas refermé la capote et les sièges étaient humides de la nuit. Elle s'emmitoufla dans sa fourrure et dit seulement en souriant :

– Notre rencontre était destinée à devenir publique. Entre Olga Freund et Eschenbach, tout Berlin connaîtra demain notre emploi du temps de la nuit.

Cette élégante décapotable, au moteur puissant, avait une suspension de charrette. Elle y passera pourtant de longues heures les semaines suivantes. Friedrich revint le soir même, à sept heures, à la grille du parc de Charlottenburg. Il actionna la sonnerie, longtemps, jusqu'à ce qu'un domestique vînt ouvrir.

– Madame Quandt ? demanda-t-il.

– Madame est sortie ! Faut-il transmettre un message ?

– Non, je vous remercie ! J'attendrai son retour.

– Vous attendrez son retour, Monsieur ? Je ne pourrais dire quand elle rentrera.

Le domestique revint une heure plus tard. Friedrich était au même endroit, blotti au volant de son auto. Il répéta qu'il attendrait Magda jusqu'à son retour, ici même ; que rien ne l'obligerait à partir. Il se passa encore une heure. Magda apparut enfin. Elle n'avait pas l'air excédé, pas même contrarié. Elle s'installa sur le siège du passager et Friedrich démarra aussitôt.

– Vous êtes vraiment fou, Friedrich ; totalement fou !

– Nous serons en retard au concert, voilà tout ! lui répondit-il.

– Quel concert ? demanda Magda.

– Au Philarmonique, Furtwängler dirige une symphonie de Haydn…

– Mais Friedrich, c'est impossible ! Je ne suis pas habillée pour un concert.

En sortant du concert, Magda refusa d'aller à l'hôtel. Elle insista pour rentrer chez elle. Friedrich sillonna les rues de Berlin dans sa voiture, lui parlant interminablement de son amour. Il la déposa à la grille à deux heures du matin. Il revint le lendemain. Il tint parole : il revint tous les jours. Magda se laissait envelopper par cette présence, d'autant que Friedrich s'occupait de tout. Il réservait les tables de restaurant, achetait les places de cinéma ou de théâtre, imaginait des excursions au bord des lacs ou dans les bois. Ils s'aimèrent partout : dans les hôtels, mais aussi sur l'herbe, dans les granges des fermes, sur les sièges minuscules de l'auto. Qu'éprouvait Magda ? C'était agréable ; c'était bon quelquefois, ce n'était jamais enflammé. Alors que Friedrich était de jour en jour plus amoureux, elle se laissait seulement faire. Son amusement des premiers jours avait cédé la place à une sorte d'habitude. Il lui était devenu familier ; ses journées dépendaient de lui au point que quand ils se retrouvaient, elle lui demandait : « Que ferons-nous aujourd'hui ? » Elle mesurait néanmoins la modération de ses sentiments au constat qu'elle ne le désirait jamais ; elle s'étonnait seulement de son absence. Il s'était imposé comme un objet permanent de son environnement. Il l'emmenait partout, à la faculté où il ne se rendait plus souvent, dans ses réunions bruyantes d'étudiants nationalistes, à ses cours d'escrime, dans les salons littéraires. Elle prenait plaisir à se montrer avec lui. Elle se sentait belle, mise en valeur. Elle le présenta à sa mère. Augusta se montra très hostile à cette relation – non pour quelque raison morale, mais parce qu'elle savait que le bien-être matériel de sa fille était en péril ; le sien aussi, du reste. Friedrich emmena Magda à Cologne, pour la présenter à ses parents. Les von Gellner, de grands bourgeois de Rhénanie, tombèrent sous le charme. Ils savaient leur fils unique quelque peu fantasque ; ils trouvèrent la jeune femme équilibrée, intelligente, raisonnable. Ils pensèrent qu'elle stabiliserait leur rejeton. Ils n'étaient pas opposés à un mariage. En l'espace de deux mois, Friedrich avait réussi à installer la fiction d'un couple harmonieux et durable, aux yeux du monde, aux yeux de ses proches, à ses propres yeux, mais pas vraiment à ceux de Magda.

En ces derniers jours du mois de mai, Quandt revint du Moyen-Orient. Il leur fallut se réorganiser. Fritz et Magda se rencontrèrent la journée, ne se virent plus la nuit, pas souvent le soir. Quandt sentit aussitôt que quelque chose avait changé. Il nota que Magda n'était plus malade. Les petits malaises quotidiens, les douleurs d'intestin, les accélérations intempestives du cœur, les infections à répétition avaient disparu. Lorsqu'il lui arrivait de la retrouver le soir, son esprit était ailleurs, elle ne réagissait plus à ses provocations, ne se plaignait plus de son manque d'égards, ne lui demandait plus d'argent. Le doute s'insinua en son esprit jusqu'à ce qu'Eschenbach vende la mèche.

– Günther, je sais que la relation que vous avez tous les deux, avec Magda, est très libre…

– Pourquoi me parles-tu de cela, Rolf ? Tu ne t'es jamais soucié de ma vie personnelle…

– Je sais, Günther, mais c'est que… Elle n'est plus très personnelle, ta vie ! L'affaire est devenue publique.

– Publique ? s'étonna Quandt, mais de quoi parles-tu donc ?

– Il est de mon devoir de t'informer, sinon, je ne me sentirais plus guère ton ami. Tu en ferais certainement autant si tu te trouvais à ma place, dit Eschenbach.

Et il raconta à Quandt que l'on avait vu Magda en compagnie de son jeune amant près de Bonn, à Bad Godesberg, dans le luxueux hôtel Dreesen, sur les rives du Rhin. Comme à l'accoutumée, les jeunes gens avaient exhibé leur amour, s'embrassant, déambulant enlacés dans les salles de restaurant en apostrophant les célébrités. L'hôtel Dreesen fut la goutte qui fit déborder le vase. Lorsque Quandt avait épousé Magda en grandes pompes, en janvier 1921, il avait organisé le banquet précisément dans cet hôtel. Il se doutait que Magda le trompait, mais agir ainsi en public, devant une clientèle de grands bourgeois qui étaient pour la plupart en affaires avec lui était une provocation. Elle souhaitait le salir, l'humilier, sans doute se venger. Il embaucha un détective privé, la fit suivre durant deux semaines, suffisamment pour obtenir les preuves de sa trahison : des dizaines de photos, des factures d'hôtel, de restaurant. Le soir même où il fut en possession de tous ces documents, il s'installa dans un fauteuil à l'entrée de la maison, avec son journal, et l'attendit ainsi. Il avait la rancune effilée comme une lame de rasoir, aussi froide que son métal. Dehors, il pleuvait à verse. Magda se fit raccompagner par Friedrich vers minuit. Sitôt la porte franchie, elle se trouva face à Quandt qui se leva d'un trait.

– Je sais d'où tu viens, lui annonça-t-il d'emblée.

– Je viens… j'étais au cinéma, je vous avais prévenu, Günther…

– Je te dis que je sais, répéta-t-il sans élever la voix. Ce n'est pas la peine de mentir. Je sais aussi avec qui tu étais ; avec qui tu es depuis des semaines, des mois, sans doute…

Magda s'arrêta, interdite. L'eau dégoulinait de son parapluie qu'elle n'avait pas pensé à refermer. Le ton de la voix de Günther la faisait frémir. Elle ne pouvait pas dire qu'elle attendait sciemment ce moment ; peut-être ne s'y attendait-elle même pas. Mêlé à la peur, c'était cependant comme un immense soulagement. Voilà huit ans qu'elle espérait le dénouement ; huit ans d'humiliations quotidiennes.

– De quoi parlez-vous, Günther ? le défia-t-elle en le regardant au fond des yeux.

Il lui tendit la chemise cartonnée contenant les photographies. Elle les regarda une à une, attentivement, les approchant pour mieux distinguer les détails. Quandt ne disait mot. Elle referma enfin la chemise et lui demanda :

– Alors ?

– Tu te rends compte que tu m'as traîné dans la boue, que tu as sali mon nom. La ville ne parle que de ton ignominie. Tu me dégoûtes !

– Günther, s'il vous plaît…

– Je savais que tu n'étais qu'une traînée. Je l'ai su tout de suite ; dès le premier jour. Ma réputation est détruite ! Tu le sais ? Bien sûr que tu le sais puisque tu as tout fait délibérément.

– Oui ! reconnut simplement Magda.

– Que dis-tu ? Tu l'as fait exprès ? Contre moi ?

– Oui !

– Tu t'es exhibée avec cet homme, partout où je suis connu. Tu t'es vautrée avec lui en public. Tu t'es offerte comme une chienne en chaleur sous le regard des passants. Tu savais que ce comportement me reviendrait un jour ou l'autre, tu le savais ! Pourquoi tant de haine ? Pour quelle raison ?

Le regard de Magda s'était durci, ses lèvres avaient presque disparu, laissant place à une sorte de fente venimeuse.

– Günther vous êtes mauvais, siffla-t-elle. Combien de fois vous ai-je demandé de me rendre ma liberté ? Mais vous êtes ainsi ! Vous n'accordez pas un seul regard à ceux qui vivent avec vous, vous ne vous souciez que de votre personne. Il ne vous importe en rien de savoir que j'étais triste, triste à en devenir malade, triste à en mourir. Il ne vous importe pas de connaître mes attentes, mes désirs, peut-être… Vous êtes un vieux rat, blotti au fond de votre égout, à amasser des richesses. Voilà ce que vous êtes, Günther !

Quandt s'était rapproché d'elle. Un moment, elle crut qu'il allait la gifler.

– Votre avarice, votre égoïsme ont eu raison de votre première femme. Elle en est morte. Son fils en est mort, lui aussi…

Il fit un geste brusque de la main, lui désignant la porte :

– Dehors !

– Quoi ?

– Dehors, hurla Quandt, dehors ! Tu sors ! Tu sors maintenant, sur-le-champ. Tu quittes ma maison pour ne plus jamais y mettre les pieds.

– Vous me chassez, Günther ?

Il lui laissa seulement le temps de boucler un petit sac de voyage où elle fourra quelques vêtements. Elle voulut embrasser Harald avant de quitter la maison, mais Quandt l'en empêcha. Arrivée à la porte, il la poussa dehors des deux mains. Elle trébucha sur la première marche du perron et faillit tomber. Magda se retourna et lui lança :

– Tu le regretteras, Günther !

C'était la première fois qu'elle osait le tutoyer. Il pleuvait toujours.

*

Le même soir, au même moment, Goebbels rentrait dans l'immeuble de Steglitz où il avait loué un coquet appartement de deux pièces. Depuis qu'il avait été élu député, sa notoriété ne cessait d'enfler. Seul Hitler était plus célèbre que lui. Il avait presque oublié la petite Anka qui, après lui avoir cédé un temps, avait fini par lui préférer un rival. Durant des années, la trahison d'Anka avait été pire que sa boiterie, la preuve de son irréparable incomplétude. Mais ces derniers temps, Goebbels avait acquis un peu plus d'assurance. Il avait pris conscience que par-delà sa laideur émanait de lui une séduction trouble. Les femmes étaient touchées par sa faiblesse, sensibles à cette espèce de désespoir. Attirées par le défi d'apaiser la frustration de l'enfant humilié, elles restaient ensuite fascinées par son cynisme radical. Elles auraient pu y lire la marque du diable. D'autant qu'une putréfaction acide exhalait de son haleine. Et ces drôles de pieds minuscules et enflés… un bouc ! Si on leur avait raconté qu'il était muni d'une queue, elles n'auraient pas été étonnées plus que cela. S'il n'était le diable, au moins devait-il le connaître fort bien pour en être imprégné jusqu'à ses profondeurs. C'était ainsi, en exacerbant ses violences obscènes, qu'il cueillait les secrétaires, les vendeuses, les caissières de cinéma, celles qui souffraient aussi de frustrations anciennes et vibraient déjà à la même mythologie de la revanche. Lorsqu'elle l'avait aperçu pour la première fois lors d'un meeting à Wedding, Ulrike, une jeune sympathisante, l'avait d'abord trouvé hideux. Elle s'était étonnée de voir autant de filles accrochées à sa veste de cuir d'ouvrier métallurgiste. Mais lorsqu'elle l'avait entendu s'animer devant le peuple fauve des brasseries, elle était restée pétrifiée de terreur, comme un souriceau devant la gueule béante d'une couleuvre. Et puis, il avait passé une soirée entière à lui expliquer que la peur qu'elle éprouvait était de l'admiration, et ses tremblements les premiers mouvements de son désir. Ulrike s'était lentement laissée glisser du dégoût à une sorte d'attirance opaque, de la terreur à l'excitation. Elle avait fini dans son lit et depuis quinze jours, l'attendait tous les soirs sur son palier, dans l'obscurité, parfois des heures durant, concentrée sur sa propre fébrilité, abîmée dans des rêves de grandeur. Elle, simple vendeuse de grand magasin, devenue en une soirée la maîtresse du député le plus déchaîné du Reichstag. Elle tendit l'oreille. Il montait très lentement l'escalier, s'interrompant à chaque marche pour poser son pied débile. Elle n'osait le lui dire, mais il aurait certainement gagné à s'aider d'une canne. Elle actionna l'interrupteur. Le visage grêlé de Goebbels apparut entre les barreaux de la rampe. Sitôt qu'il l'aperçut, il lui demanda ce qu'elle faisait là.

– Mais Josef, balbutia Ulrike, Je t'attendais…

– Ce soir, je n'ai pas le cœur à la gaudriole, lui lança-t-il en détournant le regard, rentre chez toi, ma fille !

– Pourquoi ? lui demanda Ulrike.

Agacé, il répondit seulement :

– Fiche le camp ! Allez !

Ulrike était une jeune femme simple. De son enfance dans les faubourgs de Berlin elle avait hérité cette gouaille insolente qui pétrifiait les puissants et sa beauté sauvage lui avait permis d'en alpaguer quelques-uns. La mère d'Ulrike était juive – elle ne s'en était pas souciée jusqu'alors, elle qui ne l'avait pour ainsi dire pas connue. Mais la demi-heure qu'elle avait passée à la brasserie avec le chef de Goebbels lui avait glacé les sangs. Adolf Hitler avait été pris d'une incoercible logorrhée. Il avait d'abord comparé les Juifs aux pires maladies, au cancer, à la peste, puis à la vermine, aux rats, aux poux. À un moment, il avait fixé sur elle ses yeux étonnamment clairs, inquiétants de rage, en hurlant : « Lorsque nous serons au pouvoir, j'anéantirai les Juifs jusqu'au dernier. Je ferai la guerre à chaque pays où il restera même un seul Juif ; j'anéantirai le pays tout entier s'il le faut pour capturer le dernier survivant juif. » Elle s'était alors demandé s'il avait appris que sa mère était l'une des bactéries qu'il poursuivait de sa folie destructrice. Peut-être était-ce la raison de son éviction du lit du boiteux qu'elle appelait « Jo » dans les moments d'abandon... Elle avait la fierté des pauvres. D'un seul mouvement, elle dévala l'escalier.

– Jo, t'inquiète, je me tire ! cria Ulrike en le bousculant. Mais je dois dire que je ne t'oublierai pas ! Je raconterai à tout le monde que ta queue est si petite qu'il faut une loupe et des pincettes pour te faire une branlette !

Cette dernière phrase qu'Ulrike prononça en le quittant, cette phrase, Goebbels ne la rapportera pas dans son journal !

22

Gerbes d'apocalypse

Été chaud à Berlin, 1929

Klaus, un écrivain homosexuel avec lequel elle avait bu des cocktails à n'en plus finir au bar du Bristol, avait attiré l'attention de Magda sur le fait que toutes les sociétés du monde évitaient de confier des armes aux femmes…

– Elles en connaissent le danger, voyez-vous ? Car les femmes, à la différence des hommes, n'éprouvent aucune pitié au moment du combat, avait-il ajouté.

– Ah vraiment ? Il faudrait que je vérifie, lui avait-elle répondu amusée, en êtes-vous si certain ? Et les Amazones ? Qu'en dites-vous ? N'étaient-elles pas armées, les Amazones ?

– J'imaginais que vous m'opposeriez cet argument ! Il semble bien que les Amazones n'aient existé que dans l'imagination des Grecs. Peut-être étaient-elles la quintessence de leur terreur des femmes.

Cette conversation était sans cesse revenue à l'esprit de Magda durant les journées qui avaient suivi son expulsion hors de sa maison de Charlottenburg. Elle cherchait ses armes. Quandt lui avait dévoilé les siennes. Il détenait des photos d'elle en compagnie de Friedrich qui ne laissaient aucun doute sur la nature de leur relation. Tout cela s'était passé en l'absence de son mari, la plupart du temps en public. Les témoins ne manquaient pas ; le Tout-Berlin était au courant. Il ne fallait pas être grand clerc pour deviner que Quandt obtiendrait le divorce aux seuls torts de Magda, qu'elle serait privée de son fils Harald et ne recevrait aucune pension alimentaire. C'était vite oublier que Magda se préparait à la rupture depuis des années. Durant ses journées de solitude, elle avait fouillé toute la maison, retourné les greniers, lu attentivement chaque papier. Elle savait tout de Quandt, avait épluché ses livrets scolaires, ses vieilles factures, le montant de ses impôts. Un jour, elle était tombée sur un paquet de lettres ficelées dans du papier journal. C'étaient les échanges qu'il avait entretenus avec les prostituées du temps de Toni, sa première femme. Il y avait à la fois les lettres qu'il écrivait et les réponses qu'il recevait. Il avait pris la précaution de récupérer les siennes ! Elle ne comprenait pas pour quelle raison il ne les avait pas détruites. Sans doute lui servaient-elles de stimulant érotique dans ses moments de lassitude. Elle s'était emparée des lettres, les avait mises en lieu sûr depuis quelques semaines déjà. L'avocat de Magda se présenta chez Quandt une semaine après la tragique scène de rupture.

– Je vous ai reçu parce que vous avez insisté, Maître Klein-Hettingen, mais je n'ai rien à vous dire ; rien à discuter avec vous, lui asséna-t-il d'emblée. Si ce sont les excuses de mon épouse dont vous vous faites l'émissaire, dites-les-moi en quelques mots…

L'avocat était resté silencieux, les mains posées sur la grosse serviette de cuir qu'il tenait sur ses genoux, regardant calmement l'homme d'affaires qui roulait un cigare entre ses doigts.

– Vous ne répondez rien, mon cher Maître, demanda Quandt, je comprends ! La conduite de mon épouse est inqualifiable. Je vous plains ; ce dossier est indéfendable. Que pourriez-vous obtenir si nous nous retrouvions devant un juge ? Peut-être l'autorisation de visiter Harald une fois par mois – et encore !

Mais l'avocat restait silencieux, placide, un petit sourire au coin des lèvres – ce qui finit par inquiéter Quandt.

– Que signifie ce silence ? N'est-ce pas vous qui m'avez demandé une audience ? Parlez ! Que souhaitez-vous me dire ? Quel est le message de votre cliente ?

Sans répondre, l'avocat ouvrit lentement sa serviette, sortit un dossier en carton dont il tira une feuille de papier jauni. Il tendit la feuille à l'industriel :

– J'imagine que vous reconnaissez cette lettre, docteur Quandt, dit-il à voix très basse. Nous sommes en possession de quatre-vingt-dix-sept autres lettres semblables.

Quandt s'en saisit d'un geste brusque et s'enfonça dans son fauteuil pour la lire. Au bout de quelques instants, il voulut la froisser avant de la jeter à la corbeille.

– Tss tss… l'arrêta l'avocat, qui avançait déjà la main, il ne faut pas maltraiter les documents de la sorte. Les vieux papiers sont fragiles !

Quandt avait pâli. Il avait lu le premier paragraphe et immédiatement saisi le danger. La publication de ces lettres ruinerait sa réputation. Il tenta néanmoins de se défendre.

– Vous connaissez le nom du procédé que vous tentez d'utiliser contre moi ? C'est tout simplement du chantage ! Savez-vous que je pourrais vous poursuivre ?

– Vous ne le ferez pas, docteur Quandt ! Vous n'avez pas envie qu'on relate certaines de vos habitudes, dans les magazines, par exemple. Je me trompe ? Je ne parle pas seulement des attentions – disons, inhabituelles... oui, voilà : inhabituelles ! – que vous exigez de certaines femmes vénales, murmura l'avocat d'une voix à peine audible.

Cette fois l'autre rendit les armes. Le combat avait à peine duré dix minutes.

– Combien ? demanda Quandt.

– Comment « combien » ? Ma cliente m'a précisé qu'au moment de l'épouser vous lui aviez promis « tout »...

– Elle vous a raconté ça ? demanda Quandt l'air absent.

– Oui, docteur Quandt, reste à définir la signification du mot « tout » !

– Allez-y ; je vous écoute !

Cet avocat est une véritable vipère, pensa Quandt. Où donc Magda est-elle allée dénicher un tel gangster ?

– Comme vous le savez, docteur Quandt, reprit l'avocat, vous avez connu ma cliente alors qu'elle n'était qu'une enfant. Elle m'a même confié qu'elle n'avait pas encore terminé ses études. Elle a été amenée à gérer votre maison, à élever vos enfants. Elle se retrouve aujourd'hui nue comme au premier jour. Il lui faudra bien sûr s'installer dans un appartement... Je veux dire, un appartement qui convienne à son rang, bien sûr ! Il lui faudra également un revenu régulier.

Quandt s'enfonçait dans son fauteuil. Il avait fort bien compris que Magda le tenait.

– Et les lettres ? demanda-t-il.

– Oh ! Une fois l'accord rédigé à la satisfaction des parties, nous vous restituerons les lettres, naturellement ! Pour votre usage personnel, j'imagine, susurra l'avocat. Mais je dois dire que la technique a fait des progrès considérables de nos jours. J'ai pu toutes les photographier. J'ignorais à quel point de simples clichés pouvaient se révéler plus nets que les originaux. Nous conserverons un double, du moins un certain temps, pour nous assurer de la pérennité de l'accord.

Quandt fit alors volte-face, changeant radicalement d'attitude.

– Maître Klein-Hettingen, oublions ce qu'a fait Magda. Je reconnais mes torts ! Je reconnais être à l'origine de ce divorce. J'étais vraiment trop occupé par mes affaires. Je n'ai pu me soucier comme il se devait de mon épouse. Elle méritait une autre attention de ma part !

Quandt demanda à l'avocat de rédiger lui-même un protocole d'accord à la convenance de sa cliente. Magda obtint 50 000 marks pour installer son nouvel appartement, 4 000 marks de pension mensuelle et 20 000 marks placés en banque pour parer à toute éventualité. Le petit Harald allait être confié à sa mère jusqu'à ses quatorze ans, sauf si elle venait à se remarier, auquel cas la garde reviendrait au père. À l'issue de l'entretien, Klein-Hettingen fut embauché par Quandt qui ne supportait pas de laisser des affaires aussi importantes le concernant sans en avoir la maîtrise.

Aussitôt l'accord signé, dès la semaine suivante, Quandt invita Magda à dîner. Ils discutèrent de l'éducation de Harald, du niveau de luxe indispensable à l'éducation d'un futur magnat de l'industrie. Au moment du dessert, Quandt critiqua avec tact le choix de Friedrich von Gellner. Selon lui, ce jeune homme pouvait peut-être convenir comme amant, mais certes pas comme mari ! Et puis, il connaissait Magda ; elle s'ennuierait vite avec ce jeune dandy. Au moins Quandt, totalement absorbé par ses affaires, lui laissait-il le loisir d'explorer le monde. Friedrich ne la lâcherait pas d'une semelle.

De plus, si elle l'épousait, l'accord qu'ils venaient de signer serait aussitôt caduc ; elle en avait conscience. Toute la fortune de la famille von Gellner ne suffirait pas à fournir à Magda les revenus que lui garantissait Quandt. Il lui proposa une nouvelle sorte d'association. Elle jouirait de sa liberté, une liberté totale que lui permettaient des émoluments très élevés, mais elle ne se marierait pas. En échange, Quandt continuerait, plus encore que par le passé, à l'introduire auprès du grand monde. Elle pourrait jouir de toutes les propriétés que possédait Quandt, par exemple l'immense domaine de Severin, dans le Mecklembourg ou la villa de Babelsberg, où elle pourrait offrir ses réceptions. Magda abusa du champagne ce soir-là. Elle riait fort, prenait des attitudes provocantes, se renversant en arrière, retroussant ses jupes…

– Votre proposition me semble équitable, Günther, mais il reste une inconnue. Si vous veniez à disparaître, qu'est-ce qui me garantirait le même train de vie ?

– Si je venais à disparaître ? demanda Quandt, interloqué.

– Oui ! Je sais bien que Harald aura sa part d'héritage, mais moi ? Qu'est-ce que je deviendrai ? J'accepte les termes de votre proposition à condition que vous me couchiez sur votre testament.

Quandt prit cette dernière remarque pour ce qu'elle était : une gifle. Il baissa la tête et accepta en maugréant. Il venait de laisser à Magda un cinquième de toute sa fortune. En rentrant chez sa mère où elle s'était installée depuis son départ de Charlottenburg, Magda leva un passant – c'était un écrivain de théâtre – et se fit prendre contre un arbre, sur les quais du Landwehrkanal. Ce fut à la fois sa revanche contre son vieux mari et sa première déclaration d'indépendance.

*

Magda ne mit pas longtemps à dénicher un immense appartement de sept pièces en plein centre de Berlin, à quelques rues de l'hôtel particulier de Quandt, Reichkanzerplatz, au numéro 2. De sa fenêtre, elle pouvait apercevoir la chancellerie, de l'autre côté de l'imposante place. Fastueux appartement, qu'elle aménagea avec goût, associant les œuvres d'art modernes au mobilier Art déco. L'immense salon de musique aux murs recouverts de bois sombre allait devenir légendaire ; les célébrités y défileraient bientôt. Elle embaucha une gouvernante et une cuisinière. Elle continua à fréquenter le jeune Friedrich, mais avec moins d'entrain. Elle refusa tout net lorsqu'il lui proposa de s'installer avec elle dans son nouvel appartement. Le 25 août, elle reçut un coup de téléphone qui la laissa perplexe la matinée durant. C'était Lowel-Baker qui avait eu vent de son divorce. Il était ici, à Berlin. Certain d'être la cause du bouleversement de sa vie, il venait honorer ses promesses d'une nuit de folie. Il venait l'épouser ; ce soir même si elle acceptait ! Pour écourter la conversation, elle accepta un dîner à la terrasse du club de golf de Wannsee, à une vingtaine de kilomètres de la ville. Elle s'y fit conduire par Friedrich, dans son Alfa-Romeo décapotable – à qui elle expliqua que l'homme qu'elle allait rencontrer était destiné à devenir sans doute ministre, peut-être même président des États-Unis. Piqué au cœur, Friedrich transforma sa jalousie en rage automobile. Il défilait à travers les rues à plus de cent kilomètres à l'heure, dans les pétarades de son six cylindres, éclaboussant les passants de la boue des ruisseaux. Il la déposa au pied de l'escalier conduisant à la terrasse.

Il lui proposa de l'attendre, toute la nuit s'il le fallait. Elle refusa, lui ordonna de rentrer chez lui, le menaça de le quitter s'il insistait. Friedrich bouda un moment au volant de son auto, puis démarra dans un nuage de sable et de gaz d'échappement. Magda monta l'escalier de sa démarche aérienne. Quiconque aspire au pouvoir doit d'abord apprendre à marcher en public. Le monde se partage en deux : ceux qui marchent et ceux qui admirent. Au bord du lac, le temps était délicieux. Une brise émanait des eaux et les arbres frissonnaient.

– Magda, dit d'emblée Lowel-Baker, avec un sens du « droit au but » qu'elle lui reconnaissait, vous voilà enfin libre, n'est-ce pas ?

– Oui, mon cher Clyde, répondit Magda, en le fixant droit dans les yeux, libre, totalement libre… et je compte bien le rester !

Il fit mine de ne pas comprendre.

– Une coupe de champagne ? Avec moi, vous serez plus libre que vous ne l'avez jamais été. La liberté, c'est l'argent ; rien que l'argent ! Il n'est pas d'autre liberté. S'il vous manque un jour le cent nécessaire à la satisfaction de votre désir, c'est alors que vous comprenez ce qu'est la privation de liberté…

Magda regardait sans ciller son ami américain se débattre avec le peu d'allemand qu'il venait manifestement d'apprendre. Elle était vêtue d'un tailleur gris de coupe française, à l'étoffe précieuse. Un large décolleté laissait deviner le rebondi naissant de ses seins. L'extrémité de son écharpe de soie bleue voletait légèrement au souffle du soir. Lowel-Baker avait bien noté que sa tenue était un rien plus provocante qu'à l'accoutumée. Le vaniteux prit cela pour une invite. En vérité, elle l'avait condamné dès qu'elle avait entendu au téléphone sa voix nasillarde de paysan texan. Et de le voir maintenant pontifier devant elle comme un coq analphabète, tout cela faisait remonter sa haine par bouffées. Magda repoussa avec une certaine violence l'assiette de petits-fours que lui tendait le serveur.

– J'ai appris votre divorce par la presse, commença Lowel-Baker... Cette fois, je vous emmène à New York. Nous repartons ensemble par le premier bateau.

– Non ! dit simplement Magda.

Avait-il seulement entendu la réponse ?

– Nous fêterons nos noces en pleine mer, ajouta Clyde, à mi-distance entre l'Europe et l'Amérique. Le *Bremen* fera sa seconde traversée le mois prochain. Il paraît que la vie à bord y est princière. J'ai déjà réservé la meilleure cabine.

– Non ! répéta Magda.

Et l'autre qui poursuivait :

– J'ai invité le gratin. Je leur paie l'aller-retour Berlin-New York. Nous organiserons une première fête ici, au Bristol et la seconde aura lieu sur le transatlantique, en pleine mer.

Glaciale, Magda se leva.

– Je rentre, monsieur Lowel-Baker ! Je ne suis pas une romanichelle ; j'ai une adresse, voyez-vous... Je rentre chez moi ! Voulez-vous m'appeler un taxi, je vous prie.

Il prit son bras pour la guider vers le parking. Elle finit par accepter de se faire reconduire à Berlin. Lowel-Baker avait acheté pour l'occasion la dernière Mercedes, un roadster à compresseur. Il avait entendu que les acteurs les plus riches d'Hollywood cherchaient à se procurer l'une de ces autos fabriquées à l'unité. Il les avait devancés d'une longueur. Noire, un immense capot, le cockpit rejeté tout à l'arrière, presque au-dessus de l'essieu, deux petits saute-vents en guise de pare-brise.

Il lui ouvrit galamment la minuscule portière, l'invita à s'installer et prit place au volant. Il n'y voyait pas grand-chose et s'était bien gardé d'enfiler ses lunettes de myope.

– Magda !

Cheveux au vent, elle restait blottie contre la portière sans décrocher un mot… Les énormes tubulures d'échappement chromées tremblaient d'excitation en crachant des borborygmes de feu.

– Magda ! répéta Clyde, pourquoi m'en voulez-vous ?

Il la regardait, hypnotisé.

– Regardez devant vous, Clyde, déjà que l'on n'y voit pas grand-chose !

Ils contournaient le lac pour prendre la direction de l'Avus. La voiture arrivait dans un virage. En tournant avec difficulté l'immense volant, il actionna par mégarde la manette d'avance à l'allumage. La voiture fut prise de hoquets.

– Je comprends votre colère, Magda. Je suis resté longtemps silencieux. Mais je vous savais mariée… Je ne voulais pas vous mettre dans l'embarras. Maintenant, c'est différent ! Je peux enfin m'occuper de ce qui m'importe le plus au monde : vous !

– Accélérez, s'il vous plaît ! Je voudrais rentrer à Berlin au plus vite.

Lowel-Baker lança la voiture. Au début, le moteur répondit en vrombissant. Quand s'ouvrit la longue ligne droite qui suivait le pont, le compresseur se mit soudain en marche dans un sifflement effrayant. Surpris, l'Américain se raidit, et son pied écrasa l'accélérateur. Les 250 chevaux affluèrent d'un coup dans un bruit de mitraille. L'auto bondit en avant plaquant violemment les deux passagers aux dossiers de leurs sièges. Elle prit aussitôt de la vitesse, frôlant même les deux cents.

Plus elle accélérait, plus le louvoiement se faisait rapide, lui faisant frôler le fossé qui bordait la route de part et d'autre, dans un mouvement de pendule. En quelques minutes, elle avait avalé la longue ligne droite. Le premier virage approchait. Terrorisée, Magda n'avait pas ouvert la bouche. Elle mesura soudain le danger ; elle hurla :

– Clyde ! Freinez, grands dieux ! Clyde…

Débordé par le monstre de sept litres de cylindrée, Lowel-Baker avait perdu la maîtrise.

– Magda ! hurla-t-il à son tour. Et il tournait vers elle un visage suppliant.

– Le frein, Clyde, la pédale de frein…

Le virage leur éclata au visage dans la lumière insistante des phares. Lowel-Baker se cramponna au volant. L'auto partit droit devant et, heurtant le bord du fossé, décolla à une hauteur de trois mètres, retomba sur le côté droit avant d'entamer une série de tonneaux. On entendait le vacarme de l'acier qui se fracturait sous l'impact. Le conducteur fut éjecté, glissant sur l'herbe jusqu'au pied d'un arbre. Mais Magda, coincée dans le baquet, tentait de se cramponner au tableau de bord, alors que la voiture poursuivait ses infernales pirouettes. Lorsqu'elle s'immobilisa enfin en plein milieu d'un champ, les quatre roues en l'air, le moteur, accélérateur bloqué, hurlait son affolement dans les aigus. Magda se trouvait dessous. Des paysans arrivèrent en courant, entreprenant de dégager le corps inerte emprisonné sous la carcasse. Le plus vaillant, la tenant sous les aisselles, la tira à l'abri aussi vite qu'il le put. Alors que le moteur s'étouffait, hoquetant ses derniers soubresauts, le feu commença à crépiter sur un lit d'étincelles. Une explosion démentielle éclaira la campagne comme un gigantesque éclair au magnésium. La folle balade du soir se terminait en une gerbe d'apocalypse. Tout de même endolori, Lowel-Baker avait seulement perdu un fond de pantalon dans la glissade. Quant à Magda, hospitalisée d'urgence à Berlin, elle ne revint à elle que deux jours plus tard – plusieurs fractures de la jambe et du bras, des hématomes sur tout le corps et une double fracture du crâne. Le médecin la garda trois semaines, enturbannée de gaze. Ello lui rendit visite à deux reprises à l'hôpital de Westend et Friedrich vint tous les jours, les bras chargés de fleurs et de cadeaux. Il lui rapportait les bruissements de la ville ; Magda ne desserrait pas les dents. Elle ruminait, s'interrogeant sans cesse sur le sens des événements. Elle comprenait peu à peu que cet accident était venu mettre un terme à une période de sa vie, lui signifier ce qu'elle pouvait attendre des hommes. Elle en avait fini avec Quandt après avoir obtenu tout ce qu'elle pouvait espérer. Il avait été son père, la faisant naître à l'univers des nantis. Il était naturel qu'il la couchât sur son testament. Si l'insistance de Friedrich l'ennuyait à mourir, elle aimait tout de même cette relation hors des conventions bourgeoises qui affirmait son originalité à la face du monde. Mais elle la savait provisoire ; elle l'avait souhaitée telle. Les tergiversations de l'histoire lui avaient envoyé ce millionnaire américain. Elle aurait pu le supporter un temps, comme elle avait subi Quandt, mais il arrivait trop tard ! Elle n'avait plus cette capacité d'endurer. Et que pouvait-elle en espérer ? Peut-être était-il plus riche et moins avare que Quandt, mais il souhaitait la contraindre plus encore ; elle s'était sentie acculée. Lowel-Baker, rongé de culpabilité, avait pris le bateau une semaine après la nuit de Wannsee. Il était clair qu'il n'oserait plus jamais importuner Magda. Avant même de quitter l'Allemagne, il lui avait fait parvenir par l'intermédiaire de son banquier de Munich un chèque d'un montant de 50 000 dollars pour couvrir les frais d'hôpital et renouveler sa garde-robe. Il avait renoncé aux deux joyaux allemands qu'il convoitait : la Mercedes SSK qui avait été réduite en cendres et la belle Magda Quandt. Magda se souvenait qu'avant de partir à ce funeste dîner, elle avait imploré les forces de la terre. Une phrase lui était venue à l'esprit qu'elle avait ensuite répétée devant ses miroirs : « Dieux de la terre d'Allemagne, n'abandonnez pas votre fille ! » Aujourd'hui, elle comprenait qu'elle était directement liée aux puissances, qui avaient répondu à ses supplications en soufflant des vapeurs d'enfer sur le monde. Mais lorsque, du fond de son lit, Magda fermait les yeux, cherchant à s'endormir, le visage de Victor se présentait encore. Des larmes coulaient sur ses joues. Lui seul, Victor Arlozoroff, avait la capacité de la révéler à elle-même. C'est lui qui lui manquait dans la vacuité blanche de l'hôpital.

*

À Hevron, en Palestine, ce même 25 août 1929

Arlozoroff avait quitté Tel-Aviv à quatorze heures dans le camion de Zvica. Plusieurs officiers supérieurs de la Haganah, l'armée secrète juive, l'accompagnaient. Depuis trois jours, les nouvelles qui parvenaient des implantations juives étaient chaque fois plus inquiétantes. Le 15 août, 9 av dans le calendrier juif, jour de commémoration de la destruction du Temple, le Mufti de Jérusalem, Hadj Amin el Husseini, avait répandu une étrange rumeur à travers le pays : les Juifs auraient décidé de détruire la mosquée Al-Aqsa pour reconstruire le Temple à son emplacement. L'idée était folle, mais les Arabes, profondément troublés par leurs réalisations, pensaient les sionistes capables de tout. Les hommes du Mufti, armés jusqu'aux dents, descendaient dans chaque village, investissaient les marchés, envahissaient les places, racontant d'invraisemblables violences perpétrées par les Juifs. Ils empoisonneraient les puits, égorgeraient les enfants arabes isolés, profaneraient les mosquées et les cimetières. C'était ainsi que les Arabes du Mufti prêchaient la guerre sainte. Ils excitaient les musulmans en leur rappelant que des infidèles foulaient aux pieds la terre sacrée. Ils appelaient les nationalistes à une organisation politique pour faire barrage aux étrangers venus voler leurs terres. Ils embarquaient les oisifs dans des coups de main contre les villages juifs, leur promettant vengeance et pillages. Un vent nouveau de violence soufflait sur la Palestine. Arlozoroff s'était rendu chez lord Plumer, le haut-commissaire britannique, qu'il connaissait de longue date, dans son bureau de Jérusalem situé sur la colline, la bien nommée « du mauvais Conseiller ». Mais l'Anglais avait répondu que la police connaissait son travail, qu'il ne pouvait en aucune manière autoriser la Haganah, qui n'avait aucune existence légale, à assurer la défense de la population. Arlozoroff avait alors fait rapport à l'état-major de l'intransigeance des autorités britanniques. La décision avait été prise de placer secrètement des hommes armés dans chacun des villages juifs. Les violences commencèrent le 20 août à Jérusalem. Inquiets du sort qui leur était réservé, les dirigeants de la Haganah offrirent d'assurer leur protection aux sept cent cinquante Juifs de la petite communauté de Hevron. Hevron, où l'on dit qu'Avraham aurait scellé la première alliance avec Dieu, abritait une communauté essentiellement religieuse. Le rabbin répondit qu'il entretenait des relations d'amitié avec ses voisins arabes et ne craignait aucune agression. Baroukh fut tout de même envoyé là-bas avec une douzaine d'hommes, armés de fusils et de grenades. Lorsqu'il se présenta au chef de la communauté, il était plus de minuit. Réveillé en sursaut, Eliezer Dan Slonim, directeur de l'Anglo-Palestine Bank de Hevron, se mit à crier. Il n'avait jamais demandé à la Haganah de lui envoyer des hommes armés. Il ne craignait rien des Arabes. Plus même, la présence en ville d'étrangers risquait de déclencher leur colère. Il dénonça les hommes de la Haganah aux policiers de la ville qui les escortèrent jusqu'à Jérusalem pour s'assurer qu'ils avaient bien quitté l'endroit. Le lendemain, le massacre commença. Lapidations, viols, meurtres – à coups de bâton, de couteau, d'arme à feu... Au total, soixante-sept Juifs trouvèrent la mort lors des émeutes parmi lesquels douze femmes et trois enfants de moins de trois ans. Des dizaines de blessés se retrouvèrent à l'hôpital de Jérusalem, mutilés, torturés, profondément choqués par la brutalité sauvage des exactions. Sur le siège avant, Arlozoroff avait fini de lire le rapport que lui avait transmis Zvica.

– Quelle boucherie ! J'ai envie de pleurer. Nous ne pouvons plus nous contenter d'improvisations, dit Arlozoroff, les Arabes ont décidé de répandre la terreur pour nous contraindre à quitter le pays. Il faut protéger notre peuple, organiser nos forces armées.

– C'est toi qui dis ça, Haïm ? s'exclama Zvica, on croirait entendre les révisionnistes de Jabotinsky. Je croyais que tu défendais l'idée d'une même terre pour deux peuples...

– Je ne sais quelle communauté finira par prendre le pouvoir sur cette terre, mais nous devons tout faire pour que les Juifs n'en soient pas chassés. Pour cela, il n'est qu'une seule solution et elle est militaire !

Il était près de dix-huit heures lorsqu'ils arrivèrent à Hevron. Ils avaient été retardés par les barrages de l'armée anglaise qui fouillait chaque voiture. Arlozoroff se rendit d'abord à l'hôpital pour visiter les quelques blessés qui n'avaient pu être évacués sur Jérusalem. La ville fumait encore de la violence des combats. Sur les chaussées, des meubles brisés avaient été sortis des maisons, on voyait des traces d'incendie, des vêtements déchirés, des fragments de charrettes. Des chiens erratiques fouillaient les détritus. Tous les cadavres n'avaient pas dû être enterrés. Une chaleur de plomb faisait monter une effroyable puanteur. Arlozoroff marchait devant d'un pas décidé, suivi par la délégation de la Haganah. Ils ne croisèrent pas un seul Arabe. Devant l'entrée de la Yeshiva, Baroukh sortit à leur rencontre. Il était chargé d'organiser l'évacuation du reste de la communauté.

– Un cauchemar ! dit Baroukh, on croirait les *shtetls* d'Ukraine après le passage des cosaques. On ne tient pas compte de nos mises en garde, nous ne sommes pas assez crédibles.

– C'est vrai, Baroukh ! Nous devons améliorer nos messages en direction du Yishouv.

– Et nous manquons d'armes. Il faudrait en laisser en dépôt dans chaque ville, dans chaque village.

– Que faire ?

– Trouver de nouvelles armes… En Europe, peut-être.

– En Allemagne ?

– En Angleterre, en Pologne, en Tchécoslovaquie, en Allemagne, aussi ! Pourquoi pas en Allemagne ? Il est vrai que tu connais du monde là-bas…

Le visage de Magda se présenta devant les yeux d'Arlozoroff, comme chaque fois qu'il était question d'un voyage en Allemagne.

23

Tania

Tel-Aviv, de nos jours, le soir de Kippour

19 heures. – Il fait nuit. Les voitures ont déserté les chaussées envahies maintenant par des patineurs et des cyclistes. On n'entend plus aucun moteur – plus une auto, plus un bus, plus un seul scooter. Un mouvement général, comme un courant emmène les promeneurs, y compris les vieux ou les Russes quelque peu vacillants, engorgés de vodka. Des gamins en rollers vous frôlent en pleine vitesse et partout des hommes, la kippa sur le sommet du crâne, la sacoche de prière sous le bras, tiennent un garçon par la main. Ils sortent de la synagogue ou s'y rendent. Kippour ! On a beau dire que Tel-Aviv est antireligieuse, Kippour l'envahit jusqu'à la dernière ruelle, s'en empare, la prend à la gorge. Tel-Aviv qui passe l'année à abjurer son Dieu se trouve assaillie par lui ce jour-là. Je marche de mon hôtel sur le bord de mer jusqu'à l'Intercontinental, à la limite sud de la ville, au seuil de Jaffa. Des synagogues dont je n'avais pas remarqué la présence surgissent du paysage tous les quelques pas. Il en est de très petites, deux pièces au rez-de-chaussée d'un vieil immeuble, d'autres imposantes, comme cette antique bâtisse datant des Britanniques – toutes regorgent de monde. À l'intérieur, ils

prient, mais il en est bien plus, debout à l'entrée, qui bavardent à oublier qu'ils s'engagent dans vingt-quatre heures de jeûne. Tania m'a envoyé par e-mail son numéro de portable. Je l'ai appelée. Nous avons échangé quelques phrases, juste assez pour nous fixer rendez-vous à son hôtel, « Le David Intercontinental ; dans les salons près du bar », a-t-elle proposé. Elle m'a parlé en français, avec un fort accent allemand. Elle a une voix grave, un peu éraillée. Je ressens une excitation étrange à l'idée de la rencontrer. Il y a si longtemps que nous nous écrivons des mots d'amour. Je suis tombé sur son nom au début de mes recherches sur Monco. Brocker… Tania Brocker, unique héritière d'un gigantesque consortium comportant bon nombre d'entreprises qui ont prospéré durant la guerre profitant du travail des esclaves internés au camp de Neuengamme. J'ai fait une recherche sur Internet. Elle avait une page Facebook. Je lui ai écrit. Aucun signe de vie durant des semaines, mes messages partaient dans le vide Internet. Je regardais sa photo et délirais les pensées qui me venaient à son sujet. J'ai dû finir par tomber juste parce qu'un jour, elle m'a répondu : « Vous me connaissez ? Qui êtes-vous, Ezra ? » J'ai continué à lui écrire, mais aussi à chercher ce qui la concernait sur Internet. Le procès du gigolo qui lui avait soutiré plusieurs millions d'euros s'était déroulé en Allemagne, à Hambourg. On en retrouvait des échos, des articles de journaux, des vidéos, des interviews, d'autant qu'il ne s'agissait pas d'une simple affaire de mœurs. L'homme, un Israélien d'une trentaine d'années, avait croisé Tania au bar de l'hôtel où elle était descendue lors d'un voyage d'affaires à Prague. L'enquête de police avait montré que ce n'était pas un hasard : il la suivait avec un complice depuis des mois. Il l'avait séduite, embarquée dans une relation enflammée, faite de rendez-vous d'amour dans les grands hôtels, de croisières sur des bateaux de luxe, de fréquentation des circuits de formule 1. Il était trader ; il s'était présenté ainsi. Deux semaines après leur première nuit, dans un moment d'affection intense, il s'était plaint. Les aléas de la Bourse… Il avait gagné des millions ; en avait fait gagner cent fois autant à sa banque. Il venait de réaliser une mauvaise opération, avait perdu bien plus qu'il était autorisé à engager. Son employeur allait s'en rendre compte. Il était fini. Si elle acceptait de lui avancer une petite somme, il pourrait repartir. Qu'est-ce que représentaient cinq millions d'euros au regard de sa fortune ? Elle n'était qu'à moitié dupe, mais ne supportait pas de voir finir l'aventure. Elle avait payé. Avec cinq millions en poche, Yoram aurait pu s'arrêter là, les encaisser et disparaître à l'autre bout de la planète. Le bilan aurait été sévère pour Tania, mais acceptable. Les choses ne se sont pas passées ainsi. Le jeune homme avait des frais et était ambitieux. Il a essayé de la faire chanter. Il lui a fait parvenir des vidéos de leurs ébats, filmées par son complice. Il menaçait de les envoyer à son mari, de les diffuser sur la toile. Ils se sont parlés au téléphone. Il exigeait cette fois dix millions d'euros. Yoram, certainement un excellent amant, était moins bon en psychologie féminine. Au moment de cette nouvelle exigence, ils ne baignaient plus dans cette phosphorescence de tendresse qui avait fait craquer Tania. Renonçant à la séduire, il tentait de la soumettre. Tania s'est alors adressée à la police. Le scandale a été immense, en Allemagne, bien sûr, dans le monde des affaires, mais aussi aux États-Unis et au Moyen-Orient où le groupe avait des intérêts colossaux. Une fois arrêté, Yoram avait avancé pour sa défense qu'il était un descendant de survivants de la Shoah. Il avait accusé la famille de Tania d'avoir asservi son grand-père, de l'avoir assassiné par le travail et les privations. Il avait cherché à se présenter comme une sorte d'activiste politique pour se défendre d'être un vulgaire maître chanteur. En un sens, son coup avait marché. Les journalistes avaient sorti les dossiers oubliés. Les entreprises que dirigeaient les parents de Tania n'avaient pas été « dénazifiées » après guerre. Les émissions de télévision s'étaient succédé, exhumant les affaires troubles de la famille. Le groupe avait commencé à perdre de l'argent. Comme le répétait le vieux Günther Quandt autrefois, le scandale ne fait pas bon ménage avec l'industrie. Dans ce que j'ai pu lire, on ne parlait pas des conséquences de ces révélations sur la vie familiale de Tania. Avait-elle été amenée à divorcer ? S'était-elle séparée de sa famille ? Quoi qu'il en soit, le bouleversement avait dû être considérable. On pouvait se demander ce qui la poussait à se lier avec un inconnu sur Internet après tout ce qui lui était arrivé. Son intérêt pour moi me parut encore plus suspect.

« Croyez-vous seulement qu'il y aura le moindre bar ouvert aujourd'hui ? », je lui ai demandé. « Qu'importe le bar ? avait-elle répondu, nous pourrons toujours monter dans ma chambre. » Elle ne connaît pas mon visage, n'a même jamais aperçu une photo de moi. Nous devons nous retrouver à vingt heures. « Comment vous reconnaître ? » Une peur s'est emparée de moi. Je suis banal, physiquement banal ; j'ai eu ma part de galère, mon âge s'est inscrit sur mes traits. Voilà des lustres qu'aucune femme ne m'a regardé au fond des yeux. Que lui répondre ? « Je suis tout habillé de noir. Je viens de perdre ma mère. » Lorsque j'atteins les premières maisons de Newe Tsedek, j'entends les *seli'hot*, « les demandes de pardon », s'échapper des fenêtres d'une synagogue.

Je reconnais la prière. Je m'arrête pour écouter. Je ne sais plus demander pardon. Je ne sais plus si je suis en droit ou en faute. Je ne sais plus s'il existe des fautes. Je suis en avance. Deux hommes approchent. Je reconnais le premier à sa démarche sautillante. Il me tend la main, un large sourire sur le visage.

– Putain, con, qu'est-ce que tu fais là ? lâche de Luca, tu l'as larguée la Barbara ?

Je suis certain qu'il n'est pas là par hasard. Il doit me suivre depuis l'hôtel. Je lui souris, lui serre la main et, prenant un air un peu théâtral :

– Lorsque les Juifs ont institué le *Yom Kippour*, le jour de l'Expiation, je lui dis, il n'y avait pas de policiers pour examiner leurs fautes. Ne me demandez pas quelle époque je préfère, commissaire… celle des prêtres qui sacrifiaient les poulets ou l'actuelle : celle des poulets qui se prennent pour des prêtres…

Il rit jaune :

– Toi, l'intello, tu causes toujours… Attends, viens, je vais te présenter quelqu'un, me propose-t-il en me tirant par la manche.

Il me présente son acolyte, un petit myope à cheveux blancs avec un nœud papillon.

– Il va t'intéresser, lui, c'est un intello comme toi, c'est le conseiller culturel.

– Il paraît que vous vous intéressez à Arlozoroff… commence le petit binoclard.

– À Arlozoroff ? Heu… Non ! Je m'intéresse à l'Histoire, voilà tout !

– À la mort d'Arlozoroff ? il insiste.

Je me sens piégé. Il faut me défaire de ces deux-là avant de retrouver Tania. Ils vont s'incruster, l'interroger. Elle va prendre peur, disparaître. Trois mois d'approche, de séduction seront réduits à néant en quelques minutes.

– Je me suis renseigné, je lui réponds… La mairie est en train d'ériger un monument à l'emplacement exact de son assassinat.

– Ah oui ?

– Juste devant la plage du Carlton.

– Je vois très bien où c'est, me rétorque l'homme de culture, à l'entrée de la marina…

– C'est ça !

J'ai reconnu Tania. Elle vient de s'installer sur l'un des fauteuils, devant le bar. Je l'aperçois derrière les poteaux de l'ascenseur. Elle est plus attirante que sur les photos. Elle est très blonde, les yeux clairs. Elle ne doit pas avoir quarante ans. Elle est vêtue d'un tailleur très chic, en coton jaune serin, la veste largement décolletée sur sa peau bronzée, la jupe fendue sur le côté. Elle croise les jambes, fouille dans son sac. Elle a enfilé ses fameux bas à l'ancienne, noirs, avec une couture centrale ; ceux qu'elle m'a décrits dans un e-mail. On aperçoit l'amorce du porte-jarretelles. Tania lorgne dans ma direction. « Comment voulez vous que je vous reconnaisse, m'a-t-elle dit au téléphone, habillé de noir… mais ils sont tous habillés de noir dans ce pays. » Elle parlait sans doute des religieux.

– Arlozoroff, voyez-vous, recommence le cultureux, avait beaucoup d'ennemis. D'abord, c'était un coureur de jupons et les maris jaloux, en ces temps un peu rudes…

– Vous pensez qu'il s'est fait descendre à cause d'une affaire de mœurs ?

– J'ai déjà entendu cette hypothèse, me répond-il, développée par un historien israélien, mais je n'y crois pas !

– Moi non plus, ce serait extraordinaire que le destin de ce pays se soit décidé à cause d'une vulgaire coucherie, je balbutie.

Je ne sais comment faire. Si je montre de l'intérêt à la conversation, ils vont rester ; si je me détourne, ils penseront que je vais rencontrer quelqu'un et ne me lâcheront plus. Et alors, coup de chance ! Il existe un dieu pour les paumés. Entre alors l'ambassadeur. Il traverse le hall de l'hôtel d'un pas martial, la tête haute, le menton dressé, la nuque bien dégagée. Ses conseillers flanqués sur les côtés ont du mal à suivre l'allure, contraints d'accélérer pour le rattraper. Il fait un signe de la tête et mes deux flicaillons accourent aussitôt auprès de lui comme s'ils avaient été sifflés. Je les vois s'éloigner vers la grande porte vitrée, jappant et sautillant autour de leur maître.

*

– Pourquoi m'avez vous embrassée immédiatement, avant même que l'on échange une seule parole ? me demande Tania.

– C'était une sorte de conviction…

– Une conviction ?

– Oui ! Je reste persuadé que la parole ne sert qu'à mentir.

– Mais j'aurais pu refuser, s'insurge Tania.

– C'est vrai !

– Me rebeller, me débattre, appeler au secours…

– Oh, n'exagérons rien. Je ne suis pas aussi hideux.

– Vous n'êtes pas très beau ! me lance-t-elle en me regardant fixement dans les yeux.

Je me sens rougir jusqu'aux oreilles.

– Je plaisantais, se rattrape-t-elle.

– À moitié…

– Oui, convient-elle, à moitié, c'est vrai !

Nous tentons d'obtenir un verre de vin, mais il n'y a pas l'ombre d'un personnel de service dans cet hôtel de Tel-Aviv un soir de Kippour. Elle fouille son sac à la recherche d'une cigarette. Elle sourit, se retire au fond de son fauteuil.

– J'admets que l'on puisse s'aimer sans se connaître. Je peux imaginer que l'on fasse l'amour avant de se parler. Mais j'ai l'impression que c'est plutôt… comment dites-vous en France ? « Un truc de mec », c'est ça ?

Je souris.

– Vous parlez très bien le français.

– Pas le français, non, le belge ! J'ai vécu trois ans à Bruxelles.

– Comme votre arrière-grand-tante…

Je lâche la phrase comme ça, sans insister, sans la regarder. Je la sens tressaillir. Que sait-elle de moi ? Que sait-elle de ce que je sais d'elle ? Sa parenté avec Magda Goebbels, qui a passé une partie de son enfance au couvent de Vilvoorde, n'a pas été mentionnée dans la presse lors du procès et de tout le battage médiatique qui a suivi. Elle accuse le coup sans ciller. Mais justement, elle ne pose aucune question, ne me demande pas de quoi je parle. Elle propose simplement :

– Montons dans ma chambre, plutôt, voulez-vous ?

Nous sommes seuls dans l'ascenseur. Je lorgne l'offrande de ses seins. Elle remarque mon regard. Elle sourit. C'est au dernier étage. En sortant de l'ascenseur, je remarque un énorme type, avec cette jolie veste grise à manches courtes, d'énormes lunettes de soleil réfléchissantes sur le nez, un écouteur vissé dans le creux de l'oreille. J'ai appris à reconnaître les hommes du Shin Bet, les services israéliens. Tania le salue d'un signe de tête en passant. Il ne bronche pas. Les Israéliens sont au courant de tout depuis le début. C'était prévisible.

La chambre est un peu trop luxueuse à mon goût. Je m'approche de la gigantesque baie vitrée qui ouvre sur la mer. J'ai le vertige, je le ressens dans mon bas-ventre. On aperçoit le vieux Jaffa au premier plan, illuminé. À Kippour, les Juifs qui veulent fuir l'expiation se réfugient chez les Arabes de Jaffa. Elle se laisse tomber au fond du canapé et balance ses chaussures d'un geste nonchalant.

– Il paraît que je lui ressemble, me lance Tania.

– … que vous ressemblez à qui ?

– À ma grand-tante… À Magda !

Je la regarde longuement. Je m'approche. Parcours son visage de ma main, ses lèvres de mes doigts.

– Je ne trouve pas ! je réponds. Elle avait un visage allongé et froid ; vous l'avez plutôt arrondi et ouvert. Elle avait les lèvres fines et plutôt sèches, me semble-t-il. Les vôtres sont comme des fruits gonflés de soleil…

– Oui, sans doute, mais les yeux ?

– Les yeux ? Peut-être un peu leur forme. Mais les yeux de Magda étaient rentrés, les vôtres sont ouverts. Et puis les siens étaient couleur de fjord, les vôtres sont méditerranée.

– Vous êtes drôle, Ezra !

Nous mettons cartes sur table. Oui, elle s'est renseignée sur mon compte ! Elle avait tout de suite alerté la police allemande – et cela, dès mon premier message. Elle ne voulait pas être, une nouvelle fois, victime d'un maître chanteur. Tous nos échanges étaient lus, expertisés, analysés.

– Le policier allemand trouvait votre prose un peu…

– Ringarde ?

– Qu'est-ce que ça veut dire « ringarde » ?

– Ça veut dire, je ne sais pas… « vieux », « ridicule »…

Elle éclate de rire…

– Oui ! Mais moi, j'aime bien ! Vous me preniez pour une vieille bourgeoise romantique ?

Je déniche dans le minibar une demi-bouteille de champagne. Je sers deux coupes, lui en tend une et m'installe dans le fauteuil.

– Il est vrai que je voulais vous approcher ; je crois que je me suis approché trop près…

Il est logique que la police allemande se préoccupe de cette affaire d'autant que les intérêts économiques sont gigantesques. Elle m'explique qu'ils sont à peu près certains que le meurtre a été commandité par un membre du conseil d'administration de son consortium.

– De Brocker ?

J'avais compris de longue date que Mordekhaï Monco faisait chanter une grosse firme allemande ; qu'il recevait régulièrement d'énormes sommes d'argent en échange de son silence. La firme, c'était donc Brocker ! Les camions, les usines pétrochimiques, les médicaments, la presse, Brocker, c'est un État dans l'État. Il avait dû être trop gourmand. Depuis qu'il fricotait avec les dealers russes de Jaffa qui l'avaient tondu, il était devenu comme fou. C'est pour cette raison que Tania Brocker elle-même, l'actionnaire majoritaire de Brocker Ltd, s'est déplacée jusqu'ici, à Tel-Aviv. Je réfléchis. Elle ne doit pas être seule. Des chargés d'affaires de la compagnie, des policiers allemands doivent loger dans l'hôtel, sans doute au même étage. Maintenant que je mesure le problème, je me demande pourquoi il n'y avait qu'un seul homme du Shin Bet à la sortie de l'ascenseur. Dans les salons, nous devions être photographiés, écoutés, peut-être même filmés. Je m'approche d'elle. Elle est étendue sur le canapé, face à la mer. Elle me tend sa coupe vide…

– Vous me servez une autre coupe de champagne, Ezra ?

En vidant la demi-bouteille, je lui explique :

– Savez-vous ce qu'un Juif n'a pas le droit de faire à Kippour ?

*

Il est plus de deux heures du matin lorsque je quitte sa chambre. Le bord de mer abondait de promeneurs comme en plein jour. Tania s'est endormie comme une enfant en serrant son oreiller. Je suis ému aux larmes. Je suis sorti sur la pointe des pieds. Nous nous sommes retrouvés comme si nous étions de vieux amants. Nous nous sommes aimés sur le canapé, la mer et la nuit de Jaffa pour témoins. Nous nous sommes parlé, aussi, lumières éteintes, à la lueur du reflet des vagues sur les vitres. Elle m'a appris que le 16 juin 1933, Magda Goebbels se trouvait à Tel-Aviv, qu'elle en avait la preuve formelle. Dans un moment d'abandon, elle m'a murmuré des mots d'allemand que je n'ai pas compris. J'ai réussi à ne pas lui parler de Barbara, ni de la montre de gousset. Avant de s'endormir, elle m'a dit :

– Vous êtes très sensible, Ezra !

J'ai répondu :

– Je crois que c'est parce que je suis en deuil…

Et je suis parti en prenant soin de ne pas la réveiller.

24

Le cercle

Berlin, automne 1929

Les divinités sont destinées à occuper le vide ; c'est inscrit dans leur nature. Le discernement n'est pas leur fort ; elles ne savent ni distinguer les humains ni percevoir leurs semblables. Les divinités se connaissent totalité, elles ne parlent que leur seule langue, ne connaissent que leur nature. Elles confondent l'espace et leur identité, le temps et leur propre extension ; elles savent seulement s'opposer à la puissance annihilante de la Nuit. Leur seule force est création. Hésiode a écrit voilà près de trois mille ans que la Nuit avait enfanté tous les êtres. C'est à la fois vrai et trop simple. Les êtres ne naissent pas d'elle, mais contre elle. L'être s'étire d'un élan qui l'arrache à la nuit. Qui est allé penser que les animaux ou les hommes étaient vivants ? Eux ne sont que répétition indéfinie d'une même nature, d'une même séquence automatique. Ils sont espèces, catégories, identités. C'est dans l'irruption que se loge la vie. La nuit est l'écran sur lequel se déroule l'Histoire, sa source pour autant que tout mouvement essaiera d'y instiller une lueur, car la vie est moment et la nuit éternité. Il est aussi des enfants de la nuit, êtres redoutables dont la force est de défaire. La Bible en connaissait au moins un qu'elle appelait

Lilith – nom qui, après tout, signifie « nuit ». Du temps de mon enfance, en Égypte, toute nouvelle accouchée recevait une amulette pour la protéger de Lilith. Car le seul fait de naître était une victoire remportée sur la nuit. On ne peut écrire que la nuit. Les textes prennent naissance, adossés contre elle, extrayant leur vitalité de sa présence, leur existence de leur capacité à lui résister. On appelle « dieux » ces êtres qui ont vaincu la nuit. Garde de ne pas laisser mourir les dieux de peur du retour des ténèbres ! Dans leur lutte pour la vie, malgré ce qu'ils prétendent, les dieux ont une histoire. Certains débutent en petit diable familial. Tel est par exemple le dieu de la Bible qui a commencé démon local, investissant Abraham, lui faisant subir avanies et pérégrinations, jusqu'à contraindre ses descendants à installer son culte tout à travers le monde. D'autres commencent humains. Ceux-là ont bien des difficultés à ériger leur unicité, leur abstraction. Leur humanité est épreuve, quelquefois due à leur nature hybride. Tel était Dionysos, né d'un dieu et d'une femme, contraint à déclencher des cavalcades de femmes folles pour convaincre de sa nature divine. Son corps d'homme le gênait ; il a créé mille artifices pour se détacher de cet esclavage. Les plus connus sont l'alcool et la danse. Pour d'autres, l'humanité est sacrifice offert en exemple. Tel était Jésus-Christ, dont la vie d'homme n'a été qu'abnégation et souffrance jusqu'à mériter de devenir essence.

Mais en ce monde, tout est possible, y compris l'erreur – plus encore, l'erreur éclairée. Magda savait la souffrance des êtres au devenir divin. Elle éprouvait une sympathie sincère pour leurs douleurs. Son erreur fut de se penser l'un d'entre eux. Il faut dire que bien des épisodes de son existence pouvaient le laisser supposer, surtout cette propension que manifestaient les hommes à se saisir d'elle dans l'intention de soumettre son pouvoir à leur seul service. Chaque fois, elle avait su reconquérir son indépendance, puisant dans l'expérience un surcroît de force. En cet automne 1929, en ces temps où l'Occident se précipitait vers sa nuit, Magda, débarrassée de ceux qui voulaient asservir son don, commençait à chercher celui qui saurait promouvoir son culte. Divorcée de moins de trente ans, drapée d'or et cuirassée d'argent, installée dans un somptueux appartement dans le plus beau quartier de Berlin, elle se sentait paradoxalement prise au piège. Que devient une déesse sans adorateur ? Elle recevait souvent sa mère, la perfide Augusta, qui lui pourrissait l'humeur. « Tu vois où t'ont menée tes idées de grandeur ? Te voilà sans mari, sans avenir, condamnée à être poule de luxe ou dame patronnesse. » L'angoisse d'Augusta était celle de la petite bourgeoisie d'Allemagne en cet automne sombre, la terreur de la prolétarisation. Magda tenait bon dans sa stratégie d'existence. Elle sortait tant et plus. On la voyait dans les bars des grands hôtels, les restaurants de luxe, les boîtes à la mode où l'on jouait les nouvelles musiques importées d'Amérique. On l'invitait dans les cercles de la haute bourgeoisie industrielle, ceux que lui avait fait connaître Quandt. Les aristocrates et les militaires prussiens raffolaient de sa présence, ils voyaient en elle la quintessence de l'éducation. Lorsqu'elle avait abusé du champagne, elle usait d'un mot parisien, disait qu'elle avait « le spleen ». Ceux qui étaient au courant des circonstances de son divorce, comme Eschenbach, pensaient que Quandt la tenait. Si elle se remariait, elle perdait sa rente et la garde de son fils. Si elle ne se remariait pas, elle était destinée à s'étioler lentement. C'était ainsi qu'ils interprétaient sa plainte silencieuse. Mais Magda était plus entière, cosmique, vibrant aux mouvements du monde, non aux caprices des hommes. Elle incita Friedrich à retourner à ses études que les derniers bouleversements dans la vie de Magda lui avaient fait déserter. Il reprit de mauvaise grâce le chemin de l'université, libérant ainsi les après-midi de sa maîtresse. Ce fut en début de journée, alors qu'elle étudiait méticuleusement l'emplacement d'un grand tableau moderne qui devait orner le mur de son salon de musique, que sonna le téléphone. Magda sursauta. Avant même de décrocher, elle sut que c'était lui.

– Bonjour, dit l'homme, je voudrais laisser un message à madame Quandt…

Elle tressaillit. Elle le reconnut aux premiers mots prononcés.

– … Je voulais la prévenir que madame Eisenach se trouvait à Berlin pour deux jours et serait heureuse de partager un chocolat chaud avec elle.

Elle ne put retenir sa joie. Elle s'exclama :

– *Mit Sahne ?* « Avec de la crème ? »

Victor éclata de rire :

– Oui ! Avec beaucoup de crème ! ça fait si longtemps que madame Eisenach n'en a pas bu.

Arlozoroff réapparaissait comme par magie chaque fois que Magda se trouvait coincée. Deux heures plus tard, au Bristol, Magda avait enfilé un pantalon de laine. Elle l'avait choisi écossais, à dominante rouge. Elle avait rassemblé ses cheveux sous un joli béret de laine blanche et enfilé de larges lunettes de soleil. De loin, on aurait eu du mal à la reconnaître, ainsi vêtue en jeune étudiante espiègle. Victor ne lui prêta du reste aucune attention lorsqu'elle franchit la porte tournante. Enfoncé dans son fauteuil, il lisait un journal. Elle s'approcha en sautillant. Elle avait conservé une sorte de déférence envers lui, de celles que les femmes réservent toute leur vie à leur frère aîné.

– Victor ! Comment tu me trouves ?

– Je ne t'avais pas reconnue ! dit-il en abaissant son journal.

Il reprit ses lunettes qu'il avait glissées dans la poche de sa veste, les ajusta sur le bout de son nez et la détailla de la tête aux pieds. Comme il se taisait, elle plaisanta :

– Magda ! La petite Magda Friedländer... Tu me remets ?

– Elle avait des yeux gigantesques la petite Magda Friedländer où se concentrait la lumière...

– Elle les a toujours ! Mais ils sont si grands qu'il lui faut maintenant les protéger.

– Elle avait de si jolies mains, fines et longues, la petite Magda Friedländer...

– Et adroites, aussi... tu t'en souviens ?

– Elle avait de bien jolies jambes, aussi, elle courait comme un ruisseau qui dévale la montagne.

– Ça, pour les jambes, il faudra que tu attendes un peu, Victor... Je ne te les montrerai pas ici !

Ils restèrent un long moment à parler. Victor racontait la Palestine, les pionniers, ces hommes chassés de leur histoire devenus bâtisseurs avides de quotidien. Il lui décrivait Tel-Aviv, surgissant du sable comme par miracle ; les rues, les boutiques, les kiosques à sandwiches... Et il se présentait en chef politique.

– Autrefois nous regardions le monde et brûlions de le changer. Mais au fond, son existence nous paraissait un fait, une réalité de pierre sur laquelle nous n'avions aucune prise, comme la hauteur des montagnes ou l'étendue des océans. Depuis que j'ai pris des responsabilités, je sais que la société est exactement ce que nous en faisons.

Magda le regardait en souriant, le menton posé au creux de sa main. Elle jouait avec son fume-cigarette. Elle parla de sujets futiles. Des meubles qu'elle se faisait fabriquer sur mesure, des tapis qu'elle ne parvenait pas à trouver. Elle venait de s'acheter un cabriolet Wanderer, bicolore, crème et noir, une folie ! S'il en avait envie, elle le promènerait dans la campagne alentour.

– Tu la conduis toi-même, cette auto ?

– Bien sûr ! Et très vite, si tu n'as pas peur…

– Une autre fois, sans doute ! Je suis à Berlin en mission…

– … comme toujours, l'interrompit Magda.

– Oui ! Comme toujours. Mais cette fois, il me faut rencontrer des industriels ; des fabricants d'armes. Nous sommes en danger, Magda. Nous sommes attaqués tous les jours. Des Juifs sont assassinés dans les villages, de manière abominable. Des vieux, des femmes, des enfants. Il nous faut nous armer. Je dois trouver une usine, capable de me livrer discrètement une grande quantité de fusils. Tu pourrais m'aider.

– Moi ? T'aider ?

– Oui ! Par ton mari. Ne m'as-tu pas expliqué qu'il était lié aux aciéries, qu'il avait des intérêts chez Mauser ?

Magda éclata de rire.

– Mon mari… dit elle, tu voudrais que mon mari te vende des armes…

– Qu'y a-t-il d'aussi incongru ?

– Rien ! Enfin, c'est sans doute la première fois que tu me demandes quelque chose… je veux dire : quelque chose de sérieux ! La première fois que tu penses que je pourrais être utile.

– Mais… Magda…

– Manque de chance : j'ai divorcé !

– Ah… Je suis désolé ! Il y a longtemps ?

– L'été dernier ! dit alors Magda en éclatant de rire à nouveau.

– Et…

Victor ne savait plus que dire.

– Tu as l'air sidéré, reprit-elle. Ça y est ! Cette fois, c'est fait ! Tu peux m'épouser !

Il resta interloqué, ouvrant de grands yeux. Magda poursuivait, joueuse :

– Tu te dis que tu as fait tout ce voyage pour rien… C'est ça ?

– Pas pour rien, répondit Victor, pensif…

– Viens ! lui proposa-t-elle.

– Où ?

– Viens ! Prenons une chambre !

– Attends !

Ils parlèrent encore, lui des événements de Palestine, elle de ses aménagements domestiques. Ils évitaient tous deux ce qui obstruait leur esprit. Il était près de dix-huit heures lorsqu'ils finirent par rejoindre la suite rose au cinquième étage. Sitôt la porte refermée, Magda plaqua Victor contre le mur. Déjà, dans les fauteuils du salon, le désir lui avait saisi le ventre. Et lorsqu'il avait commencé à parler de politique, de sa voix grave, qui grondait des tréfonds, elle avait sursauté en sentant un spasme la traverser. Quant à Victor qui semblait distant, le désir s'empara de lui avec tout autant de violence. Mais si son corps rejoignait Magda, son esprit restait occupé par « le pays ». La situation militaire, en premier lieu, qui le rendait fou d'inquiétude. Il s'était engagé vis-à-vis des immigrants, leur avait promis paix et prospérité et ils avaient retrouvé là des pogromes aussi terrifiants que ceux qu'ils avaient quittés en Pologne ou en Russie. La politique intérieure du Yishouv le préoccupait peut-être plus encore. La radicalisation des groupes arabes allait renforcer l'aile droite, les révisionnistes de Jabotinsky. S'il voulait maintenir la prééminence du Mapaï, son parti, il était contraint de s'engager dans un processus militaire à son tour. C'en était fini des mots d'ordre de fraternisation, des idées d'État bi-national, de l'utopie socialiste chantant l'alliance de tous les peuples opprimés. Mais, en cet instant, l'esprit désertait ; les senteurs de Magda venaient s'imprégner dans les circonvolutions les plus archaïques de son être. Tout ce qu'il savait, c'est qu'il la voulait pour toujours ! Il la voulait entière, tout à lui. Ils roulèrent sur le lit, tout habillés. L'explosion échevelée de leurs sens dura longtemps. Ni l'un ni l'autre ne voulait la mener à son terme, de peur de perdre l'intensité si soudaine qui les avait emportés. Ils revenaient, repartaient, ne parvenaient pas à reprendre leur souffle. À la fin, nus et chauds, imbriqués de toutes parts comme une tresse de serpents amoureux, ils ressentaient la même émotion. À la toute fin, Magda était au-dessus de lui. Il la regardait, possédée par une dernière vague de plaisir, plus brutale, extrême. On aurait dit qu'à cet instant une autre vie s'emparait d'elle. Elle retomba sur le côté, épuisée, haletante, apaisée, contre le flanc de Victor.

– Tu m'aimes, Victor ! murmura Magda. Ce n'est pas une question ; je le sais : tu m'aimes !

Il s'était ressaisi. Il lui répondit :

– Et alors ? Et alors, si je t'aime ?

Elle ne répondit pas. Un long silence s'installa. Victor parla le premier :

– Il me faut partir très vite. J'ai réussi à obtenir un rendez-vous avec un industriel tchèque. Je dois dîner avec lui ce soir.

Elle fit mine de ne pas entendre, le questionna sur sa vie.

– Ta femme est arrivée en Palestine ?

– Oui !

– Elle est heureuse ?

– Je ne la vois pas beaucoup. Nous sommes très occupés l'un et l'autre.

– Tu ne veux rien dire. Ma curiosité te dérange. L'automne, te souviens-tu ? C'est notre saison. Y a-t-il un automne en Palestine ?

– Là-bas, l'été commence tard. On l'attend parfois jusqu'au mois de juin, mais il dure longtemps. Comme le sera ta vraie vie, Magda. Jusque-là, tu te préparais. Elle commencera très bientôt, Magda. Je te le souhaite. Du fond de mon cœur…

Comprenant qu'il allait se séparer d'elle, Magda se referma. Ses yeux devinrent froids comme ceux d'un reptile. Elle comprit ce que pensait Victor. Pour lui, leur relation n'était qu'une sorte de substrat animal. Absente de son horizon, elle ne faisait pas partie de ses rêves. Elle voulut le vérifier :

– Victor…

– Oui ?

– Emmène-moi !

– Où ?

– En Palestine ! Emmène-moi avec toi !

Il se coiffait devant la glace, dans la salle de bains. Victor se dit que son amour pour les femmes finirait par lui attirer des ennuis. Il revint s'asseoir sur le lit, tout près de Magda, toujours nue. Il posa sa main sur sa cuisse, s'emplit de la douceur de sa peau.

– Ta vie est ici, Magda…

– Parce que je ne suis pas juive ? Parce que je ne suis pas du même sang que toi ? C'est pour cette raison ? C'est pour ça que tu ne veux pas m'emmener ?

– C'est la première fois que je t'entends parler ainsi. Nous ne sommes pas faits de sang, Magda, mais de liens ; nous ne naissons pas de la terre, mais de la lutte !

– Propagande ! Tu parles comme ces journalistes à l'origine de la débâcle allemande. Tu sais comment on appelle ces réseaux d'intellectuels, maintenant ? Les « synagogues des rotatives »… C'est exactement de terre et de sang que nous sommes faits ! De terre pétrie dans le sang !

Victor balaya d'un revers de main les étranges paroles de Magda. Il comprenait qu'elle était déçue de le voir repartir ainsi. Lui aussi souffrait de son absence. Lui aussi, sentait quelquefois l'aiguillon de la jalousie lui tarauder le ventre. Mais il parvenait à chasser ces idées aussitôt. Il ne l'avait jamais interrogée sur son mari, ses amants. Il haussa les épaules.

– Tu as tort, Victor ! Tu as tort de t'obstiner ! Pourquoi se cramponner à cet État juif ? Si tu ne peux pas m'emmener, reviens à Berlin ! Je t'introduirai dans les cercles les plus importants. En quelques mois, tu retrouveras ta place. S'il le faut, tu changeras de nom ; tu te convertiras. L'Allemagne est un grand pays ! Il est à ta mesure, pas comme ce lopin de terre envahi de marécages où tu es parti t'exiler.

– Magda, là-bas, l'histoire du monde est en train de s'écrire. Je ne peux pas envisager de me trouver ailleurs.

– Parce que tu restes convaincu que ce sont les Juifs qui écrivent l'histoire du monde ?

Elle s'était dressée, laissant tomber un pan du drap.

– Les Juifs ont échoué partout ! Ils ont inventé le communisme et il a échoué en Russie ; ils ont créé le capitalisme et il a sombré en Amérique. Non ! C'est ici, Victor ! C'est ici que s'écrira l'histoire du monde !

Arlozoroff se leva, posa un baiser sur les lèvres de Magda et s'éclipsa. Magda continuait à haute voix, en direction de la porte qui venait de se refermer :

– C'est ici que s'écrira l'histoire du monde, parce que c'est ici que je suis !

*

Le samedi 2 novembre 1929, 19 h 30

Il régnait une excitation frénétique dans les cuisines. Viktoria von Dirksen avait décidé le matin même d'organiser un dîner. La semaine qui précédait avait été insensée. D'abord, cette flambée des cours de la Bourse qui avait rendu fous les banquiers de Berlin. Elle qui les connaissait presque tous avait reçu des dizaines de coups de téléphone. Les uns lui proposaient d'acheter des actions, lui assurant qu'elle ferait fortune aussitôt ; que c'était le moment de doubler ou même de tripler son capital en quelques jours ; les autres lui demandaient de leur prêter de grosses sommes qu'ils promettaient de lui rendre avec des intérêts exhorbitants. Elle avait résisté. Ses amis industriels lui avaient déconseillé de se laisser gagner par cette effervescence qui, d'après eux, ne présageait rien de bon. Les cours ne pouvaient indéfiniment monter. La fièvre financière ne s'appuyait sur rien. Il est vrai que la situation économique des pays industrialisés était plutôt bonne. La guerre avait donné un coup de fouet à l'industrie et les pays d'Europe sortaient les uns après les autres de leurs habitudes agricoles moyenâgeuses. Les systèmes politiques avaient néanmoins du mal à s'adapter à cette mutation rapide. Les mouvements sociaux se développaient de manière fulgurante et nul ne savait quelles idées triompheraient demain. Le communisme en Russie, le fascisme en Italie, le libéralisme en Grande-Bretagne… et l'Allemagne et la France qui hésitaient. Les trois premiers jours de cette semaine maudite, les Bourses avaient encore poursuivi leur ascension jusqu'à des sommets extravagants. Les spéculateurs professionnels pensaient que les cours allaient encore monter. Et puis, ce fut le 24 octobre, ce foutu jeudi noir à la Bourse de New York. Les cours avaient chuté de 30 % en une seule journée. Et ça continuait. Hier, on en était à 43 %. Les porteurs d'actions cherchaient maintenant à vendre à n'importe quel prix. On venait d'apprendre que les crédits américains exceptionnels destinés à soutenir l'économie allemande allaient être bloqués. Dans le club que réunissait Viktoria von Dirksen, le Nordische Ring, le « Cercle nordique », on se réjouissait déjà. Il y avait un moment que ces princes de sang, ces généraux issus de l'aristocratie, ces chevaliers d'industrie prédisaient la chute du capitalisme. Le krach de Wall Street était venu confirmer leurs convictions. Du coup, Viktoria avait décidé de fêter les premiers signes de l'apocalypse. L'homme pour qui elle avait développé une véritable passion, cet aventurier aux yeux de brochet que l'on appelait Adolf Hitler, lui avait promis de venir dîner, mais il s'était finalement décommandé. Il était trop occupé. Au mois de juillet, le parti nazi s'était allié avec les Casques d'acier, les anciens combattants, et le mouvement d'Alfred Hugenberg, constituant un « Front national » pour lutter contre le plan Young réglant le calendrier des réparations allemandes. Ce Front national venait de soumettre au Parlement une pétition comptant plus de quatre millions de signatures. Les meetings se succédaient à un rythme effréné, et Hitler participait à tous. S'il s'était excusé auprès d'elle au tout dernier moment, il avait tout de même délégué l'un de ses plus proches lieutenants, Josef Goebbels, son responsable-propagande, son maître-violence. Viktoria avait invité un petit groupe de fidèles, de véritables adeptes, comme le prince Hohenzollern, la princesse Reuss et le général von Schleicher. Elle avait aussi convié une merveilleuse jeune divorcée, à l'intelligence acérée et à l'éducation exemplaire, Magda Quandt. Il fallait bien rajeunir un peu l'assemblée, y introduire un soupçon de piquant. Son ex-mari avait manifesté à plusieurs reprises son opposition aux idées nationalistes. Ce serait une jolie petite vengeance que d'y convertir son ex-épouse. Elle allait personnellement s'y employer, et cela dès ce soir !

20 h 15. – Ils étaient presque tous arrivés, installés dans les salons à l'ancienne du rez-de-chaussée, un verre à la main. Le prince Hohenzollern avait revêtu son uniforme d'apparat. Sa minuscule tête posée sans cou sur cette poitrine bardée de croix de tous les métaux donnait l'impression d'un demeuré. Il demanda une nouvelle fois confirmation :

– Ma chère Viktoria, c'est bien Goebbels que nous attendons, n'est-ce pas ? Josef Goebbels, ce député exceptionnel qui n'a pas la langue dans sa poche ; celui qui ne manque jamais une occasion de gifler les traîtres en public…

Viktoria von Dirksen, une grande femme aux traits épais qui aimait se vêtir des créations de couturiers, se pencha en avant espérant diriger le regard du prince vers son décolleté audacieux.

– Mais oui, mon cher prince ! Nous attendons Goebbels. Adi ne pourra malheureusement pas se joindre à nous ce soir.

– Adi ? s'étonna le prince, ah oui ! Adolf Hitler… C'est vrai que vous l'appelez ainsi. Savez-vous que j'ai déjà rencontré Goebbels ?

– Vous le connaissez ?

– Je ne peux pas dire, non, se rengorgea le prince, nous nous sommes seulement rencontrés une fois, lors d'une réunion des SA. Il était venu expliquer sa stratégie pour les élections régionales.

– Pardonnez-moi, mon cher prince, je vois entrer ma nouvelle recrue.

Magda était apparue à la porte du salon. Vêtue d'une élégante robe noire qui lui descendait aux chevilles, les épaules recouvertes d'un renard roux aux reflets d'or. Elle retirait doigt après doigt ses longs gants de soirée, contemplant l'assemblée d'un air absent. Viktoria sentit que cette jeune femme n'était pas une invitée, mais une propriétaire. Elle se précipita vers elle, lui entoura l'épaule du bras et la conduisit à travers les tables. Magda prêtait une attention distraite mais polie aux personnes que lui présentait longuement la maîtresse de maison. Elle termina par le prince.

– Mon cher prince, permettez-moi… Madame Magda Quandt ! Magda, j'ai l'honneur de vous introduire auprès de Son Altesse August Wilhelm von Hohenzollern.

Magda fit une révérence, comme on le lui avait appris au pensionnat de Goslar. Le prince lui saisit la main, la garda un long moment dans la sienne.

– Madame Quandt ! Il me semble avoir déjà rencontré votre mari. Est-ce bien Günther Quandt ? Le docteur Günther Quandt, ce grand patron du textile ?

– …

– Eh bien, qu'y a-t-il ?

– … Prince, nous avons divorcé !

– Divorcé ? On dirait que cela vous attriste. Allons, allons ! De nos jours, ce sont des choses qui arrivent souvent. Il est vrai que Quandt est un homme délicieux, et un remarquable homme d'affaires…

Le prince hésita un instant avant d'ajouter :

– … mais aux idées quelque peu rétrogrades. Il ne doit pas bien comprendre ce qui enthousiasme la jeunesse aujourd'hui, n'est-ce pas ?

Magda ne répondit pas, baissant la tête. Le prince ajouta :

– Votre mésentente… un problème de génération, je présume. Je me mêle de ce qui ne me regarde pas. Asseyez-vous donc !

Magda prit place auprès du prince. Le maître d'hôtel se précipita aussitôt, lui présentant un plateau de boissons. Elle prit délicatement un verre de vin blanc. Le prince leva le sien.

– Buvons à l'avenir, chère madame ! Il n'est pas bon de regarder trop longtemps en arrière.

Magda choqua son verre contre celui du prince.

– Appelez-moi donc Auwi, comme tout le monde ici… Je vous appellerai Magda, voulez-vous ?

– Je n'oserai jamais, minauda Magda.

– Osez, s'il vous plaît ! Je l'exige !

Viktoria von Dirksen était revenue. Elle se tenait derrière Magda, les deux mains sur le dossier de son fauteuil. De sa voix très aiguë qui dénotait avec sa corpulence, elle s'exclama :

– Vous avez raison, Prince, d'encourager ainsi madame Quandt à regarder vers l'avenir… son avenir, bien sûr, mais aussi celui de l'Allemagne.

Ils lui expliquèrent alors que ce cercle très fermé n'accueillait que des personnalités qui avaient un nom et s'engageaient à défendre la grandeur des peuples du

Nord. L'on ne faisait pas que partager des cocktails ici ; on organisait aussi des réunions culturelles et l'on discutait de politique. Les plus grands chercheurs y venaient prononcer des conférences.

– Vous voyez cet homme qui approche ? C'est le professeur Günther, expliquait le prince, le professeur Hans Günther. C'est lui qui a repris ce cercle en main et en a fait ce qu'il est devenu aujourd'hui : le lieu d'où renaîtra l'Allemagne.

– Il n'exagère pas, renchérit Viktoria, le professeur Günther est une sommité. Nous lui devons beaucoup ! Il vient par ici. J'aimerais tant qu'il vous explique lui-même…

La maîtresse des lieux happa le professeur Günther au passage et l'installa à la table. Magda trônait là, flanquée des deux parrains, la grosse von Dirksen la surplombant comme un vautour veillant sur sa proie. Le professeur était un homme assez corpulent, le regard sévère, un binocle sur le bout du nez. Il détailla longuement Magda avant de lui adresser la parole. Il s'approchait si près de son visage qu'elle absorba son haleine qui puait le tabac. Il examinait la racine de ses cheveux, de cette même parfaite couleur blonde, la taille de son nez, bien droit, un poil trop long tout de même, la couleur de ses yeux, d'un bleu profond et uni. Il se leva, s'éloigna d'un pas, hésitant…

– Vous pouvez, Professeur, lui dit le prince… Allez !

Il se tourna vers Viktoria, qui lui sourit en acquiesçant. Il prit alors Magda par les deux mains et l'invita à se lever. Il mesura ses hanches des deux mains, qu'il serra ensuite contre sa taille. Il s'éloigna à nouveau, la regarda en clignant les yeux, comme un peintre son modèle. D'un signe de tête, il l'invita à s'asseoir. Viktoria l'interrogeait du regard. Il semblait absorbé dans ses pensées, calculant mentalement des mensurations, des proportions. Il finit par dire :

– Madame von Dirksen, je vous félicite pour votre discernement. Parfaite !

– N'est-ce pas ? s'enorgueillissait Viktoria…

– Vraiment parfaite ! ajouta le professeur Günther, la quintessence, le suc !

Et Magda se laissait faire. Comprenait-elle où voulaient en venir ces trois initiés, elle, l'impétrante ? Elle restait, superbe, en toute plénitude de son être.

– Et la réaction ? compléta encore Günther, la réaction ? Avez-vous noté la réaction à l'examen ?

– Aucune ! dit le prince.

– Bravo ! Cela ne vous a pas échappé. Aucune inquiétude, aucune réaction de prestance. Ni peur ni fierté… la seule conscience de soi !

Le professeur y alla de son laïus. Il expliqua que les Indo-Européens étaient des hommes libres, non pas des esclaves comme leurs voisins de l'Est. Ce n'était pas pour rien qu'on les appelait « slaves », ceux-là. La passion de la liberté des Indo-Européens s'exprimait jusque dans leur religion qui était l'inverse d'une religion d'hommes soumis, terrorisés par leur Dieu.

– La terreur nous vient d'Orient, de Babylone pour être précis ! C'est ce que l'on remarque dans le christianisme, héritier des religions d'Orient, où l'attitude naturelle du croyant est l'humilité. Rien de tel chez les Indo-Européens qui considèrent leur Dieu comme un ami, un grand frère, un père tout au plus. À considérer les noms des dieux d'Orient : Moloch, Melech, Adon, Baal, et tant d'autres, ils signifient tous « le maître ». Quoi d'étonnant à ce que leurs « créatures » se prosternent en esclaves, le front collé au sol ? Chez les Indo-Européens, en revanche, les dieux ne sont rien de plus que des hommes – des immortels à l'âme immense, comme le disait Aristote. La religion des Indo-Européens n'est pas servitude ; elle est participation à une même communauté de nature. Les Orientaux, poursuivait le professeur – je veux dire par là les Juifs et leur infection nauséabonde –, ont une propension à la servitude. Chez eux, la religion n'est rien d'autre que l'expression de la peur, cette peur de l'esclave foulé aux pieds par un maître impitoyable et inaccessible. Les Indo-Européens ont des dieux amis, d'où l'expression *theoï philoï*, « dieux-amis »… vous comprenez ?

Magda fut fascinée par ce discours. Elle comprit en quelques minutes qu'elle n'était pas venue là par accident. Elle entendait enfin prononcées les phrases qu'il lui arrivait de penser en secret. Plus même, le petit exposé du professeur Günther avait précédé certaines de ses pensées, leur donnant forme avant même qu'elles ne lui aient traversé l'esprit. N'y tenant plus, elle lui demanda :

– Les Indo-Européens… vous voulez dire…

– Mais oui, madame, je veux dire : nous ! Les Hindous, les Grecs de l'Antiquité, les Romains, mais nous avant tout ! Nous, les Germains !

– Enfin, je voulais…

– Qu'y a-t-il, mon enfant ? Ce que je vous ai dit vous a peut-être troublée. Je sais que ces idées vont à contre-courant. Elles sont si différentes de la religion que l'on enseigne dans nos écoles et dans nos églises…

– Non ! Enfin oui, bien sûr, ces idées sont très différentes. Mais je voulais vous demander… Vous avez dit qu'il n'existait pas de différence de nature entre les hommes et les dieux chez les Indo-Européens. Est-ce bien ainsi ?

– Parfaitement, madame ! Non seulement ils participent d'une même nature, mais ils se mélangent. C'est d'ailleurs le seul métissage acceptable aux yeux des Aryens… celui des hommes et des dieux ! Les Aryens évitent de corrompre leur sang avec des races inférieures et cherchent à se mélanger à leurs dieux.

– Des hommes peuvent-ils devenir dieux ?

Le professeur éclata de rire. Un rire étonnant ; il avait pourtant l'air si sérieux, ce professeur, mais c'était un rire de satisfaction ! Il se cala en arrière dans son fauteuil.

– Je vous l'avais bien dit ! s'écria-t-il en direction du prince. Je vous ai expliqué la semaine dernière que la conformation physique ne saurait mentir. Une araignée est une araignée – et cela se voit ! Un lézard est un lézard ! On a beau gloser en tous sens, faire du communisme ou du socialisme, nul ne changera sa nature. Eh bien, un Indo-Européen est un Indo-Européen – et cela se voit ! Lumineux, n'est-ce pas ?

Il releva la tête. Viktoria s'était éclipsée. Il chercha le regard du prince, lui fit une moue appréciatrice, lui signifiant qu'il était étonné des capacités de sa nouvelle élève.

– Voilà ! C'est exactement ce que je voulais dire ! Elle a parfaitement compris ! Oui, madame, les dieux sont des hommes qui ont des vertus d'hommes, mais plus fortes, plus explicites, plus étendues. Et quelquefois, madame, certains hommes se révèlent médiateurs vers les dieux. C'est un homme comme celui-là que nous attendons ; un héros, un Siegfried, qui nous révélera notre nature à nouveau, par-delà la mort. Car pour les hommes du Nord, rien ne finit jamais. On croit leur civilisation disparue et survient un héros qui la ranime. C'est ainsi ! Cela a toujours été ! Cela sera encore.

Magda affichait un sourire de satisfaction. Elle demanda au prince :

– Mais où est donc passée madame von Dirksen ?

Viktoria se pressait vers eux.

– Allons, dit-elle, nous allons passer à table.

– Nous n'attendions pas Goebbels ? demanda le prince.

– Il ne viendra pas. Il a dû accompagner Adi…

– Dommage ! se lamentait le prince en se dirigeant lentement vers la salle à manger.

*

Dans son journal, Goebbels notait à la date du 3 novembre 1929 :

« Hier, vu le Chef. Il est de bonne humeur. Il a eu une explication tendue avec le Kronprintz Rupprecht, qui s'est déclaré d'un ton sec contre la pétition référendaire. Hitler lui a fait savoir qu'il ne pourrait maintenir son attitude de neutralité à l'égard de la monarchie s'il ne retirait pas ses propos.

Cela donne maintenant une grande chamaillerie dans les journaux.

C'est la dernière ligne droite pour la pétition référendaire. Va-t-elle aboutir ?

Au bureau. Beaucoup de travail. À midi, la nouvelle nous parvient : la pétition référendaire vient de passer. Hourra ! Au moins on n'a pas fait tout ce travail pour rien. Maintenant, la danse peut continuer. Nous en sortirons vainqueurs dans tous les cas. La campagne électorale a commencé. »

25

Coups de foudre

Berlin, vendredi 21 février 1930

Journal de Goebbels en date du 20 février : « *Ce soir, je suis invité chez Madame von Dirksen. La dame s'est toquée de moi et veut que je convertisse son monde. Elle a invité seize personnes tout exprès pour moi, parmi lesquelles, pour faire étalage, également Göring et August Wilhelm. Bon, je suis inquiet. J'ai l'impression d'être un animal dressé qu'on exhibe en liberté.* »

Goebbels venait de réussir un sacré coup. On avait parlé de lui dans tous les journaux du pays. Voilà déjà des années qu'il avait compris que la mort était son alliée, tout particulièrement lorsqu'elle frappait l'un des siens ! Il faut dire que depuis l'énorme saignée de la guerre de 14, l'Allemagne était envahie des fantômes des jeunes gens prématurément disparus qui hantaient les maisons et les discours des politiques. Une espèce de culte de la mort ranimait de manière obsessionnelle la mémoire des soldats. À la fin de la guerre, on en était venu à marier les morts et depuis, on organisait des cérémonies devant des cercueils vides. Les Casques d'acier manipulaient la tristesse des familles, y allant de leur couplet contre les traîtres de l'arrière qui avaient planté un poignard dans le dos de l'armée. Goebbels, le provocateur, allait mettre en scène l'activité des morts. Il allait montrer que les héros morts étaient de sacrés guerriers sous la conduite d'un stratège ! Et lorsqu'on avait la chance d'en avoir deux dans la même famille, il ne fallait surtout pas rater l'occasion. Horst Wessel, un jeune voyou de vingt-trois ans, avait abandonné ses études pour militer activement au parti nazi et s'était enrôlé dans les SA. Son frère, lui aussi militant nazi et membre des SA, s'était perdu la nuit du 31 décembre 1929 en pleine montagne où il était mort de froid. Des centaines de « camarades de combat » avaient escorté son cercueil au cimetière en pleine nuit, dans la lumière mystique des torches enflammées. Goebbels y était allé de son discours, hurlant au héros sacrifié pour le salut du peuple. Quinze jours plus tard, le jeune frère, Horst Wessel, petit maquereau des faubourgs, était blessé en pleine tête par une balle de revolver tirée par un autre souteneur qui lui disputait un coin de trottoir. Il se trouvait que l'assassin était un sympathisant des « combattants du front rouge ». Alors que le jeune homme agonisait à l'hôpital, Goebbels s'emparait du fait divers et accusait le parti communiste de mener une politique d'assassinats délibérés. Dans son journal, *Der Angriff*, « L'Attaque », il offrait une récompense de 1 000 marks à qui aiderait à arrêter le meurtrier. Le 7 février, Goebbels prononça un discours incendiaire contre le parti communiste, appelant à la vengeance, aux combats de rue sans pitié. « Ce crime ne restera pas impuni », clamait-il ; il allait transformer tous les militants communistes « en chair à pâté ». À l'issue de son discours, et dans une mise en scène impeccable, les SA en uniforme, les militants nazis, les sympathisants, tous se levèrent d'un seul mouvement pour entonner un nouveau chant, que l'on entendait pour la première fois : « Haut le drapeau ! » Horst Wessel en avait écrit les paroles quelques mois auparavant sur l'air d'une vieille chanson communiste. Nul n'y avait prêté attention alors. Et soudain, des milliers de personnes, comme possédées par le jeune mourant, lui prêtaient leurs poumons enflammés. « Dans dix ans, prédit alors Goebbels au micro, ce chant sera chanté par tous les enfants des écoles. » Il l'institua du reste comme hymne national après la prise de pouvoir de Hitler. Ces événements avaient mobilisé l'attention du pays. On en avait débattu au Parlement, tous les journaux en avaient rendu compte. Et le peuple en haleine guettait la mort d'un obscur maquereau, devenu héros national par le seul verbe d'un manipulateur cynique. Goebbels venait d'inventer la politique-spectacle.

Ce vendredi soir, dans le salon de Viktoria von Dirksen, on ne parlait que de l'affaire Horst Wessel. « Pour une fois, les meurtriers n'échapperont pas à la justice »... « C'est bien grâce à lui, à l'extraordinaire Goebbels »... Magda s'était installée entre Viktoria et le prince Hohenzollern. À la table voisine, l'énorme Göring laissait exploser ses bourrelets entre les boutons de son smoking. À côté de lui, sa femme, Carin, Suédoise souffreteuse au regard livide, interrompait sans cesse le baron von Freytag-Loringhoven, qui se moquait des faux militaires SA. Plus loin, le comte von der Goltz entretenait une discussion animée avec le pasteur Doehring sur la responsabilité des religieux dans les procès pour meurtre. Il allait falloir que les pasteurs et les prêtres finissent par sortir de leur réserve habituelle pour imposer une véritable morale à ce pays. Il régnait une certaine agitation en l'attente du héros et le baron von Dirksen faisait de son mieux pour inciter les convives à plus de patience. Goebbels allait arriver. Il était en route ; il avait simplement été retardé à son bureau.

Lorsqu'il fit son entrée dans le salon, guidé par la maîtresse de maison, Magda ne le remarqua pas. Il faut dire qu'il n'attirait pas le regard, trop chétif, trop maigre, avec sa grosse tête sans cesse agitée sur un cou plutôt long et squelettique. Et cette pomme d'Adam proéminente et pointue, de loin, on aurait dit un poulet. Dieu sait pourquoi les poulets ne peuvent tenir en place. Il retira sa gabardine ; la veste de son costume croisé, un peu longue, rendit manifeste la taille ridicule de ses jambes. « Difforme ! chuchota Haugk à l'oreille du général von Schleicher. Cet homme est difforme. C'en est inquiétant. Est-on au moins sûr qu'il est normal ? » Viktoria le présenta à l'assemblée et lui passa aussitôt la parole. Goebbels n'était pas à l'aise. Il s'y entendait pour haranguer des foules de milliers de personnes en hurlant dans un micro. C'était une autre paire de manches que de séduire un petit cercle d'aristocrates raffinés qui se targuaient de culture. Haugk parlait maintenant des manches qui dépassaient de sa veste, gênant le mouvement de ses mains. Mais lorsqu'il commença son discours, on ne prêta plus attention qu'à ses mains. De belles mains, longues, un peu noueuses, qui mimaient à elles seules chacune de ses paroles. On les aurait dites animées d'une vie propre. Elles étaient tendues et crispées lorsqu'il accusait, voluptueuses lorsqu'il expliquait, implorantes lorsqu'il condamnait ou prédisait la mort de ses ennemis, comme s'il s'excusait auprès de puissances invisibles des morts qu'il appelait de ses vœux. Il parla de la situation du pays, catastrophique, ravagé par des années de parlementarisme décadent ; des élections qui se préparaient et de la stratégie du parti, à la fois révolutionnaire, présent à tous les niveaux de la société, mais aussi résolu à emporter les élections, dans les urnes. Il détestait la démocratie parlementaire qui avait fait tant de mal à son pays et lui avait fait perdre la guerre, mais le parti avait accepté le jeu des élections ; il allait gagner dans la rue et dans les urnes. Il parla surtout de l'avenir, et c'est là qu'il entraîna l'adhésion de son auditoire. Il voulait une Allemagne unie, elle le serait parce qu'on allait la débarrasser de tous les parasites qui l'infestaient : les communistes au service d'une puissance étrangère, certes, mais avant tout les suceurs de sang, cette vermine qui minait le pays de l'intérieur, les Juifs ! Tapis dans les forces vives de l'Allemagne, ils en absorbaient les bénéfices et désertaient au moment du combat. Ils étaient banquiers pour drainer la richesse, journalistes pour veiller à ce qu'on ne les dénonce pas. Tout cela est fini ! « Il ne s'agira pas seulement de chasser les Juifs de ce pays, cela ne suffirait pas pour le purifier. Il faudra aussi annihiler le Juif en nous ! hurlait Goebbels, car le Juif s'est infiltré jusque dans nos veines. Il y est parfois réellement puisqu'il existe des Allemands, de véritables Allemands, et même de véritables Allemandes qui s'accouplent et même ont des enfants avec des Juifs. » Magda fut traversée d'un frisson. Pourtant, elle ne s'était pas sentie désignée, elle, l'amoureuse d'un prince juif. Elle était fascinée, plutôt, ne parvenant à décoller son regard de cet orateur survolté dont elle ne savait s'il était dément, devin ou prophète. « Mais le Juif, poursuivait Goebbels, le Juif a aussi infesté le caractère allemand, y semant la pusillanimité, l'internationalisme, le goût décadent. Une purge, un nettoyage radical, une catharsis ! » C'était ce qu'il souhaitait pour réunifier son pays. Il consacra la dernière partie de son discours à l'économie. Il voulait une Allemagne prospère, aussi – et elle le serait parce qu'elle allait refuser de payer les réparations injustes décidées par le plan Young. Il voulait enfin une Allemagne puissante, fière de son existence et prête à la défendre. Elle le serait parce qu'elle allait décider très prochainement de se placer sous la protection d'un guide, un véritable chef, à la fois fort et courageux, un visionnaire. Il conclut par une apologie d'Adolf Hitler. On l'applaudit avec chaleur. Ces nantis, ces puissants, ces propriétaires des sols et du sang, ces militants de la grandeur des peuples du Nord, se regardaient en opinant du bonnet. Voilà quelqu'un qui disait enfin ce que chacun pensait. Viktoria allait inviter à passer à table lorsque Freytag-Loringhoven se leva pour apostropher l'orateur :

– Monsieur Goebbels, je ne sais où vous vous trouviez durant la guerre et je doute que vous ayez accompli votre service militaire, commença-t-il en lorgnant sur sa jambe débile…

Goebbels lui coupa aussitôt la parole.

– Monsieur le baron, lui lança-t-il goguenard, j'avais tout juste seize ans en 1914…

Le baron reprit sa place, heureux de son trait, en se tournant vers Göring avec un large sourire. Goebbels répliqua aussitôt :

– Si vous faites allusion à cette jambe que je traîne derrière moi, sachez, monsieur, que je dois cette petite infirmité à une lâche attaque de bandits communistes qui ont essayé de me faire un mauvais coup à un contre cent, mentit effrontément Goebbels. Mais croyez-moi, monsieur le Baron, bien mal leur en prit ! Ils s'en souviennent encore, ces porcs !

Le public rit de bon cœur, certain du mauvais sort qui fut sans doute réservé à ces bandits. Et tout le monde passa à table. Magda tint la tête baissée tout le long du repas. Elle ne voulait pas affronter le regard de Goebbels – du moins pas ici, pas maintenant. Quelque peu fébrile, elle vidait son verre de vin aussitôt servi. Plus elle buvait, plus ses yeux prenaient cette couleur diaphane qu'ils avaient aussi lorsqu'elle était prise de colère. Comme elle restait silencieuse, son voisin, le prince Hohenzollern, se tourna vers elle.

– Vous ne dites rien, ma chère Magda. La politique vous ennuie ?

– Non, Auwi, non ! Au contraire ! J'aimerais y participer davantage…

– Y participer davantage ? Rien de plus facile. Venez nous rejoindre !

Magda ouvrit de grands yeux innocents. Le prince poursuivit :

– Oui, au parti ! Inscrivez-vous ! Quelqu'un comme vous peut être très utile. Je vous accompagnerai si vous le souhaitez…

– Non ! Je m'y rendrai seule. Je vous remercie, mon cher prince !

*

Berlin, Hedemannstrasse, 7 novembre 1930

Goebbels était arrivé ce matin de fort bonne humeur, épuisé mais joyeux. La veille au soir, l'une de ses secrétaires, Ilse Stahl, était venue chez lui l'aider à corriger le texte d'une conversation qu'il avait eue avec Erwin Piscator pour convaincre le célèbre dramaturge de participer au mouvement. La jeune femme lui plaisait ; elle était joyeuse et peu farouche. Il s'était dit qu'il saurait la convaincre de rester. Lorsqu'ils eurent fini de travailler, il lui offrit à boire. Il fit jouer un disque de musique nègre sur son phonographe. Ils dansèrent un peu dans le petit salon et finirent sur le canapé. La nuit avait été insouciante et agitée, à l'image de la petite écervelée qui rêvait d'avenir. Au petit matin, il la mit brutalement dehors pour se préparer à sa longue journée de travail. Arrivé au bureau, lorsqu'il s'installa devant la masse de papiers qui s'étaient accumulés depuis le début de la semaine, il se mit à rêvasser. Il revoyait les hanches rebondies d'Ilse, ses propres mains qui se cramponnaient à la chair de sa croupe, il entendait ses petits cris de gamine. Il aimait cette sensation. Il ferma les yeux. Toute la matinée, il eut du mal à se concentrer sur son travail. Les heures passant, la politique avait lentement repris sa place – du moins ce que Goebbels appelait « politique » : plans, machinations, complots... Grâce à lui, le parti nazi avait réussi un score exceptionnel aux élections de septembre, devenant le second du pays. Il fallait un dernier effort pour gagner la majorité au Reichstag et ensuite, il saurait comment faire. Pour l'heure, il chassait les personnalités, leur proposant, à condition qu'elles ne soient pas juives, de rejoindre le mouvement. Il savait trouver l'argument adapté à chaque artiste, à chaque écrivain. Aux uns il promettait les financements, aux autres un soutien pour la promotion de leurs œuvres à l'étranger. Il diligentait des enquêtes sur des ennemis politiques pour alimenter les rumeurs et les injures qui remplissaient son journal. Il montait des stratégies de déstabilisation de ceux qui pouvaient entraver son ascension, y compris les membres de son parti. Vers dix-sept heures, il ne parvenait plus à mobiliser son attention. Il proposa au comte Schimmelmann, son secrétaire de cabinet, de sortir prendre un café. Ils revenaient au bureau. Alors qu'ils remontaient les escaliers en devisant, Magda les descendait. Les deux hommes s'arrêtèrent au palier pour laisser le passage. Elle était vêtue d'un tailleur gris, serré à la taille, son renard autour du cou. Ses chevilles étaient prises dans d'élégantes bottines de cuir fin. Goebbels leva les yeux. Il interrompit la conversation, la fixa intensément, cherchant son regard. Elle se sentait observée ; elle garda les yeux baissés jusqu'au palier. C'est alors qu'elle le regarda à son tour. Ils restèrent ainsi un moment, quelques secondes, figés, Goebbels rougissant, Magda impassible. Puis elle poursuivit son chemin jusqu'au palier inférieur. Goebbels ne décollait pas.

– Sacré nom d'un chien, s'exclama-t-il, qui était donc cette femme ?

– Une nouvelle secrétaire, répondit Schimmelmann, une bénévole. Il me semble qu'elle travaille aux archives.

– Extraordinaire ! insista Goebbels. Cette beauté, cette classe… Exceptionnelle !

Arrivé à son bureau, il s'activa auprès de son personnel pour obtenir le nom de l'inconnue, le numéro de téléphone de son bureau, se fit porter son dossier et la convoqua sur-le-champ.

– Entrez ! hurla Goebbels… Madame Quandt, madame Magdalena Quandt, c'est bien ça ?

– Oui, Herr Doktor ! Magda Quandt !

Il examina les feuilles de papier posées devant lui et sans lever les yeux :

– Vous travaillez bénévolement pour nous, c'est bien ! Lorsque la tâche est grandiose, le dévouement, l'implication personnelle, sont plus importants que le travail réalisé.

Elle s'assit sans y avoir été invitée.

– C'est vous qui travaillez pour moi, docteur Goebbels. Je n'ai aucun mérite… répondit effrontément Magda.

Surpris, Goebbels leva les yeux. Elle précisa :

– Je veux dire… qui travaillez pour nous tous ; pour le bien de tous !

Il se sentit rougir à nouveau. Magda souriait. C'est à ce moment précis que Goebbels tomba amoureux.

– Je crois que vous êtes la personne qu'il me faut. Je sens que je peux avoir toute confiance…

Il se fit un long silence durant lequel il la détailla, de la tête aux pieds, s'appesantissant sur les jambes. Il voulut tout de suite l'attacher à ses services.

– Je voudrais vous confier une tâche de la plus haute importance, poursuivit-il enfin sans pouvoir détacher les yeux de ses bottines.

– Ordonnez, docteur Goebbels ! Ordonnez et vous serez obéi.

– Vous parlez des langues étrangères, d'après ce que je lis dans votre dossier.

– Je parle parfaitement le français, comme une seconde langue maternelle, à vrai dire, et l'anglais presque aussi bien.

Elle ne mentionna pas l'hébreu.

– Vous lisez ces langues, j'imagine ; vous les écrivez, aussi, naturellement…

– Naturellement !

– Je vais vous expliquer ce que j'attends de vous. Cette mission requiert à la fois discrétion, autonomie, esprit d'initiative…

– Merci, Herr Doktor !

– Et la compétence, aussi. Je veux dire une certaine… culture générale.

Goebbels ne comprenait plus ce qu'il disait. Il aurait pu se jeter à ses pieds, ici même, tout de suite. Chaque fois qu'il tombait amoureux, il se sentait revenu au moment d'avant, d'avant sa maladie, d'avant son engagement cynique. Il redevenait ce nourrisson affamé, dépendant, un crétin affectif. Le sentiment amoureux durait aussi longtemps qu'il n'avait pas repris l'ascendant sur la femme. Une fois le cycle accompli, il était envahi de rage et congédiait la femme, cet être immonde qui avait cru l'asservir.

– Voilà, poursuivit Goebbels, voilà… Comme vous l'avez sans doute noté, tous les journaux écrivent sur nous. Les hommes politiques s'expriment, font des déclarations, évoquent notre politique et nos façons de travailler. Il est indispensable de constituer une mémoire de toutes ces prises de position, les nôtres, bien sûr, mais aussi celles de nos alliés et bien sûr celles de nos adversaires. Vous comprenez ?

– Je comprends, docteur Goebbels ! Je comprends que pour imaginer des stratégies, il faut maîtriser à la perfection le mouvement de toutes les pièces de l'échiquier…

– Parfait ! s'exclama Goebbels, parfait !

Et par-devers lui une phrase revenait sans cesse, en ritournelle : « une grande femme, une femme belle, belle »… Il ajouta :

– Je tiens à ce que dans ces archives, qui doivent rester secrètes et dont nous serons les seuls à avoir accès…

– Les seuls ? s'étonna Magda.

– Vous et moi, je veux dire ! Oui, les seuls ! Je le répète : nous seuls pourrons consulter ces archives. Je tiens donc à ce que figure un dossier, le plus complet possible, sur chaque personne que je vous indiquerai. Les Allemands, tout comme les étrangers.

– Les adversaires de l'Allemagne ? demanda Magda.

– Oui ! répondit Goebbels, les adversaires et aussi ceux qui prétendent la servir.

– Les traîtres ?

– Les traîtres, sans doute… et surtout ceux qui ne savent pas encore qu'ils trahiront.

– Les communistes, par exemple…

– Les communistes, assurément, mais aussi les libéraux, les aristocrates…

– Le prince y compris ?

– Le prince, bien sûr !

– Et… Göring ?

– Göring, sa femme, ses fournisseurs de drogue et toute sa cour…

– Et même Hitler ? demanda Magda ironique.

Goebbels s'interrompit, se prit la tête dans les mains et répondit :

– Le Chef… On ne dit pas Hitler, on dit : le Chef !

– Le Chef ? demanda Magda.

– Le Chef en premier ! Ne fût-ce que pour le protéger !

À ce moment précis, Magda prit conscience que sa vie basculait. Il lui vint une phrase à l'esprit, une autre phrase du prologue du *Faust* de Goethe : « Ni scrupule ni doute ne me tourmentent plus. Je ne crains rien du diable ni de l'enfer. »

Quant à Goebbels, il notait sobrement dans son journal, à la date du 7 novembre 1930 :

« Une belle femme du nom de Quandt organise mes nouvelles archives particulières. »

*

Berlin, Stegnitz, 15 février 1931

Magda travailla pour Goebbels. Elle s'engagea passionnément dans la tâche qu'il lui avait confiée, d'autant qu'elle se retrouvait au cœur de l'appareil. Une excitation qu'elle ne se connaissait pas s'était emparée d'elle. Quant à sa relation avec son patron, une part de son attitude résultait d'une stratégie. Elle avait saisi au premier regard qu'il était impressionné par ses toilettes, son maintien, tous ces détails qui signaient l'éducation et l'appartenance. Elle en rajouta. Il n'était pas un matin où elle se présentait vêtue comme la veille. Ce fut un véritable défilé de mode. Tailleurs signés des plus grands couturiers, fourrures qui appelaient la caresse, bottines raffinées dont on rêve d'examiner les contours, escarpins aux cuirs les plus inattendus que l'on s'imagine retirant délicatement. Fantasmes, contre-fantasmes... Magda avait l'érotisme subtil. Elle laissait dépasser la fine dentelle d'un jupon noir, elle cassait malencontreusement le troisième bouton de son chemisier qu'elle remplaçait par une épingle à nourrice, elle défaisait sa chevelure à l'heure du repas, lorsqu'elle savait qu'il allait entrer dans son bureau. Et Goebbels qui pensait la surprendre ! Il lui fit d'abord classer les photos depuis les premiers moments de son engagement au parti. Il y en avait des centaines. Il les avait étalées sur le sol. Magda était à quatre pattes et lui debout contre le bureau, donnant les instructions. Il devenait fou à contempler ses fesses qui gonflaient les coutures de sa jupe. « Elles sont belles ! » Elle se retournait, innocente... « celles où vous êtes à l'arrière de la voiture avec le Chef ? » « Oui, répondait Goebbels, à l'arrière... » Il ne parvenait même pas à avouer sa passion à son journal intime, se contentant d'y inscrire : *« Hier après-midi, la belle Mme Quandt est venue m'aider à trier les photos. »*

Mais Magda ne sortait pas indemne des séances de classement. Les idées qui étaient brassées là tous les jours n'étaient pas seulement de la pensée ; des forces les sous-tendaient, des forces singulières dont elle pressentait la puissance, des forces inhabituelles, interdites, qui sentaient le soufre. En cette période, elle fut sans doute l'une des premières à prendre conscience de leur nature, intense, dangereuse. Elles irradiaient une violence fondamentale. Et c'était ce qui l'attirait. Elles contaminaient tout ce qui les approchait, sorte de radioactivité brûlante. À travailler la matière sans relâche, on devient soi-même matière. Magda se métamorphosait au rythme de son entreprise. Ses proches ne la reconnaissaient plus. Quandt, qu'elle recevait parfois à dîner, entrait dans de véritables fureurs.

– Je comprends, Magda, que tu sois sensible à la cause de notre pays, mais à dire franchement, ces gens ne sont pas très sérieux…

– Tu veux dire : pas assez…

Il l'interrompit tout net :

– Pas sérieux ! Si tu veux mon avis, le voici : pas sérieux ! On ne bâtit pas une politique sur le scandale ! Le scandale finit toujours par salir son auteur.

– Je vais te dire… Ce n'est pas que tu ne les trouves pas assez sérieux ; c'est qu'ils ne sont pas assez protestants à ton goût ! Voilà le fin mot.

Elle y allait de ses grands développements politiques. Elle avait lu *Mein Kampf* et *Le Mythe du vingtième siècle* d'Alfred Rosenberg. Elle argumentait, attaquait, critiquait. Il ne reconnaissait plus la Magda de naguère. Non qu'il la pensât incapable d'avoir des opinions politiques, au contraire ; elle le lui avait prouvé bien des fois. Mais ce qui caractérisait Magda était avant tout son flegme et son éducation. Et là, il la voyait exploser de colère, éructer, vomir d'improbables adversaires, promettre le malheur aux sceptiques.

– Tu ferais bien de venir nous rejoindre… l'avait-elle menacé un jour.

C'en était trop pour lui. Cette gamine n'allait tout de même pas lui dicter la conduite de ses affaires.

– Jamais ! Tu m'entends ? Jamais ! Je sais que des industriels importants ont rejoint les cercles que tu fréquentes. Thyssen dîne presque tous les soirs chez les von Dirksen. Crois-tu que je l'ignore ? Krupp von Bohlen a même adhéré à la SS. Ceux-là jouent leur partie comme ils l'entendent. Quant à moi, je pense qu'ils ont tout à y perdre.

Elle n'écoutait pas ses arguments, repartait à l'assaut.

– Je n'ai pas les mêmes raisons que toi de m'intéresser à ces gens-là... finit par lâcher Quandt.

– Que veux-tu dire ? s'emporta Magda. Qu'est-ce que tu sous-entends ?

– On dit que tu ne rates jamais un discours de Goebbels...

– Et alors ? Cet homme a quelque chose à dire et il est brillant !

– On dit aussi que tu passes des heures dans son bureau jusque tard dans la nuit.

– Si tu crois qu'une révolution se fait aux heures ouvrables...

Les convictions de Magda étaient encore flottantes. Elle se refermait devant les critiques, refusant d'échanger plus avant. Pour elle, le choix était clair : soit Günther acceptait d'adhérer aux nouvelles idées de révolution nationale, soit elle le considérait comme un étranger. Quandt se fit donc plus rare. Elle espaça aussi ses rencontres avec Friedrich. Lorsqu'elle le voyait, elle le raisonnait avec douceur. Elle le savait passionné à la folie. Il devait prendre conscience qu'ils n'étaient pas de la même génération tous les deux. Il ne s'agissait pas seulement d'une différence d'âge, mais d'époque. Elle avait déjà un enfant de neuf ans, avait connu des hommes ; elle avait fait des choix, pris des responsabilités, s'était engagée dans la vie. Lui sortait à peine du nid ; il piaffait d'impatience, fébrile, exalté. Il lui fallait terminer ses études de médecine, trouver une épouse tendre et dévouée. Friedrich ne voulait rien entendre. Il répondait qu'il connaissait ses changements d'humeur. Il l'attendrait ; il l'attendrait vingt ans s'il le fallait.

– Friedrich, tu as besoin d'une tête neuve, que tu pourras modeler à ta guise, d'un corps alerte qui convienne à ta vigueur de jeune homme, d'un ventre neuf, que tu pourras féconder de ton sang.

Il entrait alors dans d'extravagantes colères. Il trépignait, criait, pleurait et finissait par geindre :

– C'est depuis que tu fréquentes ces gens du NSDAP, depuis que tu travailles là-bas tous les jours…

– Voyons, Friedrich, de qui parles-tu ainsi ?

– … des nazis, ces fous sanguinaires, ces sorciers…

– Que dis-tu ? Des sorciers ?

– Oui ! Des sorciers ! Ils ont entrepris de voler l'âme de tout un peuple. Ils capturent les gens, un à un. Ils les capturent par l'ignominie.

Friedrich pensait que c'était à cela que l'on reconnaissait la sorcellerie. Il fondit en larmes.

– Tu ne sais pas ce que tu dis, Friedrich.

Et revenait encore à Magda le prologue du *Faust* de Goethe, le prélude à la rencontre avec Méphisto.

Au bureau, en quelques mois, Magda était devenue l'irremplaçable complément de Goebbels. Elle ne s'occupait certes pas de stratégie, mais lui fournissait les éléments permettant de la bâtir. Les demandes de Goebbels étaient devenues de jour en jour plus précises et confidentielles. Il lui confiait le matériau, des photos, des articles de journaux, le texte de conversations anodines, la retranscription d'écoutes téléphoniques. Magda structurait les documents, rédigeait des synthèses, établissait des fiches. Elle lui était devenue indispensable ; elle était devenue structure. Il ne dictait pas une lettre, ne concevait pas un discours sans la consulter d'abord. Il l'appelait son thermomètre, sa vigie. Goebbels avait demandé des fiches sur chacun des membres du Reichstag. Pour répliquer en séance parlementaire, il lui fallait des arguments. Il devait pouvoir sortir le nom de la maîtresse du député, l'origine et le montant exact du pot-de-vin. Il exigeait aussi des fiches sur les notables du parti. Il en avait surtout après les frères Strasser, pour lesquels il avait travaillé un temps au début de son engagement et qu'il poursuivait maintenant de sa haine. Mais il se renseignait aussi sur ses employés, sur leurs fréquentations, leurs habitudes.

– Qui est ce Friedrich von Gellner ? lui demanda un jour Goebbels.

Magda lui tournait le dos. Elle recherchait un dossier dans l'armoire de fer. Elle ne tressaillit pas.

– Mon amant, répondit-elle sans se retourner.

– Votre amant ? siffla Goebbels qui avait du mal à maîtriser son irritation. Votre amant ?

Magda se retourna et les deux mains sur les hanches, lui répondit :

– Vous y voyez quelque objection, docteur Goebbels ?

Il resta un moment sans voix.

– Aucune, madame Quandt ! J'étais seulement étonné par le possessif… « mon amant », comme vous diriez « mon domestique » ou « mon chauffeur ».

Elle éclata de rire.

– Vous auriez préféré que je dise « un amant », peut-être ?

Il haussa les épaules et s'en retourna. Il était déjà sorti. Il repassa la tête par l'encadrement de la porte :

– Vous devriez vous en débarrasser, madame Quandt. Il se répand à l'université en propos ignobles sur notre parti.

Goebbels était bien informé ; il y avait à peine une semaine que Friedrich avait craché en public des injures contre les nazis. Comme elle restait debout à le regarder, il ajouta avec un grand sourire :

– Vous me ferez une fiche, bien sûr ! J'imagine que vous n'avez pas besoin de documents pour celle-ci…

Magda nourrissait une affection presque maternelle pour Friedrich. Elle connaissait la violence des SA et la rancune de son patron. Elle avait eu maintes fois l'occasion de constater qu'il ne s'embarrassait pas de principes moraux. Il était capable d'envoyer ses nervis pour rosser Friedrich, ou pire encore… C'est ce jour-là que Magda décida d'accepter la proposition que lui avait faite Goebbels à plusieurs reprises, de venir terminer son travail chez lui. « Nous pourrions continuer de manière plus conviviale. Je ferais livrer quelque chose à manger… » Jusqu'alors, Magda avait toujours trouvé un prétexte pour refuser.

– Vous m'apporterez la fiche sur Gellner ce soir. Nous la regarderons ensemble. Avec toutes les autres, celle sur Hans Grimm, aussi, et bien sûr le dossier Isidore Weiss, s'il vous plaît.

– Je dois d'abord passer chez moi. J'arriverai vers vingt et une heures, docteur Goebbels…

– Quand vous voudrez, lança Goebbels sans la regarder.

Il frétillait de joie.

L'appartement de Stegnitz était petit, seulement deux pièces, mais coquettement aménagées, avec de confortables fauteuils de cuir, les murs couverts de bibliothèques et le sol de tapis précieux. Goebbels avait retiré ses chaussures et ôté les attelles qui soutenaient sa jambe droite. Elle était particulièrement douloureuse aujourd'hui, sans doute à cause de l'humidité. Il la frottait avec une grimace de déplaisir. Il détestait regarder cette jambe, qu'il aurait voulu gommer de son anatomie. S'il avait été, tel Mélusine, beau partout sauf en cette jambe ; beau parce que cachant un défaut caché. S'il avait eu l'un de ces corps comme il en voyait partout l'été sur les bords du lac, grands, musclés, blonds. Il connaissait ces corps ; il les regardait par-dessous, en passant. Il repensait aux grandes tirades sur la race aryenne qu'il développait à chacun de ses discours, sur la beauté physique des peuples du Nord. Un jour, un communiste dans la salle avait lancé : « À propos de grands Germains blonds, celui-là est plutôt un Germain rétréci. » Le mot était resté. La presse de gauche l'avait repris ; ou bien, elle l'appelait « le nabot », ou encore « le nain enragé ». Quelquefois, se référant à la forme singulière de ses chaussures orthopédiques, on le désignait dans ces journaux comme « le bouc ». Mais à tout prendre, il préférait les qualificatifs extrêmes dont l'affublaient ces salauds ; lorsqu'ils l'appelaient « le diable ». Rien ne le blessait plus que les sarcasmes sur sa malformation physique. Ils lui rappelaient les souffrances qu'il avait endurées autrefois, tous les jours, à l'école. S'il avait été normal, Dieu sait ce qu'il aurait pu réussir ! Il aurait certainement été plus efficace, plus cinglant, encore plus séduisant avec les femmes. Mais le destin l'avait accablé, sans doute pour qu'il démontre au monde que sa réussite ne devait rien à la chance. D'ailleurs, il allait rejoindre ce soir Magda Quandt, la plus belle femme du pays. Elle avait été mariée à ce magnat de l'industrie, Günther Quandt. Il avait remarqué comme elle l'écoutait ; elle buvait ses paroles, lui demandait son avis sur chaque détail de la vie. 21 h 15. Elle était en retard ! Il se levait, clopinait jusqu'à la fenêtre, revenait s'étendre sur le sofa. Un bruit de moteur. Magda s'était changée. Elle portait une élégante jupe fendue jusqu'à mi-cuisse. Elle retira son manteau. Un chemisier de soie moulait ses formes. Ils se mirent immédiatement au travail, commençant par le plus simple. Goebbels avait déjeuné le jour même chez l'écrivain Hans Grimm, à la fois professeur de droit et romancier. Il entreprit de dicter ses impressions à Magda. Il se tenait debout, près de la fenêtre, l'air inspiré.

– Cinquante-cinq ans, paraissant davantage. Grand, gauche, un lourdaud ! Un peu simple, pour ne pas dire simplet… mais une bonté émane de lui. Politiquement, très lucide. Il m'a clairement dit que nous représentions la dernière chance pour l'Allemagne. Nous seuls pouvons rétablir la dignité de ce pays et instaurer une véritable stabilité politique. Sincèrement convaincu. Totalement acquis à la cause. À travailler…

Goebbels passa ensuite en revue tout ce qu'il avait entendu au sujet de l'écrivain, les ragots, les rumeurs. Il ajouta pour finir :

– Pour le reste, madame Quandt, je veux dire son adresse, son état civil exact, le nom de son épouse et de ses enfants, vous demanderez à Erika…

– C'est déjà fait, docteur Goebbels ! Tout est noté ici…

Elle lui présenta le dossier.

– Parfait !

Ils évoquèrent ensuite l'affaire Weiss, le préfet de police adjoint, chef de la police de Berlin. Le malheureux subissait les attaques quasi quotidiennes de Goebbels qui s'acharnait contre « ce Juif odieux », preuve vivante que la république de Weimar était tombée aux mains des parasites, la vermine de l'humanité… Ils en arrivèrent enfin à Friedrich.

– Un jeune homme, un peu enflammé, commença Magda.

– Enflammé ? Déchaîné, oui ! Il ne cesse de répéter que nous sommes des Barbares et que nous avons entrepris la destruction de la culture allemande. Un fou !

– Pas un fou, docteur Goebbels, un amoureux.

Le mot fit tiquer Goebbels. Il s'approcha de Magda, qui était assise sur un fauteuil, un bloc-notes sur les genoux. Il se tint derrière elle. Il osa pour la première fois poser les mains sur ses épaules.

– Que voulez-vous dire par « un amoureux » ?

– Comme tous les amoureux, Friedrich est jaloux.

Il commença à la caresser. Ses mains allaient et venaient sur son chemisier de soie, parcourant le haut de son dos, ses omoplates, descendant le long de sa colonne vertébrale. Il fermait les yeux.

– Aurait-il des raisons d'être jaloux, le jeune Friedrich ?

– Eh bien, docteur Goebbels, il le pense ! Enfin, il imagine…

Il passa sa main dans ses cheveux, retirant une à une les pinces qui retenaient son chignon.

– Que va donc imaginer ce jeune homme ?

– Je ne sais trop… Il trouve que je rentre bien tard.

– Vous lui avez expliqué, j'en suis sûr, que vous aviez beaucoup de travail…

– Certainement ! Mais il n'est pas convaincu. Il croit que quelque chose me retient au bureau.

Goebbels avait défait les cheveux de Magda. Il explorait maintenant son visage de ses doigts. Il s'arrêta sur sa bouche, parcourut ses lèvres.

– Il prétend que je m'intéresse trop à vous.

– Et c'est faux, bien sûr, madame Quandt !

Goebbels avait défait les deux premiers boutons de son chemisier et caressait maintenant son cou.

– J'ai beaucoup d'admiration pour vous, docteur Goebbels, c'est exact !

– Seulement de l'admiration ?

Il s'avançait sur sa poitrine, revenait en arrière, repartait sur son cou. Il glissa une main dans son soutien-gorge.

– De l'admiration… et aussi…

Elle s'interrompit, fermant les yeux.

– Et aussi ? demanda Goebbels.

– Et aussi du respect, docteur Goebbels !

– Du respect ? Rien que du respect ?

– Je ne sais pas. Et puis aussi quelque chose comme…

– Oui, comme quoi ?

– Comme un éblouissement !

Il s'était rapproché d'elle. Elle sentait la présence de son corps, entendait s'accélérer le souffle de sa respiration. Elle se détendit, se laissant aller en arrière, à le toucher. Il se sentait envahi d'émotion. Il caressait son sein les yeux mi-clos.

– Pour vous, je ne suis rien d'autre qu'un cerveau ; c'est donc ainsi ?

– Pourquoi cette remarque ? Que dire encore ?

– Ce que vous désirez, madame Quandt.

– Venez !

– Où donc voulez-vous que je vienne ?

– Venez, vous dis-je, c'est vous que je désire.

– Moi ?

– Oui, docteur Goebbels, vous ! Je vous désire. Venez !

Le diable doit être invité à trois reprises avant de pénétrer. Goebbels contourna le fauteuil, s'agenouilla à ses pieds. Il lui prit les mains…

– Ma reine !

Goebbels ne se jeta pas sur elle, bien au contraire ! Elle l'impressionnait trop. Il l'admira longtemps. Il la déshabilla petit à petit, vêtement par vêtement. Il lui demandait sans cesse l'autorisation. On eût dit qu'il ne désirait rien plus que son consentement. Lorsqu'elle fut totalement nue, il la respira. Il parcourut son cou de son visage, tâchant de retenir ses senteurs ; il fouilla ses aisselles de son nez, il glissa sa tête entre ses jambes, recherchant son baume. « Viens », l'encouragea Magda qui le tutoyait déjà.

Lorsque Magda quitta le petit appartement de Stegnitz, il devait être plus de trois heures du matin. Goebbels ne parvenait pas à trouver le sommeil. Il chercha son carnet qu'il rangeait dans un coffre, dissimulé derrière un tableau. Il inscrivit à la date du 15 février 1931 :

« Le soir, vient Magda Quandt. Elle reste très longtemps. Elle est florissante, avec sa blondeur suave et envoûtante. Comment es-tu devenue ma reine ? Quelle belle, belle femme ! Je vais l'aimer très fort. »

Et à la suite de cette phrase, Goebbels inscrivit entre parenthèses le chiffre (1). Car il comptait le nombre de fois qu'il possédait ses maîtresses.

26

Jalousies

Goebbels était amoureux de Magda, amoureux fou. Il recherchait au fond de lui l'énergie de cette révolte infantile qui allait lui permettre de s'extraire de la dépendance. Car l'amour lui était une rage. Mais Magda savait à qui elle avait affaire. Elle avait eu tout loisir de l'observer durant les derniers mois, au bureau. Elle était décidée à ne pas se laisser traiter comme une vulgaire secrétaire. Introduite au cœur du dispositif stratégique de Goebbels, là même où il rassemblait ses informations, elle travailla à se rendre quotidiennement indispensable. Elle l'invita chez elle, Reichskanzlerplatz, dans son sept pièces de trois cents mètres carrés, avec vue sur le Parlement. Devant se rendre au Reichstag tous les jours, ça lui facilitait la vie. Goebbels n'en dit rien, mais il fut impressionné par le luxe. Il ne pouvait s'empêcher de jeter un regard aux tapisseries, aux meubles sophistiqués, aux tableaux de prix. Magda ne manquait jamais de lui jouer quelque sonate au piano. Pour le dîner, un maître d'hôtel venait leur proposer les plats et deux servantes s'occupaient sans cesse de leur bien-être. Lui qui était d'extraction modeste n'avait même jamais imaginé que l'on pouvait vivre ainsi. En fin de soirée dans la chambre à coucher, une rose fraîche les attendait, posée à l'échancrure des draps de satin cru. Lorsqu'ils seront au pouvoir – Hitler l'appellera sans doute auprès de lui – voilà une demeure qui conviendrait à un ministre ! Et Magda veillait également à organiser des soirées chez elle. Elle y conviait les amis de Goebbels, ses collaborateurs, se montrait avec lui, tenait le rôle de maîtresse de maison. Elle l'habituait et habituait son entourage à sa compagnie. Elle savait jouer de cette arme terrible qu'est la jalousie. Goebbels revenait périodiquement sur la question de Friedrich. Avait-elle enfin rédigé la note le concernant ? Pourquoi était-ce la seule fiche qu'elle refusait de lui remettre ? Il lui demandait si elle continuait à le fréquenter, et elle ne répondait pas. S'il insistait, elle lui rétorquait qu'elle n'allait pas vérifier s'il couchait toujours avec Ilse Stahl, Erika Blomberg ou même avec Ulrike Fishermann. Il se fâchait. Comment avait-elle appris le nom de ses maîtresses ? Pour Ilse, il comprenait ; elle devait la croiser au bureau, Erika aussi qui s'y présentait quelquefois, mais Ulrike ? « S'il est une chose que tu m'as apprise, Josef, c'est bien à me renseigner, n'est-ce pas ? » lui répondait Magda. Il n'insistait pas. Il s'efforçait d'oublier. Jusqu'au jour – c'était le dimanche de Pâques – où il s'est trouvé souffrant, au lit avec quarante de fièvre. Magda avait disparu depuis deux jours. Elle ne donnait pas signe de vie. Il la savait pourtant à Berlin. De plus, il était convoqué au tribunal le lendemain. Goebbels fut assailli par l'angoisse, une angoisse absurde.

Durant quelques semaines, Friedrich avait essayé de s'éloigner de Magda, comme il s'y était engagé. Mais il n'avait pu tenir, était revenu à Berlin, avait sonné à sa porte, l'avait suppliée. Elle lui avait ouvert. Ils avaient discuté une partie de la nuit, s'étaient retrouvés. Il l'avait alors interrogée. Elle n'allait pas lui confirmer ce qu'on racontait partout, qu'elle était devenue la maîtresse du bouc immonde. Elle n'avait pas répondu. Il avait élevé la voix. L'alliée du diable ? Elle avait tenté de le raisonner, lui conseillant de reprendre le cours de sa vie. Après s'être séparés, ils conserveraient à jamais le souvenir de leur amour comme une richesse secrète. Quoi ? s'exclama Friedrich… « Oui ! Nous l'enfouirons en nous et le conserverons pour nous seuls. » Il y avait consenti mais demandé un délai. Elle était épuisée, voulait seulement s'endormir. À l'été, ils conviendraient d'un commun accord de ne plus se revoir. Il était revenu le lendemain. Elle tremblait pour sa vie. Elle avait appris ce qui était arrivé aux deux militants communistes que les SA avaient agressés alors qu'ils collaient des affiches. On les avait retrouvés au petit matin, flottant dans le canal, une croix gammée peinte sur le visage. Friedrich craignait aussi pour elle. Si elle rejoignait véritablement cette bande de braillards incultes, elle finirait par leur ressembler. Il l'interrogeait encore : ne voyait-elle pas que la beauté de l'âme s'inscrivait sur le visage ? À regarder son Goebbels, sa peau grêlée, son crâne difforme, sa démarche de monstre, l'on pouvait déduire l'état de son âme. Durant une quinzaine de jours, Friedrich alternait ainsi des moments de tendresse et de dévotion et des moments de violence. Un soir, il ne put retenir les insultes ; il devint ordurier.

– Je n'ignore rien de tes coucheries – et il ne s'agit pas seulement de Goebbels ! Tu veux que je te dise ce que tu es Magda, une traînée, une putain…

Et il hurla :

– La putain du diable !

Le mot lui plaisait ; il le répéta : « la putain du diable ! » Elle le fit mettre à la porte par son maître d'hôtel. Il téléphona le lendemain, s'excusa. Il avait bu, beaucoup trop. Il était confus. Il était d'accord pour disparaître, mais elle devait l'autoriser à venir pour un dernier adieu… Une dernière fois ! Il la supplia. Il vint donc chez elle, en ce dimanche de Pâques, en fin d'après-midi. Magda était en déshabillé de soie. Il eut envie d'elle. Elle voulut oublier sa tristesse. Ils s'aimèrent à nouveau. Comme ils pensaient tous deux que c'était la dernière fois, ils y mirent toute leur volupté. Le téléphone sonnait et Magda ne répondait pas. Il sonnait encore et elle n'y prêtait pas garde. Quand vint le moment de se quitter, Magda dit imprudemment qu'elle devait se préparer pour un dîner. La colère de Friedrich s'enflamma à nouveau. Avec qui allait-elle dîner ? Encore un repas de sorciers ? N'éprouvait-elle aucun dégoût à manger avec des cannibales ? Le personnel de maison était parti. Ils étaient seuls. Magda se campa devant lui ; lui ordonna de sortir.

– Je ne sortirai pas d'ici. Je ne sortirai plus !

Magda restait appuyé au chambranle de la porte. Le téléphone sonnait encore.

– Friedrich, le jeu est terminé. Tu vas tranquillement rentrer chez toi maintenant.

À peine interrompue, la sonnerie du téléphone reprenait. Il sortit un revolver et la mit en joue.

– Jamais ! Je ne sortirai pas ! Je te tuerai, je me tuerai ensuite. Ainsi, partirons-nous ensemble.

Magda ne bronchait pas. Elle restait impassible, le regardant d'un air de défi, lui répétant de sortir.

– Je te maudis, Magda ! hurlait Friedrich. Tu vas l'épouser, c'est ça ? C'est ce que tu as décidé, n'est-ce pas ? Tu auras des enfants du diable. Et sais-tu ce que deviennent les enfants du diable ? Ils s'en vont rejoindre leur père en enfer.

Le téléphone sonna encore.

– Et c'est là que tu te retrouveras, toi aussi… En enfer !

Plus la situation s'envenimait, plus Magda se durcissait. Elle restait là, impassible. Il tira. Un coup de revolver. Dans cette pièce fermée, la détonation résonna longtemps. La balle alla se ficher dans la boiserie de la porte, à quelques centimètres du visage de Magda. Elle ne sursauta même pas. Elle devint plus froide encore.

– Maintenant, tu iras t'expliquer avec la police, Friedrich, trancha Magda.

Et elle sortit calmement de la pièce, refermant la porte derrière elle. Il était vingt-trois heures.

Dans son petit appartement de Stegnitz, Goebbels suant de fièvre et d'angoisse se faisait consoler par Ilse Stahl. Malgré sa fièvre, il se précipitait sur le téléphone toutes les demi-heures. Son correspondant ne répondait pas. Il jurait, jetait l'appareil et revenait poser sa tête contre ses seins. Tout au long de ce dimanche de Pâques, ce fut ce même continuel ballet, du lit au téléphone et du téléphone à la fenêtre. Elle n'osait lui demander ce qui le perturbait à ce point, de peur de se faire rabrouer, ou même de se faire jeter dehors. Et puis vers minuit, il obtint enfin sa communication.

– Quoi ?… Mais où étais-tu passée ?… Comment ?… Un coup de feu ?… Tu es blessée ma chérie ?… Non ?… La police ? Pourquoi la police ?… Ah, mais tu as bien agi… Mon pauvre chéri… Toi si bonne, si fragile… Je viens ! J'arrive immédiatement !… Pourquoi ?… Tu as besoin de retrouver tes esprits ?… Eh bien, je t'y aiderai… Comment ?… Ah oui ?… Vraiment ?… Comme tu voudras !… L'essentiel est que tu ne sois pas blessée… Tu te portes comme un charme, dis-tu… Dieu soit loué, mille fois loué !… Nous nous verrons demain… Comment ?… Tu pars en voyage… Demain… Où ça ?

À Dresde… et pourquoi ? Et quand nous verrons-nous ?… Tu ne sais pas… Ah…

Goebbels était devenu comme fou. Ilse, nue sur le lit, restait pétrifiée. Il allait dans la salle de bains, revenait, repartait dans le salon. Il se résolut à prendre son carnet secret et écrivit longuement son journal. À la date du 12 avril 1931, ses notes se terminaient ainsi :

« Maintenant elle est partie bien loin. J'entends à sa voix que je vais certainement la perdre. Je tombe dans le plus profond désespoir. Je mesure à cela combien je l'aime. J'aurai bien des difficultés à remettre de l'ordre en moi… J'avais recommencé à croire en un bonheur personnel. Cela va prendre fin… »

*

Il ne sut jamais où Magda avait disparu. Elle souffla le chaud et le froid. Elle lui expliquait un jour qu'il fallait convaincre Friedrich de rentrer dans sa famille, qu'il s'agissait d'une question de morale. On n'abandonnait pas un être humain dans une telle souffrance. « Et moi, se plaignait Goebbels, tu crois que je ne souffre pas ? » Il s'agissait seulement de régler une vieille affaire. Une autre fois, c'était que Goebbels l'impressionnait, son ardeur, sa passion, l'intensité et la rapidité de ses sentiments. Elle avait besoin de temps pour réfléchir, remettre ses affaires en ordre. La vérité était que Magda avait hésité durant vingt-quatre heures entre une vie tranquille avec Friedrich et cette nouvelle passion politique qui s'était emparée d'elle. Quant à Goebbels, après ce noir dimanche de Pâques, il s'engagea totalement dans leur relation. Plus elle était incertaine, plus il devenait amoureux. Magda avait beau être présente tous les jours, il la sentait volatile, prête à disparaître. Elle était comme une apparition qu'il cherchait à saisir. Il mettait tout en œuvre pour la retenir auprès de lui. Allait-il prononcer un discours en province, se rendait-il aux réunions du parti, à Munich, il emmenait Magda. Elle multiplia les réceptions l'introduisant à une vie sociale. Elle l'accompagna chez des tailleurs, veilla à lui trouver des vêtements qui dissimulaient ses difformités. Elle lui offrit des costumes coûteux, des écharpes de soie qu'il glissait dans le col de sa chemise en place de cravates, pour camoufler la maigreur de son cou. Elle le conduisit comme un enfant chez le plus grand spécialiste de chaussures orthopédiques. Elle s'infiltrait par les interstices de ses manques. Elle se glissait à l'endroit de ses peurs, de ses frustrations, de ses fureurs d'enfant. Elle devenait ambiance, bientôt plus indispensable que l'air qu'il respirait. Lorsqu'elle le sentait à nouveau sûr de lui, prêt à manifester sa violence, elle évoquait ses engagements passés. Ses amants, son ex-mari… Si Quandt venait à apprendre les sommes énormes qu'elle lui consacrait, il entrerait en fureur.

– Quandt, pérorait alors Goebbels, il n'a qu'à bien se tenir, celui-là ! Il ne parvient toujours pas à comprendre son intérêt. Un jour ou l'autre, il faudra bien qu'il nous soutienne ; sinon…

Il n'ignorait pas que la pension que recevait Magda – cet argent dont il bénéficiait chaque jour – ne lui serait versée qu'aussi longtemps qu'elle resterait célibataire. Après six mois de passion houleuse, à l'été 1931, Magda proposa à Goebbels de louer un appartement de villégiature. Elle choisit une petite ville balnéaire, Sankt Peter-Ording, dans la presqu'île d'Eider, sur la mer du Nord, à une heure de route de Hambourg. Ils se retrouvèrent enfin tous les deux, un long moment, dans un simple bungalow, au sein d'une nature sauvage. Goebbels se laissa aller à ses fantasmes de bonheur tranquille. Pour une fois, il se sentait serein. Il écrivait aussi « son combat », son *Mein Kampf*, « combat pour Berlin » et s'extasiait devant son propre génie. Un soir, après le dîner, le punch aidant, ils en vinrent aux confidences. Goebbels parla à Magda de quelques-unes de ses conquêtes. Il lui parla surtout de Anka Stalherm, son amour de jeune homme, qu'il poursuivit longtemps de ses assiduités.

– Elle m'a fait souffrir ! disait Goebbels. Sans doute est-elle à l'origine de ma méfiance envers les femmes…

– Elle t'a fait souffrir, ponctua Magda, elle se refusait à toi ?

– Ce n'est pas tant qu'elle se refusait. Elle a d'ailleurs fini par céder ! Non, c'était l'incertitude qui me faisait souffrir. Je ne savais jamais ce qu'elle exigeait de moi. Un jour, elle m'aimait, le lendemain, je n'étais plus rien. Elle ne manquait jamais une occasion de se moquer de moi, de m'humilier…

L'incertitude, admit Magda, était le plus difficile à supporter en amour. Il comprit plus tard l'incapacité à aimer de Anka, lorsqu'il apprit qu'elle était à moitié juive. « Juive, donc ! » asséna Magda. « Non », se récriait Goebbels, « seulement demi-juive, elle avait tout de même une part d'elle qui était bonne. » « Demi-juive, c'est juive », le reprenait Magda, se référant aux livres qu'elle avait attentivement lus ces derniers temps. De fil en aiguille, elle finit par lui parler de Victor.

– Moi aussi, j'ai connu un Juif…

– Quand ? s'inquiéta soudain Goebbels.

– Il y a longtemps, très longtemps !

– Après ton divorce ?

– Mais non, voyons, après mon divorce, tu le sais, j'étais avec Friedrich.

– Mais alors quand ? Durant ton mariage ?

– Oui, durant mon mariage !

Elle lui décrivit Victor, lui racontant combien cet homme était brillant, le charme qui émanait de lui, sa capacité à expliquer les théories les plus complexes, l'aura qui l'entourait sitôt qu'il paraissait en public. Elle lui raconta leur passion, leur attirance sexuelle irrépressible. Elle ne lui épargna aucun détail. La fougue de leurs étreintes sauvages dans les rues. Leurs retrouvailles dans les hôtels lorsqu'il passait par Berlin.

– Où est-il ? ne put s'empêcher de demander Goebbels.

– Il est parti, soupira Magda. Il s'est installé en Palestine.

– En Palestine ? Ah, pauvres Anglais ; dans quel guêpier sont-ils allés se fourrer ! Il paraît qu'ils auront bientôt là-bas plus de Juifs sur les bras que dans toute l'Allemagne. Oh, ça doit être joli à voir !

La violence de Goebbels ne s'exprima pas d'emblée de manière directe. Il commença par persifler :

– L'autre jour, je suis allé me promener au zoo avec Tonak, mon chauffeur. Je suis resté saisi devant la cage des singes. Je l'ai d'ailleurs fait remarquer à Tonak. J'éprouvais exactement la même sensation que devant un groupe de Juifs. Ils ressemblent à des hommes, mais on voit bien que ce ne sont pas tout à fait des hommes.

– Josef ! s'exclama Magda…

– Tu le sais bien ! Ce que je suis en train de te dire, tu le sais ! Un groupe de journalistes juifs, c'est à eux que me faisait penser cette cage de macaques.

Magda baissa la tête, silencieuse.

– Et tu as pu te commettre avec l'un de ces primates ! Toi, Magda ? Le meilleur de notre race ! J'ai honte, vois-tu, j'ai honte ! Il t'a volée, j'imagine…

– Heu… Non ! Enfin, je ne crois pas !

– Que signifie « je ne crois pas » ? Il t'a volée, j'en suis certain. Il s'est certainement enfui avec la caisse.

Puis, se radoucissant soudain :

– Tu étais sa maîtresse alors que tu étais mariée avec Quandt ? C'est bien ce que tu m'as dit ?

– Josef ! Assez ! Pourquoi cherches-tu à te faire souffrir ? Restons-en là.

– Ah, mais bien sûr ! Restons-en là… Parce que madame est gênée, alors du coup, il faut interrompre la discussion. Réponds-moi ! Tu couchais avec lui alors que tu étais mariée ; alors que tu vivais avec Quandt, que tu t'occupais des enfants, de la maison…

– Ça suffit, Josef ! Je n'admettrai pas que tu me parles sur ce ton.

– Peut-être le vois-tu encore ? Si tu as trahi Quandt, qu'est-ce qui t'empêcherait de me trahir à mon tour ? Dis-moi ! Tu le vois encore ? « Lorsqu'il repassait par Berlin », minauda Goebbels, mimant les intonations de Magda.

– Josef ! Nous avions entrepris de nous faire nos confidences. Tu m'as toi-même parlé de tes aventures. J'ai fait de même. C'est tout !

– Réponds-moi, Magda ! Je t'en supplie. Réponds à cette seule question : tu le vois toujours ?

– Je t'ai déjà répondu, Josef ! Je t'ai dit qu'il était parti en Palestine.

– Comment as-tu pu te rabaisser à ce point. Comment ?

– Mais Josef, je l'aimais…

– Quoi ? Tu oses prononcer une telle parole ? Tu l'aimais ? Tu aimais un Juif ?

– Tu aimais bien Anka, une Juive…

– Demie ! Une demi-juive…

Goebbels se leva de table, s'approcha d'elle, menaçant :

– Tu ne veux pas répondre parce que tu le vois toujours. Quand vous êtes-vous rencontrés pour la dernière fois ? Réponds-moi !

Magda fut effrayée par le visage grimaçant de Goebbels.

– Il y a bientôt deux ans. Ce devait être en novembre.

– Tu étais déjà divorcée. Tu vois ?

– Mais nous ne nous connaissions pas, Josef. Nous ne nous étions pas encore rencontrés, souviens-toi…

– Qui est-ce ?

– Comment ?

– Qui est-ce ? Comment s'appelle-t-il ? S'il le faut, j'irai moi-même lui régler son compte. J'irai jusqu'en Palestine. Je l'étranglerai de mes mains.

– Mais… Personne ! je veux dire… son nom ne te dira rien. C'est un Juif, rien qu'un Juif, Josef !

– Oui, mais tu l'aimais…

– Oui ! souffla Magda d'une voix à peine audible.

– Tu l'aimes encore ? Tu coucherais avec lui s'il se présentait maintenant, hein ? Tu coucherais avec lui ?

Et Goebbels s'empara de la soupière. Magda recula, se protégeant le visage des deux mains pensant qu'il allait lui la jeter au visage. Il laissa tomber la soupière qui explosa sur le sol dans un bruit de bombe. Magda éclata en sanglots.

– Pourquoi ? se lamentait-elle, pourquoi ? Pourquoi me faites-vous tous subir ces interrogatoires ?

Goebbels sortit en claquant la porte et partit se réfugier dans la petite pièce qu'il avait aménagée en bureau. Il resta un long moment effondré, la tête dans les mains.

Durant la nuit, il inscrivit dans son carnet secret, à la date du 13 juillet 1931 :

« Le soir, Magda m'a parlé de son mariage et de l'homme qu'elle a aimé jadis. Cette fois encore, comme toujours en pareil cas, on s'est disputés. Et il y a maintenant une ombre sur notre bonheur. Puis-je croire à sa fidélité, cette fidélité qu'elle a retirée à un autre ?... »

*

Au début des années 30, apercevant les marches du pouvoir, les nazis étaient confrontés à des problèmes de légitimité. La classe au pouvoir qu'ils avaient décidé de remplacer, était constituée de nantis qui habitaient avec bonheur le luxe et le bon droit. Les cadres du parti étaient pour l'essentiel de petits-bourgeois de province, des sous-officiers sans avenir ou des réformés de l'armée. Impressionnés par la prestance des élites en place, ils cherchaient à acquérir la pratique naturelle de l'autorité. Et en premier lieu, leur chef, qui avait compris que s'il lui fallait pénétrer les réseaux financiers et ceux des maîtres du sol, il devrait en adopter le comportement. C'est ainsi qu'un gros effort avait été consenti pour financer un somptueux immeuble abritant le quartier général du NSDAP, à Munich. Hitler avait abandonné la misérable petite pièce qu'il louait à la Thierstrasse et vivait là, au 16 de Prinzregentplatz, dans un grand appartement où il recevait ses invités et tenait ses réunions. On ne connaissait pas de liaison amoureuse à cet homme de quarante-deux ans, qui parlait sans cesse de puissance virile. Sa nièce, Angelika Raubal, que l'on appelait Geli, la fille de sa sœur préférée, était venue le rejoindre en 1929 et occupait une pièce dans l'appartement. Elle était la seule présence féminine à ses côtés.

Éloignée de ses parents qui vivaient en Autriche, il lui servait de père. C'était du moins la version qui circulait dans l'entourage du chef. Hitler enveloppait cette toute jeune fille, fraîche et joyeuse, âgée d'une vingtaine d'années, d'une affection trouble. Il surveillait ses fréquentations, ne l'autorisant que rarement à sortir, toujours sous sa surveillance. Il lui dictait ses intérêts, lui ordonnait ses pensées philosophiques et fixait les objectifs de son existence. Et, naturellement, il espionnait ses amours naissantes, d'autant qu'elles avaient élu son chauffeur, Emil Maurice. Hitler entra dans de folles colères lorsqu'il surprit Geli avec son amoureux, sur la banquette de sa limousine et fit tout pour les séparer. Une fois qu'elle renonça au mariage avec Maurice, Hitler se montra de plus en plus en sa compagnie. Il l'emmenait au spectacle ; la conduisait dans des boutiques, lui achetait des vêtements et assistait même à d'interminables séances d'essayage. Il aimait son entrain, sa spontanéité, sa sensualité innocente. Il s'amusait de sa naïveté politique, de ses désirs enfantins. Il disait volontiers que Geli était son seul lien avec la vie « pour de vrai ». Hitler se méfiait des femmes, convaincu qu'elles constituaient la vulnérabilité principale de l'homme, a fortiori celle du guerrier. Combattant d'une foi nouvelle, il ne pouvait se permettre une telle faiblesse, à moins que la femme ne fût absolument sûre. Peut-être sa propre fille, encore eût-il fallu avoir une femme pour donner naissance à une fille. En tout cas, si ce n'était avec sa propre fille, alors avec une fille de son sang, sa nièce. Les plus grands héros n'ont-ils pas commis l'inceste ? Siegfried est né de l'amour incestueux de Sigmund avec sa sœur jumelle. L'inceste est interdit au commun, pas aux héros ! C'est ainsi que plus Geli acceptait le rôle qu'il lui avait attribué, d'être sa fille d'adoption, l'appelant « Tonton Alf », le rejeton physique de ses pensées, et plus il éprouvait une attirance envers elle. Au début, ce n'était guère physique, ou plutôt l'attirance était si peu consciente qu'il ne la savait pas sexuelle. Mais les séances de déshabillage auxquelles elle se livrait sans vergogne en sa présence, les ébats dans la baignoire ou le soir au moment du coucher, les retours tardifs bras dessus bras dessous, tout cela lui procurait une excitation qu'il finit par identifier. Hitler était amoureux de sa nièce ; il le comprit longtemps après son entourage. Marqué par le terrible comportement amoureux de son père, Hitler était un demeuré sexuel. Il finit par avouer son amour à sa nièce, un soir où ayant abusé du vin blanc, elle se pressait contre lui à l'arrière de la voiture. Elle éclata de rire :

– Tonton Alf, tonton Alf, tu voudrais donc te marier avec moi à la place de Maurice ?

Et elle dit cette phrase si fort, que Maurice fit faire une embardée à la voiture…

– Oui ! souffla Hitler en la pinçant pour lui signifier de parler moins fort.

– Et si j'accepte, me laisseras-tu partir à Vienne pour apprendre le chant ? demanda Geli en gloussant.

En un instant, Hitler redevint l'éducateur.

– Certainement pas ! Et tu vas voir une fois que nous serons rentrés.

Il la reconduisit jusqu'à sa chambre et la menaça.

– Tu es comme un jeune chien, Geli. Les meilleurs chiens doivent être dressés. C'est seulement après qu'ils peuvent révéler leurs dons pour la chasse.

Effrayée, elle le regardait défaire sa ceinture.

– Non ! Non, tonton Alf ! Pas comme au pensionnat !

Il s'approcha d'elle, la saisit par les cheveux.

– Excuse-toi, alors ! Demande-moi pardon…

– Pardon, tonton Alf, pardon !

– Ce serait trop facile, cria Hitler, trop facile de s'en tirer à si bon compte…

Il lui tirait les cheveux, brandissant son ceinturon.

Elle finit par éclater en sanglots. Hitler se calma alors, restant auprès d'elle pour la consoler. Il lui caressait le visage en disant :

– Tu n'iras pas à Vienne, n'est-ce pas ? Tu ne t'éloigneras pas de moi, Geli… Jamais !

Elle finit par s'endormir. Hitler rejoignit sa chambre. Le lendemain, il partit de bonne heure pour Nuremberg. Deux jours plus tard, alors qu'il en revenait et roulait déjà en direction de Bayreuth, un taxi rattrapa sa voiture. Un employé de l'hôtel s'agitait, lui demandant d'appeler Munich d'urgence. La veille au soir, Geli s'était tiré une balle dans le poumon avec le revolver de son oncle. Rudolf Hess, son secrétaire particulier, fut le premier prévenu. C'est lui qui avait appelé Hitler au téléphone.

– Je pensais n'avoir d'obligations qu'envers l'Allemagne et notre grand projet de révolution nationale, lui dit Hitler le lendemain. Je prends seulement conscience que j'en avais aussi envers elle.

– Vous l'aimiez, n'est-ce pas ?

– Bien plus que je ne le soupçonnais. Mais c'était un fardeau, un immense fardeau !

– Un fardeau ? demanda Hess.

– Oui, comprenez-moi, Hess ! Je ne peux m'intéresser à autre chose qu'à ma mission. Elle a dû le sentir. Elle s'est sacrifiée, la pauvre fille. Elle s'est sacrifiée pour me laisser libre d'accomplir ma tâche.

Il décida peu après de transférer le quartier général du parti à Berlin. Il ne supportait plus son appartement de Munich. Il s'installa provisoirement au Kaiserhof, un hôtel de luxe. C'est là, dans les salons de l'hôtel, que

Goebbels lui présenta Magda. Hitler se renseigna aussitôt auprès de Göring.

– C'est la Pompadour de Goebbels, lui répondit le gros.

– Et alors ? demanda Hitler.

– Alors, il n'est peut-être pas bon de se montrer avec elle… Divorcée de Quandt, Günther Quandt, l'industriel.

– Oui ! Je vois bien, et alors ?

– Il a divorcé parce qu'elle le trompait. Peut-être pas du meilleur effet…

– Ah… grogna Hitler.

Magda le convia à l'une de ses soirées, dans son appartement. Goebbels était trop heureux d'exhiber la facilité avec laquelle il s'était accommodé du luxe. Il avait adopté des manières raffinées – qui sonnaient un peu faux, surtout lorsqu'on connaissait le personnage, ses discours orduriers et ses appels à la haine. Hitler arriva après tout le monde, vers vingt-trois heures. Il venait de prononcer un discours échevelé devant un parterre de dix mille militants en fusion. Il se laissa tomber dans un fauteuil, épuisé, couvert de sueur. Magda s'approcha de lui, un verre d'eau à la main. Il leva les yeux vers elle, étonné.

– Madame, merci ! Je me sentais comme Jésus assoiffé…

– Je n'ai regretté qu'une chose tout au long de cette soirée, *mein Führer*, de ne pouvoir être dans la salle à vous écouter…

– Je déteste me vanter – mes collaborateurs vous le confirmeront – mais ce soir, je me suis dépassé. J'étais un aigle s'élevant vers son égal, le soleil.

– On m'a soufflé que vous aviez fait des déclarations importantes.

– Oui ! Franchement, oui ! J'ai expliqué que la race blanche avait des droits particuliers, du fait de sa mission civilisatrice. J'ai expliqué que nous étions fondés à revendiquer la domination du monde. Sinon, voyez-vous, si toute la créativité allemande restait étouffée dans l'étroit petit carré que nous a octroyé le traité de Versailles, c'est l'humanité entière qui en pâtirait. C'est pour cette raison qu'il nous faut agir dans deux directions : à l'intérieur en éliminant nos parasites et à l'extérieur en colonisant de nouveaux espaces.

Magda s'était assise auprès de lui, lui avait essuyé le front de son mouchoir. Elle le regardait, subjuguée. Elle connaissait ses pensées ; elle les avait lues, étudiées. Elle ponctuait ses paroles, les précédait parfois.

– À l'intérieur, les parasites tremblent. Commentait Magda. Ils se savent repérés. Ils contre-attaquent, certes, mais je ne me fais pas de souci, connaissant leur lâcheté.

– Ah, vous avez raison, madame ! Ils contre-attaquent, c'est certain ! La presse ! La presse ! C'est là qu'ils tiennent leurs bastions. Nous devons agir dans cette direction. Et je dois dire que notre ami Goebbels fait beaucoup !

Hitler s'étonnait qu'une femme comme elle, une femme du monde, comprît aussi bien la politique.

– Car ce n'est pas de la politique, *mein Führer*, c'est de la pensée pure, limpide comme le cristal. N'est-ce pas ce type de pensée que l'on appelle « philosophie » ?

Ils restèrent longtemps à échanger, Hitler reprenant les arguments de ses discours, Magda leur donnant une dimension plus humaine, charnelle. Si bien qu'elle émergea de la brume à travers laquelle il percevait le monde ; il finit par la voir.

– Vous êtes ravissante, madame ! lui dit-il soudain. On m'avait informé, bien sûr, on m'avait décrit votre beauté. Mais c'est bien au-delà ! Quelque chose de parfait, une âme à l'unisson d'un corps. Une perfection aryenne !

C'est durant cette soirée que Magda lui demanda s'il était marié. Il la dévisagea, de son regard étrange qui figeait ses interlocuteurs. On y lisait une haine brute, spontanée. Il peut tout justifier par cette haine, pensa Magda, rien ne le retient en arrière. Quelqu'un pour qui tout est possible, qui ne craint rien, pas même la mort… Il lui déclara son amour sur-le-champ. Mais il lui dit aussitôt qu'il ne pouvait en aucun cas prendre une femme auprès de lui. Il resta un moment songeur, comme s'il était en train de combiner un plan. Goebbels tourbillonnait autour d'eux. Il se demandait bien ce que le chef avait à dire si longuement à la femme qu'il aimait… ou plutôt, il avait peur de le deviner. Il les voyait bavarder, se rapprocher l'un de l'autre, s'effleurer les mains. Finalement, Hitler se leva, un peu raide, se pencha sur la main de Magda et se prépara à quitter la soirée. Goebbels le raccompagna jusqu'à la porte.

– Goebbels, hésita Hitler…

– Oui, *mein Führer* ?

– Goebbels, mon cher Goebbels ! Vous savez ce que je pense de vous… Vous êtes un homme honnête et droit.

– Je vous remercie, *mein Führer* !

– Venez donc, accompagnez-moi jusqu'à ma voiture. J'aimerais parler avec vous en privé.

Le soir, dans son journal, Goebbels écrivait à la date du 16 septembre 1931 :

« Hitler me demande de sortir avec lui… Il aime Magda mais me laisse mon bonheur. "Une femme aussi intelligente que belle, m'a-t-il dit, elle ne va pas vous entraver mais vous pousser en avant"… Il est assez

résigné. Le bonheur ne lui sourit guère. Pauvre cher Hitler !... Moi, j'ai trouvé Magda. Veinard ! »

*

– Que dites-vous, Ezra ? me demande Tania. Vous pensez que Magda ne s'est intéressée à Goebbels que pour atteindre Hitler ?

Nous venions de nous aimer.

Kippour ! Kippour est précisément la fête qui commémore la trahison du peuple juif, ce reniement incompréhensible, pour lequel il demande le pardon chaque année. *Kippour*, le « grand pardon ». Le mot est cousin du mot arabe *Cafar*, qui signifie « reniement ». Les Cafres sont pour les musulmans ces peuples à qui Allah s'est présenté aux débuts des temps et qui l'ont refusé. Les Cafres sont ceux qui, se détournant de l'évidence aveuglante, lui ont préféré l'idolâtrie. Ce sont ceux-là que les musulmans réduisaient en esclavage.

– Atteindre Hitler pour accéder au peuple, je réponds à Tania, ce peuple qui ne savait reconnaître ses divinités. Magda était consternée d'être en présence d'un peuple de « cafres ».

27

Tzfat

Tel-Aviv, le 10 octobre

Il règne encore cette chaleur moite qui vous étouffe. Je n'arrive pas à respirer. Je devrais arrêter de fumer. Je me le promets ! Une fois terminée la rédaction de ce foutu bouquin, j'irai voir un spécialiste. Je sais ce qui va se passer, je l'ai déjà fait ! Il va me terroriser en proférant des malédictions. « Vous finirez avec une petite bonbonne sur le dos et des tuyaux dans le nez, c'est ce que vous voulez ? Vous ne pourrez même plus monter deux marches. Quant à la baise, vous pouvez déjà tirer un trait dessus. Vous voulez que je vous dise comment s'appelle le mal dont vous allez crever ? » Il va me coller des patchs ; il va me demander si j'ai des problèmes, si je ne suis pas stressé ou déprimé. Bien sûr que je suis stressé ; on le serait à moins… la police israélienne qui m'a repéré, la police allemande qui m'espionne depuis des mois et ce flic de l'ambassade de France qui me colle aux fesses avec ses airs de « quand est-ce qu'on se fait Thérèse ? ». Déprimé aussi, sans doute ! Astrid qui m'a largué, bientôt au chômage… Ma mère, voilà au moins quarante ans que je l'avais oubliée. On finit par penser n'importe quoi dans ce pays. Je me trouve au port de Jaffa, attablé à un restaurant pour touristes ukrainiens. « Vous voulez manger ? » me demande la serveuse. Je voudrais juste picoler et fumer. J'en suis à mon troisième verre d'arak. Quand je suis rentré de ma soirée à l'Intercontinental, au petit matin, je me suis couché et j'ai dormi jusqu'au lendemain deux heures de l'après-midi. Depuis, j'ai parlé avec Tania au téléphone. Nous avons envisagé de passer cette journée ensemble. Je lui ai demandé si elle connaissait le pays. C'est son premier voyage en Israël. Elle a souvent financé des actions sociales ici, pour donner une autre image de son consortium, mais elle n'est jamais venue. Je lui ai proposé une balade dans le Nord… en Galilée, le Golan, la montagne. « Je peux vous servir de guide. » Elle a accepté en ajoutant : « Nous pourrons parler en voiture. Je range mon carnet et mon stylo. Elle est vêtue d'un simple jeans et d'un tee-shirt de coton blanc. Ses cheveux en bataille sont encore humides de sa douche. Elle a une frimousse étonnée qui me plaît. Je lui pose un baiser sur les lèvres. Elle ne me repousse pas. Elle s'assoit en face de moi, j'ai le soleil dans les yeux et le port à l'arrière-plan, avec ses vieux rafiots de pêcheurs rouillés qui tanguent sur un scintillement de lumière. Il existe une symphonie sur le port de Jaffa, mêlant le blanc d'aujourd'hui et l'ocre antique en subtiles harmonies de soleil.

– Ezra, me dit-elle d'emblée, vous ne pouvez plus continuer seul. C'est trop dangereux.

C'est alors que j'aperçois, garée le long du trottoir devant l'entrepôt de peinture, la grosse 4 × 4 Chevrolet Blazer des deux gros. Je reconnais celui qu'elle a salué l'autre soir en sortant de l'ascenseur, avec ses muscles énormes gonflant les manches de la petite veste grise du *shabak* et le fil en tire-bouchon qui lui sort de l'oreille.

– Vous ne sortez jamais sans vos anges gardiens, je dis. C'est pire qu'une vierge espagnole au début du siècle… du siècle dernier, je veux dire !

– Ne rigolez pas, Ezra !

– Vous, les Allemands, vous prenez tout au sérieux, je lui réponds.

J'attrape mon Nikon et règle le zoom pour bien avoir la tête des deux hommes. Je les fixe pour la postérité et leur fais un petit signe de la main. Nous prenons la route du nord, la N° 2. La Mazda de location est plutôt poussive, mais la circulation est tellement impossible que nous ne pouvons pas dépasser le quatre-vingts. C'est elle qui parle. Je pensais qu'elle allait me poser mille questions, mais elle m'explique. Lorsque Monco est revenu en Allemagne, en 1954, le père de Tania dirigeait l'entreprise familiale. Elle n'a pas honte de l'avouer, durant la guerre, son père était dans la SS. Il faut comprendre ; c'était l'époque qui voulait ça. Le grand-père, le vieux Wilfried, le bâtisseur de l'empire Brocker, l'avait placé là comme gage d'attachement envers le régime. À la fin de la guerre, en 44, le père avait été arrêté à Liège, par les Américains qui l'avaient ensuite livré aux nouvelles autorités allemandes. Il a été libéré après la fin de la guerre, en 46, alors que le grand-père purgeait cinq ans de prison pour collaboration avec le régime nazi. Personne n'a dévoilé l'implication du consortium Brocker dans le camp de concentration de Neuengamme. À sa sortie de prison, le grand-père est venu rejoindre son fils et les affaires ont redémarré, plus florissantes que jamais. Monco a débarqué un jour chez le vieux, lui mettant le marché en main. Il lui a expliqué qu'il avait tout perdu, sa famille, son village, sa langue, son âme et qu'il ne voyait pas ce qu'il pouvait perdre de plus. Alors, soit il acceptait de lui verser une rente de plusieurs millions de marks par an, soit il le dénonçait. Et il avait payé. À l'époque, Tania n'était pas née ; son père en était encore à sa seconde femme. Depuis qu'elle avait pris des responsabilités dans la direction de l'entreprise, voilà une dizaine d'années, elle avait toujours vu Monco émarger aux comptes pour des sommes astronomiques. Lorsqu'elle demandait des explications, on lui répondait toujours de la même façon.

– D'accord, je dis, d'accord ! Tout ça, je l'avais compris ! Mais pourquoi Monco était-il plus crédible que n'importe quel autre rescapé ? Pour quelle raison le silence de Monco valait-il beaucoup plus cher que celui d'un autre ?... de n'importe quel autre déporté...

– Vous le savez bien, Ezra, voyons !

– Ah bon ? Qu'est-ce que je sais ?

– Mais oui ! Vous savez que Monco était mêlé aux services secrets de plusieurs pays ; qu'il avait travaillé pour les Américains juste après guerre, pour les Allemands, pour les Israéliens ensuite...

– Et alors ? En quoi cela lui assurait-il l'immunité ? Il me semble au contraire que s'il travaillait pour l'État, l'État avait des moyens de faire pression sur lui.

– Il ne travaillait pas pour un État, mais pour plusieurs, me répond Tania. C'était sa force. Lorsqu'un de ses employeurs le tenait, ou croyait le tenir, il s'échappait vers l'autre.

– Tania, me permettez-vous de vous poser des questions ?

Elle éclate de rire. Je jette un coup d'œil dans le rétroviseur. La Chevrolet noire ne nous lâche pas d'un mètre. J'arrive à distinguer la tête impassible des deux gros aux lunettes réfléchissantes qui épient le moindre de nos gestes. Je me demande si Tania n'a pas un micro sur elle.

– Bien sûr, Ezra, posez-moi toutes les questions que vous voulez. Je voudrais que s'instaure la confiance, me répond Tania, je veux que vous soyez convaincu que nous sommes alliés.

– J'ai deux questions pour commencer. La première est : si les choses sont aussi simples que vous le dites, que faites-vous ici ? Pour quelle raison la directrice générale de Brocker Ltd s'est-elle déplacée en personne jusqu'à Tel-Aviv ? J'imagine que lorsqu'une personnalité telle que vous arrive en ville, l'ambassade d'Allemagne est sur les dents, sans parler de vos chaperons israéliens, qui ne nous quittent pas d'une semelle…

– OK ! Et la seconde question ?

– Oh, la seconde est plus simple ; elle est d'ordre disons… existentielle. Comment se fait-il que nous ne puissions pas nous tutoyer alors que nous avons fait l'amour ensemble ?

Elle est à peine décontenancée.

– Je préfère répondre à la première question, finit par dire Tania. Vous avez raison, Ezra, les choses sont un peu plus compliquées que ce que je vous ai laissé entendre. Monco détenait aussi d'autres secrets.

– D'accord, je réponds tranquillement, encore d'accord ! Je veux dire que j'imagine volontiers qu'un homme comme Monco a eu l'occasion de rassembler des informations secrètes. Je veux bien croire que passant sa vie à jongler avec des allégeances multiples, il avait pris soin de conserver quelques atouts. Mais ça ne m'explique toujours pas pourquoi *vous*, Tania, vous êtes ici à Tel-Aviv… Pour quelle raison était-il indispensable que vous vous déplaciez en personne ? Ne pouviez-vous envoyer un homme de confiance ? Un avocat, ou même un flic, je ne sais pas…

– Vous pensez que c'est pour vous, Ezra ? Que c'est pour vous que je suis venue à Tel-Aviv ?

– Heu... Modestie mise à part, j'avoue que c'est ce que je pense, oui !

– Pour vous amener à vous découvrir ?

– Oui ! Pour me neutraliser, aussi...

Elle hésite.

– Eh bien, ce n'est pas la seule raison !

Je sentais que j'étais dans l'œil du cyclone, en plein centre. C'est encore pire que ce que j'imaginais. Toute cette agitation diplomatico-policière était donc pour moi.

– Au fond, si je m'étais tenu tranquille, si j'avais écouté les conseils de mon rédacteur en chef et abandonné l'enquête sur la mort de Monco, les choses auraient été réglées. Ni vu ni connu, Monco enterré, toute l'affaire enterrée avec lui...

– Il y a aussi autre chose... et c'est une chose, justement, je veux dire un objet qui se balade et qu'on voudrait récupérer.

– Un objet ?

– Oui ! Vous n'en avez pas entendu parler, je suppose...

Je sais qu'elle va me parler de la montre de gousset. Elle hésite, me jette un regard. Je garde le silence. Elle poursuit :

– Mais revenons à vous puisque c'est ce qui vous intéresse le plus. Il est vrai que vos recherches nous inquiétaient.

– Mais, de mes recherches, je n'en ai pratiquement pas fait état – à part deux ou trois papiers que j'ai envoyés à la rédaction. C'est Raffalli qui vous a informés ?

– Je détiens votre manuscrit, Ezra !

– Quoi ? Quel manuscrit ?

– Le bouquin que vous êtes en train d'écrire, croisant la vie d'Arlozoroff, celle de ma grand-tante et votre propre vie. Je l'ai dans ma chambre à l'hôtel, tiré sur imprimante laser et relié.

J'en reste ahuri une bonne minute. Je ne sais que dire.

– Avec votre photo en couverture pour que je puisse vous reconnaître au premier coup d'œil… J'ai une excellente secrétaire !

Je suis effrayé de ce que je viens d'entendre. Du coup, je ralentis au point que la Chevrolet qui nous suit frôle à nouveau mes pare-chocs.

– Tout a commencé lorsque vous avez cherché à me joindre sur Facebook, m'explique Tania. Une fois que nous avions décidé de vous donner une adresse e-mail, nous avons identifié votre ordinateur. Il suffisait ensuite de se placer dans un rayon de cent mètres de l'endroit où vous vous trouviez pour pénétrer dans votre disque dur et copier votre manuscrit. Vous voulez que je vous donne le nom de votre fichier ? Il s'appelle « qui ? »… Évidemment pour « qui a tué Arlozoroff ? ».

La route s'est un peu dégagée. J'ai pris de la vitesse. Derrière nous, la Blazer se dandine sur ses amortisseurs trop mous. J'attends un moment.

– Vous refusez de répondre à la seconde question… celle sur le tutoiement, je lui demande.

– Je me souviens de votre question, Ezra. Garez la voiture sur le bord de la route sitôt que vous pourrez.

Nous sommes presque arrivés à Haïfa. Sur notre gauche défilent de longues plages de sable. Lorsqu'on aperçoit le mont Carmel sur la droite, on peut prendre une petite route qui descend vers la mer. Nous nous immobilisons tout au bout d'un chemin de pierraille, au bord de l'eau. L'endroit est totalement désert. Sitôt que j'ai tiré le frein à main, elle m'embrasse. Je me penche sur elle. C'est alors que mon regard croise celui d'un des deux Israéliens qui ont garé leur Chevrolet à deux mètres. Je lui fais un petit signe de la main. Il lève le pouce avec un sourire.

*

Tania est blottie contre moi. J'ai toujours eu envie de me poser. Ces amours nées de la modernité, à la fois trop proches et totalement étrangères. J'ai passé des nuits à traverser ses photos du regard. Je crois que je m'y suis accroché. Il me semble avoir pénétré quelque chose de son âme. Mais elle ? M'a-t-elle seulement aperçu ? Voilà qu'il me vient des pensées d'adolescent. Peut-on préserver une part d'authenticité dans cette gigantesque braderie d'humains aux enchères qu'est Internet ? Je lui ai écrit des textes qui encensaient le corps qu'elle me laissait deviner. Je n'ai pas soupçonné qu'ils étaient plusieurs à me lire, une cellule constituée de policiers, d'agents des services, de conseillers, de psychologues.

Tzfat est une petite ville penchée sur la montagne, qui a accueilli les kabbalistes chassés d'Espagne au XVIe siècle. C'est ici qu'ils se sont installés, qu'ils ont reconstruit leurs écoles, repris leurs recherches, et continué à convoquer leur Dieu. Les kabbalistes ne se contentent pas de l'aimer, de le connaître, de l'honorer, le prier, le supplier, ils recherchent sans relâche le moyen de le contraindre. C'est ici, dans cette ville de Tzfat, qu'ont enseigné et écrit Moïse Cordovero, le génie, Isaac Louria, la lumière des siècles, et Joseph Caro, le guide des générations. C'est là qu'un de mes ancêtres a débarqué, fuyant les persécutions des reines et des rois très catholiques. Une part de ma famille y a vécu, longtemps, plusieurs générations, avant de partir à l'aventure en parcourant sans relâche une espèce de triangle magique Jérusalem-Salonique-Le Caire. Tzfat est aujourd'hui encore chargée de la puissance de ceux qui, durant des siècles, ont étudié les moyens d'astreindre les divinités. Ils ont aussi appris l'art de les tromper.

– Savez-vous pour quelle raison le sol était peint en bleu, ici ?

– Le sol était peint en bleu ? s'étonne Tania.

– Mais oui ! Regardez là-bas, les tombeaux le sont encore. C'est pour tromper l'ange de la mort, qui descend du ciel et se trouve devant une étendue bleue. Que pense-t-il, l'ange de la mort ? Qu'il est dans la mauvaise direction, pardi ! Que si c'est bleu, c'est que le ciel est par ici… Et c'est ainsi que l'ange de la mort n'atterrit pas à Tzfat qu'il prend pour le ciel !

– Vous plaisantez ? s'inquiète Tania.

– Mais non ! Tout dans cette ville est marqué par cette entreprise folle d'assujettir les divinités et de les tromper. C'est ici que lors de l'évacuation de Gaza, en 2005, des centaines de rabbins se sont réunis pour lancer contre Sharon la terrible malédiction *Pulsa de Nura* – cette prière secrète prononcée par les croyants pour convoquer l'ange de la mort contre un ennemi. Quelques mois plus tard, vous vous en souvenez, il était victime d'une foudroyante attaque cérébrale.

Nous traversons en bavardant les ruelles moyenâgeuses de la vieille ville et débouchons sur le cimetière à flanc de montagne. J'entends partout une sorte de bourdonnement. Je me dis qu'il doit y avoir des centaines de Juifs qui étudient et prient ici ; c'est sans doute la rumeur de leur prière que j'entends. Je demande à Tania. Elle n'entend rien. Les caveaux et les tombes sont jetés là, parsemant la montagne de taches blanches et bleues. Nous passons devant l'entrée du *mikwé*, le bain rituel. Une idée me traverse soudain l'esprit.

– Tania, voulez-vous m'attendre quelques minutes ici ?

– Pourquoi ? Où allez-vous ?

– Je vous expliquerai… Attendez-moi là, ou promenez-vous entre les tombes, elles sont très belles ! J'arrive…

De vieux religieux demandent l'aumône à l'entrée. Je vide toutes mes poches de la monnaie qui s'y trouve. Le bain est une sorte de puits, assez profond pour que, se tenant debout à la dernière marche, l'eau recouvre les cheveux d'un homme de grande taille. J'attends mon tour. Je sais qu'il faut prononcer une formule pour être purifié. Je ne la connais pas. Je demande au jeune homme qui me précède dans la file. Il me la récite d'une traite. Je répète après lui. C'est mon tour. Je suis nu comme un ver. Quelle drôle d'idée de se plonger dans la même eau que des centaines de personnes pour se purifier… Je descends dans le puits. L'eau est carrément frappée. Je plonge ma tête à trois reprises en répétant la formule rituelle. Sous l'eau, j'entends le même bourdonnement, mais beaucoup plus fort. Je m'attarde un peu pour identifier les voix, mais le suivant s'impatiente. Je finis par sortir. Je grelotte dans cette grotte humide. Ils n'ont évidemment pas prévu de serviette. J'emprunte celle de mon voisin et me sèche comme je peux. Lorsque je sors du mikwé et que le soleil m'éblouit de sa lumière très blanche, ce n'est plus une rumeur que j'entends, mais un chant. Il est beau, je le reconnais. C'est *Lekha dodi*… Le chant d'accueil du shabbat que Shlomo Elkabetz, l'élève de Moïse Cordovero, a écrit autrefois, à Tzfat, précisément ! « Viens, le bien-aimé, au-devant de ta fiancée »… C'est le premier vers ; c'est celui-là que j'entends. Et soudain, je prends conscience. Nous sommes vendredi. Il est peut-être quinze heures. Dans deux heures, les Juifs fêteront un shabbat exceptionnel, celui qui suit le jour de l'Expiation, le jour de Kippour. Ils sortiront du reniement pour inviter leur Dieu dans leur maison. Mes yeux s'habituent à la lumière. Tania est là, accompagnée des deux hommes du Shin Bet.

– Qu'avez-vous, Ezra ? Vous semblez bouleversé.

– Rien ! Ce n'est rien ! Je réponds. L'eau était sans doute un peu trop froide.

– Tu es allé te plonger dans le mikwé ? demande l'un des deux gros en hébreu.

– Je sors d'une semaine de deuil, je réponds. J'ai prononcé cette phrase comme ça, sans réfléchir.

– *Yoffi !* s'exclame-t-il, « C'est beau ! »…

Il apprécie que j'honore les divinités de l'endroit. Il faut dire que je ne l'ai pas choisi. Mes ancêtres qui sont certainement cachés quelque part dans ce fouillis de tombes m'ont plongé dans ce bain. Mes mains tremblent un peu. Je prends une cigarette, mais ne parviens pas à l'allumer. Je la jette par terre. J'entends maintenant la suite du chant. « Shabbat paraît, nous allons l'accueillir… » Lorsque je passe devant la tombe du « Ari », d'Isaac Louria, avec ces breloques, ces ex-voto, ces demandes accrochées aux arbres dans des sachets de plastique, c'est comme une force qui me pousse. Mes pieds glissent sur les écoulements de cire qu'ont déposés les cierges des pèlerins. Je me retiens à la rampe. Je m'approche. Il y a là un religieux, tout de noir, un large chapeau sur la tête. Il se dandine en priant. Sans un mot, il me montre sévèrement les livres de Psaumes. J'en prends un et je lis au hasard. C'est le psaume 107. « … Il envoya sa parole pour les guérir et les faire échapper à leurs tombeaux. » Constatant que je prie, le religieux opine. Il me dit : « Si tu ne réponds pas à la terre, c'est elle qui viendra te chercher, tu comprends ? » Je ne comprends pas. Il ajoute : « Tu dois être en deuil. Dieu ne veut pas que l'on reste triste trop longtemps. » C'est alors que je prends conscience que ça fait exactement une semaine que ma mère est morte. Une demi-heure plus tard, à Tibériade, attablé à la terrasse d'un restaurant, je me sens un peu mieux.

– Ben alors ? s'exclame Tania, maternelle, c'était pourtant vous, Ezra, qui aviez insisté pour me montrer la ville de Tzfat. Ça ne vous réussit pas trop, la religion !

Je termine mon second verre d'arak et lui dis :

– Je sais qui a tué Monco !

Les deux gros se rapprochent comme un seul homme pour mieux écouter ce que je vais dire. Je les montre du doigt…

– Ils comprennent le français ? Je sais que le vieux clodo devenait de plus en plus gourmand, mais c'était une sorte de viager, n'est-ce pas ? Vous étiez sur le point de devenir propriétaire… Il suffisait d'attendre quelques mois, une ou deux années tout au plus… Monco n'était plus en état ; il allait mourir. Votre boîte n'avait aucune raison de supprimer ce brave homme. Tout allait rentrer dans l'ordre, et de manière naturelle qui plus est. La vérité est que vous ne savez pas qui a tué Monco et vous vous en moquez ! Pas vrai ?

Tania ne bronche pas. Je poursuis…

– Je suis certain d'une chose : vous n'êtes pas venue en Israël pour identifier l'assassin de Monco, mais pour vous débarrasser d'un éventuel successeur de Monco.

– Pas nécessairement nous débarrasser de lui, finit-elle par lâcher, on aimerait plutôt s'entendre avec lui !

– D'accord ! Pour vous entendre... Et c'est aussi pour vous entendre avec moi que vous m'avez menacé par l'intermédiaire de vos deux flics véreux de la police de Tel-Aviv ?

– Je n'y suis pour rien, Ezra ! bougonne-t-elle, la bousculade par Aboulafia et Kazanski, c'est une initiative des Israéliens.

Elle les connaît par leur nom. Le plus grand des deux shinbets est en train de saucer son houmous avec sa pita ; il hausse les épaules pour montrer qu'il n'y peut rien.

– Vous n'étiez pas certaine que je chercherais à prendre la suite de Monco, mais c'était possible. Et si ce n'était moi, ce que j'étais en train de découvrir permettrait à un autre de le faire. Il fallait m'arrêter. Vous avez trouvé un soutien chez les Israéliens qui, eux non plus, n'avaient aucune envie de ranimer les vieilles histoires. Monco a été malin, il leur a ajouté l'assassinat d'Arlozoroff en prime. C'était son assurance-vie, pour ainsi dire. Il leur a fait comprendre qu'il détenait la preuve qu'Arlozoroff n'avait pas été abattu par les hommes du Betar. D'où sa sortie lors de sa fameuse conférence, lorsqu'il a prévenu à la cantonade : « Si un jour je suis assassiné, c'est Arlozoroff qu'on tuera une seconde fois. » Déclencher un nouvel épisode de la guerre entre la droite et la gauche israéliennes, ils n'en ont aucune envie !

Nous sommes assis autour d'une table, Tania et moi d'un côté, les deux Israéliens de l'autre. Je m'arrête, l'air satisfait et les regarde tous les trois, souriant.

– Ezra, vous allez le publier ce livre ?

Je pense à Jean-Pierre qui attend mon manuscrit. Le coucher de soleil est fastueux sur Tibériade. Il projette sur toute la surface du lac des étincelles multicolores.

28

Le royaume de la haine

Berlin 1933, janvier…

Il est un monde, souterrain, illicite, qui n'est pas celui du contrat social, mais de la haine. Il ne présuppose pas l'attirance pour la vie ensemble, mais la maîtrise individuelle de la substance. C'est un monde peuplé de cannibales fondamentaux, d'humains préférant la chair humaine à toute autre nourriture. Là, l'autre humain ne peut avoir que deux statuts, celui d'aliment ou celui d'allié éphémère dans la capture d'une proie. Dans ce monde, nul ne jouit d'un quelconque privilège, ni le partenaire amoureux ni le parent, ni l'enfant ni le vieillard. L'expérience montre que les humains s'aventurent dans un tel monde pour solliciter des changements radicaux. Ce monde n'est que pouvoir ; le pouvoir en est la seule valeur, la seule référence. On y pénètre toujours par une épreuve, d'offrir l'être le plus cher comme nourriture à ses complices, démontrant que l'on est inaccessible à l'amour. C'est par cet acte initial que l'on s'affilie à des semblables et s'adjoint des associés avec lesquels obtenir toujours plus d'humains à dévorer. Ce monde est bien réel ; on le retrouve dans toutes les sociétés humaines. Partout on l'appelle « sorcellerie ». Il accompagne l'organisation politique, même la plus rudimentaire comme son ombre. La vie sociale se maintient tant que son envers sorcier reste en dessous d'un certain seuil. Au-delà, lorsque ce seuil est franchi, on assiste à un déferlement cataclysmique de la haine.

À l'automne 1931, Magda s'était engagée dans un double pacte. Le premier, avec Goebbels, la liait pour ainsi dire « techniquement ». Goebbels lui enseignait par sa présence, par son être, par ses actes, les principes de la haine première. Certes, il ne s'agissait pas d'un enseignement au sens strict, transmis par une quelconque parole, mais d'une initiation, où la matière se transmettait surtout par l'exemple. Ce pacte silencieux s'était installé dès leur première rencontre lorsque Goebbels avait tenté d'imposer que Magda, elle aussi, serait destinée à être consommée. Au cours de l'affrontement initial, Magda était la proie. Elle répliqua aussitôt en adoptant une attitude symétrique, lui démontrant que la proie pouvait se révéler redoutable prédatrice à son tour. Ils s'installèrent dans cette instabilité qui dura jusqu'au dernier jour. Goebbels lui montra son insatiable appétit de chair humaine. Il se repaissait de ceux qu'il décrétait ses ennemis, les politiciens de gauche, les défenseurs de la république de Weimar, les critiques, les journalistes et les intellectuels. Il ne dédaignait pas ses alliés, cependant, comme les militants et les SA offerts en sacrifice, ou les compagnons d'hier devenus la risée du jour. Chez lui, la haine était fondamentale ; nul qui le croisait ne pouvait prétendre en être épargné. C'était cette étrange caractéristique de Josef Goebbels qui avait fasciné Magda dès leur première rencontre dans les salons de la von Dirksen ; qui l'avait clouée à son siège lorsqu'elle l'entendit au Sportpalast devant dix mille auditeurs en délire, cela encore qui avait emporté sa conviction lorsqu'elle travailla dans ses bureaux, sous ses ordres. C'était de cela, de cette haine fondamentale, qu'elle attendait la satisfaction de ses attentes profondes. Goebbels était le seul de tous les dignitaires nazis à vivre entièrement, sans aucune contradiction, sans la moindre trace d'ambivalence, selon ce principe qui était chez lui à la fois premier et absolu.

Le second pacte, Magda l'avait passé avec Hitler, durant cette soirée dans son appartement de Reichskanzlerplatz, ce fameux soir où elle avait accepté avec ferveur d'être l'épouse mystique du Führer. Il s'était engagé à lui offrir en échange, c'est du moins ce qu'elle comprit de leur dialogue secret, des millions de croyants, des serviteurs de son rite. Dans une espèce de demi-inconscience, hypnotisée par cet homme qui ne ressemblait à aucun de ceux qu'elle avait connus, qui l'avait déshabillée d'un seul regard, elle s'était sentie palpée dans ses replis secrets. Elle s'était renseignée auparavant. Nul ne connaissait vraiment la vie sexuelle d'Adolf Hitler. Il y avait ceux qui prétendaient qu'il cachait une sexualité du siècle précédent, de ces hommes qui ne fréquentaient que les prostituées jusqu'à leur mariage. Et les autres, les plus nombreux, s'en tenaient à ce qu'il suggérait lui-même, qu'il était trop préoccupé du destin de l'Allemagne pour s'intéresser à la gaudriole. Le suicide de sa nièce avait tout de même fait jaser. Hess et Goebbels étaient intervenus de manière très insistante auprès des tribunaux de Bavière pour que l'on ne pratiquât aucune autopsie de la défunte. Ils craignaient qu'on la découvrît enceinte. Sexualité de carence ou aucune sexualité, dans l'un et l'autre cas, pour Magda, la place était à prendre. Hitler admit immédiatement son attirance pour Magda. Quant à elle, dans son élan vers lui, elle était prête à se débarrasser sur-le-champ de son nabot haineux. Elle se sentait du même acabit que Hitler, engagée dans un même parcours douloureux pour s'extraire de l'humanité. Lui, percevait en elle bien plus qu'une simple adepte, une égale, un double, pour ainsi dire. Ils se rapprochèrent irrésistiblement comme deux pièces de métal, conçues pour s'emboîter. Elle s'assit sur l'accoudoir de son fauteuil ; la main de Hitler frôlait ses fesses. Leurs pensées se superposaient. L'excitation était presque palpable, accélérant leurs mouvements et leur pouls, le clignement de leurs paupières, empêchant quiconque de s'approcher à moins de deux mètres. Elle finit par lui demander ce qu'ils allaient faire. Il répondit qu'il la voulait entière, que la sexualité le priverait d'une part de sa puissance. Il la voulait près de lui, au plus près. Pour cela, elle devait être mariée. « Mariée ? lui demanda-t-elle. À vous ? – Surtout pas ! » Si c'était le cas, il la perdrait. Elle pénétrerait son intimité, voudrait s'emparer de ses secrets, encombrerait son univers mental. Elle admit qu'il avait raison. Non, mariée à Goebbels, elle resterait ainsi au plus près. Si elle acceptait, il lui confierait une tâche fondamentale, celle à laquelle aucune autre société n'avait pensé jusqu'alors – à l'exception des Aryens de l'Antiquité, bien sûr ! – celle d'embellir la femme, la femme allemande. Hitler se chargerait de rétablir en l'homme allemand ce guerrier invincible qu'il n'aurait jamais dû cesser d'être et Magda restituerait la perfection de sa beauté à la femme allemande. Il n'avait pas prononcé le mot qu'elle attendait, l'âme tendue comme une arbalète, il n'avait pas reconnu sa nature divine. Elle n'hésita pas en revanche à lui signifier qu'elle avait discerné en lui le héros du peuple, qui n'avait aucune justification à fournir puisqu'il était source de justice, celui dont il était inutile de discuter les décisions puisqu'elles étaient l'origine des pensées. Elle se soumit. Le mariage fut fixé à la seconde quinzaine de décembre. Le soir même, elle en informa Goebbels.

Magda épousa Goebbels le 19 décembre 1931. Ce fut le jour de son initiation à la secte des sorciers cannibales. Hitler fut évidemment l'un des deux témoins. La cérémonie se déroula dans la petite église du domaine de Severin qui appartenait à son premier mari, Günther Quandt. Cette cérémonie ressembla à ce qu'elle était : une messe noire ! Magda était vêtue d'une robe de soie noire, son collier de perles autour du cou. Le marié était aussi vêtu de noir, costume, chemise et cravate. Sur l'autel, un drapeau nazi tenait lieu de nappe, le crucifix en plein centre de la croix gammée. Le prêtre, que l'on avait payé une fortune, prononça une bénédiction étrange, celle d'une religion inconnue. L'évêque n'avait pas donné l'autorisation à cette divorcée d'épouser le catholique Goebbels. À cette époque, les nazis avaient été interdits d'uniforme. C'est ainsi que les militants, en bras de chemise sous la neige, le bras tendu pour le salut nazi, firent une haie d'honneur au couple sortant de l'église. Le jeune Harald Quandt, fils du premier mariage, âgé de dix ans, n'était pas frappé par l'interdiction : il portait fièrement l'uniforme des jeunesses hitlériennes. Tout y sentait le rite inversé, la négation de toutes les autorités bafouées en un même lieu. L'Église, bien sûr, la république de Weimar dont les interdictions étaient tournées en dérision, Günther Quandt enfin, qui s'était vu contraint d'offrir sa propriété et d'abandonner son fils à la secte.

Hitler fréquenta de plus en plus assidûment l'appartement de la place de la chancellerie. Il y dînait presque tous les soirs, pour se détendre en compagnie d'amis sûrs, mais aussi pour y tenir des réunions politiques. Il y conviait ses lieutenants, Göring, Röhm, Hess, Himmler. Il organisait là des conciliabules secrets, montait ses plans d'attaque. Il ne manquait jamais de passer un moment avec la maîtresse de maison, s'assurant de l'intensité de leur lien de manière quasi quotidienne. C'est au cours de l'une de ses soirées qu'il lui signifia le prix à payer pour rejoindre le club restreint des grands initiés, des loups. La presse avait largement relayé le mariage de l'agitateur en chef du parti nazi, Josef Goebbels, avec l'envoûtante Magda Quandt. Les journalistes avaient fouillé le passé de la mariée, retrouvé son premier nom, celui qu'elle avait porté jusqu'à la date de son mariage avec Quandt, Friedländer – un nom typiquement juif. L'occasion était trop belle ! Les articles s'étaient succédé. « Goebbels, le petit chef nazi, épouse une Juive »… « Goebbels va pouvoir expérimenter ses théories antisémites à la maison. Il vient d'épouser une Juive, Magda Friedländer »… Hitler exigea des explications. Était-il vrai qu'elle s'était appelée Friedländer ? Oui, convint Magda, c'était même elle qui avait insisté pour porter ce nom. Elle lui raconta que, née bâtarde, ce n'est que lorsqu'elle atteignit l'âge de trois ans que sa mère, épousa Richard Friedländer. Elle continua néanmoins à s'appeler Behrend, du nom de jeune fille de sa mère, jusqu'à l'adolescence où elle demanda à être adoptée par son beau-père qu'elle aimait. Hitler en fut suffoqué. « … Qu'elle aimait ? » Savait-elle seulement à qui elle avait affaire ? Il lui expliqua une nouvelle fois les Juifs. Hitler aimait expliquer. Une race non seulement maudite, mais fourbe aussi, sans attache véritable, qui s'infiltrait au cœur des autres races pour en extraire le suc. C'était ce qu'avait fait ce Friedländer. Il s'était glissé dans le sang des Allemands. Il existe ainsi dans la nature des plantes parasites, qui se nourrissent des autres plantes jusqu'à les étouffer. Il existe aussi des animaux parasites, les poux, par exemple, qui se nourrissent du sang des animaux qui les hébergent. Elle voulait savoir ce qu'étaient les Juifs ? Des poux ! Il avait fourni bien des fois la preuve de ce qu'il avançait. Il l'avait écrit. Mais oui, acquiesçait-elle, elle avait lu. Alors comment ? Comment pouvait-elle tout de même prétendre qu'elle aimait « papa Friedländer » ? Peut-on aimer les poux qui provoquent des démangeaisons à s'arracher la peau ? Il lui exposa alors le fond de la doctrine, la part qu'il réservait aux plus proches, à ceux qu'il reconnaissait comme des loups. Ceux qui peuvent regarder le Juif et ne pas voir en lui un semblable, ceux-là seuls rejoignent la petite caste d'élus destinés à diriger la multitude. C'est un instrument, comme un thermomètre, mesurant la capacité du candidat à rejoindre les Seigneurs. Certes, Magda se sentait convaincue par les arguments de son maître, mais elle restait au fond peu concernée par cette rage ciblée. Elle comprenait que les Juifs étaient une nation maudite, le sort qui leur avait été réservé partout et depuis toujours en était une preuve suffisante. Mais elle ne saisissait pas en quoi une haine personnellement vécue, dans son cœur, dans ses gestes, assumée dans ses décisions quotidiennes, en quoi une telle haine du Juif lui était indispensable. « Que dois-je faire ? demanda-t-elle, que dois-je faire, *mein Führer* ? » Il lui fallait offrir son Juif à Hitler. Elle devait sacrifier ce Juif qu'elle prétendait aimer, l'apporter à cette congrégation de cannibales et leur offrir sa chair. Voilà ce qu'elle devait faire. Mais l'esprit de Magda s'était échappé bien loin ; il s'était échappé vers la terre de Palestine. Là bas, il était un Juif qu'elle avait vraiment aimé ; elle l'avait aimé à la folie, d'un amour sans arrière-pensée, de chair et de sens. Voilà bien longtemps qu'elle n'avait plus aucune nouvelle de lui. Elle se dit alors que s'il fallait offrir un Juif à la cause, ce serait celui-là.

La semaine suivante, Magda demanda à Goebbels de faire taire les journalistes. Il s'y entendait en matière de terreur ! Il les réduisit si bien au silence qu'en l'espace de quelques semaines plus personne en Allemagne ne mentionna le nom juif de Magda qui disparut des registres pour des décennies. Elle rejoignit la meute de cannibales et participa aux campagnes électorales qui se succédaient. Sa présence au cœur de l'état-major nazi contribua à rendre acceptable cette horde de bêtes sauvages. Neuf mois après son mariage, elle eut une première grossesse et accoucha d'une fille, Helga. Sitôt après l'accouchement, elle reprit ses activités mondaines. On la vit partout, aux bals, aux réceptions, aux premières des spectacles, aux défilés de mode. Elle était devenue la part présentable du parti nazi. Hitler fut désigné comme chancelier du Reich le 30 janvier 1933. Ce jour-là, Goebbels se trouvait à l'hôtel Kaiserhof avec la garde rapprochée, attendant le résultat des tractations. Lorsqu'il apprit la nouvelle, il appela aussitôt Magda au téléphone. Elle était attablée devant son jeu de cartes à tirer des réussites. Depuis le matin, elle ne cessait de gagner. Elle hurla de joie en apprenant que leur stratégie avait réussi. Les premiers jours de février, les SA organisaient déjà des coups de main contre les intérêts juifs, les banques, les magasins, les journaux. Des Juifs étaient agressés en pleine rue, humiliés, frappés, blessés, assassinés. Goebbels orchestrait la stratégie de Hitler. Il fallait intégrer le plus d'Allemands possibles à la secte des cannibales. Le 13 mars, Goebbels rejoignait le gouvernement à son tour en tant que ministre « pour l'éclairement du peuple et pour la propagande ». Les Juifs américains réagirent aux exactions nazies, appelant au boycott des produits allemands, invitant les autres nations à se joindre aux sanctions économiques contre l'Allemagne. Pour répondre à cette menace, Hitler décida le boycott des commerces, des médecins et des avocats juifs dans tout le pays. Il demanda à Goebbels de l'organiser. Son ministre des Affaires étrangères, Konstantin von Neurath et Hjalmar Schacht, le président de la Reichsbank, qui essayaient alors de trouver une solution au problème des indemnités imposées par le traité de Versailles, s'opposèrent vigoureusement à cette décision. Le boycott fut néanmoins appliqué le 30 mars.

*

Tel-Aviv, 1933

En Palestine, les massacres perpétrés à partir de 1929 par les hommes du Mufti avaient mis en difficulté le Mapaï, qui avait toujours été partisan d'une politique modérée avec les Arabes. Il devenait de moins en moins possible d'imaginer une cohabitation pacifique des deux communautés. Aux élections de 1931 pour la désignation du Président de l'Organisation sioniste internationale, le parti de droite, celui des « révisionnistes » de Jabotinsky, obtint pour la première fois un score important, 21 % des suffrages. On commençait à envisager l'impensable, une alliance entre les religieux traditionalistes du parti Mizrahi et la droite nationaliste, de tendance laïque. Si cela se confirmait, la direction du Yishouv risquait d'échapper à terme à la gauche. De plus, la droite venait de recevoir des forces nouvelles. Des hommes de qualité désertaient la gauche sioniste pour rejoindre les révisionnistes. Parmi eux se trouvait un philosophe raffiné, personnalité romantique et puissante qui avait choisi pour nom Ahimeïr, « Frère de Meïr », du nom de son frère dont il avait décidé de venger la mort. Uri Greenberg, un poète dont les vers étaient repris par la population, et Yehoshua Yevin, un médecin très impliqué dans le combat social l'avaient rejoint. Ces trois lettrés, devenus idéologues militants, brûlaient de passer à l'action. Ils organisèrent une faction clandestine qui se fixa pour but la lutte armée contre les Arabes et les Anglais, y compris sous la forme d'attentats terroristes – faction qu'ils désignèrent de ce nom antique, Brit Habirionim, l'« Alliance des brigands ». Leur groupe parvint à contrôler le journal de la section ouvrière du parti, *Hazit Ha'am*, et commença à attaquer dans ses colonnes la gauche et ses cadres avec la plus extrême violence. L'audience de la droite enflait en Palestine. Arlozoroff, qui venait d'être nommé directeur du Département politique de l'Agence juive, s'inquiétait de l'usure de son parti. Il constatait que la proportion de sionistes éclairés, souvent originaires d'Allemagne, baissait de manière inquiétante. C'est alors qu'il conçut un plan audacieux, certes un peu fou, pour faire émigrer les Juifs allemands en grand nombre. Son plan avait un triple objectif : sauver les Juifs allemands devenus otages d'une Allemagne sombrant dans la démence nazie, faire parvenir en Palestine une part de la richesse de ces Juifs allemands pour renforcer le Yishouv et surtout renforcer la gauche de l'électorat des Juifs de Palestine en augmentant la proportion d'émigrants allemands, traditionnellement lettrés et socialistes. Pour réaliser un tel plan, il lui fallait réussir une action diplomatique d'envergure : obtenir des Anglais une augmentation des quotas d'émigration en Palestine et des Allemands des visas en grande quantité. Il décida un voyage en Europe.

Victor débarqua à Trieste à la fin d'avril 1933 et prit d'abord la direction de Londres. À la suite des émeutes sanglantes de 1929, le gouvernement britannique avait publié un Livre blanc, réduisant de manière drastique l'immigration juive en Palestine. Les protestations juives, les interventions répétées de personnalités de renom et de Haïm Weizmann les avaient conduits à annuler par décret les décisions de 1929. Les Britanniques, qui souhaitaient apaiser les Arabes, appliquaient néanmoins les mesures du Livre blanc et délivraient leurs visas d'entrée au compte-gouttes. Ils restèrent insensibles aux arguments d'Arlozoroff. Il ne rentrerait pas un seul Juif de plus que ceux qu'ils avaient prévu. Il eut beau tempêter, expliquer les violences nazies, évoquer les massacres que l'on voyait se profiler, rien n'y fit. Il essaya l'argument économique. S'il parvenait à décider les nazis de laisser sortir au moins une partie des biens des Juifs, il s'engageait à placer cet argent exclusivement dans des banques anglaises. Les Anglais acceptaient l'argent bien sûr, certainement pas les émigrants ! Profondément déçu, il prit la direction de Berlin où il parvint le 10 mai. Victor reconnaissait à peine la ville de son enfance. D'un certain côté, il la trouva plus vivante que dans son souvenir. Les rues étaient pleines de monde. Les gens parlaient, essayant de se renseigner sur ce qui allait concrètement changer dans leur vie. On sentait une fébrilité trouble, une tension prête à exploser au moindre incident. Des SA en uniforme brun circulaient à travers la foule, par deux ou trois, laissant tournoyer leur matraque avec un air de défi. En plus de ces obscénités, les symboles nazis s'étaient répandus dans les rues, parsemant la ville d'une multitude de taches rouge et noir. La croix gammée flottait sur les édifices publics, aux balcons, aux toits des maisons, agitée aux mains des enfants. Victor reconnut l'ambiance des situations révolutionnaires, un mélange d'exaltation et de peur. Il l'avait connue à Moscou lors d'un voyage en 1923. Il se garda bien de parler à quiconque. Il voulait d'abord retrouver Robert, son ami de toujours. Robert Weltsch, le directeur de la *Jüdische Rundschau*, la « Revue juive », avait créé dès 1925 un groupe d'intellectuels influents, militants pour un État binational en Palestine, la Brit Shalom, « Alliance pour la paix », qui s'inspirait de la pensée philosophique de Martin Buber. Arlozoroff en était l'un des membres influents. Robert et Victor partageaient nombre de leurs idées politiques et contribuaient l'un à Berlin, l'autre à Tel-Aviv, à l'édification de cette Palestine socialiste qu'ils avaient rêvée. Il le retrouva enfin, attablé à un café dans une ruelle peu passante. L'agitation enflait. Robert le guida par un itinéraire compliqué pour éviter les points de rassemblement nazis. Ce 10 mai 1933, Goebbels avait imaginé une nouvelle attaque contre les Juifs, une opération qui tenait à la fois du pogrome, des procès d'inquisition du Moyen Age et du sacrifice païen : un autodafé. Il avait exigé un immense feu purificateur pour nettoyer l'Allemagne des pensées délétères. La ligue des étudiants nazis avait pris le relais et organisé la manifestation qui débuta sur le parvis de l'université Humboldt. Pas moins de soixante-dix mille personnes se pressèrent place de l'Opéra, face à l'université, pour participer au spectacle. Des étudiants, des professeurs, des militants, des curieux, des promeneurs, encadrés par le service d'ordre SA défilaient devant le bûcher. Le premier étudiant s'avança et hurla dans le micro : « Contre la lutte des classes et le matérialisme, pour la communauté du peuple et l'idéalisme, je livre au feu les œuvres de Karl Marx et de Karl Kautsky. » Il jeta dans les flammes qui s'élevaient à plusieurs mètres de haut les livres qui étaient censés être les originaux. Le second : « Contre la décadence et la décrépitude morale, pour la discipline et la morale dans la famille et dans l'État, je livre au feu les œuvres de Heinrich Mann, Ernst Glaeser et Erick Kästner. » Et les responsables étudiants se succédaient ainsi, appelant le peuple à détruire les noyaux de pensée qui le reliaient par mille fibres à son passé, à son histoire, aux autres peuples, à l'humanité tout entière. Puis ce furent les autres, les militants, les manifestants, les curieux, les « N'importe-qui », qui s'avançaient, piochaient dans l'amoncellement de livres sortis des bibliothèques et pillés dans les librairies, pour les jeter au feu. Ils en brûlèrent vingt mille ce soir du 10 mai. Ils brûlèrent Heinrich Heine, Karl Marx, Sigmund Freud, Albert Einstein, Franz Kafka, Stefan Zweig, Arnold Zweig, Erich Maria Remarque, Bertolt Brecht… et tant d'autres encore. On aurait pu comprendre dès ce moment que les Allemands faisaient bien plus que brûler des livres, ils livraient leur âme à la secte des sorciers. Puis Goebbels en personne, revêtu de son éternelle gabardine, entouré par les étudiants et les professeurs, prononça un discours enflammé, dénonçant les livres non allemands, la pensée non allemande, l'action des Juifs et des communistes qui n'avaient pour seul but que de corrompre l'âme allemande. Victor assistait stupéfait à cet holocauste absurde. Il se tenait en retrait avec son ami Weltsch.

– Celui qui hurle maintenant dans le micro, demanda Victor, ce ne serait pas Goebbels, le ministre de la Propagande ?

– Oui ! C'est bien lui !

– C'est donc lui, le mari de Magda…

– Tu la connais ? s'étonna Robert.

– C'est une amie d'enfance, répondit Arlozoroff l'air songeur. Et il ajouta comme pour lui-même : Il faut à tout prix que je la joigne !

– Es-tu certain que c'est une bonne idée, Victor ?

– Elle peut sans doute m'aider. Il me faut rencontrer les responsables de l'économie… Schacht, si possible…

En rejoignant l'appartement de Robert Weltsch, ils passèrent devant une librairie restée ouverte, une « bonne librairie », conforme aux idéaux du nouveau régime, qui exhibait en vitrine les livres du Führer et des responsables nazis. Arlozoroff entra dans la librairie, sa petite valise de cuir à la main et commença à fureter à travers les rayons. Il trouva une carte postale, une photographie de Goebbels, en uniforme SA, le visage have et fatigué. Il l'acheta, y colla un timbre et écrivit au dos ce seul message à sa sœur Liza : « le nouveau mari de Magda »… Il glissa la carte postale dans la première boîte aux lettres.

Goebbels, qui était rentré bien au-delà de minuit, écrivit dans son journal, à la date du 11 mai 1933 : *« Plus tard, dans la soirée, discours place de l'Opéra. Devant le bûcher des livres orduriers et malsains, allumé par les étudiants. Je suis en excellente forme. Attroupement gigantesque. »*

29

La source de Jacob

Dès le lendemain, Arlozoroff se mit en quête du numéro de téléphone. L'une des secrétaires de Robert connaissait le boulanger qui livrait le pain à la nouvelle demeure des Goebbels, le pavillon du parc de l'Agriculture. Il voulut appeler du journal.

– Non ! lui intima Robert. Appelle d'une cabine. Notre téléphone est surveillé.

Anxieux, comme englué dans un cauchemar, Victor se déplaçait de manière presque inconsciente. Il savait le danger qu'il courait en se promenant ainsi dans Berlin. Il suffisait que l'un de ces SA qui erraient partout dans la ville lui demandât ses papiers. Certes, il disposait d'un passeport britannique, mais on pouvait y lire son lieu de naissance et son appartenance au peuple juif. Dieu seul sait comment réagiraient ces ruffians. Ils pourraient aussi bien le battre, l'emprisonner ou même le tuer. Il savait que depuis la prise de pouvoir de Hitler, l'arbitraire régnait en Allemagne. Il composa le numéro. Une femme de chambre lui répondit.

– Voudriez-vous seulement transmettre à madame la Ministre que madame Eisenach se trouve en ville et aimerait partager un chocolat avec elle ?... Non !... Non ! Ce n'est pas possible, madame Eisenach est une femme très âgée ; elle loge dans un hôtel sans téléphone et se déplace très difficilement. C'est pourquoi elle m'a chargé d'appeler madame la Ministre de sa part… Comment ?… Non ! Je ne saurais vous dire… Elle restera à Berlin peut-être un ou deux jours… Oui ! Je me chargerai d'appeler à nouveau… Dans deux heures environ ? C'est entendu !

Il était onze heures ce matin du 11 mai 1933 et un beau soleil illuminait Berlin. Arlozoroff se rendit à pied au ministère des Finances où il avait obtenu un rendez-vous avec un certain Hammerschmidt, directeur du bureau chargé de l'exportation des productions allemandes. Il exposa sa proposition. Hammerschmidt, qui connaissait le dossier, semblait intéressé. Il avait préparé des contre-propositions. Il n'était pas possible de laisser sortir la totalité des avoirs des familles juives, seulement celles que l'on autoriserait à émigrer vers la Palestine. Il fallait rembourser les frais occasionnés par ce transfert. Arlozoroff insistait. Il ne s'agissait pas de sortir des devises, mais du matériel allemand, du gros matériel, tels que des rails, des machines agricoles, des tracteurs. « Oui », répondait le fonctionnaire, il avait bien compris. Il ne s'agissait pas de sortir des devises puisque c'était interdit. Monsieur Hammerschmidt imaginait qu'avec les responsabilités qu'il assumait, Arlozoroff devait aussi traiter des affaires économiques en Palestine. Il fallait bien gérer les services qui s'en occupaient, payer les fonctionnaires. Il savait fort bien que tout cela coûtait de l'argent. « Soit », admit Arlozoroff, « Combien ? » À quel montant les Allemands évaluaient-ils les frais occasionnés par le transfert de matériaux industriels lourds produits en Allemagne, achetés avec leurs deniers par les familles juives et exportés à leurs frais ? « La moitié », répondit l'autre. « La moitié de quoi ? » demanda Arlozoroff ébahi. « La moitié de la valeur du matériel acheté ! » Arlozoroff nota minutieusement le détail des propositions et informa son interlocuteur qu'il n'était qu'un messager, que la décision se prendrait au sein du Comité directeur de l'Agence juive.

– Je comprends, répondit Hammerschmidt, mais ne vous donnez pas la peine de noter tout cela ; c'est un peu rébarbatif, docteur Arlozoroff ! Je vous ai préparé un brouillon de notre accord.

Victor examina la chemise que lui tendait le fonctionnaire du Reich. Tout y était en effet scrupuleusement noté : le nombre de familles que les Allemands autoriseraient à émigrer, les montants minimums des achats, le pourcentage retenu par les services du Reich, le rôle de l'Agence juive. Il rangea la chemise dans son porte-documents et quitta le bureau. « C'est du racket ! Tout simplement du racket ! » ruminait-il alors qu'il cherchait une cabine téléphonique. Il attendit longtemps avant d'obtenir la communication. Un homme lui répondit, cette fois, se présentant comme l'un des maîtres d'hôtel du pavillon.

– J'ai parlé à votre collègue tout à l'heure. Elle m'a assuré qu'elle transmettrait ma requête à madame la Ministre… Comment ça « quelle requête » ?… Elle ne vous a rien dit… Eh bien, j'ai un message pour elle de la part d'une dame âgée, madame Eisenach, qui ne peut se déplacer jusqu'à la cabine téléphonique… Elle souhaitait rencontrer madame la Ministre… Oui, bien sûr qu'elles se connaissent, et de longue date !… Comment ? Mais pour quoi faire ?… Mon nom ? Vous voulez connaître mon nom et mon adresse ?… Mon nom ne lui dira rien… Oui ?… Je m'appelle Christopher Vandeclee… Je suis hollandais, de passage à Berlin… Comment ?… Dans quel hôtel je loge ?… Écoutez

Monsieur, je trouve toutes ces questions déplacées… Voulez-vous seulement transmettre ma requête à madame la Ministre… Oui ! Entendu, je rappellerai en fin de journée… À quelle heure ?… dix-huit heures ? Entendu ! dix-huit heures, je n'y manquerai pas !

Il avait largement le temps de se rendre à son second rendez-vous, au ministère des Affaires étrangères où il devait rencontrer le chef du bureau économique. Cette fois le soldat de garde à l'entrée exigea une pièce d'identité. Il tendit son passeport. L'homme resta un long moment à essayer de déchiffrer le document.

– Vous êtes britannique ? finit-il par demander.

– Oui monsieur ! répondit Arlozoroff, je suis sujet britannique !

– Mais vous parlez parfaitement l'allemand…

– Oui monsieur ! L'anglais aussi, ajouta Victor avec une pointe d'humour.

– Les Anglais ne sont pas nos amis, dit l'homme en regardant sévèrement Arlozoroff.

– Mais moi, je le suis ! Sinon, je n'aurais pas appris votre langue…

L'homme n'était pas vraiment satisfait de la réponse…

– On apprend aussi l'allemand aux espions ! trancha-t-il en lui rendant son passeport d'un air martial.

Le bureau de Schneider se trouvait au dernier étage, sous les combles, mais il était grand et très lumineux. L'homme était jeune, à peine plus âgé qu'Arlozoroff. Il portait l'uniforme noir de la SS. Schneider expliqua immédiatement qu'il venait de parler avec Hammerschmidt, du Bureau des exportations du ministère de l'Économie, et qu'il était donc au courant du motif de la visite d'Arlozoroff. Victor reprit néanmoins ses arguments. L'Allemagne était victime d'une mauvaise compréhension de sa politique… Schneider acquiesça vivement. « Il serait bon, ajouta Victor, qu'elle fît savoir au monde qu'elle ne traitait pas mal sa minorité juive, qu'elle l'autorisait à émigrer et même à s'installer dans le pays de son choix. » Le SS eut un large sourire. Il félicita Victor pour sa fine compréhension de la politique du Reich et confirma que, dans le contexte actuel, l'Allemagne avait intérêt à faire savoir qu'elle autorisait les Juifs qui le désiraient à émigrer en Palestine. « Vous êtes donc d'accord pour donner des visas ? » demanda Victor. Il était d'accord, mais à une condition. « Laquelle ? »… « Que les responsables du Yishouv, et notamment lui, le docteur Arlozoroff… » L'Allemand demandait que Victor relatât dans les organes de presse du Mapaï l'ouverture d'esprit du gouvernement du Reich à l'égard des Juifs. Victor comprenait l'intention des Allemands. Ils voulaient utiliser ces accords pour desserrer l'étau qui s'était refermé sur eux après les premiers pogromes et l'autodafé. Ils allaient ainsi montrer aux Américains que la campagne de dénigrement du nouveau gouvernement allemand était sans fondement. Il fit la même réponse qu'à Hammerschmidt, promettant d'en référer au Comité directeur et quitta le bureau. Dans la rue, il fulminait plus encore qu'après son premier entretien au ministère de l'Économie. « Des gangsters ! » marmonnait-il. « Une bande de gangsters s'est emparée de ce pays. Nous ne pouvons accepter une telle proposition. Elle est économiquement ruineuse pour nos émigrants et politiquement suicidaire pour nous. Je vois déjà ce qu'écriront les révisionnistes… Ah ! Ce n'est pas une bonne journée », soupira Victor. À dix-huit heures, il appela une nouvelle fois au domicile des Goebbels. Son premier interlocuteur à l'accent bavarois lui répondit en l'appelant aussitôt du faux nom qu'il avait donné.

– Oui, c'est bien moi, monsieur Vandeclee !... Je voudrais savoir s'il est possible de parler quelques instants à la maîtresse de maison...

Magda lui répondit enfin. Le visage de Victor s'éclaira d'un large sourire.

– C'est madame Eisenach, lança-t-il aussitôt...

Il resta un long moment silencieux, écoutant Magda... Il finit par dire... « Je comprends, Magda, bien sûr ! Je comprends parfaitement que l'épouse du ministre de la Propagande est une femme très occupée et qu'elle ne peut répondre personnellement à tous les appels... Oui, bien sûr ! Comment dis-tu ?... Aux appels du premier vagabond... Comment ?... Juif ?... J'ai bien entendu ; à l'appel téléphonique du premier vagabond juif qui passe... » Il pensa qu'elle plaisantait. Mais au fur et à mesure que la conversation se poursuivait, le visage de Victor s'assombrissait. Il répondait, laconique... « Qu'est-ce que je suis venu faire ici ?... Je te le raconterai, oui, c'est certain !... Que dis-tu ? Je suis en danger ?... Oh, tu sais, de nos jours, on est en danger en traversant la rue... Je plaisante ?... Ah ?... Ce n'est pas drôle... Non ? Ah ?... Que dis-tu ?... C'est sérieux ?... Tu veux savoir dans quel hôtel je suis descendu... Et sous quel nom ?... Mais sous mon propre nom, bien sûr ! » Victor ne lui dit pas qu'il logeait chez son ami Robert Weltsch. Il chercha dans sa mémoire le nom d'un hôtel... Dans le quartier de l'appartement des Weltsch, l'hôtel de la Bourse... « Oui ! Je suis descendu ici... Comme tu le constates, oui !... Eh non ! Pas au Bristol ni à l'Adlon... Que dis-tu ?... Il semble que j'ai abandonné mes goûts de luxe... C'est certain ! Ce soir ?... à vingt heures trente... Je t'y attends, oui ! Au bar ?... Mais non, c'est impossible ! Il n'y en a pas... À la réception... Entendu ! À tout de suite ! »

Victor resta perplexe un moment. Les paroles de Magda avaient sonné étrangement. Elle avait prononcé une dizaine de fois le mot « juif ». Il y avait près de deux ans qu'il ne l'avait pas revue. Jusqu'à quel point s'était-elle engagée dans cette idéologie national-socialiste qui vomissait les Juifs ? Il la connaissait, sa « petite Magda Friedländer », il la connaissait de toujours. Il la savait la tête dans les cieux, à la recherche d'un rêve. À peine sortie de l'adolescence, elle le lui avait dit, elle n'habiterait pas ailleurs que dans son rêve. À quelle soumission a-t-elle dû consentir pour atteindre ce rêve ? Il prit la direction de l'hôtel de la Bourse. Pourquoi lui avait-il caché qu'il était hébergé chez Robert ? Une sorte d'instinct. Les paroles de Magda lui avaient semblé inhabituelles. L'idée lui a même traversé l'esprit qu'elle n'était pas seule, qu'un homme tenait l'écouteur. Leur police politique dont il entendait sans cesse parler depuis son arrivée à Berlin l'avait peut-être repéré. Que signifiait le danger dont elle avait parlé ? Tout cela lui paraissait incohérent. Le prévenir du danger tout en l'attirant dans un piège… Peut-être était-elle surveillée ? C'était bien naturel, une femme de ministre. Mais alors pourquoi lui avoir donné ce rendez-vous ? Et elle avait insisté, par-dessus le marché… « Tu y seras, Victor ? Je t'en prie, viens ! »… Après l'avoir prévenu qu'il devait quitter la ville… Il décida de se poster face à l'hôtel et d'attendre. Qu'avait-il à y perdre ? Il resterait là aussi longtemps que nécessaire. Si elle venait seule, si elle y entrait, il attendrait un moment et la suivrait à l'intérieur. Oui, voilà ! Telle était la solution à laquelle il s'était résolu. Il trouva une porte cochère d'où surveiller la rue. De là, il apercevait l'entrée de l'hôtel sans être trop près. Il faisait beau. La chaleur déclinait doucement. Il se cala contre le mur et alluma sa pipe. À 20 h 25, une agitation au bout de la rue : deux Mercedes rutilantes s'étaient arrêtées devant l'entrée de l'hôtel. Une dizaine de SA en étaient sortis et se répandaient tout le long. Victor entra dans l'immeuble, grimpa jusqu'au premier étage et regarda par la fenêtre du palier. Ils arrêtaient tous les hommes seuls et vérifiaient leurs papiers. D'où il se trouvait, il ne parvenait pas à bien distinguer les deux hommes en imperméable, un chapeau sur le coin de l'œil, qui pénétraient dans l'hôtel. Ils en étaient sortis presque aussitôt et se ruaient dans la rue en courant. Ils rassemblèrent les SA et leur donnèrent des ordres. Puis, les uniformes bruns se répartirent en deux groupes. Le premier partit à une extrémité de la rue, le second à l'autre. Ils commencèrent à fouiller les maisons, une à une. Victor se trouvait dans le quatrième immeuble. Il pensa qu'ils n'allaient pas tarder à faire irruption dans son escalier. Il se précipita dans la cour. La concierge sortit de sa loge aussitôt. Il la regarda. Elle portait un fichu sur la tête et avait une verrue poilue sur la joue.

– Il existe une autre sortie à l'immeuble ? lui demanda-t-il dans un souffle.

La femme le toisait sans répondre. Elle lui rappelait les vieilles paysannes ukrainiennes. Il essaya en russe. Le visage de la femme s'éclaira. Elle lui montra la cave du doigt, lui expliqua dans son dialecte ukrainien qu'il lui suffisait de descendre d'un demi-étage dans le sous-sol et qu'il trouverait là un couloir qui le conduirait à l'immeuble voisin. Il n'avait qu'à suivre ce couloir, sortir par l'autre immeuble, il déboucherait dans la rue parallèle.

– *Spaciba bolchoï*, « Merci beaucoup », dit précipitamment Victor qui fila dans l'escalier de la cave.

Une fois dans l'autre rue, il prit le premier tram qui passait et quitta le quartier. Il entra dans un petit restaurant, commanda un verre de bière et partit téléphoner à son ami Weltsch.

– Robert ? C'est Victor !… Tu ne poses aucune question, tu ramasses mes affaires et tu viens me les porter immédiatement… Je ne peux pas t'expliquer maintenant… Fais vite, je t'en prie !… Oui !… J'ai seulement la petite valise de cuir roux… Non, rien d'autre !… Grands dieux, presse-toi ! Et surtout, prends garde à ne pas être suivi…

Le soir même, Arlozoroff prit le train de nuit pour Rotterdam. Il parcourut tous les wagons avant de se décider à occuper une place. Il examinait chaque passager, essayait de distinguer s'il s'agissait d'un SA, d'un membre de la police secrète, d'un militant nazi. Il était devenu comme fou, l'angoisse l'avait saisi à la gorge et ne le quittait plus. Il sentait qu'on voulait le supprimer. Magda ? Était-ce Dieu possible ? Magda Friedländer ! Il trouva un compartiment occupé par un seul homme. Son allure d'intellectuel, sa petite barbiche taillée en pointe, à la Trotski, sa vieille veste de toile élimée, tout lui évoquait les militants syndicalistes qu'il avait connus autrefois. Il s'installa face à lui. L'homme leva les yeux. Victor le salua d'un signe de tête. Durant le voyage, ils lièrent connaissance. Il s'appelait Heinrich Blum. Il travaillait à l'université, comme bibliothécaire. Il avait assisté à la folie du feu de livres, cette nuit du 10 mai. « Saviez-vous que Heine a écrit que là où on brûle des livres, on finit par brûler des hommes ? » Victor l'ignorait. « Heine ! Ils ont brûlé les livres de Heine, le plus grand poète de langue allemande », se lamentait Blum… Mais qu'ont-ils donc à être ainsi obsédés par les Juifs ? Voulez-vous que je vous dise ? Ça ressemble à de l'envie ! Oui, de l'envie ! » Arlozoroff lui demanda s'il était juif. L'homme scruta Victor. « Et vous ? lui demanda-t-il, êtes-vous juif ? Un de ces innombrables Juifs qui cherchent à fuir ce pays qui s'est refermé sur eux comme une souricière ? » Victor était bien juif, mais de nationalité britannique. « Alors, ils ne vous feront rien ! Ils craignent les réactions diplomatiques. Moi, je suis juif et allemand… pas bon par les temps qui courent. » Et l'homme reprit sa réflexion. « De l'envie, je vous dis ! La dernière fois qu'ils ont brûlé des livres écrits par les Juifs c'était le Talmud, le livre de l'intelligence juive ! Ils l'ont brûlé dès le VIe siècle ; ils l'ont brûlé au XIIIe siècle, au XIVe siècle, au XVe siècle, au XVIe… C'était toujours le Talmud qu'ils brûlaient. Avez-vous lu le Talmud ? » Victor ne l'avait pas lu. Il savait que l'on devait étudier un tel livre sous la direction d'un maître. Lui avait pris une autre orientation… La philosophie, l'économie politique, l'université… « Vous y viendrez ! » lui prédit Blum, « vous y viendrez en vieillissant. C'est le seul livre où l'intelligence ne s'arrête jamais ; où elle poursuit son cours sans s'interrompre. Le Talmud est un rêve ! Savez-vous que l'on fait un seul rêve durant toute sa vie ? » Ils arrivèrent à la frontière. L'homme se tut, s'enfonça au fond de la banquette, tira de son sac le *Völkischer Beobachter*, l'« Observateur populaire », le quotidien du parti nazi, et se plongea dans sa lecture. Victor pouvait lire la dernière page ; l'article relatait l'holocauste de livres du 10 mai. Son regard parcourait sans y prêter attention les mots qui ne prenaient aucun sens dans son esprit : « Après les âpres journées de combat, le peuple allemand s'était souvenu qu'il avait une âme. Il en faisait maintenant sa priorité. Car l'hygiène de l'âme est aussi importante que celle du corps »…

Les deux hommes en uniforme surgirent dans le compartiment. Blum tendit ses papiers en tremblant. Où était son autorisation de sortie du territoire ?... Il n'en avait pas ? Il devait les suivre immédiatement, descendre du train. Blum protesta. L'un des deux douaniers se précipita sur lui, lui passa des menottes et le retint contre la cloison, tandis que l'autre demandait à Victor de montrer ses papiers. Il tendit son passeport sans hésiter, leur jetant un regard sévère... « Voyons un peu... Monsieur se croit tout permis parce qu'il est de nationalité britannique... » Le douanier fit une grimace en répétant « britannique »... Il lut à haute voix, « lieu de naissance... Union soviétique... Ça alors ! Union soviétique... C'est un pays ? Domicile... Palestine... » Ils éclatèrent de rire. Après l'avoir longuement examiné, les douaniers finirent par rendre son passeport à Victor en lui conseillant de ne plus remettre les pieds dans ce pays. « On ne veut plus de parasites désormais en Allemagne. C'est le grand nettoyage de printemps » ajouta l'autre... Et ils éclatèrent de rire à nouveau. Ils quittèrent le compartiment en poussant devant eux le malheureux Blum qui jeta un dernier regard à Arlozoroff avant de disparaître. Le train avait atteint sa vitesse lorsque Victor remarqua la petite sacoche qu'avait laissé son éphémère compagnon de voyage. Il l'ouvrit. Elle contenait un livre, un simple livre : *La source de Jacob*. Il l'ouvrit, commença à le parcourir. C'était une sorte d'abrégé du Talmud, un Talmud de voyage pour ainsi dire.

*

Tel-Aviv, de nos jours, le 12 octobre

Il est midi. J'aperçois Tania de dos, assise au bar de l'Intercontinental. Elle porte un élégant tailleur de coton. Cette femme me plaît. Il y a chez elle cette franchise à l'allemande qui me rassure. C'est aussi pour cette raison que je dois rester vigilant, parce que j'aurais tendance à croire tout ce qu'elle dit, tant j'ai envie de l'aimer. J'arrive derrière elle, à la toucher. Elle m'aperçoit dans la glace, son visage s'éclaire ; elle me sourit. Elle lève son verre de whisky-Perrier…

– Vous m'avez manqué, Ezra !

– Je vous ai manqué ?

– Vous ne m'écrivez plus ! J'ouvre ma boîte de réception et je ne trouve pas vos tendresses quotidiennes…

Après ce qu'elle m'a raconté, qu'elle circulait dans mon ordinateur comme chez elle… Elle éclate de rire. Elle a un peu abusé du whisky ! Je parcours du regard l'immense salle qui va de la piscine au salon en passant par le bar et les restaurants. Aucune trace des deux shinbets. Durant ce qu'ils appellent « les fêtes », entre le jour de l'An juif et la fête des Cabanes, les habitants de Tel-Aviv fuient le pays, abandonnant leur ville aux touristes. Des groupes de Français avec leurs belles-mères qui parlent fort et des hommes d'affaires anglais ou américains, par groupes de deux ou trois, qui chuchotent leurs secrets. J'aperçois finalement mon petit conseiller culturel, avec ses petites lunettes rondes à l'ancienne, caché derrière une colonne. Il fait mine de bavarder avec un grand blond qui décroche sa mâchoire chaque fois qu'il prononce une parole. Tania surprend mon regard.

– C'est la coopération franco-allemande, me lâche-t-elle. Le conseiller culturel de votre pays est en grande conversation avec le directeur du Goethe Institut.

– Sérieusement, Tania, qu'ont-ils donc après moi ? Depuis deux jours, j'ai tout le temps l'un de ces hypocrites aux trousses. Ils sont tombés amoureux, ou quoi ?

Elle rit de bon cœur.

– C'est un peu ça ! Ils pensent tout le temps à vous... Ils veulent vous convaincre de ne pas révéler ce que vous savez... Si ça peut vous rassurer, je dois vous dire qu'ils sont encore plus prévenants avec moi. Ils ne me laissent pas faire un pas toute seule.

Nous continuons à bavarder sous l'œil franco-allemand qui mime le sommet de la culture. Elle a l'humeur joyeuse. Du coup, elle évoque les habitudes sexuelles de sa grand-tante qui adorait faire des cabrioles en public.

– Il y a probablement quelque chose d'animal dans cet exhibitionnisme, vous ne croyez pas ?

– D'animal ?

– J'y crois ! affirme maintenant Tania avec sérieux. Je crois que c'est une sorte d'instinct. Il paraît que les animaux grégaires, ceux qui vivent en troupeaux, ont besoin de la présence des autres pour s'accoupler... Isolez un couple dans une cage et ils ne s'approcheront plus. J'ai lu ça quelque part... Un éthologiste allemand, en tout cas !

Je n'avais pas imaginé que nous passerions une heure à deviser de sexualité comparée. Elle est persuadée que tout ce qui est arrivé à sa grand-tante résultait de tendances sexuelles particulières. D'abord, m'explique-t-elle, cette femme n'a jamais été avec un seul homme. « Comme s'il lui fallait la présence d'une rivalité entre deux hommes pour éprouver de l'intérêt à une relation amoureuse »... Je glisse : « Sauf peut-être avec

Arlozoroff… du moins au début. » Tania fait la moue ; elle conteste… « Quasiment jamais ! Sa relation avec Arlozoroff chevauchait celle qu'elle avait avec Quandt, puis celle avec Quandt chevauchait celle avec Friedrich et Arlozoroff était toujours à l'arrière-plan… Même lorsqu'elle a entrepris sa liaison avec Goebbels, son amant israélien, celui qui vous passionne, Arlozoroff, il était toujours là… » Je l'interromps :

– En êtes-vous certaine, Tania ?

– J'en suis tout à fait certaine. J'ai lu les lettres qu'elle écrivait à sa belle-sœur… Elle racontait tout à la pauvre Ello. Et puis, cela correspond à sa psychologie… Enfin, si le comportement amoureux relève de la psychologie. Parce que plus tard, une fois réglée l'affaire Arlozoroff, elle a continué ! Et pas avec n'importe qui… Elle en avait deux à la fois : Gœbbels et Hitler… rien de moins ! Et lorsque Hitler s'est détourné d'elle, il y a eu encore Hanke, l'aide de camp de son mari.

Je lève la main pour l'arrêter.

– Un instant ! Un instant, Tania… Vous dites que la relation avec Arlozoroff s'est poursuivie les premiers temps de son mariage avec Goebbels ?

– Mais oui ! affirme-t-elle encore, croyez-vous que les hommes ont l'exclusivité de la fascination pour le tiers exclu ?

J'ai toujours été impressionné par le sérieux avec lequel les Allemands abordaient les sujets les plus scabreux. « La fascination pour le tiers exclu », leur façon d'appeler notre « Ciel mon mari, cache-toi dans le placard ! ». Je la persuade de venir déjeuner Chez Julia, un minuscule restaurant égyptien dans le quartier yéménite, tout près du shouk HaCarmel. Au restaurant, notre conversation se poursuit comme si elle n'avait jamais été interrompue. « Magda n'avait pas froid aux yeux, j'en conviens ! Mais Victor Arlozoroff avait été pour elle quelqu'un à part… – Vous êtes naïf, Ezra ! Quelqu'un à part ? Et pour quelle raison ? Vous êtes bien un macho ! Pourquoi tenez-vous à ce que Magda soit restée fascinée par Arlozoroff ? » Je me reprends… « OK ! J'admets avoir mis du mien dans cette interprétation. » C'est que j'aimerais bien que Tania considère que notre relation ne reste pas une simple rencontre accidentelle. Finalement, convient Tania, « oui ! Arlozoroff était quelqu'un à part pour Magda… à cause de la montre !… – La montre ? Quelle montre ? – Ben voyons, ne faites pas l'innocent, Ezra, la montre de gousset ! » Elle me regarde, pose son menton au creux de ses deux mains en corolle et plonge son regard de ciel au fond de mes yeux perdus. Elle répète : « La montre de gousset ! »

– Ezra, écoutez-moi bien : je donnerais très cher pour récupérer cette montre !

Julia nous apporte enfin la *molokheya* que je lui ai commandée en arrivant. La soupe verte fume dans nos assiettes. Le fumet qui s'en dégage, c'est celui de mon enfance. Je reste ainsi le nez au-dessus de mon assiette, les yeux fermés. Je revois les soirs de shabbat, au Caire, la famille réunie autour de la table. La montre de gousset, je sais de quoi parle Tania. J'ai vu cette montre que Barbara m'a montrée en m'affirmant que c'était un cadeau de Monco. Pourquoi cet objet a-t-il acquis un tel prix aux yeux de Tania ?

– Vous comprenez, Ezra, cette montre est le seul objet matériel, la seule… comment dites-vous en français… et elle prononce en anglais : *evidence*…

– La seule « preuve », c'est ce que vous voulez dire ?

– Oui, mais dans le sens anglais du mot : « preuve », bien sûr, « témoignage » aussi, « trace matérielle »… Vous comprenez ?

– Et alors ?

– Une fois cette montre disparue, personne ne pourra plus prétendre que Monco nous faisait chanter à cause de la Shoah ; on pourra affirmer que Monco s'est fait assassiner par les petites frappes de Jaffa ou par la mafia russe avec laquelle il était en marchandage permanent… Vous savez où est cette montre, Ezra, je sais que vous le savez ! Dites-le-moi !

Mon esprit bouillonne. Je ne comprends pas l'agitation autour de cette montre.

– Attendez… Comment cette montre s'est-elle retrouvée aux mains de Monco ?

Nous avons fini notre soupe. Elle était parfaite, associant comme il se doit le parfum sauvage de la corète, la vulgarité de l'ail et le velouté du bouillon. Elle arrive maintenant avec le *sefrito* de veau. Alors qu'elle sert Tania, je lui dis en arabe :

– Que Dieu bénisse tes mains, madame Julia, il y a bien plus de cinquante ans que je n'ai mangé une véritable *molokheya*...

Tania accepte enfin de me raconter ce qu'elle sait. Au camp de Neuengamme, Monco s'était retrouvé giton d'un gardien, un aristocrate du nom de von Salamander. Dans les derniers jours du camp, avant la funeste marche de la mort qui allait les conduire jusqu'au port de Hambourg, l'homme avait été atteint du typhus. Il dépérissait de jour en jour. Il appela le jeune Monco à son chevet et lui remit cette montre en lui relatant la façon dont elle s'était retrouvée en sa possession. « Vois-tu, petit, cette montre m'a suivi partout ! Elle est belle, cette montre, regarde ! Elle avait un diamant serti dans le remontoir. Le diamant, je l'ai vendu. Elle est en or, mais ce n'est pas de l'or qu'elle tire sa valeur. Elle a été donnée à un homme par une femme qui n'aurait jamais dû le connaître. Aujourd'hui, je vais mourir. C'est tout ce qui me reste. Prends-la ! Peut-être auras-tu la chance de t'en sortir. Tu sauras bien en tirer parti. »

30

L'heure de sa mort

Fin mai 1933, Magda et Josef Goebbels s'envolèrent pour l'Italie. Ils se retrouvaient après un mois de bouderies quotidiennes, de disputes et de réconciliations. À Rome, il allait falloir tenir son rang, d'autant que Göring, le rival de toujours, y avait connu tous les honneurs le mois précédent. Magda se dépensa sans compter pour faire oublier le gros aviateur. Elle débarqua avec une centaine de malles, remplies à ras bord de robes, d'ensembles, de soies, de velours et de voiles. Elle était enfin dans son élément. Paraître pour être adorée. Elle changeait de toilette deux fois par jour, un coiffeur et une manucure suivaient chacun de ses pas. Goebbels, qui après tout était ministre de la Propagande, lui avait attitré un photographe exclusif. Il avait décidé de truffer des photos de Magda les pages des magazines, en Allemagne et à l'étranger. Le roi d'Italie resta muet d'extase devant sa beauté, Italo Balbo, ministre de l'Aviation et gouverneur de Libye n'en pouvait mais de ses propres déclarations d'amour qu'il répétait en balbutiant. À l'ouverture du bal du grand gala, ce fut le nouveau César en personne, Mussolini, qui conduisit Magda dans des étourdissements infinis. À table, dans les salons, chacun voulait l'approcher. Beauté et distinction, perfection et mystère, devant elle, le Duce se gonflait d'admiration. Il prit Goebbels à part, s'égara dans des comparaisons mythologiques. La guerre de Troie eut lieu à cause d'une beauté blonde ! Magda ne saurait être comparée qu'à la belle Hélène, incarnation de Vénus égarée en terre des hommes. Le ministre du Reich ferait bien de prendre garde ; il pourrait se retrouver à l'origine d'un nouveau conflit cosmique. Quant à Magda, elle était enfin heureuse ; car elle était ! Pour la première fois de sa vie, elle habitait son être ; elle existait ! Mais on ne pouvait la réduire à l'icône, et c'était ce qui affolait les hommes, car elle parlait aussi, à l'un en français, à l'autre en italien, ou encore en anglais. Elle leur parlait de la mode, de la beauté de la femme allemande, mais aussi de l'évolution du monde. Elle tint une longue conversation avec Mussolini et son mari sur la réorganisation de l'Europe qu'apporterait la nouvelle Allemagne. Mussolini acquiesçait. Il gobait tout ce qui provenait d'elle. La révolution allemande était le plus grand événement du XXe siècle, avait-il répondu. Goebbels se sentait fier. Magda planait plusieurs ciels au-dessus des autres femmes et son mari se bâtissait une réputation de diplomate. Le dernier jour de leur séjour, dans une salle de bal, elle s'était assise un moment pour reposer ses jambes, lorsqu'un homme de grande taille, large d'épaules, les cheveux taillés en brosse, l'approcha. Il se pencha vers elle de sa démarche raide qui dénotait le militaire et se présenta :

– Hugo von Salamander… madame la Ministre, j'ai reçu votre message. Je suis à votre disposition !

– Il me faudra au moins deux avions, vous le savez ! répliqua-t-elle sans lever le nez. J'imagine que vous y avez pensé…

– Naturellement ! Nous le savons ! Un petit bimoteur pour la première partie et l'hydravion pour la suite.

Tout est en place, vous n'avez aucune inquiétude à avoir.

– Vous serez récompensé. Mais j'exige – vous m'entendez ? – j'exige une discrétion absolue. Nul ne doit être au courant. Débrouillez-vous comme vous voulez. Vous viendrez me chercher là-haut, me conduirez là où vous savez et me ramènerez à l'insu de tous, y compris du ministre. Vous m'entendez ?

Sa voix s'était faite cassante. L'homme sentit qu'il devrait exécuter les consignes à la lettre ; qu'il y allait de sa vie.

– Tout le voyage ne pourra excéder quatre jours. Aller et retour, ajouta Magda.

– Quatre jours… heu… hésitait Salamander, quatre jours ou peut-être une demi-journée de plus.

– C'est impossible, monsieur ! Dans ce cas, oublions toute l'affaire… et vos émoluments.

– Quatre jours, madame, pas une heure de plus ! Je m'y engage !

– Vous répondrez sur votre vie, conclut Magda qui se détournait déjà pour sourire à une marquise vénitienne qui dépassait les cent vingt kilos et gloussait comme un paon.

L'homme savait que ce serait quitte ou double. Il partit rejoindre son complice, Erich Gründ, une petite frappe au visage barré d'une vilaine cicatrice brune.

– Ça sent mauvais, lui souffla-t-il…

Rentrant sur Berlin, les Goebbels firent escale à Munich où ils passèrent la soirée avec Hitler. Comme toujours, le chef ne manqua pas l'occasion de s'isoler avec Magda sur un balcon. Il était d'humeur joyeuse. Ils parlèrent de l'Italie, de la frivolité sympathique des Italiens. Il se tenait à quelques centimètres de Magda ; elle respirait son souffle.

– Vous m'êtes très chère, madame la Ministre. J'ai déjà eu un compte-rendu détaillé de votre voyage. Je suis fier de vous, fier de ce que vous avez réussi à Rome…

– Vous le serez plus encore bientôt.

Hitler comprit aussitôt l'allusion de Magda. Elle reprenait cette même conversation au sujet des Juifs qu'ils avaient régulièrement. Elle comptait lui livrer son Juif. Il lui précisa, laconique :

– Mais il ne suffit pas de l'anéantir, il doit le savoir…

– Que doit-il savoir, *mein Führer* ?

– Il doit voir arriver la mort.

– Il la verra, *mein Führer*, il la verra ! Je la lui présenterai moi-même.

– J'en suis certain, madame ! Vous êtes le meilleur de mes guerriers !

Magda se sentit transportée par cette phrase. Son regard se posa sur l'insigne en or que Hitler portait au revers de sa veste. Les yeux fixés au bijou, elle répétait :

– Il la verra, mon Führer, il la verra arriver sur lui comme une louve affamée.

Rentrée à Berlin, Magda n'aperçut que rarement son mari durant cette première semaine de juin. Après l'exaltation de Rome, la relation des époux s'était à nouveau dégradée. Goebbels passait ses journées et une grande partie de ses nuits dans son ministère. Il n'était pas un jour où elle n'apprenait une nouvelle aventure. Ivre de son nouveau pouvoir, il se jetait à corps perdu dans une interminable suite de conquêtes. Il était insatiable. Plus il obtenait de femmes, plus il doutait de lui-même. Car au fond de lui, il leur reprochait de ne pas avoir été séduites alors qu'il était ce miséreux déguenillé, ce mendiant d'amour. Plus elles se jetaient dans ses bras, attendant un rôle dans un film ou simplement une entrée pour un bal ou pour une première de spectacle, plus il était certain que ce n'était pas avec lui qu'elles s'abandonnaient. Caricature de Don Juan, il les haïssait plus encore que les rares qui ne cédaient pas. Car Don Juan aimait les femmes et souffrait de la douleur qu'il leur causait. Goebbels en abandonnait près d'une par jour et se réjouissait de leur malheur – c'était sa vengeance. Lorsque le 10 juin Magda quitta Berlin pour Heiligendamm, la célèbre ville balnéaire au bord de la Baltique, en compagnie de la petite Helga, âgée de dix mois, il s'en rendit à peine compte, trop heureux de disposer de la totalité de son temps pour améliorer son tableau de chasse. Le 12 juin, Salamander et Gründ conduisirent Magda au Caire. Malgré l'expérience des deux aventuriers qui maîtrisaient les avions et connaissaient l'Orient, le voyage dura près de douze heures. Dans l'avion, ballottée par les trous d'air, Magda lisait et sommeillait. Elle n'eut aucune émotion lorsque le brouillard les empêcha de trouver la piste d'atterrissage à Sarajevo, elle ne se plaignit pas d'être secouée par l'orage lorsqu'ils survolèrent Chypre, elle ne suffoqua pas de la chaleur qui la prit à la gorge en quittant la carlingue de l'avion à Mansoura. Deux véhicules les attendaient, des six-roues Mercedes, qui s'engagèrent aussitôt sur la route du désert. Le soir du 13 juin, Magda dormit à l'hôtel King David, à Jérusalem, dans la suite royale, sous le nom de Helena Baeteman, femme d'industriel. Elle présenta un passeport belge et prétendit qu'elle cherchait un terrain à Jérusalem pour y faire bâtir un orphelinat catholique.

*

Jérusalem, le 14 juin 1933

Le lendemain, Salamander et Gründ la conduisirent dans la vieille ville. Elle était vêtue d'une légère robe de soie crue qui laissait deviner ses formes. Elle portait à la main un sac du même cuir de crocodile jaune que celui de ses escarpins. Les hommes se retournaient sur son passage lorsqu'elle déambula à travers les ruelles de la vieille ville. Des gamins la suivirent tout le long de sa pérégrination. Ils criaient « Lala 'Aïcha ! Vous avez vu ses yeux ? C'est lala 'Aïcha, la sorcière… » Le groupe arriva devant une sorte de taverne. Gründ entra le premier, la main sur la crosse du pistolet qu'il portait à la ceinture. Fawzi l'attendait attablé devant une bouteille de *zebib*. Magda était dégoûtée par la saleté qui avait figé les pierres, par les relents nauséabonds des ruisseaux qui coulaient sans discontinuer au mitan des pavés. Elle sursautait aux hurlements des matrones proposant des beignets de pois chiches frits. C'était la première fois qu'elle se hasardait hors du monde policé. Elle se sentit confortée dans sa conviction que l'Allemagne apporterait la civilisation au monde. Fawzi qui les attendait depuis deux bonnes heures était proche de l'ébriété. Un vieil Anglais opiomane avait accepté d'assurer la traduction pour quelques piastres. Fawzi leva à peine la tête et grogna en direction de Gründ :

– Dites-lui donc de cacher ses yeux, elle fait peur aux enfants.

Gründ s'apprêtait à traduire de l'anglais à l'allemand lorsque Magda l'interrompit.

– Suffit, lui ordonna-t-elle, je comprends parfaitement. On m'avait prévenu que les Arabes avaient peur des yeux clairs, mais à ce point…

Elle enfila des lunettes fumées et demanda directement à Fawzi en anglais :

– L'homme est arrivé ?

– On l'attend pour demain. Son bateau accostera ce soir à Haïfa, répondit Fawzi en arabe.

Elle lui tendit trois photographies de grande taille.

– Voici sa photo. Vous le reconnaîtrez facilement. Il est toujours vêtu d'un costume et d'une cravate ; ça ne doit pas être si courant par ici.

Magda donna le nom de Victor, exigea que les assassins s'enquissent de son identité avant de l'abattre. Mais surtout, surtout… la montre ! Il fallait à tout prix récupérer la montre de l'homme, une montre de gousset qu'il portait toujours à la poche de son pantalon, fixée à sa ceinture par une chaîne d'or.

– Gardez la chaîne si vous voulez, mais rapportez-moi la montre ! Sans la montre, il est inutile de revenir vers moi, vous n'aurez aucune chance de voir le reste de l'argent.

Hugo von Salamander fut déconcerté par l'échange. Magda ne lui avait jamais parlé de cette montre.

– La montre, s'étonna Salamander en s'interposant, quelle montre ? Pour quelle raison est-il si important de rapporter sa montre ?

Magda lui intima l'ordre de s'en tenir à sa mission et de ne pas poser de questions inutiles. Mais il revenait à la charge.

– Et comment pourront-ils être certains que l'homme a bien sa montre sur lui ?

C'est Fawzi qui répondit en haussant les épaules.

– Je lui demanderai l'heure à ce fils de chien…

– C'est ça ! reprit l'Anglais en anglais, tu n'auras qu'à lui demander l'heure…

– Et en quelle langue lui demanderas-tu l'heure, imbécile ? se mêla Gründ.

– Je ne sais pas, n'importe laquelle…

– Tu parles l'anglais ?… ou peut-être l'hébreu ?

Fawzi saisit la branche qui lui était tendue.

– L'hébreu, oui… s'empressa-t-il. Je lui demanderai l'heure en hébreu !

– Il sera peut-être accompagné, renchérit Salamander, tu ne peux pas faire le travail tout seul. Tu n'as pas un ami, un complice avec lequel tu as l'habitude de travailler ?

– Bien sûr, explosa Fawzi, qui fit comme s'il y avait pensé lui-même ; bien sûr, nous ferons ça avec Ali. Il est gros et fort comme un ours. Si quelqu'un accompagne le Juif à la montre, Ali l'aplatira comme une galette de pain.

Magda n'était pas convaincue. C'était peu dire qu'elle ne faisait aucune confiance à ce petit voleur de poules. Au moins, se disait-elle, s'il se fait prendre, bien malin celui qui pourra remonter jusqu'à moi… Elle sortit cent livres palestiniennes de son sac à main, une grosse liasse toute neuve, et les tendit à Salamander.

– Donnez-lui ça et dites-lui bien qu'il en aura dix fois autant lorsqu'il me rapportera la montre.

Magda repartit à travers les ruelles nauséabondes, escortée par ses deux baroudeurs.

– Vous êtes certain qu'il viendra au King David ? demanda-t-elle à Salamander.

– Certain ! Demain se tient une réunion du syndicat. Après sa réunion, il dîne toujours là. De plus, il a donné rendez-vous dans l'hôtel à l'un de ses collaborateurs. Oui ! J'en suis certain ! Il viendra…

Arrivée en ville, Magda se rendit chez le directeur de l'hôtel. Elle se présenta à lui comme une amie très proche du docteur Arlozoroff. Elle savait qu'il viendrait dîner ici le lendemain. Elle devait repartir pour l'Europe le jour même. Il lui était impossible de l'attendre. Elle demandait au directeur… « Monsieur comment, m'avez-vous dit ? Mosseri ? C'est italien, n'est-ce pas ? – Oui madame, italien, de Livorno, à l'origine ! Mais installé en Égypte depuis des générations… L'antisémitisme, vous savez, c'est une affaire millénaire !… » Magda le coupa sèchement. « L'antisémitisme, tout le monde en parle… Est-ce bien vrai, tout ça ? Vous lui remettrez ce pli… sans faute, je vous en supplie ! J'y tiens beaucoup, vraiment beaucoup… – Mais enfin, madame, reprenait le directeur mielleux, cela va de soi ! Je remettrai votre courrier au docteur Arlozoroff. C'est un devoir et un plaisir. » Magda avait très longuement réfléchi à la phrase qu'elle écrirait. Elle y avait songé tout le long du voyage. Elle avait opté pour une citation de la Bible, certaine que ce texte avait le plus de chance d'ébranler le cœur de Victor. Elle écrivit patiemment, minutieusement, en lettres gothiques, ces phrases de l'Ecclésiaste :

« … et même un chien vivant vaut mieux qu'un lion mort… Nul homme n'est maître du vent, nul n'est capable d'emprisonner le vent. Il n'est point de pouvoir contre le jour de la mort, ni de rémission dans la guerre ; et la méchanceté ne sauvera pas le méchant »…

Elle ajouta de son cru : « Pour que tu voies arriver l'heure de ta mort en conscience »… et elle signa : « Magda Goebbels ».

C'est ce billet que Mosseri remit à Arlozoroff, le 15 juin 1933. Victor le lut, s'effraya le temps de comprendre qu'il s'agissait d'une menace de mort. Il le fourra dans sa poche et l'oublia. Il fut pris d'une véritable terreur lorsqu'il le lut une seconde fois le soir, en rejoignant la chambre qu'il occupait parfois chez Baroukh. Ses mains se mirent à trembler. Il ne pouvait croire que Magda était venue jusqu'ici, à Jérusalem, pour le lui remettre. Pouvait-elle être animée d'une telle haine, elle qui l'avait tant aimé ? Il pensa alors que la femme blonde dont avait parlé Mosseri était peut-être une émissaire et non pas Magda en personne. Il se rassura en imaginant les motifs de la fureur de Magda. Cela faisait si longtemps qu'il ne lui avait donné aucune nouvelle. Il se dit que ce devait être une sorte de dépit amoureux. On ne tue pas les gens par dépit amoureux. Il avait pourtant entendu plusieurs histoires de meurtres commis par des femmes éconduites. En s'endormant en cette nuit du 15 juin 1933, Victor pensa à sa mort. Il sursauta comme il le faisait chaque soir depuis son voyage à Berlin. Dans la journée, elle avait emprunté plusieurs visages : les Allemands, les excités du Betar, Magda maintenant. La nuit, elle semblait redevenir une agitation ondoyante des ténèbres. Victor allait finir par croire aux signes du destin, tout comme Nahum, qui lui avait dit l'après-midi même que « ce n'était pas bon ces rêves qu'il faisait, pas bon du tout… ».

*

Tel-Aviv, ce même 12 octobre

J'interromps Tania…

– Ça va, je connais la suite…

Mais elle continue. Les deux petits voleurs de Jaffa qui s'étaient vu proposer l'affaire de leur vie, plus d'argent qu'ils ne pourraient en gagner en dix ans de travail, le meurtre sur la plage, qui s'était déroulé comme prévu, malgré le petit accroc qui avait précédé, les meurtriers s'étant trompés de victime, la fourberie de Salamander qui avait compris qu'il y avait bien plus à gagner en possédant la montre qu'en la restituant à Magda Goebbels. L'aristocrate avait guetté le voleur, l'avait suivi dans la nuit, l'avait happé au passage alors qu'il remontait de la plage pour se perdre dans les champs. Il avait égorgé le petit Fawzi de ses mains, avec un couteau de là-bas, pour qu'on prenne cette mort pour une vengeance de sang. Mais il n'avait pas prévu l'arrivée d'Ali. Lorsqu'il le vit débouler et s'étaler de tout son long sur Fawzi, Salamander prit peur, d'autant qu'il entendait un groupe qui approchait, à la recherche des voleurs. Il se promit de revenir le trouver le lendemain et détala dans la direction de Sarona, là où ils avaient été hébergés, lui et Gründ, dans la même petite cellule de moine. À Sarona, habitaient encore des familles allemandes, adeptes de la secte des Templiers, qui étaient venues s'installer là soixante-dix ans plus tôt, alors que la ville n'était qu'une longue plage de sable fin.

– Sarona ? je m'exclame, mais je sais où se trouve Sarona ! C'est juste derrière la cinémathèque !

– Je suis allé visiter le site, répond Tania. C'est étrange ce petit quartier préservé, encadré de tours gigantesques…

Elle poursuit son récit. Le lendemain, Salamander était parti à la recherche d'Ali, mais le gros avait eu bien trop peur. Il s'était échappé dans le nord du pays, chez des cousins, à la frontière libanaise. Salamander l'avait suivi à la trace durant des mois. Ali ne se montrait pas. Gründ avait attrapé une sale maladie et avait fini par rentrer en Allemagne. Les hommes de Magda l'avaient torturé à mort. Il avait pourtant immédiatement raconté que Salamander circulait entre la Palestine et l'Égypte. Il ne lui connaissait pas d'adresse, seulement des noms d'hôtels. Il rendit l'âme dans une geôle de la Gestapo sans rien avouer de plus. Il n'en savait pas davantage, le malheureux ! Salamander, conscient qu'il était poursuivi, s'était fait passer pour juif, enrôlé dans la Haganah, l'armée du Yishouv. Là, il se sentait à l'abri et poursuivait Ali à travers le pays. Il était certain qu'en retrouvant la montre, il pourrait s'assurer des revenus jusqu'à la fin de sa vie. Il finit par le localiser, un an plus tard, à l'été 1934, dans un village de haute Galilée. Pour ne pas l'effaroucher, il lui envoya un émissaire. Ali, qui connaissait la valeur de l'objet, avait fait monter les prix. Salamander paya dix mille livres palestiniennes pour récupérer la montre. Elle était intacte, parfaitement préservée. Ali adulait le bijou ; il le faisait briller tous les jours en l'astiquant avec du jus de citron. Lorsque Salamander le récupéra, il fit parvenir un message à Magda. Elle pourrait récupérer la montre d'Arlozoroff en échange d'une somme astronomique. Magda ne répondit pas. Telle une araignée au centre de sa toile, elle attendait que sa proie vînt s'y engluer. Salamander s'impatientait. Il envoya un second message, puis un troisième. N'y tenant plus, il finit par se rendre à Berlin. Il fut arrêté à la frontière française, alors qu'il remontait en train à partir de Marseille. Il subit le même sort que Gründ, mais n'avoua jamais où se trouvait la montre. Sa constitution sportive lui permit de supporter les tortures durant des mois. Finalement expédié au camp de Dachau, il rejoignit la cohorte des condamnés de droit commun. Magda l'oublia, il fit lentement son chemin dans la hiérarchie du camp, fut libéré à la déclaration de la guerre et finit par se faire enrôler comme gardien.

– Et Ali ? Qu'est-ce qu'est devenu Ali ? Parce que c'est le seul, après tout à avoir bénéficié du vol de cette montre…

– Détrompez-vous ! Il semble que cette montre indique seulement l'heure de sa mort à qui la détient…

Ali s'était fait arrêter par la police britannique en 1935, pour le viol d'une touriste américaine dans les ruelles de Jaffa. Condamné à dix années de travaux forcés, il voulut raconter le meurtre d'Arlozoroff, pensant obtenir ainsi la clémence des juges. La semaine qui suivit ses premiers aveux, on le retrouva pendu dans sa cellule. Un avocat juif qui se trouvait dans la même prison pour avoir fait entrer des immigrants clandestins, lui soutira ses aveux. Après la mort d'Ali, il voulut raconter ce qu'il avait appris. Il écrivit une lettre très détaillée, expliquant que le célèbre leader du Mapaï avait été assassiné par deux petits malfrats de Jaffa sur ordre d'une Allemande blonde venue expressément de Berlin. L'avocat était aussi un militant du Mapaï. Il fut convoqué par la direction. On le persuada qu'il avait mal compris ce que lui avait confié son compagnon de captivité. Lorsque, bien après la guerre, dans les années 50, Monco voulut ressortir le dossier, il ne trouva rien. L'administration pénitentiaire lui expliqua que les Anglais avaient emporté les archives et que, du reste, le bateau qui les transportait à Londres avait coulé dans le détroit de Gibraltar. Qui avait « suicidé » Ali ? Les Anglais qui ne voulaient pas innocenter le Betar ? Des hommes de main du Mapaï ? Des envoyés de Magda ? Durant la guerre, Salamander s'était retrouvé gardien au camp de Neuengamme où il se livrait à un juteux commerce avec les biens volés aux détenus. Il se rendait souvent dans la forêt au sud de Lübeck, là où il avait enfoui son trésor et regardait longuement cette montre à l'origine de tous ses malheurs. Jusqu'alors, elle fonctionnait encore.

– Vous devez avoir raison, Tania ! Sur cette montre maudite, on ne peut jamais lire que l'heure de sa mort.

– Oui ! continue Tania, Arlozoroff, Fawzi, Ali, Gründ, von Salamander…

– Mais pas Monco ! je remarque, pas Monco, qui l'a gardée durant plus de soixante ans. On dirait même que cette montre l'a protégé, sachant la vie qu'a eue cet homme et les dangers auxquels il a survécu…

– Oui !… hésite Tania… Enfin, non ! Monco ne l'a pas gardée ; il l'a cachée ! Lui aussi l'a enterrée, dans une forêt. Il ne l'a ressortie que voilà quelques mois… Et vous savez ce qui lui est arrivé à partir du moment où il a sorti la montre ?

31

Elle est passée

Tel-Aviv, aéroport Ben-Gourion, le 14 octobre

Je prends le vol d'Air France de 17 h 45. J'arriverai à Paris vers vingt et une heures. Personne ne m'y attend. Tania a quitté le pays hier. Je sens son parfum, installé au recoin de mes narines ; le grain de sa peau, à demeure dans la pulpe de mes doigts. Le couplet d'une chanson en arabe d'Abdel Halim Hafez me tourne dans la tête. C'est l'une de ces chansons égyptiennes interminables, intitulée *Gambena*, « Près de nous »… « Elle est passée, tout près de nous, elle est passée… tout près de nous, tout près de nous, tout près de nous, elle est passée… » « Nous nous sommes connus pour rien », m'a déclaré Tania, sur un faux-semblant ; nous nous quittons sans raison… J'ai toujours été ainsi, m'attachant au premier instant, au premier regard, à la première caresse, au premier baiser, aux personnes, aux lieux, trimballant une nostalgie fondamentale sur le monde. L'aéroport est bourré. Je ferme les yeux avec force. Il est possible de chasser une pensée qui vous nargue… Abdel Halim Hafez qui poursuit : « Elle a ri en nous regardant, lui et moi… Et j'ai répondu à son rire, je lui ai répondu, répondu, répondu, je n'ai pas cessé de lui répondre, de lui répondre et de lui répondre… Au point que je me suis oublié… J'ai oublié qui j'étais, où j'étais, quelle heure il était… À tel point que je n'ai pas vu le soleil se coucher »…

– Où allez-vous ? me demande en hébreu la jeune fille préposée à la sécurité.

– À Paris ! Je rentre à Paris ! je réponds en hébreu.

– Air France ? me demande-t-elle encore.

– Oui ! Air France !

Elle examine mon passeport, détaille ma photo, la compare avec mon visage. Je reste imperturbable.

– Que faisiez-vous en Israël, monsieur Moreno ?

Je pourrais lui répondre que j'étais là et qu'elle est passée, tout près de moi, qu'elle ma regardé, m'a souri et que j'ai répondu à son sourire, répondu à son sourire et encore répondu… que j'ai tellement répondu à son sourire que je me suis oublié… oubliant qui j'étais, où j'étais et que lorsque j'ai repris conscience, le soleil s'était déjà couché.

– En vacances, je réponds, j'étais en vacances…

– Ah, vous étiez en vacances, reprend la jeune fille, dubitative…

– Oui ! En vacances ! je répète.

– Que faites-vous dans la vie, monsieur… Moreno ? Je veux dire : qu'elle est votre profession ?

– Journaliste ! Je suis journaliste…

– Et où donc avez-vous appris l'hébreu ?

Je la regarde, je souris… Je ne vais pas lui raconter que j'ai vécu là, à Tel-Aviv, durant deux ans, voilà des années. Elle serait capable d'aller rechercher dans son ordinateur qui sait tout ; de me faire poireauter des heures le temps de trouver que j'avais peut-être fait mon *alya*, ma « montée en Israël », autrement dit mon immigration, en 67, après la guerre des Six-Jours. Dans ce cas, si j'étais de nationalité israélienne, je serais en infraction, puisque entré dans le pays sans mon passeport israélien… Je lui réponds :

– À ma *bar mitzwa* ! Autrement dit, ma communion, mon instruction religieuse. Et je rajoute : à treize ans, à Paris ! C'est là que j'ai appris l'hébreu…

– Ah oui ? s'étonne la petite jeune fille qui n'en croit pas un mot… Moreno, insiste-t-elle, Moreno… Attendez un instant…

Ça y est ! Ça lui rappelle quelque chose, mon nom. On lui a peut-être signalé que je risquais de passer. Elle va appeler son chef. Ils vont me retenir, me poser mille questions. Je ne m'inquiète pas. Que peuvent-ils me faire, après tout ? Je repars dans mes pensées. Cette chanson d'Abdel Halim Hafez… *Gambena*... « Près de nous »… Lui et moi… Arlozoroff et moi… Elle est passée près de nous… Au fond, si l'on y réfléchit, Arlozoroff a été la première victime de la Shoah. Lorsque je lui ai expliqué le résultat de mes réflexions, Tania est restée interdite. Les Allemands auraient fait la guerre pour tuer les Juifs, dans le seul but de tuer les Juifs. C'était l'unique intention de cette horde de sorciers qui s'était emparée de l'âme de tout un peuple. Elle a d'abord contesté. On ne pouvait pas dire ça. Et pourtant, même aux pires moments de la débâcle russe, alors que l'armée allemande subissait de terribles pertes, ils envoyaient encore leurs commandos de chasseurs de Juifs dans les villages d'Ukraine… Elle le savait. Et le ramassage des Juifs hongrois dans les rues de Budapest en 44, comme s'ils n'avaient pas autre chose à faire en 44, les Allemands, débordés sur tous les fronts, perdant bataille après bataille, leurs villes anéanties sous une grêle de bombes… C'est que les nazis considéraient prioritaire le massacre des Juifs ; c'était leur but premier ! Plutôt que de considérer folle cette décision, il faut au contraire pénétrer leur pensée profonde. Des sorciers cannibales qui se nourrissaient de la substance des Juifs : plus ils se trouvaient en difficulté, plus ils avaient besoin de se régénérer en capturant toujours plus de Juifs. Arlozoroff était le premier à avoir été assassiné pour cette seule raison, en tant que première victime d'un repas cannibale… Rappelez-vous ! Arlozoroff, la première proie, le ticket d'entrée de Magda dans la horde… « Vous êtes fou, a conclu Tania. Vous êtes complètement fou, Ezra ! N'écrivez pas cela. Personne ne vous croira ! » Et les mots de la chanson d'Abdel Halim Hafez : « J'ai entendu d'elle quelques mots. Elle n'avait pas dit un seul mot, pourtant. Mais moi, j'ai entendu, j'ai senti, senti, j'ai senti que c'était la première fois que je sentais, la première fois que je vivais. Les mots de l'amour. Mais moi j'ai senti, c'était la première fois que je vivais et que je sentais. Et ça a commencé, ça a commencé dans ma tête les mots de l'amour, ça a commencé, les mots de l'amour que l'on ressent. J'ai senti que c'était la première fois que je sentais, la première fois que je vivais… »

Voilà que la jeune fille revient accompagné d'un homme de son âge, vêtu de ce même uniforme gris mal seyant de la sécurité de l'aéroport et d'un autre un peu plus vieux, leur chef, sans doute.

– Vous êtes monsieur Moreno ? me demande le plus âgé en anglais.

Voilà qu'ils recommencent…

– *Ken*, je lui réponds en hébreu. « Oui ! »… *Ani Moreno*, Moreno, c'est moi !

– Vous parlez l'hébreu ?

– Un peu ! Suffisamment pour répondre à vos questions, je pense…

Il hoche la tête, l'air entendu. Peut-être qu'il en sait déjà beaucoup sur moi… Il pose une seconde fois cette même question :

– Monsieur Moreno, demande-t-il, Ezra Moreno ?

Cette fois, je ne réponds pas. Qu'ont-ils tous à me poser cette même question ? Je vais finir par me sentir coupable de m'appeler Moreno. J'expliquais encore à Tania, jusqu'au dernier moment ; la horde de sorciers cannibales, jusqu'au dernier instant ! On peut les reconnaître au fait que pour eux tout est à l'envers, la mort est la vie, la peur est l'amour.

Le 30 avril 1945, dans le dernier carré, le Führerbunker, Goebbels et Magda assistèrent au mariage fou de deux morts : Hitler et sa maîtresse, une simplette aux dents de fauve nommée Eva Braun. La dernière bouteille de champagne. Magda s'approcha pour féliciter son maître, son chef, son Führer. Il la remercia, d'être là, de ne pas avoir tenté comme les autres, au dernier moment, d'échapper aux rouges qui pilonnaient la ville de leurs bombes. Il avait l'air hagard ; bouffi, il respirait mal, transpirait à grosses gouttes. Elle le regarda au fond de ses yeux qui s'étaient éteints, ses yeux de loup qui l'avaient fascinée tout au long de ces années. Elle le regarda au fond des yeux : lorsqu'il n'y a plus de Juifs à tuer, lorsqu'ils n'ont plus de nourriture, les loups s'entretuent et se mangent entre eux. Il éprouva une attirance soudaine, un élan vers elle, une sorte de compassion. Toutes ces femmes qu'il avait délaissées durant sa vie. Il venait d'épouser Eva Braun à l'aube de sa mort ; que pouvait-il faire pour Magda ? Il détacha son insigne du parti en or épinglé au revers de son veston et le fixa à la veste de Magda. Une larme coula sur la joue de la déesse noire. Tout ce qu'elle avait toujours rêvé, cette décoration qu'aucune femme n'avait jamais obtenue. Hitler et Eva Braun se retirèrent dans leur chambre. On entendit un coup de feu. Puis un autre. C'était fini ! Le lendemain, Magda assassina ses six enfants avant de se donner la mort, en compagnie de son mari, Josef Goebbels.

« Mais quoi ? m'a demandé Tania. Qu'est-ce que ça prouve ?... Rien d'autre que de la lâcheté !... L'incapacité d'affronter sa propre responsabilité, le jugement de ses contemporains... – Peut-être, mais pourquoi tuer ses propres enfants ?... les vêtir de blanc, comme des victimes sacrificielles... leur servir un chocolat chaud dans lequel elle avait versé un somnifère et une fois endormis, leur faire craquer en la coinçant entre leurs dents, une capsule de cyanure dans la bouche ? »... Lorsqu'ils n'ont plus de proie, les loups se dévorent entre eux ! Elle n'était pas convaincue, elle la voulait folle ; c'était plus commode, aliénée, radicalement autre. Après réflexion, elle avait décidé de les tuer. Parce que restés vivants, ils risquaient de diluer leur sorcellerie dans la banalité du monde. Les assassiner, c'était leur permettre de revenir un jour. Magda n'était pas folle ; elle poursuivait son raisonnement jusqu'à sa conclusion extrême. Arlozoroff a bien été la première victime de cette horde de sorciers cannibales et les six enfants de Magda les dernières.

– Voulez-vous me suivre, monsieur Moreno ? m'ordonne le chef des chargés de sécurité.

Je ne proteste pas ; ça les rend nerveux. Je le suis, traînant derrière moi mon bagage de cabine. Nous passons le portique et rejoignons les bureaux. J'entends ce chanteur égyptien de sa voix qui scande l'éternité. « Et je suis revenu. Et elle était là avec son sourire... Je suis revenu lui parler, lui dire... Moi je pense à toi, moi... Moi je pense à toi... Et mon cœur s'élance vers toi...

Mais j'ai peur, aussi… Comment savoir si c'est à moi qu'elle a souri et pas à lui, pas à lui, pas à lui… Et comment savoir si ce sourire n'était pas pour lui… Pourquoi moi… pourquoi moi, pourquoi moi et pas lui ? » À ce moment dans cet enregistrement *live*, le public applaudit et siffle… J'entends : *Le ana ? Le ana ? Le ana...* « Pourquoi moi ? Pourquoi moi ? Pourquoi moi ? »…

Ils m'invitent à entrer dans un petit bureau sans fenêtre, une arrière-salle de l'aéroport. Le plus jeune des deux garçons me demande de lever les bras et commence une fouille systématique. L'autre m'explique :

– Ne le prenez surtout pas pour vous, monsieur Moreno, c'est une simple formalité… le règlement, vous comprenez… ajoute-t-il d'un air détaché.

Je réponds sans m'émouvoir :

– Je pense exactement le contraire ; je vois bien que cette mesure m'est tout spécialement destinée. Mais je ne m'en formalise pas. J'attends seulement de savoir pourquoi…

– Un peu de patience, me répond-il, nous attendons notre supérieur. Il est en route. Il va nous rejoindre dans quelques instants.

– Qu'il prenne son temps… J'ai seulement un avion à prendre…

J'ai enfin compris que je suis le jouet de forces qui me dépassent – et cela depuis des mois !… Plus encore depuis que je suis arrivé dans ce pays chargé comme une pile atomique. Ils me permettent enfin de m'asseoir. « Je suis reparti, moi je suis reparti. Reparti, moi je suis reparti. Je suis reparti, je ne savais pas ce que j'avais, je ne savais pas ce qui m'était arrivé »…

La porte s'ouvre et je vois entrer Barbara dans son jeans délavé, sans couleur, son tee-shirt orange fluo sans manches, ses cheveux frisés qui lui encadrent le visage comme une Gorgone. Elle porte un flingue à la ceinture. Je regarde la crosse qui dépasse nonchalante de l'étui de cuir usé. Elle surprend mon regard, me tend la main.

– Commandant Barbara Stern, annonce-t-elle avec un large sourire.

Ça fait bien deux jours que j'ai compris que c'était Barbara qui avait descendu Monco. Son attitude était bien trop incompréhensible. Amoureuse d'un vieillard homosexuel, elle une jeune femme qui avait l'air… Tout est possible, bien sûr, surtout en Israël, où l'on a érigé le paradoxe en vie quotidienne. Elle s'était rapprochée de moi, sans raison, ne voulait plus me lâcher. Et son attachement au flic de l'ambassade… Je pensais qu'elle avait tué Monco par conviction, parce qu'il était sur le point de trahir, de refiler ses secrets aux Palestiniens par l'intermédiaire de ses amis de Jaffa, mais je n'avais pas imaginé qu'elle l'avait tué en service commandé.

– Commandant Stern ? Je m'étonne… Et dans quel corps d'armée ?

– *Savlanout, rega*... « Patience, un instant… » Il y a des choses que l'on ne peut connaître qu'en adhérant, tu comprends ? C'est comme les secrets des Pyramides ; tu ne peux y être initié que si tu es Pharaon. Tu dois comprendre ça, toi, l'Égyptien…

Et elle éclate de rire. J'aime bien quand elle rit. Son visage s'éclaire alors d'une lueur d'enfant.

– Alors ? Tu veux ?

– Je veux quoi ? je demande en ouvrant de grands yeux innocents…

– Adhérer ? Tu veux ?

Ça alors ! C'est pour cette raison qu'ils m'ont arrêté à l'aéroport. La mise en scène, pour m'impressionner, un coup d'esbroufe ! Ils voulaient me demander de rejoindre le Mossad… Mais pourquoi ? Pourquoi moi ?

Et le chantre égyptien qui continue… « Je suis reparti, je ne savais pas ce que j'avais, je ne savais pas ce qui m'était arrivé… J'étais joyeux, je voulais rire, triste je voulais pleurer. Mes larmes voulaient sortir. Mes larmes étaient lourdes à mes yeux… Je ne trouvais pas qui accuser… Comment savoir si ce sourire n'était pas pour lui… Pourquoi moi… pourquoi moi ? »…

– Tu en sais beaucoup, toi, l'Égyptien ! reprend Barbara… Une fois arrivé à Paris, les Français vont te tomber dessus. Ils vont te poser mille questions. Tu n'auras qu'à suivre nos indications. Nous te donnerons tout le protocole. Tu n'auras plus qu'à le suivre…

C'est donc ça ! De la désinformation… J'ai envie de lui répondre qu'en tant que journaliste, je suis un spécialiste. Mais je vais plutôt écourter la conversation. Si je n'avais pas eu ce moment d'amour avec Tania, je me serais sans doute mis en colère. Mais je me sens un peu planant. Une seule chose trotte dans ma tête. La revoir…

Et c'est la fin de la chanson d'Abdel Halim Hafez, après un très long moment de violons…

« Et j'ai trouvé le chemin qui conduisait vers elle… je lui ai envoyé deux mots… deux mots… pas plus que deux pour lui demander où j'étais, qui j'étais… Et je lui ai envoyé deux mots… Et la réponse m'est revenue. Elle m'a dit qu'elle m'attendait… Elle m'a dit que depuis le début, c'était à moi qu'elle souriait, moi le… comment traduire ? *el asmarani*… "le brun, le bronzé", plutôt… qu'elle m'attendait, moi, le bronzé… »

Et je pense, Moreno… Moreno, ça veut dire « bronzé », non ?

Table

DU MÊME AUTEUR

AUX EMPÊCHEURS DE PENSER EN ROND

Médecins et Sorciers
(en coll. avec Isabelle Stengers)
1995, nouvelle édition 2004

La Damnation de Freud
Pièce en quatre actes
(en coll. avec Isabelle Stengers et Lucien Hounkpatin)
1997

Quel avenir pour la psychiatrie et pour la psychothérapie ?
(en collab. avec Pierre Pichot)
1998

La Mort vue autrement
(en coll. avec François Dagognet)
1999

Nous ne sommes pas seuls au monde
2001
et Seuil, « Points Essais », n° 575, 2007

Sortir d'une secte
(en coll. avec Jean-Luc Swertvaegher)
2003

Du commerce avec les diables
(en coll. avec Vincent Crapanzano)
2004

La Guerre des psys
Manifeste pour une psychothérapie démocratique
(direction)
2006

À qui j'appartiens ?
Écrits sur la psychothérapie, sur la guerre et sur la paix
2007

CHEZ D'AUTRES ÉDITEURS

Sexualité idéologique et névrose
Essai de clinique ethnopsychanalytique
La Pensée sauvage, 1977

La Psychanalyse et son double
La copulation des insectes est l'actualisation de nos fantasmes sexuels
La Pensée sauvage, 1979
repris sous le titre : Psychanalyse et copulation des insectes
La Pensée sauvage, 1983

La Folie des autres
Traité d'ethnopsychiatrie clinique
Dunod, 1986
nouvelle édition, préface inédite, 2001

Rituels de deuils, travail de deuils
(direction)
La Pensée sauvage, 1988, 1995

Psychanalyse païenne
Essais ethnopsychanalytiques
Dunod, 1988
3e édition, Odile Jacob poche, 2000

Le Sperme du diable
Éléments d'ethnopsychothérapie
PUF, 1988, 1995

Fier de n'avoir ni pays ni amis, quelle sottise c'était
Principes d'ethnopsychanalyse
La Pensée sauvage, 1993

L'influence qui guérit
Une théorie générale de l'influence thérapeutique
Odile Jacob, 1994, 2001, 2009

La Parole de la forêt initiale
(en coll. avec Lucien Hounkpatin)
Odile Jacob, 1996
repris sous le titre : La Guérison yoruba
Odile Jacob, « Opus », 1998

Psychothérapies
(en coll. avec Alain Blanchet, Serban Ionescu, Nathalie Zajde)
Odile Jacob, 1998

Soigner… le virus et le fétiche
(en coll. avec Catherine Lewertowski)
Odile Jacob, 1998

Le Divan et le Grigri
(en collab. avec Catherine Clément)
Odile Jacob, 2002
et Odile Jacob poche, 2005

La Nouvelle Interprétation des rêves
Odile Jacob, 2011

ROMANS

Saraka bô
Payot-Rivages, 1993
et « Rivages Noir », n° 186

Dieu-dope
Payot-Rivages, 1995
et « Rivages Noir », n° 271

613
Odile Jacob, 1999
et « Rivages Noir », n° 524

Serial Eater
Payot-Rivages, 2004
et « Rivages Noir », n° 718

Mon patient Sigmund Freud
Perrin, 2006

COMPOSITION : NORD COMPO MULTIMÉDIA
7 RUE DE FIVES - 59650 VILLENEUVE-D'ASCQ

Cet ouvrage a été imprimé en France par
CPI Bussière
à Saint-Amand-Montrond (Cher)
en mai 2011.
N° d'édition . 105318. - N° d'impression . 110240.
Dépôt légal . juin 2011.